La Rivière aux grenades

(Oued Kroumane)

DU MÊME AUTEUR

MÉMOIRES D'AVENIR
(Prix Aujourd'hui)
Éditions Bernard Grasset, 1974

L'AUTRE REGARD
Éditions Bernard Grasset, 1976

LETTRE OUVERTE AUX FEMMES POLITIQUES
Éditions Albin Michel, 1976

PARLER AUX FRANÇAIS
Éditions Arthaud, 1977

LA VIE D'HELLA SCHUSTER
Éditions Albin Michel, 1977

MAROC, EXTRÊME MAGHREB DU SOLEIL COUCHANT
Éditions Jeune Afrique, 1978

MICHEL JOBERT

La Rivière aux grenades

(Oued Kroumane)

roman

Albin Michel

IL A ÉTÉ TIRÉ DE CET OUVRAGE
VINGT EXEMPLAIRES
SUR VÉLIN BLANC BOUFFANT SUPÉRIEUR
DES PAPETERIES DE LA-CHAPELLE-DARBLAY
DONT QUINZE EXEMPLAIRES
NUMÉROTÉS DE 1 À 15
ET CINQ HORS COMMERCE
NUMÉROTÉS DE I À V

22, rue Huyghens. 75014 Paris.

ISBN 2-226-01460-8

Sommaire

Le lecteur trouvera en fin de volume
un index des personnages du roman.

Toute similitude de situations ou de personnes est évidemment fortuite, mais justifierait qu'on s'y trompât.

1

De tous ces étés
(1980)

Le vent venu de l'Atlantique avait tôt fait de traverser la maigre Ecosse. Il semait sa pluie sur Edimbourg, les orges et les blés des deux bords du Firth of Forth. Puis il se perdait en mer du Nord, autour de quelques îlots indistincts où les Jacobites jadis avaient édifié leurs défenses. La bibliothèque ouvrait sur le terrain de golf, jusqu'à l'eau grise. Entre le piano et la cheminée où la houille chauffait dur, que de temps enfermé dans les livres ! Les *Chroniques* à demi polissonnes du comte de Caylus, le *Journal* de Samuel Pepys, parmi *L'Histoire de l'Europe,* d'Alison et, répétée à l'infini, l'*History of England,* de Cassell, de Froude, de David Hume et de Lord Mahon. Le monde, l'empire, la guerre des Boers, les *Mémoires* de Lloyd George rejoignaient la légende du Maure, venu pendant la peste de 1645 rendre à la vie la fille du prévôt d'Edimbourg, dans la maison de Cannongate. Le pirate algérien voulait d'abord rançonner la ville qui n'avait que soixante défenseurs valides. L'art de la médecine, puis l'amour, révélèrent son vrai visage : il orna alors sa demeure de l'effigie de son maître, l'empereur du Maroc, torse nu, enturbanné, le cou et les biceps pris dans des colliers de perles énormes. La maison du Maure abrita sa descendance de marchands, dans le souvenir de la dernière épidémie.

Une vieille édition (1901) de la *Chamber's Encyclopaedia* conduit alors Eric au Maghreb el-Aksa, à l'Ouest extrême, à l'extrême Maghreb du soleil couchant. Eric a vingt-cinq ans. Son prénom est encore à la mode. Mais il ne songe guère à Eirik le Rouge, le Danois qui atteignit l'Islande en 980. Près du feu, dans cette campagne du Nord trempée de pluie, il n'est attentif qu'à l'oubli qui effrite la mémoire de familles dispersées avec leurs bagages et s'accrochant à leurs mélancolies, devenues lassantes. Les témoins abolis, de celles-ci il ne restera plus rien : que cet instant vague, dans une grisaille de vacances, où un apprenti médecin, assez fort pour soigner, devient vulnérable à l'imaginaire ! « Souviens-toi de tous ces étés. » Il voudrait y contraindre cette friche qui a gagné en lui, ignorante de toute récolte d'hier, sans que jamais n'y surgisse l'arbre nouveau, l'abri d'un mur blanc, l'espoir d'un puits autour duquel les fleurs jaunes et orange des courges annoncent l'eau miraculeuse.

Trois générations — peut-être quatre — firent le début et la fin d'une aventure. Eric est comme l'ombre d'un souvenir, toujours prêt à renaître, pour peu qu'une ferveur s'en saisît, peut-être. Lui, son père, son grand-père, son arrière-grand-père même qui finit d'y vivre comme Eric a commencé d'oublier, pliés à leur temps et à leurs habitudes : quatre mesures pour rien ou le lancinant motif d'une chanson à fredonner longtemps tout bas ?

Maintenant, même de la lointaine Ecosse où Eric le généreux prend le loisir d'être fou, immobile, contre le feu, il faut savoir. Ou d'ailleurs, de partout ; de l'effort, de la violence, de toutes ces vies vécues et épuisées, de tous ces étés si pareils aux acharnés, aux aventuriers, aux résolus qui, cinquante ans durant, nouèrent leur écharpe voyante au col du Maure. Là-bas dans l'Ouest extrême de l'Afrique, où ils étaient la menace, surgie encore de la mer.

II

Le nom différent du destin
(1942)

Le 8 novembre 1942, dans le matin déjà tardif, la brume pesait sur les oliviers et les vergers de l'Oued Kroumane. Le vent était nul. Mais dans l'Ouest, du Djebel Kef au Djebel Tselfat où le pétrole avait jailli naguère, au-delà de la barrière montagneuse qui domine la plaine du Gharb, étendue jusqu'à l'Océan, le ciel grondait depuis l'aube. La pluie atlantique allait surgir, comme souvent en cette saison, précédée d'un tourbillon de paille et de poussière. Elle comblerait toutes les crevasses de l'été, et bientôt les bœufs, attelés par paire, ouvriraient à la charrue la terre rouge, la terre noire.

Mais vers dix heures, le soleil commença de chauffer la brume. L'air lumineux apparaissait déjà au-dessus des champs vides, vers Aïn-Kerma. Plus loin, pourtant, le tonnerre roulait toujours.

Dans la cour de sa ferme, dont la pente allait jusqu'à l'abreuvoir de tôle installé dans l'un des plis rares de la plaine, Ange Moretti se retournait sur chaque horizon. Eté comme hiver, l'ancien sous-officier de spahis vivait bottes aux jambes. Elles crissaient dans le mélange pulvérulent de crottin et de terre sous lequel le sol, sans eau depuis quelques mois, s'était durci jusqu'au plus profond. « C'est tout de même bizarre », répétait-il à mi-voix.

Le jeune Moha qui, avec des airs importants, transportait une pièce de tarare vers le hangar au matériel, lui jeta en passant : « Je te dis, *Tajer,* que ce sont les militaires ! » Les militaires, Ange Moretti avait l'habitude, comme tous les campagnards ici, de percevoir leurs salves de fusils, agrémentées de quelques rafales de mitrailleuses, quand le vent portait le son, depuis le champ de tir de l'Ourika, vers Meknès, jusqu'au-delà du Zerhoun. Ils n'avaient jamais fait autant de raffut, et jamais à l'opposé, du côté du Gharb. Depuis juin 1940, ils s'étaient repliés nombreux à Meknès, les aviateurs surtout. Mais l'entraînement était parcimonieux, les munitions économisées. Dès que les commissions d'armistice allemandes furent annoncées, on camoufla quelques stocks, dans des dépôts lointains, vers le Moyen Atlas.

« Ce sont probablement les Allimanes qui arrivent », risqua encore Moha, qui, de tous les ouvriers, aspirait à être l'interlocuteur autorisé d'Ange Moretti. Celui-ci haussa les épaules, trop préoccupé pour rectifier cette sottise. Depuis le col d'Aïn-Kerma, une voiture soulevait un épais panache de poussière et se déplaçait comme un repère sur une carte bistre. La circulation automobile était rare ; les bons d'essence ne permettaient que deux ou trois déplacements par mois à Meknès, pour le plus urgent. De loin, Moretti reconnut la fourgonnette de Mathias Hamel, l'un des colons voisins. Ils ne se voyaient guère : la distance ; et puis, ils étaient différents : celui-ci était un fils de la bourgeoisie de Roanne, qui lui avait échappé vers 1928, pour tenter son aventure, sur le rebord ouest de la haute plaine. Cette fois-ci, Hamel s'arrêta.

« On dirait du canon, dit-il à Moretti, en sautant de son véhicule. Le capitaine de réserve consultait en quelque sorte l'ancien sous-officier.

— Alors, il y a beaucoup de canons ! C'est ininterrompu depuis cinq heures ce matin, constata Moretti, toujours levé avant l'aube.

— Le vent vient de l'ouest, si faible soit-il ; c'est probablement du côté de Rabat ou de Kenitra, conclut Hamel, le visage tourné en direction de Sidi-Kacem. A la gare d'Aïn-Kerma, ils ne savaient rien. J'en viens... Croyez-vous que les Américains aient débarqué ? » lança-t-il enfin.

Ils restèrent un moment silencieux, mesurant probablement, dans ces quelques secondes, le trouble qui allait atteindre chacune de leurs vies.

« Ça ne m'arrange pas, parce que je n'ai pas beaucoup d'essence, dit Hamel, mais je vais aller jusqu'à Volubilis. Ils ont le téléphone. Alors, ils devraient savoir quelque chose.

— Arrêtez-vous au retour, ce sera chic », demanda Moretti.

Il suivit le panache de poussière blanche qui tournait à angle droit vers le marabout de Sidi Allal jusqu'à ce qu'il disparût dans la vallée, parmi la frange des premiers oliviers. Suivant l'oued qui rongeait chaque année la colline d'argile en contrebas de Volubilis, où les Romains voulurent dresser un poste, puis une ville, sur un vague promontoire, Mathias Hamel atteignit vite la maison de ses amis Habert. Le toit de tuile rouge émergeait à peine des frênes et des haies de roseaux, dans l'exubérance du jardin dominé par trois palmiers dattiers dont la récolte ne mûrissait jamais. Le souffle du désert n'arrivait ici qu'au printemps ou à l'été, pour quelques rudes journées, sous un ciel blanc, parmi les insectes assoiffés.

Les myoporums, en surplomb de la source, formaient presque une voûte précédant la cour, où l'herbe grillée dévoilait les grosses pierres arrondies dont on avait comblé les fondrières. Les Habert s'étaient installés là en 1920 ou 1921 ; quelques années plus tard, une ligne incertaine de téléphone les reliait à Moulay-Idriss, immuable pourtant autour du tombeau du Saint. Déjà, ce matin, le receveur avait appelé ses abonnés de la vallée. Avec ou sans prétexte, la journée ne se passait pas sans qu'on eût échangé informations ou banalités, dans une conversation amicale. En saison, un couffin de prunes, de pêches, de raisins ou de légumes était déposé à la poste par l'un des ouvriers qui regagnait la ville, sa journée faite. « Tu porteras cela à Bennaïssa, tu sais, le chef de la poste », disait Mme Habert. « Pas au bureau, chez lui », précisait-elle. Ce n'était pas difficile : Bennaïssa, le receveur, logeait au-dessus du minuscule local dont il était le seul animateur, entre le téléphone et le comptoir. Les jours d'orage, les eaux prenaient la pente dès le rebord du souk aux bestiaux, et dévalaient la rue, charriant détritus et immondices devant la maison du Caïd, la poste et, ratant le tournant, se perdaient en cascade trouble parmi les aloès, en contrebas.

Bennaïssa était Algérien ; il était venu, dès 1930, occuper cette recette postale pour débutant. Il s'était marié sur place, à la fille d'un ferblantier. Et maintenant, il n'envisageait pas son changement. Il le redoutait même. « J'espère qu'on continuera à m'oublier ici », disait-il dans ses communications de bon voisinage avec les gens de la vallée. « Nous aussi ! » lui répondait-on. Ce matin, on l'avait déjà interrogé. Du petit bureau, tendu de toile de jute brun tabac semée d'hippocampes stylisés, noirs comme le buffle accroupi dont la tête creusée entre les cornes servait de cendrier, Mme Habert, plus impatiente que tous les autres, avait tourné trois fois la manivelle, en pesant sur le récepteur, pour que l'appareil ne bascule pas. « Savez-vous s'il se passe quelque chose ? Vous entendez ce roulement continu ? Ce n'est pas de l'orage. » En effet, même jusqu'au bureau postal dont, seule, une lucarne ouvrait sur la vallée, on avait entendu. « J'ai interrogé Meknès, il y a une demi-heure, mais ils ne savaient rien. Je vais recommencer », assurait Bennaïssa, intrigué à son tour.

On accueillit Hamel comme un proche. Depuis 1939, l'incertitude et les mauvaises nouvelles les avaient tous rassemblés, ces points épars sur les plateaux et dans les plaines — maisons blanches, éolienne et bouquet d'arbres. La déroute de juin 1940 avait signifié, jusqu'au fond de ces solitudes, la précarité du temps. Les démobilisés avaient repris leurs vêtements de travail, comme pour conjurer le sort et oublier les décors et costumes d'un drame ahurissant. On envoyait des colis aux prisonniers vers la lointaine Allemagne, où ils parvenaient en quelques mois : chandails et chaussettes, tabac, sardines, raisins secs et dattes, pois chiches et farine de maïs. La liste était courte. On les vendait même tout préparés. Le lycée de Meknès avait déjà recensé quelques morts parmi ses anciens élèves. L'attente s'était installée, tandis qu'alentour galopait la guerre : Mers el-Kébir, Alamein, Tobrouk, Leningrad et Stalingrad, Dakar et Koufra à peine perçus, les évadés de France arrivant au compte-gouttes d'Espagne ou du Portugal. Hamel avait été mobilisé dès août 1939, mais son régiment n'eut guère le temps de quitter l'Afrique du Nord. Finalement, il n'avait manqué aucune récolte, sauf celle de 1940, car les militaires ne s'étaient pas pressés, malgré le désastre, de le rendre à son foyer.

Tant qu'il ne pleuvait pas, on se visitait plus de cour à cour que de maison à maison. Le ciel était dégagé lorsque Hamel vira autour du palmier. Habert, sa femme et leur deuxième fils l'accueillirent, au-delà de la haie qui cernait leur maison. Ils promenèrent un instant leurs perplexités, puis s'arrêtèrent en petit cercle, l'un ou l'autre roulant sous sa semelle les marguerites desséchées jusqu'à ce qu'elles devinssent poussière. La sonnerie du téléphone, là-bas sous la véranda, les arracha à ce néant. Le plus prompt à courir rapporta lentement la nouvelle. C'était le jeune fils : « Il paraît que les Américains tentent de débarquer, mais qu'à Casablanca, Fedala et Kenitra, les troupes résistent.

— Mon Dieu ! » dit Mme Habert qui, souvent, l'invoquait ainsi, ne pensant qu'à la gravité de l'heure.

Les aînés mirent du temps à convenir que les nouvelles arriveraient vite désormais ; du moins ne pouvaient-ils peser sur elles. Mme Habert s'inquiéta pour son premier fils, qui était officier, en garnison dans le Rif, à quelque deux cents kilomètres de là. Comme il venait de les quitter, elle n'était pas sûre qu'il pût atteindre son cantonnement avant le branle-bas militaire. Elle imagina aussi ce que son gendre, prisonnier en Poméranie, penserait en apprenant la nouvelle. « On est dans le bain à notre tour. Cela nous pendait au nez », conclut-elle.

Quand Hamel eut repris la route pour semer la nouvelle jusqu'au bout de la plaine, parmi les voisins, on vit les vitres de sa Plymouth briller dans la montée bordée d'aloès géants, traversée de pierres romaines. C'est alors que Mme Habert s'aperçut brusquement que le principal intéressé était son dernier fils.

« Mais alors, on va te rappeler ?

— Eh oui ! dit-il, cela ne prendra pas longtemps. »

L'incertitude dura quelques jours, à peine. L'opération Torch des Anglo-Américains avait rassemblé six cent cinquante navires qui se partagèrent entre les côtes marocaines et le détroit de Gibraltar. Les cent bateaux portant les forces de débarquement du général Patton étaient, dans la nuit, à trente milles de Casablanca ; mais l'amiral qui y commandait la marine câblait n'avoir aucun indice de l'approche des Alliés. Quand il s'avisa, au petit matin, de résister, sept unités de surface et trois sous-marins furent coulés. Le croiseur *Jean-Bart,* inachevé en 1940 et abrité à Casa, engagea un duel d'artillerie avec le *Massachusetts* jusqu'à ce qu'il s'échoue, ravagé par le feu. Le capitaine Mercier qui avait pris la mer, fidèle aux ordres reçus et le cœur torturé, meurt sur le pont du *Primauguet.* A Port-Lyautey, qu'on s'obstinait, chez les Habert, à appeler de son ancien nom Kenitra, les tirailleurs marocains résistent sur les hauteurs dominant Mehedya et l'embouchure du Sebou. Le jour suivant, arriva d'Alger, où Darlan s'était fortuitement installé, l'ordre de cesser le feu. On enterra silencieusement des morts inutiles. Les Habert connaissaient le capitaine Petitjean qui avait épousé une amie de lycée de leur fille. Il fut héroïque dans ce combat vain et inégal, jusqu'au moment de tomber dans le sable mêlé d'un vague terreau et d'innombrables coquilles d'escargots. Tous connaissaient bien ce sol pour y avoir usé leurs pieds toutes ces vacances dans la forêt et autour de la lagune, cachée de l'Atlantique extravagant par l'amoncellement sans fin du sable. De Meknès, on sut très vite que le pharmacien et quelques employés du Tanger-Fès — la compagnie de chemin de fer — avaient été arrêtés. Sans doute les avait-on emmenés vers le sud, à Midelt ou Bou-Benib, destination habituelle des agitateurs politiques qui se faisaient prendre. « Quelle idée d'arrêter Legueuleux, commenta Mme Habert. Voilà vingt ans que je le vois derrière sa caisse et ses rayons, avec ses énormes verres de myope ! »

L'événement était plus important pour elle que la mésaventure du général Béthouart. Celui-ci avait pourtant résidé à Meknès, après s'être embarqué à Narvik et avoir transité par l'Angleterre avec sa petite troupe qui ne pouvait se maintenir au nord extrême de la Norvège alors que la France de juin 1940 se jetait sans espoir sur les routes. Informé par les Alliés du débarquement, la veille au soir, et chargé par eux d'arrêter le Résident général Noguès, il avait échoué dans son opération. Chef de la division de Casablanca, il s'était rendu dans la nuit à Rabat, et avait fait entourer la Résidence par une compagnie d'infanterie coloniale, en oubliant de couper les communications du Résident. Il passait en cour martiale, deux jours plus tard, pour n'être relâché que le 17 novembre, le jour même où le fils Habert reçut l'ordre de rejoindre, à Casablanca, le 6e tirailleurs marocains, en qualité de 2e classe.

D'Alger à Rabat, les militaires avaient réglé quelques-unes de leurs contradictions, jusqu'au moment où l'étudiant Bonnier de la Chapelle assassina l'amiral Darlan, la veille de Noël 1942, pour être exécuté lui-même le lendemain de Noël. Habert père, qui avait fait l' « autre guerre » et allait vers la soixantaine en traînant avec lui une jambe raccourcie par une balle en 1915, dans la Somme, en fit peu de commentaires : « Ce sont tous des fumistes. » Par cette phrase qui lui était familière, il ouvrait et fermait à la fois le débat. Avec qui l'aurait-il poursuivi ? Avec les ouvriers qui emmenaient chaque matin le flot tumultueux des bœufs ? Les labours commençaient dans la plaine. L'essence n'était pas revenue. Les tracteurs, sous le hangar de tôle, dormaient dans l'odeur des huiles de vidange. Il apercevait de loin, sur l'étendue ouverte des champs, Moretti à cheval, ou Moretti en bottes autour de sa ferme. Ils s'étaient vus à peine deux fois depuis le débarquement américain. Moretti avait dit que les militaires allaient le rappeler. Le soir, les animaux revenaient avec le coucher du soleil, dos luisants dans la poussière soulevée qu'agitaient encore de brusques embardées du troupeau. Tous les dix jours, avec sa femme, Habert gagnait Meknès. Les informations, les rumeurs arrivaient à l'improviste, selon les magasins visités, les visages familiers entr'aperçus chez le boulanger, le sellier-bourrelier, aux docks-silos, là-bas sur la route de Fès, en face du stade du Tanger-Fès. Les nouvelles embrouillées du monde devenaient pour eux un remue-ménage personnel.

« Avez-vous des nouvelles de votre belle-fille ? » demandait Mme Habert à Henriette qui tenait un minuscule magasin de frivolités, dont la façade était au bleu vif. Le stock avait doucement disparu et la vitrine cachait cette misère de quelques articles témoins.

« Eh non ! et je me demande si j'en aurai jamais. La voilà bloquée là-bas ! Mais elle voulait voir les parents. Sa mère n'allait pas fort. Avec les Allemands à Toulon, et toute la France occupée, je me fais du souci, je vous prie de le croire ! »

Ceux qui partaient, ceux qui étaient partis, ceux qui restaient pour garder des foyers qui se resserraient déjà autour du vieil âge. Habert et sa femme, à chaque retour, sur la route qui multipliait côtes et tournants parmi les bois d'oliviers, faisaient le compte des informations glanées, chacun de leur côté. La sortie des externes du lycée, sur la place Poeymirau, parmi les palmiers, les façades blanches et les vagues violettes des bougainvillées s'élançant jusqu'aux toits, l'essaim des bicyclettes agglutiné jusqu'au milieu de la chaussée, insensible aux klaxons et s'effritant parfois de quelques départs, étaient le seul au revoir insouciant que leur adressait la ville.

« Ah ! soupirait Mme Habert, les pauvres petits, qu'ils

en profitent de rire. C'est sur eux que ça va tomber maintenant ! » Sur cette même place, quelques mois auparavant, à la sortie des cours, un lycéen avait craché au vu de chacun sur la voiture des Allemands de la Commission d'armistice. « Lucien va pouvoir en découdre maintenant », dit-elle en pensant au jeune audacieux, fils d'une famille amie, nombreuse et blonde depuis le Nord, dont elle venait. L'affaire s'était réglée par un renvoi fictif du lycée, pour sauver la face des plaignants indignés.

Tard dans la matinée, la voiture quittait l'étroite route qui courait à flanc de colline parmi les haies de roseaux ou d'aloès bleutés, fermant les pentes dont l'olivier aspirait la méditation, dans une demi-ombre. Un chemin cahotant, aux fondrières cent fois comblées de tombereaux de cailloux mais renaissantes sous la pluie d'automne au passage des camions, restituait les Habert à leur équilibre. Pas une plante, pas un talus hérissé d'asperges broussailleuses qui ne leur fût familier. La route descendait lentement sur deux kilomètres, et la poussière d'une glaise aride, soulevée au passage de la voiture, allait se perdre jusqu'aux premiers frissons des roseaux qui bordaient l'oued. Du damier qui subsistait d'un champ de nioras, où l'irrigation de l'été avait sculpté seguias et compartiments, jusqu'au grand frêne du bord de l'eau où, l'hiver venu, les pique-bœufs s'abattaient comme une neige sous le soleil rasant, les saisons et les souvenirs dialoguaient sans effort. Les signes immobiles étaient une mémoire immense, dont on ne savait jamais ce qu'elle allait livrer sans surprendre. Au-delà de ces ricochets où l'habitude trouvait toute complaisance, la plaine jusqu'aux rebords du plateau imposait sa nudité. Cette vérité n'était qu'éphémère, dans la couleur que les minutes et les nuages lui faisaient et qui souvent courait d'un horizon à l'autre, allègre ou menaçante.

Dès l'arrivée, Mathilde Habert s'affairait. L'agitation lui était nécessaire, dans la procession, chaque année reprise, des saisons. Comptant avec les pluies, les soleils, le retour des moustiques, les siroccos parcourant le ciel blanc et jetant sur les fruits guêpes et libellules assoiffées, elle ne pouvait s'arrêter. Tout lui était anticipation et rencontre, parmi la cérémonieuse immobilité d'une montagne au front ocre où les grottes étaient des yeux morts qui n'apercevaient plus la ville romaine, ses ruines silencieuses, et le ballet des ombres sur la plaine verte ou fauve. Le temps était lent, l'espace trop grand pour qu'elle pût prendre patience. S'asseoir dans une chaise longue ou sur le rond de pierre qui enserrait le myoporum en contrebas de la terrasse, le pouvait-elle sans s'effrayer de tant d'heures passées, de tant de jours à venir, d'elle-même, des dangers qui surgiraient quand tout, du début à la fin, est dégradation ? Elle allait attendre, enclose dans son île festonnée de roseaux, où le vent fort de l'hiver restituait le bruit de la mer, et contre laquelle battait la crue de l'oued dévalant les pentes du massif en torrents furieux qui, s'unissant, roulaient des pierres dont on percevait les chocs sourds jusque dans la maison. Attendre les lettres, signaux chaque fois plus lointains, comme si les absents s'enfonçaient profondément dans un gouffre où se perdait le bruit de leurs pas. Attendre les départs, les embarquements, les débarquements, les piétinements, les marches, les alertes, les terreurs des autres. Elle attendrait quand le vent d'ouest ferait battre la porte d'entrée et sifflerait dans le bourrelet éclaté au pied de la crémone. La pluie, horizontale, se jetterait sur les vitres étroites et l'on distinguerait à peine, au fond de la cour, le hangar où quelques volailles trempées se tassaient, le croupion abattu. Les souches d'olivier dans la cheminée brûlaient toute la nuit sans être une destruction, mais un acte volontaire, tant elles persistaient à briller parmi les cendres, veille émouvante et stable. Tout était précaire, menacé, isolé, sauf ce feu qui, fragile, avait tant d'heures devant lui, comme s'il était l'unité de tout, de tous leurs souvenirs, présences et absences, de ce qu'ils n'étaient déjà plus. Dehors, l'obscurité si parfaite était celle de temps barbares revenus en trombe rouler et empiler autour de la maison la plus épaisse des nuits et son plus épais silence où le cheval, dans son écurie, donnait parfois du sabot contre les pierres.

Mathilde pouvait maintenant penser à Orléans, à la rue d'une rempailleuse de chaises que Péguy eut pour mère. Ce fut sa rue aussi, ô temps si lointain que la distance l'avait attaqué d'espaces, de montagnes, de mers et de climats, comme si les années n'y eussent pas suffi ! Sur la table de toilette, tout contre la fenêtre qui ouvrait au midi, dans l'ombre palpitante du frêne, elle avait dressé deux petits cadres de bronze doré, enserrant sous un verre biseauté les photographies de son père et de sa mère, prises le même jour, par le même artisan, là-bas, avant-hier, quand ils étaient jeunes. Les brosses d'ivoire et le peigne avaient jauni, la glace à main, sertie d'argent guilloché, s'était fissurée à hauteur du manche. Mais les visages s'étaient emparés pour longtemps du bistre léger du papier et s'en étaient fait une indéfinissable et sérieuse vie, que les multiples boutons du corsage ou la cravate lavallière foisonnante accrochaient à l'histoire. Ils passaient ainsi l'été et l'hiver, du violet des bougainvillées au violet des iris, visage contre visage, installés là par hasard et le fil de ténues volontés les rassemblait, autant qu'une vie, presque rien en somme. Les ancêtres fugitifs s'entouraient de fugitives fleurs. Mais au bas du mur de pierre, épais comme d'une forteresse, grossièrement crépi et badigeonné de chaux, le mortier et l'enduit se soulevaient en croûtes qui gonflaient aux éclaboussures d'averses, lèpre du temps ignorant le répit.

Toute agitation suspendue, Mathilde s'accordait chaque jour, de ce modeste observatoire dont les haies et les arbres jusqu'à la rivière limitaient les vues, un regard, sur elle-même peut-être. Ou davantage, sur l'imprévu qui l'avait ancrée dans cette immobilité qui n'était qu'apparence. La montagne, la vallée, les saisons, l'eau furieuse puis croupissante, fuyaient par chaque seconde, et elle n'en était que le repère.

A deux reprises, sa sœur Suzanne, fantasque, aventureuse et sentimentale, s'était à peine posée ici, à la découverte, flanquée de l'un puis l'autre de ses maris. Le premier étant mort, qui pouvait s'étonner qu'elle en eût trouvé un second, aussi vain qu'effacé, hors de l'éphémère connivence de la chair ? Suzanne ignorait l'angoisse, par l'allègre disposition à guetter le signe du bonheur, fût-ce dans les horoscopes. Elle entraînait fille et mari à respirer l'alacrité de l'air aux premières heures de la matinée ; elle était conquise par la spontanéité odorante des fruits, s'extasiait des teintes les plus violentes sur la colline aux chardons. La touffeur des soirs, les moustiques, les boissons tièdes, l'inconfort, ses propres lendemains n'atteignaient guère le naturel parti pris d'émerveillement qui la faisait vivre. Elle alla se fixer, en 1925 ou 1926, à Oujda, dans le Maroc oriental, marché pour bétail maigre que Lyautey, opérant à partir de son commandement d'Oranie, avait ouvert à la vocation de base militaire. Les boulevards, trop vastes, se peuplèrent de faux poivriers, à l'ombre éparse, dans l'épuisement de l'été. Là, parmi les maisons basses où la tôle ondulée se substituait aux toits de terre, trop vulnérables aux averses, elle retrouva son frère, Ernest, qui avait la vocation des emplois administratifs subalternes. D'abord « aux écritures » à la mairie d'Orléans, pour trois sous le mois, il se résolut, au lendemain de la guerre, à franchir la mer et ce fut sa première étape, civil à la subdivision militaire. Il s'était marié. Il mourut bientôt, de typhoïde, de typhus, d'encéphalite léthargique ou plus banalement de paludisme. A cette époque, on partait vite et sans façon, avant l'âge, dans le contingent à livrer, en tribut, à l'aventureuse médiocrité.

Eric, depuis l'Ecosse, et tout à sa péremptoire science de jeune médecin, peut y réfléchir, au coin du feu de houille. Réfléchir aux destins inachevés des grands-oncles, égarés là sans autre vocation ou impulsion que la petite comptabilité des ordinaires et les certificats de présence au corps. La durée les aurait jetés vers d'autres voies, toutes imprévues, sur une terre dont on allait extirper les racines de l'universel palmier nain, enfoncées à un mètre dans le sol ! Qui peut encore penser à Ernest, à cette vie à peine déployée, à l'idée qu'il s'en était faite, dans la torpeur des siestes d'été, dans le glacial et brûlant paludisme ? Qu'est devenue sa femme, disparue de toutes ces mémoires où elle fut, un instant, présente, s'y étant introduite par effraction ou par l'habitude ; aujourd'hui probablement au bout de son âge, ou rendue à l'oubli par une tombe dans la multitude d'un cimetière.

Si Eric — par quel hasard ? — interrogeait son père, peut-être découvrirait-il que celui-ci a recherché jusqu'à El-Goléa, dans le Sud algérien, la tombe de Suzanne ; la tante Suzanne, oubliée jour après jour, et de lettre en lettre s'espaçant, jusqu'à ce qu'on la sût gagnée par l'âge dans ce bout du monde et de désert. Elle tenait l'hôtel qui ouvrait aux touristes l'immobilité bruyante de l'oasis, ses rigoles séculaires pour les orges et les palmiers. Elle vivait, disait-on, avec un ancien légionnaire, appuyant ainsi ensemble leurs désillusions, pour subsister. Puis le légionnaire disparu, elle était restée là, jusqu'à l'indifférence de la mort, encore plus certaine, en 1943, au cœur du temps pour tuer et pour oublier. Vingt ans après, le père d'Eric, remontant du Sud par l'âpre Tanezrouft, le pays de la soif, et In-Salah, s'était arrêté là, à l'heure la plus chaude. Tandis que ses compagnons de voyage somnolaient dans l'ombre des palmiers et des grenadiers, il avait franchi, dans la blanche réverbération de chaleur et de lumière, les murs de terre écroulés, aux contours festonnants, et le dernier fossé à l'abandon où l'eau croupissante suintait encore. En face de l'oasis, sur une colline de pierraille plate, le cimetière européen exposait en pente son quadrilatère, semé de taches blanches et de croix, comme un objet de vitrine. Il erra parmi les tombes ; chaque nom, chaque date harcelaient tour à tour l'esprit, dans ce soleil implacable qui les avait purifiés de souvenirs. En vain, il chercha, n'ayant que la certitude du prénom et de la date. Peut-être frôla-t-il l'ancien légionnaire inconnu. Peut-être, sans les voir côte à côte, ne reçut-il aucun signe d'une éternité si bien faite qu'elle recueillait l'éphémère misère. Plus tard, dans l'air moins agité par la chaleur, roulant ses masses invisibles, il regarda, par le hublot, le dérisoire piquetage de la palmeraie contre le Grand Erg occidental et ses dunes vives. Il n'y reviendrait pas, sauf par caprice du temps, et ces quelques minutes d'attention trop esthétique résumaient tout l'effort qu'il ferait pour rejoindre le passé. L'Europe humide, tendue de maisons et de bois, le reprendrait, comme elle s'était hier débarrassée de quelques êtres. Avec indifférence.

La tante Suzanne serait la seule photographie d'une jeune femme rieuse, vers 1925 : elle n'avait que cet âge ; elle ne détiendrait pas d'autre vie, ni maris ou amants, et sa fille, morte peut-être à Alger en 1940, au seuil d'une irrespectueuse jeunesse, lui échappait davantage. Qui, demain, l'identifierait encore, dans le désordre d'un rangement ?

Mathilde Habert, parmi ses oliviers, l'allée des myoporums et l'ombre claire du frêne, ne luttait, pour l'heure, que contre la mélancolie de soi-même. Partis ceux que la mécanique guerrière désignait pour les grands voyages, les plus vieux étaient confinés à l'immobilité de leurs campagnes ou à la torpeur de petites villes, à demi vidées d'hommes et de marchandises. Le conservateur de Volubilis venait de découvrir le temple de Saturne sous un tumulus que le palmier nain masquait de ses touffes rêches. Les fouilles avaient rendu au jour, mille ans plus tard, une centaine de stèles votives. Mathilde, qui les avait vues sortir du sol les unes après les autres, s'imaginait aisément qu'elle aussi était devenue une pierre grossièrement façonnée et sculptée. Dans un geste familier, offrant des fruits, attisant le foyer, elle conjurait l'imprévu. Surmonté d'une courbe ou d'un angle aigu, son médaillon de pierre était une protestation modeste et patiente contre le temps qui se croyait souverain. Comme à l'accoutumée, une fois l'an, la tante Suzanne avait écrit, de son oasis, là-bas sur la route de Tombouctou, une lettre, aussi vague et banale que venue d'un univers solognot. Elle vivait, c'était certain, et distribuait ses affections à tous, avant de signer de son prénom. La vie s'écoulait ainsi, sans assez de force pour bousculer l'indolence ou la fatalité des jours.

Dès le 20 novembre, le dernier fils était parti. En Alger, les militaires et les civils réglaient leurs comptes, sous la main de quelques envoyés américains, surpris de tant de fureurs opposées à leurs choix. La guerre, cependant, faisait rage en Tunisie où les Allemands avaient atterri, dès que furent connus les débarquements anglo-américains à Casablanca, Oran et Alger. Sabordée à Toulon, la flotte française devenait captive à Bizerte, dont la garnison était internée par les Allemands, malgré la docilité du Résident général à Tunis, l'amiral Esteva. Pourtant, de l'Algérie toute proche, de Bougie, de Constantine, de Bône, de Philippeville, de Souk-Ahras, des troupes pathétiques montaient vers les cols tunisiens et la vallée de la Medjerda, entre les monts de Tebessa et les monts de Kroumirie : uniformes réformés, souliers à bout de souffle, armement déclassé réservé aux forces dites de couverture, les wagons pour hommes et chevaux, et, pour la poussière et la boue, les jarrets des mulets et des fantassins. On les avait arrachés en fanfare à la torpeur parcimonieuse de casernements où la défaite les tenait, et jetés dans l'hiver détrempé des montagnes à courants d'air où le vent ricochait de crête en crête. Temps étrange où ces minuscules effectifs se portaient aux frontières avec des armes dérisoires, tandis qu'alentour, à Tunis comme à Alger, débarquait le matériel le plus beau dont les saint-cyriens eussent jamais rêvé.

L'avant-veille de son départ, le fils Habert qui se hâtait avenue de la République, à Meknès, glanant de boutique en boutique les minuscules objets dont on bourre les paquetages, était tombé sur Charles Halou qui humait une dernière fois l'air familier. Quel collégien, quel militaire mourant d'ennui, quelle famille poussant ses enfants n'avaient, des centaines de fois, arpenté l'avenue qui montait en pente douce, entre ses arbustes taillés en cylindres plats, de la place Poeymirau jusqu'à l'hôtel Volubilis et le magasin Bernard qui vendait des tracteurs agricoles ! En bas, le général de bronze, burnous pétrifié, regardait le lycée comme pour persuader celui-ci qu'il devait tout à sa vigoureuse et avisée campagne de pacification, sous les ordres de Lyautey, vers 1920, dans le Moyen Atlas et aux confins. En haut, autour d'un rond-point de maçonnerie, le trafic vers Fès ou Rabat luttait avec celui qui allait et venait, de la ville aux casernes. Meknès s'était éveillée au XVIIIe siècle avec un sultan bâtisseur et cruel, ainsi que le veut la passion des murailles et des palais. Depuis le règne de Moulay Ismaël, elle sommeillait au point qu'aujourd'hui encore, entassée sur ses collines, elle n'a pas de demeure digne du Sultan. Ainsi la vit Delacroix en 1832 [1]. Ainsi elle demeure. Sur le plateau qui lui fait face, sur l'autre rive du minuscule Oued Boufekrane, les Français, en vingt ans, avaient construit une ville neuve, aérée, blanche, presque esseulée dans ses boulevards qui finissaient dans les graminées du printemps. L'avenue de la République vivait des allées et venues des agriculteurs, des militaires et des fonctionnaires. Le Régent, l'Empire, le Camera, nourrissaient de leurs films les rêves des potaches, abritaient les soldats qui s'échappaient du Roi de la Bière, du Gambrinus Bar, de quelque autre brasserie, ou revenaient en fiacre du quartier réservé, en bordure de la ville ancienne. L'heure bénie était celle de six heures, quand la foule commençait à déambuler interminablement, à l'espagnole. Les garçons sifflaient. Les filles se dandinaient avec de brusques fous rires. Le photographe, qui était breton, se mettait sur le pas de son magasin, en quête d'une conversa-

1. « Je plains véritablement à présent les artistes doués de quelque imagination qui ne peuvent jamais avoir une idée des merveilles de grâce et de beauté de ces natures vierges et sublimes. »

tion, d'un salut. Il n'est donc pas surprenant que le fils Habert ait rencontré ce jour-là Charles Halou. C'était aussi la dernière fois que celui-ci parcourait l'avenue, témoin de tant de vantardises et de rêves adolescents. Il partait le soir même et, quelques semaines après, du côté de Teboursouk ou de Pont-du-Fahs, une balle allemande le tuerait, à moins que ce ne soit un obus, sur cette route vers Tunis où il allait les mains presque nues.

Le fils Habert se souvient de cette rencontre qui ne connut pas le retour. Charles Halou ouvrait la liste des élèves du lycée dont la mort se saisissait, comme un feu ayant trouvé, sur ce plateau aux maisons blanches et aux jardins clos, un périmètre à brûler. L'hiver allait commencer, lumineux et sec ou tendu par quinzaines de nuées basses qui se heurtaient aux reliefs, et les noyaient d'eau. Charles Halou avait une façon qui n'était pas outrecuidante d'accepter la vie, avec un fatalisme gai. Son père était un homme âgé, pour un fils de vingt-deux ans. Des blessures de l'autre guerre l'avaient laissé claudicant et rabougri, après qu'il eut servi à un grade subalterne dans l'armée du Levant. Maintenant, il tenait un poste administratif dans une zone sous contrôle militaire, vers Khenifra. Il venait souvent chercher son fils, le samedi après-midi, quand l'internat rendait les reclus à leurs familles. Il restait assis dans la voiture que sa femme conduisait. Aussi les potaches s'émerveillaient-ils que Charles ait une mère « aussi jeune et aussi bath », dont la blondeur épanouie contrastait avec le sombre visage africain de son fils. Ce grand gaillard aimait qu'on les vît ensemble, accordés presque d'âge, de taille et de santé. Quand ils reviennent aujourd'hui dans sa mémoire, aussi frais et pathétiques que l'un de ces samedis disparus, le fils Habert s'émeut du temps si court qui leur fut laissé. Il lui arrive de revoir Charles s'éloignant sur l'avenue d'un pas à peine chaloupé, et se retournant en criant comiquement : « On les aura ! » lui qui n'avait eu que dix ans d'internat et deux ans de service militaire, pour toute vie. Peut-être retrouvera-t-il Charles fumant dans le coin des grands, au bout de la cour de récréation, contre le mur aveugle du dortoir des filles ou adossé au treillage du terrain de gymnastique. Sa blouse grise serrée d'une ceinture de cuir, les manches retroussées, il avait l'uniforme que s'étaient choisi les internes et qui les faisait ressembler à des commis de quincaillerie. Entre l'olivier qui abritait le portail et les trois marches condamnées du dortoir, c'était l'espace le plus secret de la vaste cour, généralement parcourue de tourbillons de poussière blanche qui franchissaient la haie de myoporums et s'évanouissaient vers le nord, dans le paysage livré aux rêves. Les plus âgés s'y agglutinaient, chassant tous les autres de sarcasmes ou de coups, défendant ce privilège dérisoire qu'ils avaient guetté pendant les interminables années de culottes courtes. Le vent tourbillonnait aussi dans leur coin, mêlant les minuscules fleurs séchées de l'olivier à la fumée du tabac et à l'irritante poudre de mâchefer qui garnissait la piste du sautoir. Les grandes vacances de l'été rendaient à l'irréelle immobilité le plateau de glaise où nulle herbe n'avait su persister, sous les pas et le soleil.

Quand il eut rencontré Charles Halou, pour si durablement le perdre, le fils Habert aperçut, sans y songer, ce périmètre si parfaitement vide et suffocant où les oliviers, trop vieux, s'estompaient dans la lumière blanche.

Puisqu'ils n'y seraient maintenant, tel devrait-il probablement demeurer, l'aride, le sévère dessin que ne peuplerait plus leur jeunesse, évanouie dans d'autres vacances ?

Deux jours plus tard, sa valise de cuir bouilli au bras, il quittait à son tour l'univers des roseaux, des saponaires, de la menthe sauvage, des fleurs éclatantes des grenadiers, des poules d'eau nageant à la hâte vers le treillis des ronces tendu sur les berges de l'oued. Le camion de Matjé livrait dans la matinée quelques tonnes de superphosphates et repartait vers la gare de Sidi-M'Bareck du R'Dom avec autant de blé. Ainsi, il irait prendre le train pour Casablanca, sans entamer la réserve d'essence. Il n'aurait d'autre compagnie, pendant vingt kilomètres, que le chauffeur marocain qui habitait le derb Sidi Ali, à la sortie de Meknès, vers El-Hajeb. Ils n'échangeraient qu'une conversation précautionneuse, sur le prix des denrées, la turbulence des enfants, la résistance du camion aux routes défoncées. Au terme du court voyage, auraient-ils réussi à oublier la prudence, parce qu'un âne couché sur la route serait resté insensible au klaxon et aux injures ? Ils seraient d'accord pour en rire, avec cette connivence que suscite l'imprévu. « Que Dieu te garde ! » dira dans un instant le chauffeur, en guise d'adieu. L'autre ira s'installer contre le mur de la gare, du côté du soleil, sur le banc de maçonnerie. Il aura tout le temps d'attendre. A droite et à gauche, les rails brilleront sous les caténaires, presque à perte de vue, la voie se creusant chaque année davantage, entre les haies d'éburnéas protégeant les orangeraies d'une barrière d'épines vertes d'où surgissent les moineaux en brusques essaims. Les collines, aux plis soulignés par la lumière oblique de l'automne, prendront la couleur du mastic ou d'une incandescence paisible, orange ou brique.

Longtemps, en amont de l'oued, on entendra le train venir comme un frémissement parcourant cette vieille terre ainsi qu'elle se secoua assez fort pour ruiner Volubilis, ses arcs de triomphe et ses colonnades vers la porte de Tanger. Elle s'en souvenait encore quand, dans l'immobilité de l'air, parfois, une rumeur montait d'elle, à la fois bruissement de feuillage et ruissellement d'eau. Alors Mathilde écoutait pétrifiée, jusqu'au moment où les portes frappant en désordre l'arrachaient de leur fracas à l'envoûtement du message tellurique qui se perdait vite dans l'angle des montagnes semblant l'absorber.

Le train drainait la vallée vers Sidi-Kacem, emportant à chaque halte ou gare ces repères si fragiles de leur présence, ainsi qu'était son fils. La terre dispersait au loin ce qu'elle avait rassemblé, dans son indifférence. Qui reviendrait demain jusqu'aux plantations de pommiers démarrant à peine sur les hauts plateaux, qui reverrait la terre profonde de Merchouch, qui dévalerait encore le front tendu d'eaux et de peupliers de la colline d'El Hadjeb, qui rêverait de loin aux frênes d'Ifrane, qui livrerait les sacs de blé vers Sebaa-Aioune ?

Au moment où le fils Habert monta, acquiesçant à la fatalité, sans effort, dans le wagon vert sombre aux lettres jaunes, seule Mathilde avait déjà, par impatience native, reconnu que les heures, jusqu'alors si bien retenues en ce minuscule monde, échappaient de toutes parts, et prenaient pour chacun d'entre eux le nom différent de leur destin.

III

Le chemin du Sultan
(1877)

Après le pont de brique brune que construisirent au XVIIe siècle les captifs portugais, l'Oued Kroumane, s'échappant des rochers, de ses bassins et cascades, prend sa pente en ligne droite dans un fouillis de ronces et de roseaux. Sur le parapet massif, haussé jusqu'à poitrine d'homme, quelque oisif chantonne interminablement, s'il fait beau, une rose poivre à la main. La route arrive de Meknès, par une trouée humide, au travers des jardins. Elle monte vers Moulay-Idriss, sur ses pitons, par d'innombrables chemins tracés dans la glaise jusqu'à ce que la porte de la ville les rassemble impérieusement.

Quand, en avril 1877, Louis-Charles Molinier, lieutenant d'artillerie, dont l'escorte, somme toute modeste, ne s'était pas risquée à gravir la pente, trébucha sur la pierre cylindrique qui protégeait, à l'oblique, l'entrée du pont, il était à demi rassuré. Un petit équipage le menait depuis Tanger vers Fès. Il allait compléter la mission militaire française. Le sultan Moulay Hassan avait paru en proposer l'accueil, quand le général Osmond, commandant la division d'Oran, lui présenta, à Oujda, quelques-uns de ses régiments, deux ans auparavant. Aujourd'hui, c'était chose faite : ils seraient trois officiers pour réorganiser l'artillerie chérifienne, et Louis-Charles arrivait bon dernier. Sans doute eût-il été apparemment plus simple que, par petites étapes, il gagnât, venant de l'Est, d'Oran ou de Nemours, Lalla Marnia et Oujda pour atteindre Fès par la Moulouya et Taza.

Mais le Sultan n'était maître chez lui qu'à condition de partir en expédition contre les tribus. En 1876, il s'était frayé la route jusqu'à Oujda. Aujourd'hui, ces plateaux désolés, à perte de vue, abritaient, en chacun de leurs plis, de silencieuses dissidences. Le lieutenant Molinier avait été tenté par l'exploit de cette traversée, déjà accomplie par le capitaine anglais Colville et le prince Wiasiemski. Mais il n'osa pas en parler à ses chefs, pour qu'on ne rît point de son inexpérience. Le ministre de France à Tanger tenait d'ailleurs à ses prérogatives : cette mission militaire, il en avait longtemps négocié sur place la venue avec Si Mohameyed Bargach. C'était lui qui filtrait pour le souverain les propositions, entendait les doléances, apaisait les récriminations des Européens, si avides d'utiliser le temps, le sol, l'immobilité musulmane.

Depuis Tanger, où le vent qui s'engouffrait dans le détroit avait rendu le débarquement difficile, le ciel couvrait la petite escorte du lieutenant de nuages bas qui butaient sur les premières collines du Rif. Le paysage disparaissait, tantôt sous les rafales de pluie dérapant en oblique, tantôt derrière un amoncellement de volutes grises ondoyant les unes sur les autres. Les mules chargées de l'attirail du campement et les chevaux de selle peinaient au long des pistes détrempées et hésitaient à se risquer dans les gués des oueds où l'eau glissait trop vite en sifflant. L'Oued Kroumane, du moins, offrirait un pont et éviterait de devoir récupérer, dans un bief à peu près calme, une bête à la dérive à demi noyée sous son chargement. Dès la veille, Kaddour, chef de la harka maghzen chargée de mener l'officier roumi à bon port, avait paru hésiter sur l'itinéraire à prendre. Il ne s'était guère risqué à côtoyer le pays rifain, se bornant à décrire les mystérieux envoûtements de Chichaouen et d'Ouezzane et à vanter la fraîcheur de leurs eaux, dans l'été torride. Sur la route par Ksar el-Kébir et la plaine du Gharb, la troupe impériale, bien que réduite à proportion du modeste grade du lieutenant, ne risquait guère d'avanies : les caïds fournissaient l'accueil et quelques escortes d'appoint qui, d'oueds en crêtes, se remettaient la précieuse personne du lieutenant, comme un témoin dans une course de relais. Quand on fut arrivé vers Msaada, non loin de Sidi-Kacem, Kaddour, qui appartenait à la tribu des Cherarda et se sentait donc quasiment chez lui, préféra bivouaquer tôt. Il aviserait du chemin à prendre pour Fès, demain matin, après avoir consulté dans la nuit. Contournerait-on le Zerhoun par le nord, en suivant l'Oued Mikkès, ou par le sud, en franchissant le col du Zeggota et en se plaçant ensuite sous la protection de Moulay Idriss et de sa sainte ville ? De ce débat, le lieutenant Molinier ne sut pas grand-chose : trois journées de voyage, dans le froid et la pluie, avaient quelque peu abattu sa curiosité, et la morne étendue du Gharb, quoique piquetée de fleurs et toute reverdie du printemps, lui paraissait interminable. Le pain d'orge, les œufs, le beurre au lait de chèvre, quelques brochettes fortement épicées, le thé bouillant, au bivouac, déjà lui étaient fastidieux. Au sol sablonneux, avait succédé une terre plus forte d'où l'humidité sortait, au soir, en un voile bleu qui se parfumait de l'odeur vineuse des campanules écrasées. Louis-Charles s'endormait dans le burnous de laine beige et marron exhalant encore l'odeur des bergeries, mais demeuré imperméable aux rafales de pluie qui, depuis l'ouest, les poussaient devant elles.

Au matin, dès cinq heures, Kaddour secoua le campement et pointa son doigt vers le Djebel Tselfat et le col du Zeggota. Il avait choisi la route du sud et tançait avec superbe un muletier qui mettait son bon sens en question. Jusqu'au col, on suivit plus ou moins un fond de vallée aussi nu et désert que les collines environnantes, qui irradiaient curieusement, sous le ciel bas, une luminosité blanchâtre empruntée à leur sol d'argile. Sur les pentes, parfois, la terre avait glissé, minée par les pluies qui amassaient d'éphémères ruisselets brillant d'un vif éclat sur les collines chauves.

« Tu vois, expliquait Kaddour au lieutenant, au milieu du jour, nous atteindrons le col et, au lieu de redescendre vers Fès, nous irons passer tout contre Moulay-Idriss. C'est une ville sainte, disait-il avec componction. Tu ne pourras pas y entrer. Ni les juifs ni les chrétiens ne peuvent y entrer. Souvent, même, ils ne peuvent approcher. Les gens là-bas deviennent vite menaçants. Mais tu verras Oualili, Volubilis, la ville des Roumis d'autrefois. Dieu les a punis, il ne reste plus grand-chose. » Il criait dans le vent qui poussait furieusement au derrière mules et chevaux cheminant tête basse, avec une résignation qui ajoutait encore à ces solitudes abandonnées. Du capuchon de Kaddour, dont il abritait le précieux bonnet rouge qui consacrait son importance, s'échappaient, de part et d'autre du visage, deux mèches folles affirmant davantage sa qualité. Quand la troupe, dont la pluie avait terni toute couleur, tout éclat, atteignit le col où l'air sifflait continûment, Kaddour expliqua : « Ici, en été, il fait toujours bon, un temps frais et sain ; partout, on étouffe, sauf ici : c'est la " porte du vent " ; là-bas, dans l'autre plaine — il tendait vaguement son bras pris dans la manche large du burnous — c'est " le père du vent ". C'est là qu'il prend son élan. » Ces considérations bavardes sur l'été parurent saugrenues au lieutenant artilleur Molinier, alors qu'il se résignait à huit jours de pluies océanes, de chemins pris de boue et de villes aux murs de chaux grisâtre, détrempée.

« Tu verras, disait Kaddour, après la porte du vent, peut-être il fera beau. Ce pays est celui des " djinns ". Il y en a partout dans cette montagne, tout autour de Moulay-Idriss, dans les grottes, dans les arbres, dans les fourrés. La ville sainte leur fait peur ; alors, ils restent tout autour. Et Aïcha Kendicha, on l'a souvent vue dans la rivière, l'Oued Kroumane. Tu verras, on va le traverser, après Volubilis. »

Le brouillard des nuages paraissait s'effilocher en rasant les blocs de calcaire troués, que les asphodèles commençaient à ceindre. On aperçut un enclos fait d'une haie profonde de figuiers de Barbarie, confortée d'un mur de pierraille. Kaddour crut bon de prévenir enfin le lieutenant Molinier :

« Tu sais, ici, les gens se disputent tout le temps, entre les villages, pour le pacage du bétail, pour la répartition de l'eau, pour des vols. Ce sont presque des histoires de famille. Si tu entends tirer, n'aie pas peur. Ce ne sera pas sur nous. J'ai appris hier, à Msaada, par un cousin, qu'ils n'avaient pas arrêté de tirer depuis trois jours. Quand ils verront mon tarbouch, ils rentreront leurs fusils. »

Les fleurs jaunes et orange se dépliaient déjà à la périphérie des raquettes épineuses de la zériba, en cet avril arrosé. Molinier se demandait s'ils étaient guettés derrière la haie silencieuse. Kaddour avait rejeté en arrière le capuchon de son burnous. Il précédait ostensiblement la troupe, bonnet rouge en tête, éperonnant, du long étrier rectangulaire, sa monture et la retenant, pour qu'elle prenne fière allure. Un enfant apparut entre les troncs fibreux et s'enfuit. Un autre, plus grand, lui succéda dans la brèche végétale. Kaddour l'interpella avec rudesse, répéta son adresse au gamin pétrifié et lui signifia, bras tendu et main ouverte, d'aller porter le message. On attendit. L'oncle arriva, la tunique de laine triste remontée jusqu'au-dessus des genoux pour n'être pas gâtée de boue, l'extrémité du turban pendant sur la nuque. On s'expliqua longuement. On héla d'invisibles guetteurs. Puis un neveu, extrait de l'enclos, prit le départ, pataugeant dans la boue et précédant de quelques mètres la petite caravane. Le gamin évitait les flaques et écrasait de ses pieds nus, sur le bord herbeux, les soucis jaune pâle au cœur marron. Un caroubier aux fleurs imbibées d'eau marquait, au creux du terrain, la première source s'échappant du massif calcaire.

Puis il y eut deux champs d'oliviers, ceinturés d'aloès bleus dont les hampes florales commençaient à pointer. Le sentier, en les séparant, s'était creusé de cheminements qui festonnaient sur chaque bord du talus. « C'est moi, Hamidou, le fils de Moha ! » criait l'éclaireur à pleins poumons et avec une application angoissée. « Ouvrez le passage ! » On apercevait, sur la droite, le front poli de la montagne où les couches géologiques marquaient comme les plis d'un visage. Le soleil, revenu dès que les voyageurs eurent atteint les arbres, étendait la même sérénité sur la plaine verte, la falaise rouge et bistre, les bois d'oliviers qui garnissaient les pentes. Les chiens hurlaient dans un village perdu en hauteur, et des ânes se mirent à braire d'un bout à l'autre du paysage. On s'arrêta sur l'injonction du jeune guide qui, prenant ses jambes à son cou, disparut dans les halliers de ronces où l'eau d'un ruisseau dévalait, invisible et sonore. Les montures se mirent à brouter, malgré les mors énormes qui agaçaient leur bouche. Le lieutenant Molinier, après tant d'heures de pluie obstinée, sentait la chaleur humide du burnous gagner son dos et sa nuque, et il s'émerveillait à le voir si vite fumer sous le soleil. Cela seul comptait, dans cette inconfortable randonnée : retrouver la tiède quiétude de son corps. Au gré de son cheval, qui choisissait avec dextérité les mâches aux fleurs violettes, il s'ouvrait à cette paix virgilienne d'un monde sans route, aux invisibles habitants. Peu lui importait que ceux-ci poursuivissent d'implacables rivalités de voisinage. Ces minutes n'étaient que pour lui, comme un privilège tenu jalousement à distance de tous autres. L'Europe, sa vie antérieure, les garnisons de province, l'Algérie même qu'il avait quittée quelques jours auparavant en embarquant à Oran pour Tanger sur le bateau de la

Compagnie Paquet, c'était déjà effacé ! Il était le seul témoin et le seul vivant. La mule chargée de ses cantines, hier encore, il s'en inquiétait. Aujourd'hui, il était aussi pur que les horizons dessinés de montagnes nues, aussi vif que ce temps cristallin.

Le jeune Hamidou surgit d'entre les aloès, sur leurs arrières.

« Alors ? s'irrita Kaddour, surpris.

— Voilà, tu peux passer, mais il faut prendre la route du bas, en dehors des arbres. Là, il y a trop de guetteurs, et les gens se méfient toujours de ce qui bouge. En bas, on vous verra venir de loin. Remontez l'oued jusqu'au pont, en bas de la Zaouia. Ils sont tous prévenus maintenant. Si tu entends tirer, récitait l'enfant, ce ne sera pas sur vous ; ce sera plus haut, dans les oliviers et les sabras. »

Regroupé, l'équipage du lieutenant Molinier descendit vers la plaine, piétinant la glaise d'une croupe nue, bordée par les ronces du ruisseau.

« Regarde, dit Kaddour, voilà Ksar Faraoun, la ville d'autrefois. Et voilà la route de Tanger ! » Entre les palmiers nains et les jujubiers, il montrait deux ou trois dalles de pierre. « C'est ici, l'ancienne ville des Roumis. » On franchissait un mur d'enceinte émergeant à peine du sol. Quelques ruines émouvantes surgissaient dans un désordre de pierres effondrées. Des colonnes brisées reposaient dans un berceau de verdures épineuses paraissant les absorber par tronçons. Seule, la géométrie du forum s'imposait encore à l'œil, n'était-ce le surgissement bleuâtre des asphodèles qui, au souffle du vent, ajoutait une dansante fragilité. La terre, l'herbe avaient tendu, sur les murailles écroulées, les seuils usés aux pierres taillées d'encoches, les mosaïques et les bains romains, les aqueducs et les égouts, leur couverture molle et moutonnante. Molinier, qui avait préparé son voyage de quelques lectures, se sentit un pincement au cœur : il était le furtif témoin de siècles passés, rendus à ce seul silence bucolique. De cette ville industrieuse, de ce poste avancé de Rome en Mauritanie tingitane, de Juba II, roi de Numidie, il ne restait rien que des stèles de pierre splendides, trop lourdes pour voyager, et discourant en majuscules latines avec le vent, les chèvres, les lièvres et les perdrix. Il s'efforça d'y lire quelques signes. Mais le latin du lycée de Mâcon était déjà trop loin. Sur son carnet, il commença de recopier les lettres gravées dans le calcaire. Puis il renonça. A quoi bon ! Aujourd'hui, il n'aurait pas le temps d'entamer un inventaire de quelque utilité. Kaddour, déjà, le regardait avec soupçon rôder autour de pierres aux inscriptions inconnues qui lui étaient indifférentes tant qu'elles n'intéressaient pas l'étranger. Mieux valait savourer cet instant unique et fugace, respirer l'air vif qui paraissait venir du fond de la plaine, et voyager avec le soleil, sur l'immobilité muette du sol. Molinier pensa à l'Algérie, d'où il venait. Que serait-elle dans cent ans seulement ? Que seraient devenues ces villes qui s'édifiaient depuis quarante ans, reproduisant l'image des sous-préfectures de France ? Ici, dix-huit siècles avaient passé, comme un grand silence sur la ville effondrée et ensevelie. Mais lui n'était qu'un voyageur, pour, de cette heure, nourrir sa mémoire, et l'inscrire dans sa brève durée. Il se retourna sur les quatre directions de l'horizon. Il admira le choix du site, au pied des montagnes, sur un éperon de terre dominant toute la plaine et contrôlant, depuis le col, la route de Tanger à Meknès. Dans l'angle aigu où le massif paraissait s'ouvrir, la ville sainte de Moulay-Idriss les guettait, installée sur deux pitons, blanche, bleue et grise. A leurs pieds, coulait l'Oued Kroumane, gonflé lui aussi d'une crue. Les Romains de Volubilis, il y a si longtemps, devaient flâner à l'ombre des oliviers et des jardins d'où il s'échappait, aujourd'hui boueux et sonore. Molinier imagina une journée d'octobre, sèche et chaude, et la lente rêverie d'un homme étendu dans l'ombre parfumée d'un figuier. Une flûte de roseau reprenait quatre notes, avec l'insistance d'une guêpe autour d'un fruit, dans la tiède fin d'été. Molinier devenait le Romain du bout du monde, reposant au bord d'une paisible rivière. Il chantonnait. En quelle langue ? Celle d'ici peut-être, étant devenu pâtre et garde ?

Alors, ils descendirent vers la rive, par un étroit sentier. A mi-pente, fumait un four à chaux, installé dans l'abri robuste de murs romains. Aux abords, s'entassaient les fagots d'épines, de feuilles d'aloès et de palmiers nains. Un *mââllem* poussait le feu, assisté d'un gamin en loques. Les débris de colonnes de marbre étaient déjà rassemblés pour alimenter la prochaine charge. Deux ânes broutaient pissenlits et plantains, libérés de leurs bâts qui avaient marqué dans leur chair des plaies à vif, attaquées d'innombrables mouches. Molinier avait lu qu'au XVIIIe siècle, le Sultan

Moulay Ismaël avait fait glisser de Volubilis à Meknès, pour ses interminables palais, les plus belles colonnes. L'effort fut immense pour des centaines de pauvres hères. Quand le Seigneur redouté mourut, ils abandonnèrent à l'instant, en pleine campagne, leur épouvantable charroi. Aujourd'hui, les maçons de Moulay-Idriss s'approvisionnaient sur place en chaux vive et les délicates feuilles d'acanthe devenaient un fugitif dessin dans les volutes enflammées d'un four.

On suivit l'oued un instant, par un chemin de glaise tellement glissant que les mules, prudentes, hésitaient parfois. En contrebas, l'eau furieuse entamait la colline. Les jardins et les champs aux placets rectangulaires où l'on cultivait la menthe, les piments et quelques légumes, éloignèrent les voyageurs de la rivière. Molinier aima un instant cette petite vallée qui se réchauffait sous le soleil, et où les pique-bœufs, autour d'un arbre mort, menaient grand tapage. Sans doute n'y reviendrait-il jamais, sinon dans une autre vie. Il repéra un frêne d'une belle venue qui se couvrait de feuilles, lui rappelant l'Europe familière. Nul ne paraissait se soucier de cette jeune splendeur. Quarante ans plus tard, la famille Habert édifiait sa maison, tout contre le grand frêne aux mille oiseaux.

Quelques pétoires se signalèrent de leurs détonations dès qu'ils furent à l'aplomb de Moulay-Idriss, parmi les talus hérissés d'aloès où se resserrait le passage. Mais Kaddour prit hardiment la tête du convoi, avec une insolente ostentation. Ils voyagèrent jusqu'au pont, entourés de silences et d'immobilités, tandis que la ville, penchée depuis ses pitons, ne voyait qu'eux. Quand ils firent halte et quand Molinier trébucha sur la pierre cylindrique qui protégeait, à l'oblique, l'entrée du pont, les fenêtres, les murs s'étaient déjà garnis de muettes présences. Maintenant, on s'interpellait à pleine voix, et Molinier s'amusait de ces dialogues qu'il déchiffrait à peu près.

« D'où venez-vous ? De Tanger ? Vous êtes bien du Maghzen ? Vous allez à Meknès ou jusqu'à Fès, chez notre Seigneur le Sultan ? Qu'est-ce que transportent les mulets ? C'est pour le Sultan ? Pour un vizir ? »

Kaddour répondait au questionnaire avec un détachement majestueux et ennuyé. « Toi, tu regardes, si tu veux, mais tu ne dis rien et tu n'enlèves pas ton capuchon », avait-il recommandé à Molinier. Molinier découvrait le sanctuaire-repaire, la ville enclose et perchée, et cette fourmilière réveillée que la curiosité animait d'afflux brusques à toutes les ouvertures de la ville. Déjà, les gamins en débordaient et se jetaient dans la pente, à leur rencontre, comme un raid de moineaux s'abattant sur une meule de paille.

« Il faut partir, dit Kaddour, ces enfants verraient tout de suite que tu es étranger. Et ici, on n'a pas l'habitude. On ne sait pas ce qu'il peut leur passer par la tête. »

Entre la horde juvénile qui arrivait à bout de souffle et leur équipage regroupé, ils mirent la frontière d'un pont couvert de boues et d'eaux sur lequel dégorgeait la colline qu'ils allaient gravir. Les plus hardis les suivirent jusqu'à ce que les éclaboussements des montures dans l'étroite venelle et le mutisme des cavaliers les eussent découragés.

Au col d'Aïn-Lorma, où les Romains avaient probablement leurs guetteurs, ils aperçurent, étirée sur son plateau, blanche, festonnée, mirage sur un fond de montagnes extrêmement lointaines, Meknès, de tant de minarets hérissée qu'elle paraissait n'être qu'une prière avec le ciel. Puis, en descendant, ils la perdirent de vue, pour la retrouver, sous le soleil rasant du soir, au terme de l'étape, dorée, sonore, compacte, dès qu'ils atteignirent le plateau de calcaire qui la dominait presque. Kaddour décida qu'on camperait là et qu'ils n'entreraient point dans la ville ni dans son voisinage. L'herbe était humide, profonde; le vent froid, dès que le soleil eut disparu dans une apothéose de nuages en lambeaux rouille et violets. Molinier se prépara à cette nuit coupante et brutale d'étendue castillane, le froid du ciel tout contre le froid de la terre. Kaddour, le *moquadem,* avait disparu, laissant ses aides aux soins du campement, aux feux de brindilles entre quelques pierres, à un guet indolent assuré en chantant à mi-voix, tandis qu'en sourdine Lahcen, le chef muletier, tapote du bout des doigts et de la paume une derbouka à la pénétrante sonorité. Réveillé dix fois dans la nuit, le lieutenant Molinier reprendra son sommeil dans le continu de la mélopée et de l'inépuisable rythme. Au matin, quand l'Orient n'est encore qu'une cendre éteinte sur la barre du Zerhoun et la plaine de Fès, Kaddour écrase déjà de ses pieds nus, aux talons éclatés de crevasses, l'herbe où l'humidité semble croître à chaque minute. Il a couché cette nuit chez lui, à l'intérieur des murailles, retrouvant l'étroit logis enserré dans les ruelles et s'en préservant de murs aveugles. Pour l'heure, avare encore de confidences, il houspille son monde de brèves fureurs de voix et déjà amarre quelques hardes et provisions rapportées du foyer.

« Te voilà ! lui dit Molinier. Je comprends pourquoi tu as risqué hier de nous faire tirer comme des lapins dans le Zerhoun ! Vieux farceur, c'était pour aller visiter ta femme. »

Autour d'eux, on s'esclaffe bruyamment aux propos du militaire roumi. Il n'était donc pas dupe.

« Taisez-vous, fils de vaches (*ould-beghra*). » Kaddour les fait filer doux. Dans quelques kilomètres, ils commenteront interminablement le mot du lieutenant et l'équipée d'hier.

« Alors, nous n'entrerons pas dans Meknès ? demande Molinier.

— Nous n'avons pas le temps ; on est pressés », grommelle Kaddour. Molinier renonce à connaître les raisons de cette discrétion et de cette hâte. Que changeraient-elles ? La troupe suit le plateau opposé à la ville, tout au long de l'Oued Boufekrane. L'herbe à perte de vue, devant eux, et des oliviers rassemblés en jardins clairsemés. La ville déroule sur leur droite ses murs crénelés au-dessus desquels scintillent les céramiques et les ors des mosquées. L'artilleur évalue l'épaisseur de l'enceinte de sable et de chaux ; parfois huit mètres à la base, lui semble-t-il. Il y reviendra voir de plus près. Derrière le décor sec et théâtral, peut-être vingt mille habitants s'entassent dans ces cubes étagés contre les mosquées. Ce n'est qu'une bourgade, malgré l'air de grandeur et de triste abandon qu'affichent la double enceinte, les portes fermées sur leurs enjolivures de mosaïques, les champs pris entre les murs et livrés au jaune léger d'exubérantes ravenelles. Peu de mouvements alentour, sinon quelques très vieilles femmes remontant péniblement du ravin broussailleux, le dos chargé de branches et de feuilles d'aloès sèches, proies misérables du temps dont personne ne veut plus et qui affichent ainsi leur liberté de circuler à toute heure.

Kaddour entend arriver à Fès avant la tombée du jour, avant l'heure de la prière et celle de la fermeture des portes. Ce sera la moins nonchalante de leurs étapes ; près de soixante kilomètres, évalue Molinier, que sa profession ramène sans cesse à la configuration du sol, à la position des astres, au système de l'eau. Pour l'heure, tandis qu'ils cheminent parmi des fenouils géants, le lieutenant n'a pas soupçonné qu'il frôlait l'emplacement de la future caserne qui, quarante ans après, abritera le 63ᵉ régiment d'artillerie, côtoyant les fantassins, les cavaliers, les tringlots et les légionnaires, l'hôpital et les docks-silos où tous les Habert agriculteurs livreront leurs récoltes. C'est là, tout contre une ville, plus grande que celle qu'il longe aujourd'hui ; une ville blanche, sans remparts, avec des rues où frémira le feuillage léger et odorant des faux poivriers. Tout à la contemplation effarée du soleil qui se lève sur les murs écroulés de Meknès parmi des jardins à l'abandon, pris par cette mélancolie d'une vaste déshérence des choses et de l'histoire des êtres, Molinier a oublié l'avenir. Il enregistre un passé qui s'ensevelit sous ses propres décombres : hier, à Volubilis ; aujourd'hui, dans les brèches du pisé bistre ou rouge dont seule la mort de Moulay Ismaël a arrêté la délirante prolifération. Molinier ne peut témoigner que de cela, tandis que la première vivacité du soleil le rend plus conscient des ankyloses et courbatures de cette chevauchée qui s'achèvera ce soir, quand il s'enfermera dans les murs de Fès.

« C'était une très grande ville, soupire Kaddour qui chevauche à sa hauteur. Tu ne peux imaginer combien de milliers de femmes et d'hommes ont habité ici.

— Qu'en sais-tu ? interroge Molinier, en le provoquant.

— Les gens le disent. Les familles savent bien tout cela. »

Enumérant les esclaves, les militaires et leurs familles, les prisonniers, qu'ils fussent chrétiens ou criminels, Kaddour n'en finit plus de recenser les splendeurs farouches de Moulay Ismaël. « Il avait cinq cents femmes dans son harem ; elles venaient de tous les points de la terre. Il ne connaissait pas le compte de ses enfants. Maintenant, les gens sont sans direction. Ils essaient de ne pas mourir de faim et de faire que le pain ne leur soit arraché ni par les voleurs ni par les caïds. » « Même le Sultan — dit Kaddour en tendant le bras vers l'ouest, après s'être retourné sur sa selle — il n'ose pas traverser le pays des Zemmours. Tu vois, il commence là-bas, tout près de Meknès. On y coupe la tête du voyageur comme celle des envoyés du Sultan, gros ou petits. Dieu avisera peut-être ! »

Kaddour se laisse dépasser par la colonne, jusqu'à la

dernière mule dont le responsable, accroché à la queue, se laisse nonchalamment traîner.

« Un homme qui tient la queue d'une mule pour marcher ! siffle Kaddour. Même une femme n'oserait le faire ! »

Molinier fait semblant de s'intéresser à cette vigilance de serre-file dont témoigne Kaddour sur les arrières. Mais il regarde, tandis que son cheval suit de lui-même un sentier entre les palmiers nains, les asphodèles et les rouges anémones sauvages, il regarde, sur l'ouest transparent, les derniers remparts ocre, bistre ou gris sous le soleil montant du matin. La ville, fermée comme un cimetière sur ses gloires mortes, domine la plaine du Saïs, depuis les lointains. Le vent amène, dans l'herbe courte, des vagues amples qui paraissent entraîner les voyageurs jusqu'à Fès et les éloigner à tout jamais de Meknassa ez-Zitoun, de Meknès-des-oliviers. Louis-Charles redoute la fin de cette étape qui le confirmera pour de longs mois, dans la torpeur pittoresque d'un monde arrêté. Il n'imaginait guère qu'il pût être si retranché de tout, protégé par tant de plaines à l'abandon des fleurs, de montagnes désertes, sans routes autres que les sentiers suivis par les bêtes à la queue leu leu. La dissidence des tribus referme davantage le royaume sur lui-même et l'emprisonne en quelques villes. Derrière l'écran dansant des tiges de fenouil, le seul campement nomade aux tentes brunes et noires, à peine cernées de broussailles, apparaît et s'efface, n'ayant offert que le silence et le soupçon. Vers le nord, le Djebel Zerhoun, piqueté de villages blancs — alignés sur la courbe de résurgence des sources, pense Molinier — contemple cette immobilité à perte de vue jusqu'aux contreforts de l'Atlas.

Les escarpements de l'Oued Ouislam surgissent devant eux, comme si la plaine s'était effondrée entre les touffes de palmiers nains. La gorge est profonde, avec ses cascades, ses bassins et ses gués aux schistes rouges. Kaddour énumère les trois ou quatre oueds qu'il faudra encore franchir et presse de la voix les montures s'attardant parmi les menthes sauvages et les joncs. Il est trop tôt pour s'arrêter, et la falaise à gravir est encore dans l'ombre et la rosée. Des enfants, qui les guettent là-haut entre les herbes, disparaissent dès qu'ils commencent la montée.

Malgré la halte au-dessus de l'Oued Sejra, le thé et les

galettes d'orge, la route parut interminable au lieutenant Molinier. Il se prit à rêver à sa dernière garnison de Ténès, entre Alger et Mostaganem, à cette façon de douceur qu'avaient les ravinements profonds du massif du Dahra, sous la lumière méditerranéenne, au bourg entouré de jardins, au port que la mer enserrait comme la main chaleureuse de l'Antiquité. Il y était heureux, dans cette petite communauté qui semblait n'avoir d'autre rôle que de témoigner pour la présence des hommes, puniques, romains ou berbères, auprès des plus beaux rivages du monde. L'air circulait sous les arbres des rues et des places. Molinier était jeune. Il respirait tout à la fois la lente cérémonie des jours, la vigueur des saisons, la mélancolie des soirs tombants sur la mer vide et plombée, l'éblouissement de la nuit la plus noire et la plus lumineuse d'étoiles, d'insectes, de cris amicaux ou familiers.

Ici, dans cet avril précautionneux, le soleil était brutal et le vent froid ; il en percevait l'indéfinissable déséquilibre. En dehors de quelques cités orgueilleuses, à peine frôlées, et des bourgs croulants en briques de terre et couverts de roseaux et de glaise, l'homme était absent ou menacé par lui-même dans ces étendues fleuries d'espèces sauvages. L'espace ensevelissait tout. Demain, ce serait la chaleur, blanche aux bords de l'horizon, qui effacerait de ses palpitations absurdes le dessin trop net du paysage, seule certitude d'aujourd'hui. Il regretta le sourire de Marie. Il regretta Marie, Marie de Ténès, chassée d'Ensisheim par l'invasion prussienne, voici bientôt sept ans. Elle était l'Alsace blonde sur la Méditerranée, parmi sa famille à l'accent chantant. Ils s'étaient mués à leur tour en colons puniques ou romains, parmi les arbres de Ténès.

Marie de Ténès et d'Ensisheim resurgissait sur la route de Fès, au bout de l'étape. Alors, il ne fut plus attentif qu'au regret. Les outardes dont l'envol parmi les herbes ressemblait d'abord à la fuite d'un chien sauvage, cessaient de l'intéresser. Les bécassines des bords d'oued, avec leur cri plaintif, les vanneaux fusant comme des flammes bleues et blanches, les rassemblements d'étourneaux huilés et courts, il ne les voyait plus. Il descendait la rue de Ténès, et au bout, il y avait le sourire furtif de Marie, qui, d'abord, n'osa lui parler. Par quel cheminement avait-il choisi de venir s'enfermer dans ce royaume plus clos qu'une tombe ; dans cette prison d'une ville humide, où il serait sous surveillance de tous les yeux qu'elle comptait ? Pourtant, le : « Molinier, je suis sûr que vous feriez cela très bien » de son colonel de Ténès avait suffi. Il s'était jeté dans le piège de cette mission militaire auprès du Sultan. Le lendemain, il s'était proposé. Officier sérieux, technicien compétent, se débrouillant déjà bien en arabe, n'était-ce pas assez pour piétiner allégrement Marie, sa douceur, ses bras que la mer et le soleil teintaient en miel brun ? Etait-elle ce partage du temps entre les êtres et n'avait-il pas voulu le voir ? Il n'avait rien partagé ; il était parti pour découvrir, si loin, dans un moment de fatigue monotone, que peut-être il aimait Marie et qu'à l'évidence elle l'aimait.

Le 23 avril 1877, Louis-Charles Molinier, lieutenant d'artillerie, arriva, en fin d'après-midi, sous les murs de Fès, sans presque s'en apercevoir, tant il s'était abîmé en lui-même. Il n'y eut ni accueil ni fanfare. Par mille chemins, qui dessinaient une fine résille dans l'herbe foisonnante, les troupeaux, les caravanes et les cavaliers glissaient vers la ville. On eût dit qu'insensiblement les murailles absorbaient voyageurs et paysages confondus. Kaddour se rengorgeait, en pointe du modeste cortège, tarbouch rouge bien en évidence pour que nul ne les confonde avec de vulgaires muletiers. L'Atlas, vers le sud-est, brillait des dernières neiges de la saison, au soleil rasant du soir. La rumeur de la ville, d'où s'échappaient comme des bulles quelques cris distincts, roulait déjà jusqu'à eux, les enveloppant depuis Bab Guissa jusqu'à Bab Lame de cette ferveur inquiétante des lieux clos que le Djebel Zalagh, pesant sur eux, habillait de tragique.

Il fallut la bousculade dans les rues boueuses charriant l'égout en leur milieu, le tintamarre des échoppes travaillant le fer, le cuivre ou le bois, l'incessant manège des enfants, faufilant leurs jeux entre les passants, pour que se dissipât le malaise qui avait gagné Molinier. Sa monture, dont l'arrière-train se dérobait en glissades sur les cailloux des rues, lui était un souci suffisant. On passa dans des venelles parfois couvertes d'un lattis de roseaux, reposant sur des poutres que l'hurluberlu pouvait aisément heurter du front. En cet avril parcimonieux, les murailles en pisé délabré, les passages coudés de leurs portes monumentales, les ruelles où les façades aveugles des maisons se couvraient de mousses, de lichens, et des cernes détrempés de la dernière averse, tout respirait l'humidité malsaine. Aux sombres, tragiques et vastes étendues d'un pays sans routes, s'était substitué sans transition un grouillement de silhouettes frileuses, se plaquant contre les murs pour n'être pas piétinées des chevaux. « Les deux quartiers de la ville, Fez-Jedid et Fez el-Bali, doivent rassembler à peu près cinquante mille âmes », se remémorait machinalement Molinier, de ses lectures préparatoires à Ténès. Mais il avait surtout hâte d'être le quatrième officier, médecin compris, de la mission militaire française, de retrouver le visage d'un compatriote ou d'un Européen — anglais ou italien — déjà adapté à cette trappe du bout du monde. « C'est encore loin ? » demanda-t-il avec une hargne enfantine à Kaddour, qui faisait la route devant eux en distribuant les insultes, ou les coups d'étrivière, ou lançant sa monture contre les sourds et les insolents.

« C'est bientôt, c'est bientôt », répondait imperturbablement le guide.

Quelques jours suffirent à convaincre Molinier qu'il lui faudrait faire un immense effort pour chasser le sentiment qu'un piège s'était refermé sur lui. Entre cette ruche nauséabonde et l'immensité devinée des montagnes et des plaines, il lui semblait être retranché de tout. Il prit son parti de s'intéresser au détail le plus vulgaire, à la puanteur des terrains vagues et des rues, à la misère des corps, des visages, à l'indignité de l'entretien de toute architecture. Les trois officiers qui l'avaient précédé à Fès de quelques mois, si chaleureux qu'ils aient été, guettaient sa capacité à surmonter la mélancolie dont ils savaient qu'à son tour il serait victime. Le chef de la mission était un artilleur, comme lui ; jeune capitaine, qui trouvait une sorte de paix dans l'extrême simplification des observations qu'il faisait. Ayant sans doute choisi de ne s'étonner de rien, son univers se dépouillait de l'imprévu et du pittoresque. Il classait des fiches, qu'il appelait « techniques », sur les sujets les plus courants ou les plus incongrus. Parfois, un schéma coté ou quelques courbes de niveau marquaient le souci de précision de l'artilleur. Avec le premier lieutenant, qui sortait du rang et était leur aîné, il partageait une vie monotone entre sa maison de Fez el-Bali et l'élément d'artillerie du *guich* (armée) impérial, entassé dans la Kasbah, près du magasin aux poudres. L'armement était des plus modestes : une douzaine de canons rayés de montagne, une quarantaine de canons lisses de montagne, quelques mitrailleuses et mortiers. Des pièces anglaises ou espagnoles — de bronze même — achevaient de vieillir sous des auvents mal gardés. Une poignée d'étudiants, que l'on parait du titre d'ingénieur, furent le meilleur secours du capitaine. On se souvenait encore des leçons de l'ancien officier du génie français, de Sorty, natif de Douai, qui vivait au Maroc depuis près de trente ans, sous le nom d'Abd-er-Rahman. Molinier rencontrera quelques-uns de ces exilés ou déserteurs, murés dans une vie misérable, qu'ils fussent armuriers, métallurgistes ou même médecins. Ces ombres s'abolissaient lentement, comme digérées par la dégradation générale de toutes les œuvres de l'homme. Mais le capitaine Hartmann, lui, avait trop de vivacité pratique pour rêver à ces destins manqués. Il ne rencontra jamais de Sorty, que Fez el-Bali et ses ruelles avaient englouti sous l'anonymat d'une djellaba. Jamais le vieil homme ne se manifesta, et sans doute avait-il donné la consigne de ne pas parler de lui aux militaires français. Molinier apprit, un an après l'épidémie, que le typhus de 1879 avait été fatal au renégat. La nouvelle lui fut donnée avec réticence et comme par maladresse, quelques semaines avant son retour vers la France. Il soupçonna le lieutenant-médecin de détenir tout un réseau d'informations qu'il ne livrait pas, les couvrant par commodité du secret médical. Le docteur F. avait un statut singulier, car l'urgence, ou la confiance précautionneuse qui lui était témoignée, lui ouvraient les portes les plus secrètes des palais. On le consultait même sur les maladies des épouses préférées, et il arriva qu'il en aperçût quelqu'une !...

Vingt jours après son arrivée à Fès, Louis-Charles Molinier s'enfonçait déjà dans la routine d'un métier. L'instruction élémentaire qu'il donnait à des troupiers incertains, sous le couvert du caïd agha, chef de son bataillon, les allées et venues entre la kasbah de Fez-Jedid et sa maison dans une ruelle de Fez el-Bali qui finissait en cul-de-sac, remplissaient l'apparence d'une vie. Après les déluges d'avril, le soleil brillait avec une férocité allègre, qui faisait paraître plus froide l'ombre des habitations. Les orges, pourtant, jaunissaient déjà aux portes de la ville, et les jardins de Bou Jeloud cachaient, sous la luisante exubérance des plantes, leur pitoyable déshérence. Dix fois déjà, Molinier, exaspéré par sa réclusion urbaine, avait entrepris, au plus loin possible, le tour de la ville. Mais il ne pouvait guère s'éloigner des murailles. Il suivait l'Oued Zitoun, côtoyait le borj sud et le cimetière de Bab Ftouh, voyait disparaître la route d'Oujda au-delà d'un pont massif, sur l'Oued Sebou qui enserrait quelques minuscules îlots de roseaux et de tamaris. Il revenait, le long de l'Oued Fez, passé le palais Jamai, jusqu'aux mausolées en ruine des derniers sultans mérénides ou la forteresse saadienne du borj nord. N'était-ce le bleuté de la plaine vers Meknès, de chaque promontoire, de chaque butte, les vues admirables de montagnes fermaient l'horizon. Tantôt le Rif, vert, mais nu ; tantôt l'Atlas, vers Midelt ou Ifrane, dont l'amoncellement puissant lui faisait imaginer la profondeur. Sous les sabots de son cheval, toujours l'herbe surgie d'une terre argileuse et les sentiers d'une fantaisie appliquée autour des rocs, des ronciers et des touffes de palmiers nains.

Quelle que pût être, à chaque sortie, la métamorphose d'un printemps gagnant vers l'été avec une âpreté qu'il ne soupçonnait guère, Molinier se lassa de cette grandiose vision. Elle devenait son chemin de ronde ou plutôt son parcours de prisonnier volontaire. Maintenant, il espérait que le Sultan Moulay Hassan quitterait bientôt Fès pour l'une de ces chevauchées régaliennes et punitives qui, depuis sa nomination en 1873, l'astreignaient à courir de Marrakech à Oujda, pour asseoir une autorité toujours contestée[1]. Présentement, celui-ci s'attardait à Fès, soucieux du comportement de la tribu des Riata qui ne l'avait guère ménagé, l'année précédente, autour de Taza, quand il voulut gagner Oujda et en revenir. Le voyage du Sultan à Marrakech, ce serait la découverte du pays inconnu, la lente migration d'une administration foraine, l'expérience sous le soleil et les étoiles.

Dans le confinement de Fès, les journées étaient interminables. Le pittoresque d'une vie moyenâgeuse, s'ouvrant avec parcimonie à l'étranger repéré, s'épuisait vite. Kaddour, le guide depuis Tanger, ne s'était pas évanoui, sa mission terminée. Curieusement, sans mandat déclaré, il

1. Qu'on ne chicane pas l'auteur, s'il prend quelques libertés vis-à-vis de l'histoire de la mission militaire française. Ceci est un roman.

s'était peu à peu implanté dans la vie quotidienne du lieutenant. Son bonnet pointu de cavalier du maghzen prolongeait autour de l'officier une veille qui paraissait amicale et disponible. Kaddour fit merveille pour l'installation de Molinier dans une impasse, entre la rue Ed Douh et la Médersa Bou Inania, près de Bab bou Jeloud à l'arche centrale rongée par le temps. Entre le *moquadem-el-homâ* — chef du quartier — Kaddour et le propriétaire de la maison, les conciliabules se prolongèrent deux jours, avant que ce qui était réputé décidé ne le soit vraiment. Ouverte la porte basse et cloutée, appareillée d'une énorme serrure, Molinier descendait deux marches garnies de mosaïques usées, dans la pénombre d'un couloir coudé qui dérobait toute vie à l'indiscrétion de la rue. Puis deux pièces longues, étroites, se faisaient face sur une cour intérieure qui n'apercevait que le ciel, désormais bleu, après avoir déversé son humidité jusqu'à la base des lourdes portes de cèdre des deux appartements. Quelques cagibis annexes, encombrés de débris de maçonnerie, et l'escalier minuscule par lequel on se hissait sur la terrasse aux épaisses murettes où le mortier de chaux se boursouflait, complétaient son univers, trop clos et trop vaste pour lui. Déjà, il y avait accumulé des tapis plus ou moins propres, fuyant toute harmonie réciproque, deux tables de cèdre travaillé, parées de plateaux de cuivre guilloché sur lesquels des chandeliers de cuivre, étageant boules, cupules et cylindres renflés, dispensaient une lumière malodorante, aux heures de la nuit. Un coffre de santal renfermait ses vêtements marocains, farragias, caftans, haïks et djellabas. Dans ses cantines militaires, ses uniformes soigneusement surveillés et uniques ici, formaient un monde à part. Chaque jour, Molinier les palpait à la recherche d'un insecte ou d'une moisissure. Ils étaient intacts mais abandonnés par son esprit. Celui-ci les avait classés dans une vie antérieure, qui s'était vertigineusement éloignée.

Vendredi, le lieutenant désœuvré s'est installé sur la terrasse. Quelques mètres carrés mal aplanis qu'entoure un épais muret où le grain du sable perce sous la chaux.

« Tu ne devrais pas venir ici, lui a déjà dit Kaddour. Ce n'est pas convenable (c'est *achouma*). La terrasse est pour la liberté des femmes et il ne faut pas regarder ce qu'elles font. »

Mais Molinier n'en a cure. Il a monté un tapis, vieux et

léger ; adossé au mur, il regarde la ville qui fume sous le soleil du matin. Les quartiers dans l'ombre sont encore d'un violet pâle que des reflets transforment en brume qui se dissipe vite. C'est le jour de la prière solennelle et du repos. Dans la nuit et à l'aube, chaque mosquée a crié sa foi, les muezzins s'emparant des sommeils et du silence. A ces heures, écoutant de son lit, derrière ses portes de cèdre ouvrant sur le ciel de l'étroite cour, Molinier se sent à l'abandon. Parfois, la lune, pendant une petite demi-heure, glisse sur les céramiques du patio une lueur amicale et les aboiements des chiens paraissent plus distincts, plus assurés, plus nombreux. Maintenant, le lieutenant ne sait pas ce qu'il fera de sa journée, sinon qu'il s'étendra au soleil, puis à l'ombre, fraîche d'abord, mais vite trop froide. Les livres emportés, il les a déjà lus et relus. Les plus techniques sont devenus, par leur difficulté, un talisman contre l'ennui. Eux seuls raccrochent Molinier à son monde et justifient qu'il soit là, le regard sur les grises murailles crénelées de Fez Jedid, enfermant palais, jardins, terrains vagues et cimetières. Dans ceux-ci, aux limites imprécises, tout à l'heure la foule déambulera avec une infinie lenteur, parmi les tombes que les iris parfois jalonnent. Molinier soupire tandis que monte la superbe lumière dans le ciel le plus pur qui soit et que chaque maison devient un relief précis, et une vibration. Il entreprend de couvrir avec zèle quelques pages où il retrace inlassablement, en écriture arabe, trois phrases d'une dizaine de mots chacune. Sa main est maintenant plus sûre et chaque jour il glisse, dans les conversations banales de voisinage ou de travail, l'une des tirades ressassées la veille. Kaddour lui dit : « Tu progresses maintenant. Bientôt, tu sauras l'arabe mieux que moi. Ici, je serai toujours un pauvre homme. Toi, tu es déjà important dans ton pays. Dieu avisera ! »

Présentement, Kaddour apparaît sur la terrasse, malgré le repos du vendredi. Il ne veut pas déranger le lieutenant. Il passait ; s'il a besoin de quelque chose ? Comme l'air est pur ! Il dissimule son embarras en jetant des regards furtifs sur les toits voisins, où les femmes flânent déjà.

« Dis donc, je croyais que c'était défendu », raille Molinier. Kaddour fait mine d'être confus.

« C'est de cela que je venais te parler !

— Des voisines ?

— Non, des filles, en général. Tu vois, dit Kaddour, tu ne peux pas continuer à vivre tout seul ici. Un homme a besoin d'une femme. Et puis, elle peut s'occuper de toi. Ici, des femmes, il y en a des milliers, à tous les prix. Mais comme tu es un infidèle, un roumi, tu ne peux acheter qu'une esclave au marché ; près de la Quaraouyine. Aucune famille musulmane ne te donnera une fille même pour beaucoup d'argent. Quand tu partiras, personne n'en voudra plus. On la tuera peut-être ; il faudra qu'elle fuie sa tribu, sa famille. Elle deviendra mendiante. C'est comme la mort.

— Alors, conclut Molinier, pratique, tu veux m'acheter une petite négresse au marché aux esclaves, après la prière du soir ?

— Comme tu voudras, soupire Kaddour. Comme tu voudras. »

Le lieutenant reprenait, appuyé sur ses genoux, la page d'exercices linguistiques, comme s'il n'avait pas entendu. Kaddour tourna et retourna sur la terrasse.

« Je vais partir demain chez moi, vers Sidi-Kacem, chez les Cherarda, se décida-t-il. Je peux peut-être m'arranger et ramener une fille pour toi. Mais on ne le saura pas. Je dirai qu'elle vient vivre chez moi. Là-bas, ils sont très pauvres et s'ils peuvent se débarrasser d'une fille, ils ne posent pas trop de questions. Mais il faut que tu me donnes un peu d'argent... »

C'est ainsi que, quelques jours plus tard, juste avant la fermeture des portes de la ville, à la nuit tombée, Amina Zina entra dans la maison et la vie du lieutenant Molinier. Comme ils avaient l'un et l'autre la jeunesse en partage, de la délicatesse et le sentiment de l'isolement auquel ils étaient voués, ils s'aimèrent. Ils se retranchèrent davantage de leur monde, n'ayant, pour y retrouver une façon de bonheur, que l'étroite et sombre maison que visitait parfois la lune et sur laquelle quelques saisons passèrent avec eux, teintant, la porte de la terrasse franchie, la ville de couleurs où se mêlaient en paillettes l'or blanc, éclatant ou terni, d'une lumière ruisselant à profusion des montagnes ou de la plaine.

Molinier dura six ans au Maroc. Il y voyagea beaucoup, accompagnant, de 1877 à 1883, tous les déplacements du Sultan Moulay Hassan. Dès décembre 1877, la Cour impériale fit mouvement vers Marrakech. Déjà, les pluies d'automne avaient obscurci le ciel de Fès, ramenant les nuées qui, en avril, avaient poussé, depuis Tanger, Molinier gagnant un séjour inconnu. Dans la cohue de la *mehalla* chérifienne qui suivait le souverain en déplacement, parmi les marcheurs, les mulets de transport, l'indescriptible transhumance de toute une clientèle d'une capitale à l'autre, Amina n'abandonnait pas l'étranger qui était désormais le seul refuge de son adolescence. Elle réapparaissait près de lui aux étapes, furtive, voilée, ponctuelle. Le sultan s'était d'abord dirigé vers Rabat, traitant durement, dès que Meknès se fut estompée à l'horizon, la tribu des Zemmours, en perpétuelle dissidence, dans son paysage désolé de croupes, gorges et plateaux se succédant à perte de vue. Puis, au bout de deux mois, on revint vers le pied des montagnes berbères, à partir des plaines de la Chaouia plus propices à faire vivre l'interminable troupe. Autour de Beni-Mellal, on prit le temps de capturer ou d'exterminer les partisans de quelque chérif insoumis, et l'on atteignit sagement Marrakech en longeant prudemment l'Atlas sans s'y risquer, tandis que ses guetteurs regardaient à leurs pieds défiler l'autorité impuissante.

L'année qui suivit fut rude. L'extrême sécheresse entraîna la famine, des sauterelles remontèrent loin vers le nord, laissant apparaître, dès leur envol matinal quand le soleil était déjà haut, un sol gris, privé de toute végétation. Le typhus fit mourir miséreux et citadins par milliers. Partout, la révolte grondait et, déjà, les prétendants, alertés par la maladie du sultan, gagnaient Marrakech. Dans l'incertitude de tout instant, Molinier ne savait même plus s'il retrouverait le lendemain les troupes hétéroclites qu'il instruisait. Il n'avait contre lui, blottie comme un animal apeuré, qu'Amina répétant : « Ils vont peut-être nous tuer » — les étrangers et ceux assez fous pour s'y attacher.

A la fin de cette année-là, Amina lui donna un fils. Elle disait qu'il lui ressemblait. Il le vit grandir pendant près de cinq ans, à peine différent des enfants du voisinage, sinon qu'il était parfois plus grave. Son nom était Mohammed. Quand il jouait avec lui, Molinier l'appelait souvent Louis II. L'enfant regardait avec passion les uniformes de son père, le plus souvent rangés dans un coffre. Il guettait son arrivée, aux heures propices de la journée. « Quand mettras-tu ton costume militaire ? » interrogeait-il inlassablement.

Les années passant, Molinier se persuada qu'il devrait, en effet, le porter plus souvent. Quand il partit pour la France, reprenant le chemin de Tanger, pour une longue permission, il embrassa Amina et Mohammed longuement. Ils étaient toute sa vie ici et la petite maison de Fès, leur royaume.

« N'aie pas de souci, disait Kaddour, je veillerai sur eux. »

Mais cette vie d'ici n'avait été qu'un moment d'une vie plus longue de l'officier Louis-Charles Molinier. Il ne revint pas. Les mois passèrent. Par ses camarades de la mission militaire il reçut des nouvelles et fit parvenir des subsides pour la femme et l'enfant. On l'appelait Ould Moulini — le fils du militaire roumi. Il en fut fier et en souffrit tout à la fois. Pendant les émeutes du 17 avril 1912, à Fès, durant lesquelles les Européens furent assassinés et notamment un capitaine, successeur lointain de Molinier à la mission militaire, Mohammed Ould Moulini et sa mère, sur le conseil de Kaddour, regagnèrent la tribu des Cherarda. Mohammed avait trente-quatre ans. Bientôt, il allait entrer au service du « Maghzen des Français » par une fidélité, en somme fatale, à un père qu'il ne revit jamais. Il était déjà un vieil homme quand son pays accéda à l'indépendance en 1956, et il demeura, jusqu'en 1974, un témoin de tant d'années insolites et fugitives. Le ministre français des Affaires étrangères le rencontra en 1973, à Sidi-Kacem, là où le lieutenant Molinier avait fait halte en 1877. Ils parlèrent ensemble de l'Oued Kroumane, qui coule non loin de là et grossit de ses eaux la rivière de Sidi-Kacem. Le vieillard ne voyait presque plus. Mais il revoyait toute chose.

IV

Car c'était notre vie
(1931)

Le 10 mai 1931, on inaugura avec solennité la crypte de la nouvelle église de Meknès. C'était le sous-sol d'un projet ambitieux, presque au centre de la ville, contre le lycée. De 1921 — où la nouvelle ville comptait deux ou trois maisons — à ce jour, les besoins spirituels s'étaient contentés d'une chapelle, en retrait de la rue principale dont l'isolaient quelques oliviers et la poussière du calcaire piétiné. En dix ans, la ville s'était faite. Elle grandirait encore.

A onze heures du matin, il faisait déjà chaud ; le ciel était blanc. On s'était groupé au-dessus du large escalier qui menait à l'église, souterraine en attendant que la générosité des ouailles l'ait dotée d'une nef et d'un clocher. Pour l'heure, seuls quelques contreforts de murs symboliquement inachevés affirmaient l'ambition d'une maquette installée à l'entrée. On peut encore la voir, cinquante ans après, décrivant le robuste travail du maçon, à partir de la tranche ouverte de béton, de petites pierres et de blocs de parement, scellés au ciment pur. L'évêque s'était déplacé depuis Rabat, croix pectorale, aube de dentelle et barrette. Le général commandant la région de Meknès et le général commandant la garnison, ainsi que le Pacha et le Cadi étaient présents. Les franciscains avaient revêtu, sur leur bure, les modestes surplis de cérémonie ; les enfants de chœur, en robe, brandissaient croix, crosses, livres et lumignons ; les autres gamins avaient trouvé des chaussettes blanches pour leurs pieds habituellement nus dans les sandales. Parti de bonne heure de Petitjean, le chef de cette circonscription voisine du Gharb était venu par la route, escorté d'un chauffeur et d'un agent de contrôle qui n'était autre que Mohammed Ould

Moulini, devenu le truchement et l'intercesseur indispensable du poste. En cette circonstance privilégiée, le fils du lieutenant Molinier approchait, mêlé aux fidèles dans l'ombre fraîche du sous-sol, la religion de son père. La haute et corpulente stature du Pacha, en ce lieu, mettait à l'aise son âme musulmane. Mais cette intimité fortuite avec les Européens, renforcée par la descente au cœur de la terre nourricière, les lui restituait plus lointains encore ; leurs agenouillements incomplets et parcimonieux, leur attitude figée niaient une véritable soumission au Créateur. Dans leur vie quotidienne qu'il côtoyait, il les comprenait aisément, à partir de cette différence que fait d'abord l'argent. Ici, ils lui échappaient en groupe. Si, du moins, son père l'avait accompagné dans la vie, il se serait accoutumé, pensait-il, allant de l'un à l'autre, de sa mère à son père, du musulman au chrétien. Il était devenu un porteur de messages ; le temps, pour lui, était vite passé, du trait d'union. Signe rare dans une immensité, qu'aurait-il pu ? Les souvenirs des émeutes de Fès en 1912, du retour prudent vers le pays de sa mère, le décourageaient à jamais. De cela, il ne parlait pas avec ses quatre fils, qui s'échelonnaient de vingt-six à dix-huit ans. Ils avaient trop de respect et de crainte envers lui pour qu'il les puisse charger de son inquiétude.

Les scouts et les louveteaux faisaient la haie à la sortie. Les femmes, s'abritant de lunettes sous des chapeaux cloches, s'attardaient en propos convenus qui valaient bien les interminables interrogations et vœux des conversations marocaines. L'évêque s'épongeait le front et lissait sa barbe avant de gagner la villa du chef de région, fermée de murs et de guérites. Notre-Dame-des-Oliviers ne surgirait jamais, en flèches ou clochetons, du calcaire que le vent amassait en festons autour des filets de football.

Sur une photo de l'époque, que l'on avait dû vendre le dimanche suivant, à la sortie de la messe, un et même plusieurs yeux exercés retrouveraient les adultes tels qu'ils étaient et les enfants tels qu'ils ont disparu. A son bonnet serré, de soie brochée où le modern style en orange et bleu avait simplifié quelques fleurs, à l'écart, vers la droite, ses élèves reconnaîtront Hélène Semper. Professeur d'histoire au lycée, elle était arrivée de France en janvier, n'ayant jamais enseigné. Depuis octobre, les élèves des petites classes avaient patienté avec quelques répétiteurs de fortune, dans l'attente d'un diplômé. Qu'elle était belle, cette Méridionale au teint mat, aux yeux très bleus et dont le maintien altier, la réserve, évoquaient, pour les latinistes en herbe, Minerve et Junon, à la fois ! Mille cœurs s'éprirent d'elle, d'autant qu'elle paraissait inaccessible et parfaite. Avec quelle grâce elle portait le bleu marine ou le blanc, dans cette ville où l'on bâclait aisément l'élégance, du vent glacial au sirocco d'été ! Ses collègues masculins faisaient autour d'elle une roue pataude, qu'elle avait la bonté d'apercevoir. Le corps enseignant féminin, une escouade de dix personnes, assistait à ce ballet, avec une indifférence narquoise. Mais quand la maîtresse d'éducation physique pour les filles traversait la cour, une tunique courte et fendue sur des jambes blanches et la cylindrique corpulence d'une quadragénaire, nul ne regardait cette apparition d'un théâtre antique, qui aurait prêté une porteuse de torche.

« La prof' d'histoire, je me la farcirais bien », criait, sous le préau, José Lopez qui traînait en culottes courtes, probablement pour la dernière année, et agitait frénétiquement ses mains dans les poches, virevoltant de l'un à l'autre qu'il bousculait de bourrades. Il était né, en ville ancienne, rue Rouamzine, où son père exerçait la photographie près de la placette qui voit déboucher la rue Dar-Semen. De la ville populeuse, dans l'affairement des boutiques et des passants, il avait pris le sans-gêne effronté. Il s'était frotté, sur les trottoirs étroits, à l'école de l'insulte et des fréquentations inopinées. Ses parents étaient venus d'Almeria, vers 1916. Almeria, immobile au bord de la Méditerranée, frappée de torpeur en attendant les pluies que l'on recueillait dans des citernes, où elles pourrissaient. Ils n'étaient pas, ces Andalous, chassés par la reconquête chrétienne du royaume de Grenade, eux qui avaient une rue à leur nom à partir de Bab Tizmi ; seulement des émigrés arrivés avec les convois de l'armée française, robustes comme les supplétifs marocains qui conduisaient et désembourbaient les charrettes dans les pentes boueuses de l'Oued Beth. La famille habitait maintenant en Ville Nouvelle, derrière la gare, du côté de la rue d'Alger, où s'étaient installés les bourreliers et les réparateurs de matériel agricole. José Lopez se vantait d'accompagner son frère aîné au quartier réservé du boulevard El Mers, dont les cubes empilés et toujours soigneusement passés au badigeon de chaux dominaient l'Oued Boufekrane. Peut-être, sur la photo de 1931, le reconnaîtrait-on parmi les louveteaux de la consécration, visage un peu plus basané que d'autres, impeccable avec rubans, foulard et ceinturon à plaque. Mais si, par chance, on disposait d'un cliché de l'année précédente, 1930, on le retrouverait sans doute, moins poussé en graine, aussi brun, en blouse noire et béret, les mollets bien noués de muscles, et harcelant ses copains parmi le trafic des bicyclettes et des arabas aux roues de fer. La place Poeymirau n'est pas goudronnée. Quelques palmiers, de récente plantation, ne dépassent pas le mur du lycée et un seul olivier, taillé sévèrement, jouxte la porte, près de la loge du concierge. En cet octobre sec, le ciel est poussiéreux, comme la place. On croirait que la grande crise, ouverte par la panique boursière du « Jeudi noir » de 1929 à New York, a frappé aussi ce monde qui s'éveille. Ce monde, autour de l'actif José Lopez, est sans voitures. Le grand lycée, inauguré depuis quelques semaines, a drainé vers lui les effectifs de l'héroïque et pittoresque école Marolleau, évocatrice de l'époque qui s'efface, celle de la planche et de la tôle, des hangars sans grâce et des habitations de fortune. Les voilà tous, sur la place transformée en seconde cour de récréation, cette poignée de gentilshommes en culottes courtes qui, dans un peu plus de dix ans, adultes ébauchés, iront se battre et mourir en Italie, en France, en Allemagne. Jusqu'à la victoire, comme on dit. Peut-être Charles Halou est-il là, posant devant le photographe qu'il a aperçu, enserrant de ses bras le cou des copains sur lesquels il s'appuie, la tête coiffée d'une casquette, comme quelques autres. C'était sa seule année de lycéen qui lui réservait le privilège d'être externe. Après, il eut vite la blouse grise des internes, qui bouclaient sur leurs reins une ceinture de cuir et allaient tête nue. Le fils Habert arrivait, lui aussi, dans le lycée neuf et, des années durant, dans cet univers étriqué de cours, de classes, de couloirs et de dortoirs, ils équilibreraient les farouches et précautionneuses fraternités des potaches. Le fils Habert rêverait inlassablement à l'espace qui s'étendait, dès après le portail des cuisines et la haie de myoporums, et courait jusqu'au pied du Zerhoun où surgissait, par-delà la crête des monts, l'Oued Kroumane, dans quelque hallier de ronces toujours fraîches. Charles Halou s'imaginait un destin de séducteur parmi de blondes Suédoises, dont *Cinémonde* assurait parmi eux la présence photographique. La fin des vacances les ramenait à l'attache, différents mais pliés aux usages, à la sonnerie de la cloche, à cet univers de couvent bruyant, à cette attente de l'après qui paraissait immense et dont cependant le terme, pour l'un ou l'autre, se pressait déjà contre leur dernière classe.

Chaque année, José Lopez glissait hors de sa chrysalide de garçonnet faraud. Il lui arrivera même, malgré ses hurlements rituels sous le préau de béton qui résonnait merveilleusement, de se muer en adolescent romantique, parfumant ses boucles noires et jetant un regard presque timide à celle qu'il voulait émouvoir et qui circulait accrochée au bras d'une ou deux lycéennes partageant ce message de séduction. Ce Méditerranéen vif, qui lançait aussi bien des quolibets en arabe — langue à l'imagerie inépuisable — qu'en français reconstruit dans sa phrase à l'espagnol d'Almeria, alimentait de ses observations la chronique pittoresque et salace. Il eut tôt fait de bombarder de propos égrillards ou orduriers la citadelle de beauté ordonnée dont Hélène Semper se protégeait. Il avait anticipé, avant qu'elles eussent quelque réalité, les attentions du surveillant général pour celle-ci. Il les avait promis, à leur insu, à une fatale et brûlante chevauchée, qui les emporterait sous le seul regard de tout un lycée, et si dissemblables qu'ils fussent, dans la plus farouche passion. En ce temps, Ifrane surgissait peu à peu des frênes et des cèdres, en toits aigus aux tuiles roses et aux cheminées hautes. L'oued y saute toujours d'un bassin à l'autre, par des banquettes couvertes de mousses et fortifiées de longues racines. Déjà, les plus audacieux gagnaient, en hiver, les solitudes enneigées du Tizi-n-Tretten et du Mischliffen, et se risquaient à y skier parmi les cônes volcaniques rendus à l'écrasant silence. Un dimanche, Hélène Semper s'y cassa la jambe. Elle réapparut au lycée, appareillée d'un plâtre et portée jusqu'à sa classe par le surveillant général. La matinée de cours terminée, il revenait prendre possession de son fardeau. Elle s'accrochait gracieusement à son cou. On les voyait disparaître ainsi par le couloir des professeurs, tandis que José Lopez commentait bruyamment les inconvénients d'un plâtre dans une saison de joutes amoureuses.

Etait-ce cet hiver-là que Mohammed ould Moulini fut convoqué par le nouveau contrôleur civil de Meknèsbanlieue ? Il avait prévu de prendre, à la petite aube, le train de Tanger qui, de Petitjean, montait vers le plateau, et de se tasser dans un wagon de bois verni de troisième classe, parmi la foule odorante de ses coreligionnaires tout encombrés de paniers et de volailles vivantes. Puis, la veille au soir, son chef à la circonscription, le piaffant contrôleur Auberger, avait décidé de l'emmener lui-même, ayant rassemblé quelques dossiers administratifs à traiter avec ses collègues de Meknès. Mais Auberger était émoustillé par l'idée de produire lui-même Mohammed ould Moulini au vieux Sébastien Delahaye, devenu, au fil des ans, une autorité en géographie ethnique d'Afrique du Nord. Quittant, avec la mauvaise saison, Paris, où il résidait le plus souvent, l'honorable vieil homme, le jarret toujours vif dans le palmier nain et pourvu d'une inépuisable mémoire du temps, passait de régions en circonscriptions et en cercles, s'invitant chez leurs responsables qui, à peu près tous, avaient été ses élèves. Il voyageait ainsi à petits frais ; ses arrêts attiraient sur ses hôtes une considération intellectuelle qui ne pouvait nuire à leur avancement. Sébastien Delahaye, en évoquant le bon vieux temps, la semaine précédente, à Taroudant ou à Settat, avait dû se rappeler le nom de Louis-Charles Molinier, qu'il aurait rencontré à Marrakech, dans les années 1880 ; ce lieutenant qui se déplaçait suivi de sa fatma, une gazelle ravissante. Mais l'interprète de la circonscription de Petitjean-Sidi-Kacem, n'était-il pas son fils ? « J'en suis presque sûr », supputait le contrôleur de Settat, bien qu'il en fût incertain. Un coup de fil vite donné à Auberger : « Voilà, professeur, c'est votre homme ! Vous voulez le voir ? C'est facile, on vous l'envoie à votre étape de Meknès. » Déjà Sébastien Delahaye se souvenait de l'avoir aperçu dans les bras de sa mère, et que son père appelait Louis II son petit sang-mêlé joufflu.

Alors Mohammed ould Moulini attendit longtemps, dans le petit matin humide, que le contrôleur Auberger se décidât à sortir de sa villa, avec plus d'une heure de retard. On prit la route et, inlassablement, le contrôleur souligna à l'interprète l'exceptionnel hasard qui l'avait fait resurgir à la mémoire de Sébastien Delahaye. D'ailleurs, le contrôleur allait déjeuner avec l'éminent professeur, chez son collègue. Ould Moulini hochait la tête, sous la capuche de son burnous. Il était soulagé de voyager à l'avant de la voiture, à côté du chauffeur, et que le contrôleur, trônant à sa place arrière, ne pût connaître l'effet de ses discours qu'au tressaillement à peine rythmé de cet abri de laine blanche. Il rêvait à ce père, si différent des autres pères alentour, et qui aurait pu lui faire une autre vie. Il s'épuisait à imaginer celle-ci avec exactitude. L'aurait-on enfermé dans un collège militaire en France ? De quelles luttes et vexations aurait-il dû émerger ? Ou aurait-il trouvé la constance de croire à un paysage, une maison, une famille ? En passant près d'Aïn-Kerma (la source du figuier), qui faisait subsister quelque verdure au pied de la colline d'argile dénudée, il se souvint de l'histoire terrifiante que sa mère racontait sur les apparitions d'Aïcha Kendicha, entre l'eau et la nuit aux voiles de brume. Il fallait alors conjurer le mauvais sort, sans se retourner. Sous le soleil levant, aujourd'hui, tout était net, lavé, scintillant. Que pouvait-on raconter, dans le pays de son père, qui ait le maléfice de cette sorcière mystique ? Auberger n'en savait probablement rien, eût-il osé l'interroger de façon aussi incongrue. Il se rendait donc à une convocation, puisque c'était son lot, et il savait déjà que les évocations d'un vieillard lui apporteraient plus d'humiliation ou de regret que de fraternels instants.

Il attendit encore, de longues heures, sous la galerie à arcades, que vînt le moment de l'audience. Il choisit l'immobilité distante, d'autant plus aisément que tous, ici, savaient qui il était, par privilège de la langue assimilée, du sang peut-être. On l'enviait d'une façon respectueuse qui s'enrobait aussi de méfiance. Les voitures se garaient sous les oliviers de la place en écrasant les flaques d'eau. Les solliciteurs, accroupis selon le bon vouloir des chaouchs pour ne pas trop encombrer, soupiraient longuement ou mangeaient. Quand on vint le chercher, il était midi. On quitta la zone des bureaux pour gagner la résidence, haute villa parmi des arbres noirâtres que l'éclat des hibiscus accablait davantage. Il attendit, par exception, dans le hall d'entrée et non sur le perron. Du grand salon surgit un instant le professeur suivi des deux contrôleurs, un verre à la main. Le savant lui parla en les faisant témoins. Mohammed ould Moulini eut l'impression que Sébastien Delahaye dialoguait avec l'enfant de deux ans qu'il avait entr'aperçu à Marrakech, dans la nuit de ses souvenirs. Ils échangèrent dix phrases, ou du moins, il en écouta une dizaine auxquelles il acquiesça. « C'était donc bien lui, le fils qui courait en chemise au ras de ses fesses nues ! Ah ! quelle époque c'était alors... ton père était un très bel officier. C'est extraordinaire, la vie... » En pérorant, ils le quittèrent pour déjeuner. Un serviteur en tunique blanche à large ceinture rouge ferma furtivement la porte derrière lui, comme si rien du passé, un instant réveillé, ne devait le suivre parmi l'allée de lentanas et de bougainvillées. Le soir, rentré chez lui de ce voyage mélancolique, il ne parla point et, de sa femme et de ses fils, nul n'osa le questionner. Assis sur une natte, le coude appuyé sur un coussin long et dur qui, la nuit, servait de traversin, la menthe de son thé lui parut de moins bonne qualité que celle du premier automne. Qu'il était dur d'exister, parmi tous ces silences, depuis le long hier, maintenant enseveli ! Il revoyait chaque heure jusqu'à ce dernier après-midi où il s'éloigna comme une grande ombre des bureaux du contrôle civil. Il avait suivi la rue dont les trottoirs n'étaient que de terre battue et bosselée où renaissaient par plaques de courtes graminées, les mâches sauvages et les pissenlits aux fleurs jaunes. La palissade de tôles et de planches fermant le stade de l'A.S.M. l'avait guidé, haute stature anonyme, dans une errance vers les jardins clos des villas dépassant avec fougue leurs maçonneries. Son costume, le burnous traditionnel de blanche laine, assez fruste pour qu'à sa surface l'œil et le doigt rencontrent comme mille et un grains de couscous, était le refuge de son désarroi. De la tête aux pieds, il s'était mis à l'abri de toute trahison de lui-même. Immobile ou avançant d'un pas efficace, il n'avait d'autre identité que d'être, pour les uns un musulman, pour les autres un indigène. Nul ne s'inquiéterait de son être ou de sa fantaisie, dans cet uniforme clos, fait pour l'attente, qu'on ne s'avise jamais ici de déguiser d'espérance.

On entendait le ballon de football rebondir sur le sol du stade ou claquer au choc des chaussures. Les cris, les appels, les frustrations de quelques joueurs à l'entraînement gagnaient le voisinage comme ceux d'une école ou d'une caserne. Mohammed ould Moulini ne fut attentif à aucun d'eux. Il n'eut pas même la curiosité de regarder entre les montants disjoints de la palissade où, chaque dimanche, s'élargissait une brèche que le gardien s'obstinait à calfeutrer les lendemains de matches. S'y serait-il risqué, qu'il aurait aperçu, brun, souple et fauve dans le rectangle des buts, la perle du football meknassi, l'étoile de l'A.S.M., le goal en casquette et chandail, dont les cuisses puissantes surgissaient d'une culotte noire, l'incomparable Sauveur Boldini. Rien n'était plus flatteur, dans les quelques bars qui ouvraient autour du marché, que de pouvoir, accompagnateur ou spectateur, commenter ses exploits. A la différence du marché qui fermait à treize heures, les bars vivotaient tout l'après-midi et le soir, dans la torpeur d'un quartier abandonné aux cageots, aux détritus et à quelques pauvres qui les secouaient ou les évacuaient. Mais, là, montait la légende dorée de Sauveur Boldini et de quelques autres. Était-il agent de la Compagnie du Tanger-Fès — le chemin de fer — employé à la S.M.D., la société marocaine de distribution dont il surveillait les compteurs d'eau, ou fils d'un adjudant du régiment d'artillerie installé au quartier Bisset ? Peut-être était-il vendeur aux Etablissements Bernard pour les pièces, pompes et tracteurs. Qui s'en souciait d'ailleurs ! Chaque dimanche était comme une naissance d'Hercule : le jeune athlète aux bonds de félin montrait assez que la marque divine était sur lui et la rumeur amplifiait l'exploit. Ce jour-là, les camionneurs qui faisaient le Sud ou le Nord — le ravitaillement des troupes vers Kasba-Tadla ou les ciments et tuyaux entre Casablanca et Fès — les mécaniciens, bourreliers et charrons du quartier de la gare, les traîne-savates qui se rafraîchissaient même l'hiver d'anisettes, les lycéens en déshérence dominicale, les *yaouleds* toujours entrés en fraude, les fils des commerçants de la ville ancienne qui se frottaient, dans la zone intermédiaire qu'était le stade, à leur monde de demain, tous faisaient craquer de leur poids les maigres tribunes de madriers et hurlaient leur enthousiasme par des clameurs qu'un ciel immense et souvent bleu rendait dérisoires. D'une détente, Sauveur Boldini s'emparait de leurs âmes. Il était celui qui s'oppose au mal, qui défie le destin ou l'habituel équilibre des hommes. Dans son rectangle de bois, il flottait comme un être inspiré des Dieux.

Comme on était en semaine, Mohammed ould Moulini manqua de côtoyer l'histoire moderne de Meknès. Ce fut mieux ainsi. Les vociférations du stade l'auraient rejeté plus loin encore vers la marge devenue son lot. Elles n'étaient ni son monde ni son époque. La descente attirait machinalement ses pas et sa longue silhouette emburnoussée glissait contre les murs, ici échancrés par l'accès en escalier de la villa d'un avocat corse, qu'on disait progressiste et qui citait Jaurès. Là, s'ouvrait, à même le trottoir, la boutique de l'épicier Ali, dont l'un des fils portera, quelques années plus tard, chaque matin, le lait à Mme Habert quand elle se sera installée à la ville. Très loin après, dans le temps aux repères singuliers, l'un des fils Habert retrouvera, journaliste à Paris et probablement diplômé des Sciences politiques, le petit livreur matutinal de l'épicerie voisine. Il l'imaginera gravissant le court escalier sur lequel se rabattaient les tiges fleuries d'ampélopsis, et heurtant, furtif et déférent, la porte ornée de ferronnerie et de verre dépoli, pour alerter la vieille dame dont les cheveux blanchissaient.

Comme les rivières que l'espace resserré accélère, tout courait maintenant si vite après les siècles immobiles ! Qu'elle était lointaine la première halte du lieutenant Molinier sous les murailles de Meknès, s'effritant parmi les herbes folles ! Le pays clos, sans routes ni ponts, s'ébrouait de partout. Le bitume plaquait les poussières rouges ou blanches des pistes à peine ouvertes. D'autres villes naissaient en marge des plus anciennes, paraissant somnoler dans leurs habitudes qu'elles préservaient comme un masque. Mohammed ould Moulini, passé le jardin public que l'on venait de planter et qui exposait au soleil le dessin de ses allées et de ses massifs comme un squelette, remontait une rue étrangère, l'avenue Poeymirau : un officier, comme son père, mais un général celui-là. Les maisons étaient neuves ou s'achevaient, sauf celle des Eaux et Forêts, construite depuis huit ans, dont l'architecture néo-marocaine faisait une fière et ancienne demeure. Quand il avait fui Fès, vingt ans auparavant, lors d'une émeute où l'on avait étripé, lapidé ou brûlé quelques Européens, aurait-il imaginé que, chaque année, sans respecter la trêve de l'été, pousserait aussi loin l'impatience de bruire et de faire ? Lui n'était devenu qu'un homme mélancolique, intercesseur entre un peuple rural et l'administration française, qui voyait grand. Le changement galopait sous ses yeux, et aux uns et aux autres, il se bornait à dire, dans leur langue, qu'ils changeaient. Rentré chez lui, après avoir été, le jour durant, la voix et le geste pour tant d'autres, il lui suffisait de regarder en silence se mouvoir ses fils dans leur maison presque vaste à laquelle il ajouterait une cour quand l'aîné se marierait. Les plus jeunes, par privilège spécial, avaient fréquenté l'école française. Par leurs manières, leurs réflexions, ils vieillissaient leurs frères, bien plus que les années. Si unis et joyeux qu'ils fussent, l'histoire les séparait irrésistiblement. Les uns n'appartenaient qu'au passé, les autres étaient déjà sur une grande vague qui s'enflait et ils riaient à pleines dents. Lui n'avait été qu'une fusée retombée, partie trop tôt et qui avait fait long feu dans les solitudes de doums et d'asphodèles.

Les stades du « Tanger-Fès » et de l'A.S.M. pouvaient bien hurler à la gloire de Sauveur Boldini et accomplir ainsi l'acte essentiel du jour. Ici, l'année 1931 et quelques autres couraient tellement vite pour rattraper le temps perdu, que les cris sortis des bouches se perdaient tout de suite dans cette lumineuse immobilité où le passé s'était déjà installé. Sauveur Boldini distribuait allégrement ses coups de pied et ses plongeons arqués, comme s'il participait à une liturgie, transcendant chaque minute. Mais qui se souvient encore de lui, sauf une poignée d'êtres submergés d'images disparates avant de disparaître eux-mêmes ? Etait-ce au bal de la Croix-Rouge, à celui des Anciens Combattants, à la soirée des Corses ou à celle des Bretons qu'il avait rencontré Renée Millinaire ? Si Hélène Semper était, pour son lycée, le modèle de la beauté grave, Renée Millinaire avait oublié tout à fait Junon pour n'être qu'Aphrodite. Epanouie au jour, à la sensation mobile dans sa grâce, elle régnait sur quelques classes, de la sixième à la quatrième où elle enseignait. Comment tomba-t-elle dans les bras de Boldini ou comment avait-elle prémédité d'y tomber ? Eux seuls probablement le savent encore, quoique Boldini ne fût pas un garçon à s'encombrer du souvenir des préalables. Ils s'affichèrent un peu partout. C'est-à-dire qu'on dut les voir ensemble quelquefois, ce qui suffisait pour une ville si petite aux rues si vastes. L'idole du football meknassi quittait désormais les vestiaires avec, au bras, la plus ravissante créature qu'on pût imaginer. Ils partaient à grandes enjambées vers le paradis insolent des êtres beaux et jeunes. On rêvait à eux au dortoir des internes. Les petits cireurs de chaussures, groupés autour des entrées du marché municipal, hélaient Boldini quand il se hâtait au travail le matin, avenue Mézergues : « Alors, chef, ça va ? » et ils clignaient malicieusement de l'œil. Le jeune prince passait dans le frisson complice des sourires qu'on lui adressait depuis le seuil de chaque magasin. Puis, la porte d'un travail anonyme se fermait sur sa souple démarche. Peut-être, après tout, était-il employé à la Conservation foncière ?

Renée Millinaire, elle, était mariée à l'un de ses collègues du lycée. Ou du moins étaient-ils arrivés ensemble, déjà mariés et voués à cette gravité que les ménages d'enseignants installent sur leurs visages, aux heures de cours. Manifestement, ils étaient allés vite au-delà de cette indifférence affectée. Ils se narguaient ou se blessaient au rythme des flux et reflux de la vie scolaire, concentrant sur quelques instants nouvelles, rumeurs et médisances, renforcées chaque jour de quelque inédit. L'époux était un être immense avec une tête d'une blondeur diaphane, qui évoquait le blanc et translucide lapin de la Baltique. Lui-même en venait sans doute, émigré allemand ou russe dès la révolution de 1917, comme toute une petite noblesse qui avait reflué jusqu'à ces rivages de l'Afrique atlantique. Dans chaque classe, comme un rappel de l'activité volcanique de l'histoire, l'un de ces enfants témoignait par son nom pour tous ces exils. Sous le soleil qui mangeait aisément leurs peaux blondes, vêtus parfois de coutils clairs, les fils d'émigrés russes étaient l'insolite discret. Leur accent disparaissait plus vite qu'ils ne contrôlaient leurs fautes d'orthographe. A leur banc d'élèves, ils rêvaient, pour appartenir si peu à ce présent qu'on leur affectait. Les familles menaient une vie besogneuse et désordonnée, à demi campées dans les plus mauvaises maisons. Mais on y chantait, on jouait du piano, de la guitare ou de la flûte. On s'interpellait dans la langue maternelle, mais aussi en anglais ou en allemand, parmi quelques photographies d'uniformes superbes et de robes de cour. Les gamins frustes de la classe, fils d'agriculteurs, de commerçants ou de militaires auxquels leurs familles ne renvoyaient qu'un écho bien sommaire de la connaissance, étaient déconcertés par ces petits Russes aux têtes enveloppées des neiges et des forêts qu'ils ne verraient plus. Comme le Juif ou l'Arabe, que le mellah ou la médina poussaient vers la lumière occidentale et qui ne livraient rien de leur vie aux enceintes de passé, ils étaient les parias provisoires. Ceux-là, du moins, n'ignoraient pas les jurons andalous-mauresques qui étaient l'essentiel passeport aux portes du lycée. Le mari de Renée Millinaire non plus, puisque arrivé au Maroc, plus âgé, il avait fait l'effort d'apprendre l'arabe. Mais sa grande silhouette dominait tout le niveau des têtes, sous le préau des récréations, et la vocifération sourde qui en montait ne paraissait pas l'atteindre, comme si aucun des mots qui s'en échappaient n'avait eu un sens. Il se maintint au lycée plusieurs années durant, dans cet isolement distingué qui devait tant à sa taille. Ses possibles compatriotes Ignatieff, le frère et la sœur qui étaient dans la même classe, devinrent, par la fréquentation de la piscine, du tennis et des camps scouts, de parfaits citoyens « tronc de figuier », peut-être trop semés de taches de rousseur. Renée Millinaire, elle, ne s'attarda pas : elle disparut au bout d'une année scolaire et demie, juste le temps qui fut nécessaire pour que flotte encore, à quelque retour furtif d'un visiteur désormais en exil, sa provocante présence dans les vallons de la ville où les arbres ont tant poussé. Dans les jardins publics, au long des rues, peut-être les amants, aujourd'hui, s'embrassent-ils. En ce temps, il fallait être Renée Millinaire, pour partir la main dans la main d'homme qui s'appelait passion, comme chacun pouvait voir.

Les soldats, arrivés pâles de France pour leur service militaire ou cadres des nombreux régiments de la place, erraient, dès qu'ils avaient quartier libre, entre les cafés et les brasseries qui jalonnaient une lente descente, depuis les camps jusqu'à la statue du général. Ou bien ils allaient au bordel, village blanc et pimpant, bien clôturé et qui avait la meilleure allure. Les familles avaient une vie simple et sévère, celles qui passaient à la faveur d'une affectation temporaire et celles qui croyaient pouvoir pousser loin leurs racines dans ce sol. Les fonctionnaires faisaient leur temps ou prolongeaient leur séjour, pris par les conditions avantageuses qui leur étaient ménagées. Les colons s'acharnaient à « dédoumer » leurs champs et à multiplier les labours pour que la terre répondît mieux aux attaques de la sécheresse. Ces petites collectivités, aux frontières si bien faites, vivaient côte à côte, se visitant parfois. L'indifférence musulmane, comme un témoin patient, regardait et entendait tout, semblant pourtant ne compter pour personne.

Renée Millinaire et Sauveur Boldini disparurent ainsi sans crier gare : elle, par mutation ; lui, pour cause de succès. Le football casablancais l'arracha à son modeste club de l'intérieur. On le vit plus souvent photographié dans les pages sportives de *La Vigie marocaine* ou du *Petit Marocain,* casquette à carreaux et culotte noire, étoile éteinte du ciel du

Zerhoun pour scintiller ailleurs. Il avait emporté le secret de ses bonds, comme ses amours, et la route qui, par le temple protestant, joint le stade à l'avenue Mézergues suffoquait de chaleur ou de poussière, privée désormais de légende.

Les internes du lycée, groupés en rangs, deux à deux, qu'un surveillant de service menait en promenade les jeudis et dimanches après-midi, acceptaient sans trop de déception le verdict : « Destination, l'Oued Ouislam ! », puisque le stade était un lieu où le dieu était mort. La petite troupe s'engageait dans le vallon où se glisse la route vers Moulay-Idriss. Les champs d'orge et les oliviers arrivaient jusqu'au bord de la ville qui, en moins de dix ans, allait se répandre sur eux, les noyant de toits de tuiles, de terrasses et de clôtures maçonnées. Contre une muraille effondrée, cernée d'herbes folles, un auvent et quelques planches servaient de guérite au préposé à l'impôt qui percevait, sur le trafic montant, le « droit de porte ». Il délivrait aux ânes chargés de roseaux traînant à terre, aux camions déséquilibrés sous leurs charges, des tickets étroits de couleurs différentes contre quelques piécettes : mouzounas ou hassanis. La promenade scolaire n'atteignait jamais l'Oued Ouislam, trop loin au bout d'une interminable descente qui se hérissait de vergers clos de halliers ou d'aloès. Elle se dissolvait sur la première plate-forme ouverte au promeneur, au tournant du chemin où les sources commençaient à ruisseler. Quelques jeux s'organisaient, mais on taillait surtout, au couteau de poche avec écusson de cuivre portant une croix qui pendait aux ceintures au bout d'une chaîne, des baguettes d'olivier ou des flûtes de roseau qui seraient abandonnées dans les derniers mètres avant le retour au lycée.

De ces explorations tournées court ne restait, selon la saison, que la marque sur les doigts de l'écorce de grenade ou le jaune acide et irritant des oranges demi-mûres. Le chemin s'enfonçant, dans le frémissement des haies de roseaux, jusqu'à l'Oued où la pente vive et large permettait un gué, bien peu des acteurs de cette époque l'ont parcouru. Il était campagnard et immémorial, amenant bêtes et villageois depuis le massif montagneux jusqu'à la ville. La route des automobiles l'isolait du changement et le vouait aux jarrets infatigables des pauvres. L'Oued franchi, la piste retrouvait, au pied du massif après les mornes solitudes de deux plateaux coupés de vallons encombrés de jujubiers, une autre voie creusée du pas des hommes et des bêtes, partie plus à l'ouest de Meknès. C'est par là que Pierre Reynaud venait de s'installer, en marge de tout voisin et de tout trafic, sur cette pente insensible peuplée d'asphodèles prolongeant les bois d'oliviers qui ceignent le Zerhoun. Il avait loué, à plusieurs propriétaires, en tout une centaine d'hectares en espérant les acheter plus tard. Les alouettes planaient inlassablement au-dessus de leurs nids avec un sifflement aigu. Les aboiements des chiens mesuraient les distances dans la nuit. Une baraque, couverte de tôle, aux parois de roseaux liés en paquets et montés en losange, était le seul abri. Le tracteur, acheté d'occasion, quatre fûts d'essence dont l'un appareillé d'une pompe, la charrue à six disques, un pick-up Ford couvert de boue, voisinaient l'habitation. Plus loin, à demi enfouie dans le dédale des jujubiers, des doums et des asphodèles, la tente brune cernée d'épineux abritait l'homme à tout faire et sa famille. Ainsi vivait Pierre Reynaud, en marge de tout, mais au cœur de son espoir.

Peut-être réussirait-il ? Au-dessus de l'échafaudage de caisses portant la marque « Sunflower » et qui avaient contenu les bidons de pétrole pour les lampes, il avait suspendu, à la cloison de roseaux alignés sur un panneau de bois, une montre ronde d'automobile, un baromètre métallique et un thermomètre très modeste. C'était là son bureau et son armoire. Il n'avait qu'un costume de ville, avec lequel il était revenu de France. Par quels caprices du recrutement avait-il fait son service militaire aux zouaves, à Casablanca ? Son temps terminé, il avait retrouvé le monde arrêté de la province, la torpeur d'un vieux peuple sorti hébété de la guerre. Il essaya de se faire à ce décor dont il distinguait désormais l'envers. Mais, après trois ans d'une lutte silencieuse, il abandonna sans précautions un emploi dans une succursale de la Banque de France et loua une couchette de troisième classe sur le paquebot de la Compagnie Paquet qui le ramènerait à Casablanca. A peine débarqué, il se précipita à Settat, au cœur de la région Chaouia, où il avait écrit à un ami de régiment. Dans la plaine rase, il le trouva sans peine, à vingt kilomètres de la ville. Les premiers arbres alignés pointaient parmi les herbes. Les labours géométriques tranchaient parmi les terrains de parcours aux limites indécises. Sur l'insistance de son ami, Reynaud resta près de lui, dans la baraque basse qu'on apercevait de si loin, pourtant, dans l'immensité vide. Il crut se rendre utile, mais il n'y avait pas place pour deux, dans ce jeu de pile ou face avec les saisons. Le Grec du Bar de la Poste lui indiqua qu'une place de gérant était peut-être encore possible dans une exploitation sur le plateau de Tifrit, au-dessus de Meknès. Au car de la C.T.M., qui partait à peu près à l'heure, les deux amis s'embrassèrent avec émotion et promirent de se revoir. Mais leurs vies, enfoncées à trois cents kilomètres l'une de l'autre dans la terre qu'ils ouvraient en force pour qu'elle produise, ne devaient plus se rejoindre. Après la brève hésitation du choix, chacun basculait dans son destin. Reynaud n'avait qu'une valise en arrivant à Tifrit où il fut accepté. Deux ans après, il n'en avait toujours qu'une, quelques économies, un prêt de campagne et une détermination devenue taciturne, quand il s'installa au pied du Zerhoun. De là, quand le temps était clair, le matin, il distinguait à peu près la ligne du plateau de Tifrit vers l'Oued Kell, au-delà de Meknès étendue en une ligne blanche et crénelée. La première année fut médiocre : il avait tardivement semé son blé sur une vingtaine d'hectares défrichés, au prix de quels efforts et d'ennuis mécaniques. La terre était belle et profonde, brun-noir, mais la pluie manqua en mars et en avril. Sous le soleil vif de mai, le blé ne montait ni ne tallait dans un sol où se formaient des crevasses. On entrait dans les années de crise, après le grand élan des années vingt. Une poignée de colons, qui s'étaient tondu le crâne pour exprimer leur dénuement, manifestaient respectueusement à Rabat, à la résidence générale. On leur fit quelques avances sur les récoltes indéfiniment stockées, on allongea le temps de leurs dettes. Ils essaieraient de tenir parmi leurs tôles galvanisées et les pompes éoliennes toujours en panne.

Quand il eut ajouté une seconde pièce maçonnée à son installation et bétonné le sol de la première, Reynaud se maria. Comment avait-il trouvé le temps d'échapper à la solitude, que soulignaient le cri perlé des alouettes ou le rappel des perdrix aux pattes rouges, pour convaincre une femme de venir partager celle-ci ? Mais fallait-il du temps ou le hasard suffisait-il ? C'était oui ou c'était non, entre ceux qui choisissaient de rester et ceux qui passaient seulement. Et, ce choix déjà fait, l'éloquence, la beauté, l'assiduité ne comptaient guère. Sans doute avait-il rencontré fortuitement sa femme ; à la sortie de la messe, qu'il s'astreignait à suivre moins par conviction que pour ne pas rompre avec tout équilibre de vie ? S'étaient-ils adressé trois mots seulement, à la papeterie par exemple ? Lui avait-il fait un signe de la main depuis sa fourgonnette, la distinguant sur l'avenue de la République, jupe blanche et blazer gansé de ruban brique ? S'était-il arrêté un peu plus loin, était-il descendu pour lui parler, conscient que le temps ne leur donnerait guère l'occasion de se tendre la main ?

Ses parents étaient lointains ; ceux de sa femme installés depuis deux ans déjà dans un emploi modeste au service des Beaux-Arts, approuvèrent le choix de leur fille, le premier et le seul qu'elle pût faire. Le mariage fut une vraie petite cérémonie. Au déjeuner, ils étaient bien une vingtaine à l'hôtel Volubilis, qu'on venait de construire en haut de l'avenue, à son croisement avec la route de Rabat à Fès. Ils s'aimèrent dans l'inconfort silencieux d'un paysage trop vaste, interrogeant le ciel et les saisons qui les accablaient ou les exaltaient. Deux fois par semaine, le courrier, s'ils en avaient, montait par le *Rekkas* sur son maigre cheval, depuis Aïn-Lorma où le train s'arrêtait à la descente vers Petitjean. La nuit, que perçaient les phares des camions montant vers Mrassyine, s'appesantissait sur eux, comme sur les perdrix blotties sous les jujubiers, cœurs toujours inquiets d'entendre la trop grande respiration de l'obscurité.

A défaut de récoltes miraculeuses, ils eurent trois enfants qu'ils élevèrent autour de leur campement agrandi de deux pièces et d'un hangar. Les progénitures des ouvriers arabes jouaient avec eux, cris mêlés et langages mêlés. Cependant, Mme Reynaud avait déjà appris à lire à ses deux aînés, quand elle mourut, de typhoïde, dit-on, puisque c'était en février. En été, on diagnostiquait aisément le typhus. Pierre Reynaud garda les enfants près de lui, l'une des femmes de la *Khaïma* voisine étant promue à les surveiller et à les assister. Farouches, sales et dépeignés, ils couraient la campagne alentour, un bâton à la main, pour écraser les sauterelles ou assommer les gerboises. Dans leurs courses, leurs cheveux blonds paraissaient rebondir sur la lisière des blés qui les dissimulait presque entièrement. L'internat des Franciscaines, à Meknès, les abrita la plupart du temps, à l'âge scolaire. Reynaud, que l'on s'était habitué à voir passer dans une vieille Chevrolet dont la peinture sur les ailes s'était usée, ne donnait pas l'impression de la prospérité. Mal soigné de sa personne, il portait maintenant une barbe, et ses apparitions en ville se limitaient à l'approvisionnement de son exploitation, dont il surgissait taciturne et vêtu à la diable. On disait qu'il vivait avec une femme indigène — cousine de son chef de travaux, son « caporal » — et qu'il en avait des enfants. Mais que ne disait-on, privés du seul témoignage de l'immensité qui voyait tout ! Reynaud mourut à peu près huit ans après sa femme, sans doute de paludisme, pendant l'été 1939 qui fut particulièrement chaud. Habert, le père, qui n'était pas son voisin puisque vingt-cinq kilomètres les séparaient mais qui avait connu ses beaux-parents, n'en fut pas informé tout de suite. Il s'inquiéta des enfants qu'il trouva dans la maison basse, au bout de la piste prenant à la perpendiculaire de la double rangée d'oliviers qui, à cet endroit, bordent la route. Ils étaient six, en tout ; les trois premiers aussi muets et fermés que le fut leur père ; les trois autres dans les jambes de leur mère indigène, partagée entre la pudeur et la manifestation du chagrin. Le « caporal » lui dit que le contrôle civil prévenu s'était chargé des obsèques et allait aviser pour tout le reste. A la fin de l'été, on avisait toujours et les pieds nus des enfants couraient sur la terre brûlante et crevassée.

Que reste-t-il de l'acharnement de Pierre Reynaud, qui fut toute sa courte vie ? Des cars de tourisme qui font visiter les ruines de Volubilis, on aperçoit, parce qu'ils sont plus hauts que les voitures particulières, sur la droite, le cube d'une construction blanche avec un toit-terrasse. Quelques arbres l'épaulent sur la ligne de pente du plateau qui lui sert d'horizon. Autour, le sol, qu'il avait méticuleusement fouillé et délimité, a retrouvé la grâce désordonnée des petites cultures de sorgho et de blé dur, où le bétail, avant les pluies d'automne, pacage en une quête désabusée des dernières tiges. Le tracteur de Pierre Reynaud s'est arrêté comme en plein champ, et l'épave de tôle et d'acier, dépecée, semble reposer sur les herbes sèches qui ont monté au printemps sous cet abri. Çà et là, des touffes de doum ont à nouveau fait surface et luisent, vert sombre, dans la campagne éteinte par l'été.

Dans leurs courses vagabondes les enfants Reynaud, nés de deux mères, ont-ils poussé, venant du nord, jusqu'au gué de l'Oued Ouislam que les internes du lycée Poeymirau n'atteignirent jamais dans leurs promenades surveillées, parties du sud ? Qui le croirait, quand l'innocent aujourd'hui a dispersé tout témoin et fait de cette vieille terre un paysage à découvrir par d'autres !

« *Chez Moulay Idriss nous sommes venus,* *O mon Dieu, pardonnez-nous* » (1933)

Le petit peuple de Fertassa, de Beni-Amar, de Meyrassyine, de tous les villages du Zerhoun s'avançait en psalmodiant : « *Chez Moulay Idriss, nous sommes venus...* » Débouchant du plateau de Hiber ou arrivant du Sud par la porte Senhaja, il convergeait vers le *mzāra,* le lieu des sacrifices, qu'il atteignait après une brève étape au tombeau de Sidi Rached. Septembre était chaud, brillant, animé de tourbillons de vent qui soulevaient la poussière des places et signalaient les aires de vannage d'une longue traînée dorée. Mais ce jeudi, tout travail avait cessé pour la fête anniversaire du fondateur de la première dynastie musulmane au Maroc. Le grand *moussem* déroulait ses fastes, dans l'interminable procession des groupes en pèlerinage, poussant devant eux, pour l'offrande au Saint, un jeune bovin hébété de cris et de peur. Les Berbères guerouane, zemmour, et beni mter, du Moyen-Atlas, avaient installé leurs tentes sur les pentes du plateau de Hiber, jusqu'aux contreforts de l'aqueduc. Conduits par leurs caïds, ils venaient implorer la bénédiction du Saint et manger le raisin blond et ferme du Zerhoun. Présentement, ils avançaient lentement, houspillant les taurillons rituels, battant des mains, tandis que les flûtes évasées des musiciens criaient au-dessus du tempo entêtant des *ganbris.*

« *Ô prestige de Mohammed*
Nous nous plaçons derrière l'envoyé d'Allah ! »

Les femmes, surchargées de leurs habits de fête, de pendentifs et de médailles, allaient nu-pieds, leurs bottes à lacet en équilibre sur la tête. La houle de leurs cris aigus oscillait de la supplication à l'allégresse et s'enflerait encore quand, à l'heure du sacrifice, les hommes plongeraient dans le sang jaillissant du cou des victimes les touffes de palmiers nains, apportées depuis l'aire de parcours de la tribu, dont ils rythmaient la procession. Quand les pluies d'automne permettront les labours, les cordages d'attelage, tressés avec le doum où a ruisselé le sang sacré, rassembleront le paysan et ses bêtes sous la même protection. Puis, au solstice d'été, dans la fumée du *bayta,* le feu de joie où brûlent le figuier, le laurier-rose, les ceps de vigne et la menthe, on fera passer le bétail pour le préserver de la maladie et des mauvais sorts.

Plus la journée s'avançait, plus grandissait l'exaltation des suppliants qui conduisaient leur pèlerinage au gré d'une inspiration qu'excitait la longue rumeur scandée s'échappant des rues étroites vers le tombeau du saint. Les habitants de la ville et des villages voisins, avec leur simplicité affectée, glissaient, presque furtifs, dans cette cascade de bruit, ne répétant à satiété que :

> « *Chez Moulay Idriss nous sommes venus !*
> *Ô mon Dieu, pardonnez-nous.* »

Mais vers quatre heures de l'après-midi, la foule commençait à refluer vers l'esplanade du Hiber pour assister à la fantasia des cavaliers, enveloppés de poussière et de poudre, dans des charges frénétiques. Les enfants avaient cessé déjà de glisser, avec la vivacité des elfes, le long des groupes en pèlerinage, et se hâtaient, dans les cris et les disputes, vers le quartier populeux de Khiber, avec sa mosquée à *hotba,* contiguë au tombeau de Sidi Abd Allah al-Hajjam. Sébastien Barrajod, qui s'était avancé jusqu'à la *dalya,* la treille sous laquelle se tiennent les marchands de menthe, sentit qu'il fallait rebrousser chemin. Nul ne lui aurait conseillé de se hasarder si loin, au cœur de la ville, un jour de pèlerinage. Il était l'impur, le *N'srani,* le Nazaréen, et sa misérable apparence était encore plus une insulte, en ce jour de liesse dévote. Mais il était venu en voisin, depuis l'installation toute proche des Habert dont les toits de tuile et de tôle brillaient dans la vallée, au contre-jour de l'après-midi. Il y exerçait des talents modestes de forgeron-mécanicien. Comme les vendanges n'étaient pas commencées, il avait encore sa liberté. Ce matin, il s'était rasé, ce qu'il faisait à peu près chaque quinzaine, et s'était débarbouillé dans une cuvette émaillée qu'il posait sur l'enclume, devant l'atelier. De vieilles crasses s'accumulaient autour de ses oreilles, dans les plis du cou et se perdaient dans les profondeurs d'une chemise de flanelle, imbibée de sueur. « Je suis fils de charbonnier savoyard », disait-il en riant. « On n'est pas très regardant, là-bas. » — « Oui, oui, assurait-il, j'y ai toujours de la famille. » Mais il ne recevait jamais une lettre, et l'idée de retourner au pays ne paraissait même pas le saisir quand, à la tombée du jour, assis sur une chaise paillée dont les pieds avaient été raccourcis, il sifflait, les yeux dans le vague — et sa moustache tombante s'attristait davantage. La petite usine avait clos son activité, jusqu'au lendemain où le sifflet enroué de la locomobile arrêterait un instant le raffut, dès l'aube, des merles dans les ronciers de l'oued et les jardins. Depuis le seuil de son logement dont il n'ouvrait jamais les fenêtres et qu'il ne balayait point, il respirait la torpeur du soir parmi les odeurs de la forge refroidie et de l'atelier où le sol de terre battue avait stabilisé ses creux et ses bosses sous la graisse. Comme les outils, Sébastien Barrajod était à l'abandon. Avant de se jeter, pour le sommeil, sur un lit aux draps aussi encrassés que sa personne — « Je sens trop mauvais ; les moustiques n'osent pas me piquer » — il irait échanger trois mots avec le gardien de nuit qui veillait sous le hangar ouvert, à l'autre extrémité des bâtiments, auprès d'un feu qui brûlait à même le sol. Moha en balayait les cendres, au matin, avant de regagner son village.

Pour faire démarrer sa voiture — une occasion merveilleuse qu'il avait acquise à Meknès au prix de la casse — Sébastien en chauffait préalablement les bougies dans une pelle, sur la forge. Le départ était souvent différé, ou bien la Mathis, capitonnée de velours dans lequel les souris s'étaient installées, s'immobilisait dans la montée au bout de son élan. Les rares visites de Sébastien à Meknès, où il disparaissait pendant plusieurs jours, mettaient à l'épreuve toutes ses aptitudes de mécanicien et de motoriste : les pneus, la direction, les freins, l'embrayage, tout et rien transformaient ce voyage en une douloureuse épopée. Aujourd'hui pourtant, préparée dès la veille, la Mathis avait couvert, dans un nuage bleu de fumée d'huile, les trois kilomètres jusqu'à Moulay-Idriss, et Sébastien l'avait garée, pour être sûr de repartir, en descente, ce qui est aisé dans cette ville installée sur des pitons.

Maintenant, saisi de se découvrir unique dans la foule, il regrettait de s'être avancé si loin. Il avait hâte de regagner le plateau du Hiber et ses échoppes foraines installées en deux rangées parallèles entre lesquelles allait se dérouler la fantasia. Derrière lui on criait : « *Aïssaoua ! Aïssaoua !* » ou « *Hamatcha !* » Le sauve-qui-peut des femmes commençait, et les plus courageux se garaient à l'angle d'une venelle. Une rumeur sauvage semblait s'emparer de toute la montée depuis Bab Senhaja et le quartier des ferblantiers. Les redoutables zélateurs de Sidi Ahmed Dgūgi, les *Dgugīyin,* venus souvent de Sidi Ali ben Hamdouche, l'un des trois ou quatre villages qui regardent vers Meknès, s'avançaient dans une violence extraordinaire de cris et de gestes. Brandissant leurs *schakours,* courtes haches à double lame, et pris par une exaltation extrême, ils avançaient en mêlées farouches. Déjà, le sang ruisselait sur les visages depuis les crânes tailladés, service qu'on se rendait réciproquement dans ces saturnales. L'excitation allait croître jusqu'à la cour carrée qui précède le tombeau du saint, et la folie collective, resserrée entre les murs, prise de spasmes, hurlait par centaines de bouches inhumaines. Ceux qui n'avaient pas la hache rituelle brandissaient couteaux et poignards. D'un centre tourbillonnant et hoquetant s'échappait parfois, fendant la foule, un personnage couvert du sang qui, depuis l'entaille du crâne, imbibait sa courte chemise blanche et coulait en filets le long de ses jambes. Il titubait, tendu vers un but impératif que tous ignoraient, les yeux révulsés pour autant qu'on pouvait les apercevoir. Ceux qui tombaient sous sa main étaient saisis à la gorge, et la hache brandie paraissait devoir leur fracasser la tête.

Sébastien Barrajod, pris par une hâte qui ne lui était pas coutumière, lançait comiquement ses pieds plats, étalés dans les plus mauvais souliers. Il s'aperçut qu'un groupe hurlant venait à sa rencontre sur son chemin de retraite. Etaient-ce des *Djilalas,* en proie eux aussi à un amok sanglant, qui convergeaient vers les autres sectes, pour une bataille rangée ? Il s'adossa au mur. Derrière les portes aux gros clous martelés, tous les curieux avaient disparu. Il était seul, comme toujours ; encore plus insolite dans la ruelle grise pavée de pierres rondes, avec sa cravate et sa casquette de laine. Au nom de quel dieu allait-il mourir pour une vénielle imprudence ? Persuadé que, dans leur délire, les fanatiques des deux processions ne voyaient que lui, il crut défaillir. Voilà qu'il avait quatorze ans ; il était en apprentissage chez un forgeron à Moûtiers, et était venu à pied de son village sans grâce, dans la moyenne montagne savoyarde. La rue de Moûtiers était longue comme la ville, triste, froide, et l'hiver la fermait à tout sourire. Les cris se ruaient vers lui comme un désordre échappé à la nature. Il n'y avait pas de mots pour leur exposer sa détresse. Dans son dos, il se sentit happé et bascula dans le vide derrière lui.

« Eh bien ! mon ami, lui dit Miloud, qui était né le jour de la Nativité du Prophète, ils t'auraient bien zigouillé. » Il referma vite la porte providentiellement ouverte.

« Ma femme Zāhya — Joyeuse — a toute une partie de sa famille chez les Aïssaouas, je ne cesse de lui répéter que ce sont des sauvages. Ce qu'ils font est honteux. Elle dit qu'ils ne le font qu'une fois par an. Mais s'ils recommençaient tous les jours, ils marcheraient sans tête. »

Miloud, qui comptait parmi les ouvriers permanents chez les Habert et était par conséquent affecté à toute tâche, avait du bon sens qu'il exprimait souvent de la sorte.

« Il ne fallait pas venir par ici aujourd'hui ; même les gens de la *zaouia* (de la ville), ils préfèrent être entre eux. Tu sais, c'est une ville sainte — puisse Dieu nous récompenser ! Tu viens, mais pas un jour de fête, et pas samedi, le jour du souk, et tu déjeunes chez moi : voilà ce que tu dois faire et tu mangeras du poulet au vermicelle, comme pour le vingt-sixième jour du Ramadan. On en cuira spécialement pour toi ! »

De la terrasse, où les femmes et les enfants, cachés derrière la murette, n'avaient rien perdu du spectacle, on vint dire que la voie était libre.

« Je vais t'accompagner jusqu'au Hiber, dit Miloud, faisant l'important. Puis, malicieux : S'il faut pousser la voiture, je te donnerai " le coup de main " ! »

Ils partirent ensemble. Ils n'étaient que deux miséreux, disparates, avançant, dans la rue maintenant déserte, vers la rumeur des foules en liesse. La poudre parlait à intervalles presque réguliers, au-dessus d'eux, dès qu'ils eurent dépassé le bureau de poste qui marque la limite entre les quartiers Khiber et Tazga.

« Tu as eu peur, disait Miloud, tu avais bien raison.

— Qu'est-ce que tu crois, avouait Barrajod, ils étaient bien décidés à me mettre en petits morceaux, sans avoir l'air de me voir !

— Allah est plus Grand, Allah est plus Exalté,
Mon Dieu accordez votre miséricorde,
Accordez-moi une absolution entière ! psalmodiait Miloud, en parodie. Tu ne comprends pas pourquoi je récite ça ? C'est ce que chantent les Aïssaouas, quand ils conduisent l'un des leurs à sa dernière demeure. Ce n'est pas pour toi, tu es trop impur ! »

Impur, Barrajod l'était, même pour Miloud qui ne reconnaissait que sa dextérité à souder, rectifier, changer les pièces des mécaniques industrielles. Pour le reste, c'était un homme abandonné à la misère, alors que lui, Miloud, vivait avec elle, en l'organisant telle une partie de sa famille.

« Pourquoi tu vis comme ça ? » demanda Miloud, profitant de cet instant privilégié pour poser la seule question qui leur importait à tous, depuis que Barrajod s'était embauché chez les Habert. Celui-ci parut surpris :

« Je vis comme quoi ? interrogea-t-il.

— Comme tu vis. Avec l'argent que tu gagnes, et puisque tu es un *mââlem,* avec un bon métier, tu pourrais travailler pour toi, avec ton atelier, ta maison. Tu aurais une femme, des enfants. C'est comme ça qu'il faut être. Regarde, disait Miloud sur le ton de la confidence gênée, on se moque tous de toi, pas pour le travail, bien sûr. Les plus " meskine ", ici, sont plus propres que toi, et eux ils n'ont rien du tout. Ce sont de vrais pauvres, Dieu seul sait pourquoi la vie est aussi dure pour eux ! Mais toi, tu es un Européen, tout est plus facile ici pour toi et tu vas finir par vivre plus mal que nous. Même les deux ou trois femmes du village de Fertassa, qui n'ont plus rien à perdre, ne voudraient pas coucher avec toi. *Allach ? Allach ?* Pourquoi ?

— Tu ne vas pas dire que je suis sale, aujourd'hui, s'indignait Barrajod. Je me suis lavé ce matin même, avant de venir !

— Tu sais bien que tu te laves tous les deux mois, dans la plus petite cuvette que tu trouves. Va dans l'Oued Kroumane, qui coule juste à côté de ton lit, prends un gros savon et lave-toi du lever du soleil à son coucher, recommence pendant huit jours ; alors tu seras propre, concluait péremptoirement Miloud. Aujourd'hui, même les femmes du Bousbir de Meknès ne voudraient pas de toi !

— Des femmes, j'en ai eu de plus belles que tu n'en auras jamais ! lançait Barrajod en réplique.

— Pardonne-moi, dit Miloud, je ne voulais pas t'offenser. »

Ils peinaient dans la montée qui débouche sur le plateau du Hiber en longeant Setti ayasa, le cimetière des petites gens, où les iris fleurissent, dès les pluies d'hiver, dans ce champ de repos. Le sol grondait sous les charges de cavalerie quand ils atteignirent la kermesse bruyante sous le ciel d'un septembre orageux.

« Viens, dit Barrajod, je te paye des *sfenjs* ou des *keftas,* comme tu veux. » L'odeur des beignets dans l'huile et des brochettes de chair hachée rissolant sur le charbon des étroits creusets en argile, dominait celle de la poussière, des épices étalées dans des paniers plats et que le courant d'air élevait jusqu'à la Kasbah détruite qui domine Aïn el-Hamma, la source sulfureuse. Dès qu'ils eurent mangé les *keftas* brûlantes prises dans un quartier de pain, ils n'eurent aucune peine à se séparer : les badauds refluaient à chaque cavalcade des cavaliers cherarda, burnous relevé du côté droit et bonnet rouge en tête. Les femmes criaient : « Oualili » comme si c'était ce qu'on attendait d'elles et se garaient précipitamment. Selon les cas, la poudre se perdait dans les airs ou bien faisait voler la poussière au sol, provoquant de brèves paniques. Séparé de Barrajod par une poussée inattendue de la foule, Miloud lui cria de loin :

« Tu es sûr qu'elle va partir ?

— Quoi ? » interrogeait l'autre, la main en conque sur l'oreille. Miloud manipula un volant imaginaire. De la tête et des bras, Barrajod répondit : « Bien sûr », dans le moutonnement des têtes qui se refermait sur lui. En contrebas de la route qui mène à Fertassa, sur une petite esplanade d'où elle dominait tout le plateau, la tente officielle blanche aux arabesques noires était son point de repère. Il avait garé la Mathis à proximité. Il lui restait à parcourir un bon kilomètre, dans la foule énorme, heurtant les bouteilles des pèlerins remplies à la source du saint, dévisagé hardiment par les femmes berbères parées comme des châsses et allant visage découvert. Les chefs de famille surveillaient l'achat des paniers de fruits secs, souvenirs de cette visite pieuse (*zyāra*), auxquels les enfants ne pouvaient toucher. Les vendeurs d'herbes, de poudres et de philtres offraient même l'eau de Rhāt-aj-Jāma, l'eau du moulin qui combat l'envoûtement, et des préparations pour les fumigations au *fāsūh,* qui dénoue l'aiguillette des jeunes gens prêts à se marier. Barrajod aperçut, parmi des vestiges grisâtres, une carapace de tortue et le caméléon femelle qui semblait une feuille morte, roulée sur elle-même et raidie, parmi le styrax, le benjoin, l'aloès en poudre, les piquants de hérisson et le soufre, si jaune qu'il ferait reculer le maléfice. Il y avait même un nid de cigognes dont on chaufferait l'eau du moulin, quand l'appel à la prière solennelle du vendredi serait lancé du haut du minaret ; et le vieux panier qui avait servi à déblayer la terre pour un tombeau ; et le fer de pioche ayant appartenu à un défunt, que la victime du maléfice placerait chaud, sous elle, avant d'aller répandre l'eau qui emporterait le mal au carrefour le plus fréquenté des fidèles, à leur sortie de la mosquée.

Sébastien Barrajod s'attarda à cet étrange étal sans s'apercevoir que son attention intriguait et éloignait les curieux. Dans le tumulte, lui était revenue en mémoire, comme une plage lumineuse, son enfance. Là-bas, c'était la vipère, le scarabée sacré, la cétoine blonde et aussi le hérisson, et encore la chauve-souris des étés que la bonne femme mêlait à la racine de gentiane pilée et à la corne de vache tarine. Comment s'appelait-elle donc ? Il se souvenait que sa mère l'avait mené là-bas, un peu plus haut que chez eux ; il y avait encore des pommiers, à cette altitude, et l'eau courait sous l'herbe aux pentes des prés. La bonne femme avait dit que les scarabées — les *bouseux* qu'elle ramassait sans peine sur le chemin des vaches — étaient l'emblème de la résurrection. Le curé du catéchisme avait aussi parlé de la résurrection. Sa vie, lui, il avait cru la perdre aujourd'hui. Mais elle glissait, insignifiante. Voilà qu'il s'en apercevait, et la résurrection était tellement loin qu'elle ne comptait pas ! Que faisait-il de lui-même ? Il ne se l'était jamais demandé.

Il eut plus envie encore de fuir cette foule qui lui était étrangère, où mille regards furtifs l'identifiaient et le rejetaient. Quand il atteignit la voiture, il chassa sans ménagements les gamins installés sur chaque marchepied. Le plus effronté se risqua à demander quelques sous pour son gardiennage : « *Atini mouzouna, mââllem !* » Sans lui, les enfants seraient, pour sûr, montés dans la voiture et auraient rayé la carrosserie. Il avait découragé ces comportements honteux! Mais le regard de Barrajod, posé sur lui, était si farouche et si absent, que la prudence le fit détaler. Libérée dans la pente, la Mathis démarra son moteur, après trois secousses, qui semblaient devoir rompre jusqu'au pont arrière. Puis Barrajod la lança à plein régime dans la côte bordée d'oliviers et d'aloès, jusqu'à ce qu'il ait franchi le petit seuil à partir duquel la route descend vers Fertassa et Volubilis. Sous les bois d'oliviers qui couvrent les pentes, toute l'herbe avait disparu, sauf d'innombrables asters desséchés et piquants dont le cœur étoilé, d'un jaune éteint, dansait au courant d'air, avec un frisson presque métallique.

Le modeste tombeau de Sidi Allah el-Amri, que l'on visite tous les jours, mais spécialement le mercredi, se perdait dans cette solitude où l'avait plongé le grand moussem. Point de suppliantes, venues furtivement de Fertassa ou de Moulay-Idriss, implorer la paix des ménages; le mercredi, jour néfaste pour le mariage, elles seraient nombreuses, la fête passée, à invoquer l'intercession de Sidi Allah pour n'être pas battues sans raison, n'être pas remplacées auprès de l'homme, pour n'avoir pas à se réfugier avec les femmes en révolte contre leurs maris à la Dar ez-zaouia, la maison de la chapelle, où le cadi leur prescrit de se resserrer en attendant son jugement.

Le moussem avait drainé vers lui toute activité, alentour. Nul n'allait distraire Sébastien Barrajod de ses fantômes, si l'heure en était venue, dans la chaleur lourde de cette fin d'après-midi. Et Aïcha Kendicha, la sorcière-chef, celle qui guette la défaillance et refuse le repos, ne traverserait pas sa route sous l'apparence d'une énorme et longue couleuvre jaune quand elle glisse de la falaise aux pigeons, où elle a sa grotte, à l'Oued qu'elle peuple de maléfices nocturnes. Au bout de sa course, la Mathis s'arrêta inopinément et Barrajod se résigna à la pousser sous l'auvent, contre la haie de roseaux, qu'elle partageait avec les poules.

Il glissa furtivement vers son logis. Dans la cantine, qu'il n'avait pas ouverte depuis plusieurs années et sur laquelle, outre un réveille-matin, s'entassaient contre son lit des pièces de vêtements, de vaisselle et quelques savates trouées, il chercha ses souvenirs. La boîte de fer-blanc « Biscuits LU », ouverte, il n'en crut pas ses yeux. Il la pensait pleine : elle ne l'était qu'au tiers. Tournant les papiers et dépliant quelques colifichets de foire, déchiffrant les dates des cartes postales, découvrant le bouchon du radiateur d'eau qui était celui du camion Saurer qu'il conduisait du côté de Khenifra et Beni-Mellal, vers 1925, il dut se rendre à l'évidence ; outre ses papiers militaires, il n'avait enfermé dans cette mémoire en fer-blanc que deux ou trois années, si lointaines maintenant. Qu'étaient devenues toutes les autres ? Qu'en avait-il fait pour n'en retrouver, au fond de la boîte, ni un ruban, ni un bouton, un insigne, une épingle même, à tête coloriée ? Assis sur son grabat, atterré, il voulait demeurer incrédule. Alors, il entreprit de fouiller en lui-même. Mais il ne parvenait pas à faire un compte à peu près exact des années passées ici, au long de l'Oued Kroumane. Quand il était arrivé, le dernier des enfants Habert devait avoir six ans, ou sept, ou cinq. Il le revoyait avec ses cheveux curieusement coupés aux ciseaux par sa mère, ses culottes courtes en coutil et une blouse-chemise à encolure ronde. Mais le visage et la taille du gamin avaient changé avec les années, brouillant les autres repères de Barrajod. Il essaya de faire le compte des étés, des vendanges, et des campagnes d'olives qui occupaient les hivers. Il s'égarait. Il était comme Aguili, Moha, Kaddour ou Bokaba qui déterminaient leur âge à partir de l'installation des Habert ou de la naissance de leur dernier enfant. Pour lui, qui connaissait sa date de naissance, c'était pire : tout avait fui comme une eau, évaporée par les étés ou bue par le sol crevassé. Il tourna et retourna une carte postale sans pouvoir expliquer pourquoi elle était dans sa réserve. Elle représentait le marché central de Casablanca avec quelques taxis arrêtés devant ses arcades. Au premier plan, une forte voiture américaine portant le numéro 7072 MA 2, immatriculée à Casa par conséquent, et probablement une Graham-Paidge. Sur le store de l'immeuble voisin on lisait :

On consulte
Le Didot-Bottin
Nouvelles télégraphiques « HAVAS »
Le Larousse illustré
Bulletin de la Chambre de Commerce

Un homme portait un pardessus. Une femme avait des bas blancs et un chapeau cloche. Un couple de Marocains — femme emburnoussée et voilée, homme vêtu à l'européenne mais le fez en tête — passait sous les palmiers. Derrière la carte, sous la date du 24 novembre 1928, un écrivain modeste avait tracé ceci :

« Mon cher Alfred,

« Me voilà installé dans mon bled et je profite d'un moment de repos pour t'envoyer de mes nouvelles qui sont bonnes. J'ai fait un beau voyage pour venir, car la mer était bonne et j'ai été fort surpris de trouver de si belles villes en Afrique car, ici, c'est une ville toute neuve qui s'étend sur une distance d'une dizaine de kilomètres. Mais jusqu'à présent on n'a pas pu sortir. Aussi, quand on pourra sortir librement on fera des chouettes balades. En attendant, on fait exercices sur exercices, comme tous les militaires. Mais ça ne barde pas trop, à part qu'il fait un peu chaud : depuis qu'on est arrivé, toujours du soleil, des fleurs. C'est beau. On ne peut pas expliquer : il faut le voir pour y croire. Aussi reçois, cher camarade, une bonne poignée de main de ton copain.

« Thaize Louis, 1er zouaves. Camp Chemet
Aïn-Bordja. Maroc. »

Barrajod chercha une raison logique qui expliquerait pourquoi cette carte était parmi ses propres papiers. Ce militaire qui faisait son temps au 1er régiment de zouaves était-il un Savoyard, l'avait-il rencontré, transporté, dépanné ? Avait-il ramassé dans un train, un car, un café, ce document qui ne représentait rien pour lui ? Cette carte, après tout, il aurait pu l'écrire, dix ou quinze ans plus tôt, quand il était arrivé en Afrique. « Cela me reviendra peut-être », se dit-il avec inquiétude, et il entreprit de recenser à peu près ses voyages à Meknès dans les dernières années. Il ne remonta pas loin dans le temps, car il s'y perdait après six mois. L'achat d'occasion de la Mathis lui servait pourtant de repère éloigné : elle ne marchait pas ; il avait fallu la mettre en remorque du camion qui livrait les fûts pour l'huile à savon. Une fois, il était rentré en retard d'un jour parce qu'il était trop saoul. Il se souvenait de Mina, au bordel, qui se moquait de son odeur et prenait des airs dégoûtés. Avec l'arrivée du raisin, la surveillance du pressoir, de la machine et des cuves, il n'y retournerait pas avant la mi-octobre, au moins.

Il ferma la boîte. Il ferma la cantine. Dans le plus grand trouble, mais comme à l'accoutumée, il alla s'asseoir, le jour tombant, contre son seuil, sur la chaise aux pieds sciés. Le veilleur de nuit, qui arrivait pour prendre sa garde, sa sacoche de doum en bandoulière et le capuchon du burnous déjà sur la tête, lui cria de loin : « *B'slama !* » A ce bonsoir, Barrajod répondit d'un geste, sans tourner la tête. Si Moha, au lieu d'aller tout de suite donner l'avoine aux deux chevaux et à la mule, s'était avancé, il aurait vu sur ce visage — déjà raviné, par quelle fatalité ? — couler des larmes qui se perdaient dans les poils jaunis de la moustache.

VI

Rose rouge de Sijilmassa
(1936-1942)

« Pour vous en guérir, vous devriez tous aller faire une station au *Kerkour* de Sidi Mrizeg, sur la route du Zeggota ! plaisantait la fille Habert.

— C'est où Sidi Mrizeg ? demandaient ses frères.

— A côté de la source, à Aïn-Schkour, à droite de la route. C'est le marabout spécialisé dans la coqueluche. Et vous ajoutez une pierre à son tas, cela ne fera pas de mal, ni au marabout, ni à votre *awwāqa.* »

Les frères, moins experts en arabe qu'elle, ignoraient l'*awwāqa* — la coqueluche. Mais elle n'ignorait rien de la langue populaire qu'elle assimilait et reproduisait avec une mémoire étonnante des sons. Pour l'heure, c'étaient les lycéens qu'elle vouait à Sidi Mrizeg, afin qu'ils se débarrassent de leur « coqueluche », Aliette Batidou. Elle était la plus élégante des filles de troisième : sa mère était couturière et avait bon goût, éventuellement pour ses clientes. Pour son seul enfant, elle faisait encore mieux. Aliette était brune avec de magnifiques yeux bleus et un rien de réserve hardie qui attirait les garçons, de loin. Elle venait au lycée avec son dictionnaire Gaffiot sous le bras et, quoique tout aurait dû l'en distraire, elle réussissait en latin. La promenade sous le préau, pendant les courtes récréations qui rompaient les heures de classe, était son triomphe. Peut-être était-elle la plus belle, avec Anna-Maria Macchi, fille d'un colon à l'aise. Mais comme celle-ci était confinée par l'internat, l'immense parcours de l'avenue de la République donnait l'avantage à Aliette, dès la sortie du lycée. Une foule diverse lui renvoyait, de mille regards, son image. Les militaires qui envahissaient les quelques rues animées, dès que le quartier libre vidait les casernes jusqu'au soir, l'avaient tous repérée. Elle était l'inaccessible et charmant objet de convoitises trop nombreuses. Elle passait, au bras d'une amie, entre les vitrines et l'alignement des oléandres taillés. Les commerçants, sur leur seuil dallé de petit marbre, l'arrêtaient un instant puisqu'elle était « la fille à Mme Batidou », commerçante comme eux. Elle ployait gracieusement son corps sur une taille très mince : sa mère excellait à l'habiller pour qu'elle ne parût pas, ce qu'elle était, trop maigre, avec des jambes ingrates. Les Arabes la contemplaient, selon leur âge, altérés ou réprobateurs. Mais elle était pour eux l'une des stars descendue vivante des affiches du cinéma Rex ou du Régent. Les cireurs, agglutinés autour de la porte principale du marché, que, pour leur torture, la nouvelle pâtisserie des Barnève embaumait d'odeurs de chocolat et de galettes chaudes, l'interpellaient amicalement :

« Alors, mam'zelle Zolie, ça va bien ! Tu ti promènes ? »

Elle leur souriait, sans s'arrêter, comme une grâce qu'elle leur devait. Après tout, la boutique de Mme Batidou était à moins de deux cents mètres. Ils étaient des familiers qui écarquillaient les yeux en passant devant la vitrine, regardant, incrédules, la dernière mode de Paris, importée à Meknès.

« Vous avez une fille ravissante ! » disaient à la couturière ses clientes, pour gagner ses bonnes grâces ou entretenir sa patience.

« Elle me ressemble ! » lançait la couturière qui avait le même regard bleu, dans un visage lisse et mat de Méditerranéenne. Il n'existait pas de père, et l'on ne s'en inquiétait guère. Mme Batidou avait bien dû donner quelque explication aux commerçants voisins : en face, le Hall du Tapis tenu par un couple très vieille France ; à droite, un cafetier, grec comme l'était le gérant de La Maison du Café, au marché central. A gauche, un grainetier, promis comme la plupart des grainetiers à la fatale reconversion. Plus loin, le quincaillier, l'agence immobilière, un pharmacien, le bureau de voyages, expert à retenir les passages pour la France, directement ou via l'Espagne. Après tout, Mme Batidou avait eu un mari, ou n'en avait pas eu, l'avait abandonné ou l'avait fui, qu'importait ! Telle qu'elle était, si joliment flanquée de sa fille, elle était devenue une cellule provisoire dans une société de transition. Elle y remplissait sa fonction, qui était de servir de bonne référence à tous les élans de mode éprouvés par les femmes des officiers supérieurs, des commerçants aisés, des fonctionnaires qui, chaque été, cessaient d'aimer le Maroc pour rechercher en France la fraîcheur. Arrivant à l'automne 1936, en une année, elle avait bien rempli une place qui était vacante. Tirant l'aiguille elle-même, dans son arrière-boutique bleu pâle, ou partant tous les quatre mois à l'approvisionnement en métropole, sa devise semblait être : « Peu, cher, mais bien ! »

Mme Habert qui aimait, excessivement et ensemble, le bleu marine et le blanc, avait trouvé en elle une approbation éclairée de ses choix.

« Je viendrai vous voir un dimanche, là-bas, disait Mme Batidou. Mais j'ai tellement de travail que je n'en vois jamais la fin. Et puis, nous n'avons pas de voiture, alors nous ne bougeons guère. Des amis nous ont emmenées, le mois dernier, après Timadhite, à l'Aguelmane Sidi Ali, vous savez, entre Azrou et Midelt. C'est assez loin, mais que c'est beau ! Il y avait encore des plaques de neige sous les arbres, et déjà les premières pivoines, à deux mille mètres d'altitude. Ils ont pris des truites et des perches. L'eau était d'un bleu sombre, tenez, disait-elle avec coquetterie, bien plus sombre que mes yeux ! »

Si Mme Batidou vint visiter, à leur tour, les ruines de Volubilis et les ruelles de Moulay-Idriss, Mathilde Habert n'en sut rien. Seuls le lycée et ses robes établissaient un lien : les fils parlaient de la beauté d'Aliette, quand ils échappaient à l'internat le samedi après-midi ; au printemps et à l'automne, Mathilde commandait deux ou trois robes. Mais le temps galopait déjà : les enfants grandissaient et, d'une année à l'autre, n'étaient plus les mêmes. L'Europe frissonnait de peur entre la grandiloquence de Mussolini et l'appétit d'Hitler. Aux fils Habert, à Aliette, à tous ses élèves qu'il retrouvait de la classe de quatrième à celle de philosophie, Pierre Calvert, le professeur d'histoire, répétait : « Vous n'y échapperez pas ! », les menaçant ainsi des sombres mécanismes de l'esprit humain. La guerre qui rôdait rendait peut-être plus légère encore l'odeur des oliviers en fleurs, plus transparente la lumière étirée à l'horizontale jusqu'aux ombres bleues du Zerhoun.

En trois ou quatre années, dans une glaise aussi inépuisable que celle du Djebel Tselfat où pataugeait le lieutenant Molinier quand il gagna Fès, les destins furent aspirés et pétris, avec le sang, la mort, le temps. Au retour, il ne restait que des repères sur les places et les horizons, et, çà et là, ces feuilles séchées qu'on appelle souvenirs.

« Mme Batidou a toujours son magasin ? »

Le fils Habert faisait l'inventaire de ce qui était encore et de ce qui avait disparu.

« Oh ! non, dit Mathilde, c'est fini. Elle est partie. Maintenant que sa fille a épousé le Pacha de Beni-Mellal, je ne sais pas ce qu'elle est devenue. Mais elle n'a pas continué longtemps à faire des robes ! »

Mathilde n'en savait pas davantage. On le lui avait dit. La guerre les avait assez secoués pour que l'événement n'ait pas eu d'importance pour elle. Alors, dans les heures vides où il consolidait ses blessures, au tournant de la vie où l'élan s'est perdu en passé, le fils Habert voulut imaginer Aliette Batidou, échappant à sa chrysalide, et quittant leur adolescence. Il lui eût suffi pourtant de poser quelques questions, et même d'aller voir Aliette dans son palais probable de Beni-Mellal.

Mais c'était plus simple : en redoublant la classe de philo, Aliette avait fini par terminer ses études secondaires. Elle était partie à Rabat suivre quelques cours de droit. C'était bien commode. L'université de Bordeaux avait débarqué en force, dans le sillage du *Massilia.* Sa place était toute prête puisque, de tradition, elle assurait la tutelle de l'enseignement supérieur et du baccalauréat au Maroc. Alors l'exode de juin 1940 avait été facile ! Professeurs et élèves allaient, à l'abri des tourmentes du monde, attendre une suite, qui s'ouvrirait en novembre 1942, avec le débarquement américain entre Fedalha et Mehedya. Ange Moretti, le père Habert et le voisin Hamel perçurent la canonnade depuis leurs champs, loin à l'intérieur, et ils ne la confondirent pas avec l'orage montant de l'Ouest.

Bien des étudiants partirent illico, appelés à l'armée. L'année universitaire 1942, qui venait juste de commencer, en fut toute bouleversée. Les filles et les quelques étudiants marocains inscrits étaient sûrs de poursuivre. Les autres.. Le petit cercle des amis d'Aliette n'eut pas le temps de se reformer : parti, André, le fils du contrôleur civil de Khouribga ; parti, Jean-Jacques, dont le père, officier en retraite, menait à Rabat un cabinet d'assurances ; parti le plus beau,

Alain, venu de Casablanca, ou mieux d'une luxueuse villa d'Anfa, à la mesure de la puissance paternelle qui régnait sur toute la représentation de Shell au Maroc ; Alain qui, pris d'une détermination subite, s'empressa d'épouser Odette avant de revêtir l'uniforme, sans que nul ne se fût douté que leurs cœurs eussent été si proches ; parti, Lucien qui, avec sa sœur, Marcelle, avait quelque curiosité des familles musulmanes entrouvertes à l'Européen. Sans doute le devaient-ils à leurs parents qui échappaient à la vie mondaine des hauts fonctionnaires de Rabat, pour battre chaque recoin du Maroc, dans ses langages et ses légendes. Marcelle errait comme une âme en peine dans les élégants bâtiments des instituts universitaires, cernés de verdure, hors des murailles de la ville. Son frère parti, on lui avait retranché une joie familière. Elle n'en apercevait plus d'autre.

« Au fond, disait-elle à Aliette, tu as de la chance d'être fille unique ! Depuis que je peux m'en souvenir, mon frère et moi, nous avons passé toutes nos journées ensemble ! »

Arrivait Abd El-Akim, qui ne savait que dire, en cette circonstance. On le voyait souvent dans le groupe d'Aliette où on l'appelait Akim, plus simplement. Il n'avait pas été recruté par le tandem Lucien-Marcelle, si expert pourtant dans la cité musulmane. C'était Alain qui l'avait amené, depuis le lycée Lyautey, à Casablanca, où ils avaient été condisciples. Le représentant de Shell et les parents d'Akim — de cette vieille bourgeoisie de Fès qui parle un arabe « pointu » et snob — étaient en affaires. On se connaissait donc un peu et l'on s'était revu précautionneusement dans le palais de Fès et la villa d'Anfa.

« Allez, tu le reverras, ton frère. Il n'est pas loin, tout juste à Mediouna, à vingt kilomètres de Casablanca, disait Akim en tapotant le dos de Marcelle. Il reviendra, en permission, la semaine prochaine !

— On voit bien que ce n'est pas toi qu'on a mobilisé ! jetait hargneusement Marcelle.

— Ecoute, s'entremit Aliette, tu ne trouves pas qu'on a assez mobilisé ? Il ne reste plus personne. » Elle montrait le hall, où quelques groupes de filles se formaient et se défaisaient, comme le remords.

Akim était tiraillé entre la prudence de disparaître quelques jours et la tentation de combler le vide de toutes ces absences.

« Si on allait prendre un verre ? On parlera de ce que nous allons devenir ! plaisanta-t-il.

— Allez, viens, dit Aliette à Marcelle. Et toi, aussi, Monique, tu viens. » C'était « Monique-la-Résidence », dont le père était un pilier du secrétariat général pour l'administration.

« Merci de m'avoir aidé, dit plus tard Akim à Aliette. Je me sentais presque comme un étranger dans mon propre pays, en ce jour de mobilisation générale. Ça fait curieux de voir partir les copains. Je vais réfléchir à ce que je devrais faire. »

Mais c'était tout réfléchi. Akim n'avait pas la moindre envie de jouer les braves. S'il fallait des 2e classes pour remplir les unités que commandaient des officiers français, il y avait assez, dans tout le Maroc, de gaillards désœuvrés et loqueteux pour en équiper plus qu'il fallait. Toutes ces tribus de l'Atlas et du Moyen-Atlas, nostagiques du temps, « avant les Français », où elles pouvaient faire parler la poudre, désigneraient d'office, sur réquisition de l'officier des Affaires indigènes, les plus sobres, les plus endurants ou les plus paresseux, les plus encombrants. Et s'il fallait des officiers « indigènes », ce n'était pas son affaire. Il y avait une école pour cela à Dar el-Beïda, près du jardin d'essais, contre la ville impériale de Moulay Ismaël, à Meknès. Les Français y avaient installé, dans l'ancienne résidence bâtie à la fin du XIXe siècle par le Sultan Sidi Mohammed ben Abdallah, une académie militaire pour les « fils de grande tente ». Les caïds importants désignaient l'un de leurs fils qui, gage de leur loyauté, servait sous l'uniforme, plafonnant au grade de commandant, à la rigueur de lieutenant-colonel en prenant sa retraite et retournant au pays pour succéder à son père, dans le fief de la montagne ou de la plaine. Le grand El Ayachi, de Midelt, y avait présentement un fils. Le pacha tout-puissant de Marrakech et seigneur de Telouet, dans la haute vallée de l'Oued Imarène, le Glaoui, avait poussé son troisième fils jusqu'à Saint-Cyr. Celui-ci, capitaine, rongeait son frein au régiment de spahis de Meknès. Mais Akim n'était pas de cette race-là, et cette époque était derrière lui. Ah ! il allait venir le temps de l'impatience, après les sourires complaisants et les blessures d'amour-propre supportées stoïquement ! La jeunesse marocaine montrerait à tous ces occupants prétentieux, qui en venaient à parler du Maroc comme de leur propre terre, qui disséquaient ou recomposaient son folklore, qui préservaient ses sites et voulaient lui restituer une histoire, elle leur montrerait ce qu'elle savait faire. Et la bourgeoisie de Fès, dont Akim connaissait si bien les détours, la langueur et les artifices, elle avait assez de siècles derrière elle pour aborder le monde entier sans l'entremise des Français. A commercer avec l'Est et l'Ouest, elle s'était fortifiée, retorse et hautaine. Seuls, les cavaliers berbères ou ces pillards miséreux du Rif, toujours rôdant aux portes de Fès depuis leurs montagnes Ketama, lui faisaient perdre, quelques jours durant, sa superbe. Mais les Français s'étaient chargés de les calmer, à coups de canon et de mitrailleuse !

Akim dissimula à ses amis français la joie profonde qui s'était emparée de lui, malgré l'inquiétude levée au petit matin avec le feu roulant de l'armada assaillante, quand il comprit que les Américains débarquaient. Les Français avaient été assez avisés pour arrêter le combat après quelques heures. Au téléphone, d'une voix aiguë, Akim n'avait pu se retenir de commenter la nouvelle à son père, resté à Fès. Il n'omit pourtant pas de l'appeler « Monsieur ».

« Une nouvelle époque commence, j'en suis sûr », clamait-il. Mais l'homme mûr et prudent répondait par monosyllabes et disait : « Dieu y pourvoira ! » ou « Que Dieu te pardonne, mon fils, et qu'il te place sous sa protection. »

« Le vieux renard ne dira rien au téléphone, même un jour comme celui-là ! » bougonnait Akim avec admiration, en reposant le récepteur. Pourtant, le Sultan Mohammed V allait bouger : l'occasion était trop belle. Tout ce qui filtrait du Palais Royal vers la jeunesse dorée qui, à l'Université, apprenait pour vaincre, le laissait croire ! Les enfants royaux ne faisaient pas mystère de leurs impatiences et du mutisme paternel, où ils devinaient la maturation d'un grand dessein. Le vrai règne allait commencer : le général Noguès, qui se perpétuait depuis de nombreuses années à la Résidence, avait perdu des plumes dans cette canonnade interrompue, et l'équipée du général Béthouart qui voulut le coffrer et s'était retrouvé prisonnier, était commentée avec passion par les Français.

« Tu t'es aperçu de quelque chose, toi ? » demandait

Akim à Aliette. Elle avait une chambre dans une villa, rue de Chellah, celle qui montait vers la Résidence.

« Oh ! tu sais, moi, quand je dors, je dors. » Prudente Aliette ! Tous les copains français paraissaient affairés et soucieux. Akim les aimait bien, ils n'étaient pas les plus mauvais, mais, après tout, c'était leur affaire. Et les militaires ne les avaient pas ratés : trois jours après, ils étaient appelés ou rappelés. Qu'allaient-ils devenir ? « Puisque la France est leur pays, il est normal qu'ils aillent s'en occuper ! » concluait, en lui-même, Akim, et cette logique imparable le préservait du sentiment. Voilà deux ans qu'il les fréquentait, ceux de la petite bande à Aliette. On allait se baigner ensemble et s'il avait voulu jouer au tennis, au club avec eux, c'eût été facile. On se prêtait les cours, on se visitait de logement en logement, on voyait les mêmes films. Ils étaient ensemble à la causerie de Jérôme Carcopino sur l'épigraphie latine au Maroc. Quel sujet pour l'ancien ministre de Vichy à l'Education ! On évoqua l'empereur romain Auguste et la ville de Tingis — Tanger — promue cité romaine, appuyée par Zilis, sur la mer, Banasa sur le Sebou et Babba Campestria sur le Loukkos. Oui, Juba II était sans doute un roi berbère, et non de ces conquérants, tous surgis à point nommé des sables purs de l'Arabie, qui passionnaient tant Akim. Puis l'empereur Claude organisa la Maurétanie tingitane autour de Volubilis, et les légionnaires se baignaient dans l'Oued Kroumane en se frottant de saponaires arrachées aux berges. Ces évocations, pour Akim venu écouter afin de ne pas se séparer des autres, étaient irritantes et prétentieuses. Elles ne glorifiaient que l'occupation de son pays par les Romains, dont les colonnades abattues n'étaient pas encore toutes enfouies dans le paysage ; par les Français maintenant, qui se piquaient de reconstituer ces grandes heures et qui tressaient des couronnes à leurs chercheurs de vieilles pierres, étudiants en lettres qui s'étaient prolongés dans la quiétude de la Villa Médicis, à Rome, ou de la Casa Velasquez, à Madrid. Les Sultans et les Fassis avaient eu cent fois raison de déménager les plus belles colonnes pour orner leurs palais et les portes monumentales. Et Akim ne frémissait guère, comme le faisait l'auditoire, à l'évocation des fours à chaux, campant sur le site de Volubilis, et réduisant en poudre une prestigieuse histoire !

Une autre occupation commençait aujourd'hui : déjà, les premiers soldats américains étaient apparus, entre Rabat et Casablanca, installés avec nonchalance dans leurs véhicules militaires, ressemblant à des mastodontes ou à des modèles réduits. Malgré la curiosité de la foule marocaine et la sympathie de son accueil, les GI's eurent tôt fait de lui signifier qu'elle n'était qu'une pittoresque racaille, utile pour les petits trafics et dangereuse par ses poux. Mais il fallait passer là-dessus, pensait Akim. Ces Rangers, dont les Français disaient qu'ils n'avaient été volontaires que pour sortir des pénitenciers où ils pourrissaient, ils allaient glisser plus loin, avec la frange des combats. L'indépendance circulerait comme une eau souterraine, tandis qu'en surface les troupes partiraient pour des combats européens et que les administrateurs usés d'une politique coloniale seraient emportés par ce tourbillon venu d'Amérique. C'était comme le printemps, perçant avant même que l'air ne tiédisse.

Aurait-il même le temps de terminer sa licence en droit ? Akim commençait à en douter, en ces jours d'automne où le soleil moins haut rendait tout son prestige à la muraille almohade du XIIe siècle, comme si l'ocre chaud de ses briques crues avait attendu longtemps pour luire jusque dans les cœurs. Il montait sans hâte, en les longeant, vers la faculté, installée dans des jardins, au-delà de Bab er Rouah — la porte des vents — abritant, entre deux bastions, l'entrelacs d'arabesques fleuries auquel répondait l'immobilité éclatante des hibiscus rouges dans les massifs de la place An Nasr. Comme tout était changé, dès que l'espoir pointait !

« Toi, tu seras peut-être ministre à vingt-cinq ans ! » lui avait dit Leïla, sa sœur aînée, encore que leurs mères fussent différentes. Leïla, c'était le phénomène de la famille. Akim se demandait comment elle avait réussi à surmonter tant de difficultés dans le monde clos où elle était adolescente, à s'en échapper en persuadant leur père de l'envoyer étudier à Londres, puis à Paris, et la capitale étant occupée, à Montpellier. On comptait sur les doigts de la main, et encore ne le savait-on, les filles qui avaient franchi le pas, avec la complicité des parents. Aux vacances, Akim apercevait un personnage différent, venu se réinsérer dans le jacassement étouffé de leur palais de Fès. Dès son arrivée, Leïla reprenait le costume traditionnel. Mais encombrée de robes et la tête protégée de son *haïk*, Leïla semblait jouer davantage un rôle de composition, à la façon ironique dont elle bouclait les ceintures brodées d'or, contraignant l'ampleur éperdue de ses caftans.

« Bonnes mœurs et cent chamelles dans la cour », lui lançait-elle s'il éternuait, ou « Belle taille et cent costumes chez le tailleur », pour lui faire constater que, d'enfant à ses yeux, il était devenu jeune homme.

Il allait peut-être devenir important. Son père avait ses entrées au Palais Royal où il faisait porter deux fois l'an des cadeaux qu'accompagnaient des missives longuement débattues avec ses frères et un oncle septuagénaire dont l'érudition s'était faite dans la tradition de l'Université Karaouiyne. Lui-même, Akim, avait déjà salué le Prince impérial, qui était son contemporain, en se faisant connaître.

En ce jour d'allégresse où sa propre ambition cheminait sans bornes, Aliette s'installa en lui, comme s'il prenait possession d'une présence familière. Des hommes de leur petit groupe, il était le seul, marginal il est vrai, à demeurer. Avec lui, on plaisantait ; mais flirtait-on comme avec les autres ? Dansait-on avec lui, dans quelque trouble, ou avec la bonne conscience de ne pas discriminer entre les danseurs ? Il suffisait qu'Odette demande :

« Comment ça se passe chez vous, les filles et les garçons ? Toujours comme au temps jadis ? » pour que toute illusion se dissipe. Il était ramené au point de départ : plaisanter sans malice revenait à l'exclure. Parfois, il lui semblait qu'il leur était redevable de cet accueil amène, égalitaire autant qu'il pouvait l'être. Mais, au long des jours, il s'irritait de buter aux immatérielles barrières qui séparent les différences. André parti avec les autres, les poules n'avaient plus qu'un seul coq, pensa-t-il vulgairement, glissant jusqu'au vieil Aïssa qui plumait chez lui les volailles pour les *tajins,* et spécialement pour la veille de la « nuit du destin », le vingt-sixième jour du Ramadan. Aliette semblait se plaire avec André, le fils du contrôleur civil de Khouribga. Elle savait pourtant si bien sourire, et n'y donner d'autre sens que son propre charme, qu'Akim s'était souvent demandé s'ils tenaient l'un à l'autre. Une fois, il s'était risqué à interroger André :

« Alors, ça marche, avec Aliette ? Tu espères la sauter bientôt ? »

Il n'avait senti qu'une réprobation glacée dans la réponse :

« Eh bé ! mon colon, comment tu parles, toi ! »

Aujourd'hui, il était libéré ; le Maroc allait se libérer ; lui-même ferait une brillante carrière dans la politique, puis dans les affaires. Il se débarrasserait vite de sa licence en droit. Il verrait Aliette tous les jours ; il serait à peu près seul autour d'elle. Tandis qu'il montait vers l'esplanade de la faculté, il se mit à fredonner un chant entendu sur les terrasses de Fès, et repris par les femmes d'une maison à l'autre, à l'heure des travaux ménagers, sous le plein soleil renvoyé par les murs de chaux :

« *O la joue de la rose, rose rouge de Sijilmassa !* »

Aliette, c'était sa rose rouge de Sijilmassa. Là-bas, il n'était jamais allé, au Tafilalet. Sijilmassa la fastueuse, posée à l'entrée du désert, c'était une ville d'Ys engloutie dans les sables, à moins que le Ziz et le Rheris, réunis par leurs crues, ne l'eussent emportée en une nuit pour la dissoudre en une nappe liquide, que le morne désert aurait bue éperdument en deux nuits. Restait le souvenir de l'or et des récoltes, des fruits de l'abricot, des fleurs du grenadier et ces roses rouges les plus profondes, les plus poivrées, les plus enivrantes qui soient.

Encore et encore, en une mélopée qui montait de la gorge et gagnait, nasillarde et aiguë, la voûte du palais, Akim chantait sa rose rouge, avec une ferveur qui lui faisait clore les yeux, au risque de déraper sur la bordure du trottoir. Là-bas dans le hall de l'Institut de Droit, sa rose rouge de Sijilmassa ne pouvait que l'attendre. Elle y était, et Akim renferma la chanson dans son cœur pour qu'elle ne l'entendît pas trop vite.

A la fin de la semaine, ils se retrouvèrent dans le train. Aliette allait régulièrement à Meknès visiter sa mère. Quoi de plus naturel qu'Akim, passant dans le couloir, l'aperçût, lui qui allait jusqu'à Fès, mais si rarement ! On bavarda des études, de soi, de la mélancolie de ces jours si longs, sur lesquels la guerre faisait traîner ses lambeaux. Le train peinait, après Sidi-Kacem, dans la montée vers Meknès. La route, qui suivait la voie en respectant mieux qu'elle le feston des collines, drainait quelques villageois poussant leurs ânes aux oreilles rejetées vers l'arrière. Pas d'automobiles, quelques rares camions surchargés, pas un véhicule militaire : leur itinéraire était celui de Rabat à Meknès et ne passait pas par le Gharb.

A la gare de Meknès-Lafayette, où le train marquait à peine la halte, Akim aida Aliette à descendre, ce qui était inutile.

« Si je peux prendre la voiture de mon père, demain, je viens te voir de Fès, jetait Akim qui n'avait encore rien dit.

— Mais quand donc ? disait Aliette. Je ne sais pas ce que nous ferons !... Si tu tombes juste après la messe, tu as une chance de nous trouver.

— C'est quand ta messe ? » Ce repère embarrassait Akim.

« La sortie, c'est à midi... »

C'est ainsi qu'Akim vint voir la chrétienne, la rose rouge qui déployait en son cœur d'innombrables pétales. Quand Akim emmena plus tard Aliette et sa mère visiter Fès, Mme Batidou fut éblouie par le luxe du palais caché derrière les murs, les portes basses et quelques courettes préalables. Elle s'aperçut qu'étant au Maroc depuis bientôt six ans, elle n'était jamais entrée dans une maison marocaine, excepté quelques masures dans des bourgs de campagne, où elle avait jeté un œil, depuis le seuil, sur quelques objets rudimentaires devinés dans l'ombre. Dans cette famille patricienne, on la traitait comme une reine. Les plateaux de pâtisserie se succédaient : cornes de gazelle, turbans du prophète et macarons enduits de miel et de grains d'anis. Akim donnait à voix basse des ordres sans réplique à des femmes à demi ployées qui circulaient pieds nus. Flattée, Mme Batidou buvait le thé à la menthe, en levant exagérément le petit doigt. Akim l'entourait d'attentions et Aliette disait :

« Akim, arrête, tu vas la rendre malade ! »

La famille d'Akim ne parut point, ce qui étonna Mme Batidou, assez pour qu'elle essayât, par une question, d'en comprendre la raison.

« J'espère que nous ne dérangeons pas votre famille ?

— Oh ! sourit Akim, la maison est très grande vous savez ! C'est dommage que ma sœur Leïla ne soit pas à Fès aujourd'hui. Elle ne nous aurait pas quittés ! »

Mme Batidou pensa qu'il n'était pas convenable de lui demander combien il avait de frères et de sœurs. La polygamie des Marocains pouvait, n'est-ce pas, créer des situations compliquées. Et que raconterait-elle de sa propre vie de femme seule ?

Arriva une vieille personne, vêtue de robes simples, le regard baissé.

« C'est ma nourrice », dit-il.

La vieille dame prit la main des visiteuses, la pressa longuement sans parler, mais en soupirant, et repartit, portant sur ses épaules et d'un pas ployé, une mélancolique majesté.

« Elle mourait d'envie de te voir de près, de te toucher, dit Akim à Aliette. Je lui avais parlé de toi. Elle était cachée là-haut pour te voir arriver. » Il pointait le doigt vers le plafond coffré de bois de cèdre, découpé et enluminé, et monté sur des frises de stuc reproduisant à l'infini une porte mauresque ornée de fleurs ou de géométries en camaïeu. La boiserie s'ajourait de deux fenêtres finement grillagées de buis et de citronnier tournés, près du faîte de ce couvercle précieux qui reposait sur de très hauts murs décorés de céramiques vertes et bleues, à hauteur d'homme.

« Je te préviens, toutes les femmes de la maison ont défilé là-haut et n'ont rien perdu de ce que tu as pu faire. On ne les entend pas, mais je suis sûr qu'elles y sont toujours. Ah ! ici, on est plus surveillé qu'à l'université, plaisantait-il. Quant à Alima, la nourrice, elle voulait connaître le pouvoir de tes yeux sur moi, alors je l'ai autorisée à venir. Tout à l'heure, elle me dira si je suis en danger ! »

Mme Batidou fut enchantée de cette plongée dans le mystère et le luxe.

« Quand vous reviendrez, tout le monde sera beaucoup plus bavard. Vous verrez, on se sera habitués à vous. » A l'instant du départ, Mme Batidou jeta quelque confusion, en réfléchissant tout haut que d'une terrasse de la maison, la vue sur Fès devait être magnifique. Il y eut de l'agitation, des chuchotements. Finalement, par un escalier entièrement couvert de zelliges vert émeraude, bleu de soir et jaune souci, les visiteuses débouchèrent sur la ville, étouffant sa rumeur sous une gaze transparente de brume et de poussières.

Il fallait partir : à peine franchie la porte modeste mais d'une épaisseur considérable et ornée, de l'intérieur, d'un jeu de serrures anciennes, l'une des ombres domestiques posa dans les bras d'Akim un volumineux colis, grossièrement ficelé.

« C'est pour vous, madame. Mon père n'a pas voulu que vous repartiez de chez nous sans ce témoignage de bienvenue. »

C'était un immense plateau de cuivre jaune, très travaillé, auquel s'ajoutait une cafetière de cuivre rouge, insolite, comme si elle avait été rajoutée par le marchand pour faire bon poids ou bon prix.

« Tu es sûr que c'est ton père ? » dit Aliette qui savait Akim habile et patient.

Il les reconduisit en voiture jusqu'à Meknès et à leur logement où les pas étaient sonores sur le béton armé des sols et sur le granit multicolore des escaliers. Après les splendeurs qu'elle avait entrevues, Mme Batidou n'osa insister pour qu'il entrât. On convint seulement qu'Aliette le retrouverait aisément dans le train qui les ramènerait lundi matin, à Rabat.

Les mois d'hiver passèrent. La fébrilité des militaires s'était éloignée vers la Tunisie ; bientôt vers la Sicile et l'Italie. Giraud et de Gaulle n'avaient pas fait leur paix, en présence de Roosevelt et Churchill, à la conférence d'Anfa, en janvier 1943. Pour Mme Batidou, son Meknès, peuplé de femmes aux maris ou aux fils mobilisés, paraissait bien morne. Et Aliette, à Rabat, accrochée sans conviction à ses études de droit, éprouvait le même sentiment d'un temps fini : tant de visages familiers avaient disparu ! Quand ils se réunissaient maintenant, après un cours d'après-midi, à la terrasse-jardin de l'hôtel Balima, avenue Dar el-Maghzen, ils n'étaient que trois ou quatre, pour la douzaine de naguère. Quand la mer se réchauffa, dès avril, elle s'accoutuma à gagner la plage, avec le seul Akim, le plus souvent. Ils restaient étendus, côte à côte ou tête à tête, devenus familiers. Akim chantonnait et son souffle creusait de minuscules cratères dans le sable.

« *O la joue de la rose, rose rouge de Sijilmassa !* »

« Qu'est-ce que cette rose ? demandait Aliette.

— Tu sais bien que c'est toi, si tu voulais ! » disait Akim, mimant la résignation.

Elle y réfléchit quelque temps encore. Mme Batidou appréciait les attentions qui leur étaient collectivement prodiguées. Elles devinrent familières du palais de Fès. La nourrice embrassait Aliette puis lui serrait avec insistance les mains, comme au premier jour. Le père d'Akim apparut une ou deux fois, comme s'il était très affairé. Sa mère était visible, au fond du palais, dans une immobilité dont elle ne sortait guère, entourée de servantes. Leïla, la sœur, écartait la progéniture plus jeune et souriait, avec une ironie complice.

« Je m'occupe un peu de politique maintenant, confiait Akim.

— Quelle politique ? répliquait Aliette.

— Oh ! tu sais, avec le Palais... », répondait-il d'un air vague.

Après l'entretien du Sultan Mohammed V avec Roosevelt, qui ne resta pas longtemps secret, Akim s'affaira dès l'été 1943. Novembre venu, la neige commença à blanchir les sommets de l'Atlas. Depuis Meknès on la voyait briller, dès que le ciel devenait transparent. Elle gagnait sur le Djebel Habbo, le Djebel Irhoud, le Tizi-n-Ifar.

« Il doit y en avoir encore plus sur le Djebel Tassemit, dit Akim. Tu la verras depuis les vergers d'orangers et les bois d'oliviers de Beni-Mellal, si tu veux de moi et si tu veux m'y suivre, ô ma rose rouge. J'y serai le pacha de Sa Majesté et je rejoins tout de suite. »

Peu après, Mme Batidou ferma son magasin de l'avenue Mézergues, et un épicier chleuh s'y installa avec une modeste patience.

VII

La nuit était froide
(1943)

Ce matin, un vent chargé de pluie s'engouffrait dans les allées du marché central. La rue du Sebou lui servait d'entonnoir pour balayer ensuite le parc aux bicyclettes, la poissonnerie et les fleuristes dont il renversait les boîtes de conserve où étaient dressés les glaïeuls. A l'autre extrémité, les bouchers, les boulangers et les marchands de chaussures, mieux abrités, attendaient l'éclaircie et les clients. Les désœuvrés, les cireurs et les volontaires pour toute manutention s'étaient plaqués contre l'entrée sur l'avenue Mézergues, stoïques dans le courant d'air. Miloudi, onze ans, qui, à ces heures, vendait avec un bel entrain *Le Courrier du Maroc* dans le périmètre, faillit rater Mathilde Habert quand elle courut vers la voiture. Il se précipita sous la pluie, frappant à la vitre.

« Alors, madame de Moulay-Idriss, tu ne m'achètes pas le journal aujourd'hui ?

— Mon pauvre petit, il n'y a jamais rien dans ton journal ! »

Mais elle le prit quand même, et chercha de la monnaie tandis que le gamin grelottait à la portière, sur ses jambes nues.

Ces matinées de courses à Meknès étaient mélancoliques : Mathilde rencontrait des parents, avides de colporter les nouvelles de leurs enfants, enfermés dans la France occupée ou au contact de l'Allemand en Italie, sur le front de Cassino. Chaque jour, la petite pierre du malheur tombait au hasard, dans une rue de la ville, sur l'immobilité des champs. Les premiers éclopés étaient déjà apparus, au bout de leur douleur, à l'hôpital Louis, installé par pavillons vieillots bordés de romarin, sur l'une des pentes de l'Oued Boufekrane. On allait les visiter par une longue allée, après le poste de garde. Qui se souvenait encore du docteur Louis ? C'était si loin ! Trente ans déjà. Il avait des yeux bleu tendre, la silhouette mince dans un sarrau blanc, et il se dévouait dans le pavillon — alors installé dans un palais Glaoua — où se mouraient les typhiques, avant de succomber lui-même. Les jets d'eau retombant dans les bassins des patios comptaient une éternité cristalline pour ceux que la vie quittait, tandis que se brouillait leur vision sur l'ocre, le marron et le vert des zelliges vernis. On était en 1912, et depuis un an déjà les troupes françaises étaient arrivées à Fès. Même Mathilde, débarquée à Casablanca en 1915, avait oublié cela, si elle l'avait jamais su.

« On se demande bien ce qu'il allait faire là-bas ! » disait-elle, acerbe, en parcourant le journal acheté le matin parce qu'il donnait, mieux que *La Vigie marocaine* qui paraissait le soir, les nouvelles de Meknès et de Fès. Que venait-elle de lire ? Tandis que les fils d'ici se battaient au loin, celui-là, que faisait-il donc, la nuit, du côté d'El-Hajeb ?

UN SOUS-OFFICIER AMÉRICAIN
SE TUE EN AUTO, PRÈS D'EL-HAJEB
Meknès, 8 février (corr. part.)

« Cette nuit, vers une heure du matin, une voiture pilotée par un sous-officier américain, dont on ne connaît pour le moment que le prénom, Kenneth, a capoté entre Boufekrane et El-Hajeb, à dix kilomètres de ce dernier centre.

« Le conducteur a été tué sur le coup. Une Algérienne qui se trouvait à bord de la voiture aurait été légèrement blessée.

« L'accident serait dû à un excès de vitesse. La gendarmerie a ouvert une enquête. »

Qu'allait-elle maintenant imaginer, dans sa majestueuse solitude où venaient retentir les tonnerres du monde, que la crue de l'Oued Kroumane, contre les jardins, entrechoquant les rochers dans l'eau en tumulte, dramatisait encore ? Tout était plus simple sous le regard de cette côte qui court de Sefrou à El-Hajeb, contemplant l'immense plaine aux couleurs du travail des hommes. En janvier 1911, un lieutenant de chasseurs, à la tunique bleu pâle, redescendait du combat contre les Beni M'Tir. Mais, dressé sur son cheval, il rapportait des crêtes, où la fusillade cessait à peine, les narcisses blancs au cœur orange, dont il se lavait et se récompensait du combat. Les tiges pleuraient en longs filaments sur ses étrivières et le poitrail du cheval. Il était le cavalier du printemps précaire, qui ouvrirait bientôt la montagne à la paix. Trente ans après, cette nuit de février 1943, par contre, était froide. Toutes les étoiles brillaient, mais au plus profond de l'obscurité. Le ciel mentait et n'aurait donné aucune réponse, si Kenneth l'avait interrogé. Cependant, eût-il été attentif à lui-même, ce temps serait devenu sonore, animé, battant, tumultueux. Or, ce n'était qu'une nuit pleine et nue, comme le plateau et la falaise avec lesquels elle dialoguait : témoins distants échangeant leur froid visage, leur indifférence. Kenneth les a-t-il seulement regardés au moment de partir ? Il avait beaucoup bu depuis l'après-midi, non qu'il fût triste ou désappointé. L'alcool ne lui rendait pas un équilibre perdu : respirer paraissait seulement plus facile.

Deux journées de liberté hors du camp, à la découverte, c'était un but limité pour un sergent de l'armée américaine, non point vieilli au métier, mais ayant perdu l'étonnement et l'inquiétude. Il avait donc quitté les bois d'eucalyptus qui masquent la base aérienne au bout de la plaine du Gharb, vers Sidi-Yaya. Puis les plantations d'orangers avaient sifflé aux fenêtres de la voiture, en rangs parallèles. Et par la route plus sinueuse, quittant de mornes étendues, il avait gagné Meknès dont les guides disent que la vieille ville offre des vues remarquables.

La visite de la cité, de ses nobles portes en briques rongées à la base par la pluie, les mains, la poussière, l'avait ennuyé. Il était confortable d'être militaire d'une nation puissante. Mais les sollicitations des mendiants, des enfants et des vieilles, qui le poursuivaient au travers du monde, retrouvées ici, décourageaient son honnête application à approcher le folklore. La quête monotone dont il était l'objet, après l'avoir lassé, le portait à fuir tel un gibier. Quand il eut parcouru les souks dont les odeurs, elles aussi, l'assaillaient, et sans s'arrêter au charme d'un soleil filtrant au travers des toits de roseaux, il regagna sa voiture, suivi d'une cohorte d'effrontés. Il écarta l'offre du cocher, au fiacre miteux, qui proposait de le conduire à l'important bordel de la ville. Il méritait mieux — pensa-t-il. Cette suggestion ne pouvait être que celle d'un médiocre psychologue. Entre Hawaii, la Nouvelle-Calédonie et tant d'escales, sans oublier Wilmington et les faubourgs de sa jeunesse, il avait beaucoup traîné. Mais son état, son âge ne s'accommodaient plus, aujourd'hui, de semblables improvisations. Le désir, d'ailleurs, ne s'abattait pas ainsi sur Kenneth, depuis les remparts couleur de glaise, à l'invite d'un cocher et de son fiacre. Fils, petit-fils ou descendant d'Allemands, d'Irlandais et d'Ecossais, la méthode, nécessairement, l'emportait et le ramenait à l'itinéraire médité.

Après avoir erré autour des tennis et de la piscine, où le soleil frappait à la verticale l'eau trop froide, Kenneth gagna, dans la principale avenue de la ville neuve, la brasserie Le Roi de la Bière entre le magasin de chaussures Bat'a et la boutique d'un coiffeur que sa femme a beaucoup trompé. Il était tôt dans l'après-midi. L'arrivée de Kenneth troubla une partie de cartes entre chapeaux et casquettes, qui s'orientèrent un instant dans sa direction. Il s'installa au bar et regarda la foule passer sous les feuilles vernissées des arbres, taillés en cubes.

Grâce à l'attention du barman, l'ennui, qui montait d'une journée sans imagination, se dissipait lentement. La pièce était fraîche sans être froide, l'après-midi à peine troublé par les propos des joueurs qui ponctuaient probablement des mimiques façonnées par d'autres après-midi comme celui-ci. Perdu dans ce chemin où l'esprit retrouve sans effort l'élasticité, Kenneth était provisoirement un être généreux. Cela lui était agréable.

L'avait-elle vu ? Le guettait-elle ? Kenneth n'aurait pu dire depuis combien de temps elle était là. Elle poursuivait avec le barman un entretien coupé de silences indifférents. Elle aussi était juchée sur un tabouret, et la lumière orangée du jour, filtrant au-dessus du demi-rideau à grosses mailles de la vitre, donnait à Kenneth la vision simplifiée d'une ombre.

Pour le moment, celle-ci lui convenait ; ombre qui n'était pas pesante, présence à laquelle, à son insu, il s'était habitué, ne le troublant guère dans sa léthargie.

Elle se tourna vers lui, après avoir vraisemblablement

médité, tenant son menton appuyé dans la paume de sa main droite. Elle prit place dans son univers sans tapage, orientée vers lui, et il lui dit « Hello » alors qu'il secouait sa torpeur par un geste vers le barman. Elle répondit d'un ton qui lui parut doux, mais de si loin venu ! Devant lui, le choc d'un verre sur le métal réveilla Kenneth et le rejeta dans l'habitude qui faisait de lui le médiocre sergent d'une grande armée.

Elle était petite, brune, avec de grands yeux dans un visage sans fards ; ses jambes, Kenneth s'en avisa, étaient fines. Elle paraissait patiente et résolue : Kenneth distinguait mal ses traits, dans le contre-jour éclatant d'un soir de février. Il pensait : qui est-elle ? quelle nationalité ? Quel métier ? Toutes ces questions qui surnagent de la vieille méfiance, que les heures passées avaient submergée. Il fit un geste vers le barman, fut compris et son verre accepté.

D'abord ils ne dirent rien. Le barman alluma vers la gauche une lampe dont l'abat-jour devenait plus lumineux à chaque minute du soir. L'esprit de Kenneth se mouvait lentement : cette médiocre journée méritait au moins l'accueil d'une présence. Il le reliait à tant d'épisodes de sa vie militaire où, à chaque étape, il était pris en charge. Il dit : « Que va-t-on faire maintenant ? » phrase à laquelle il attribuait un sens universel. Elle conseilla qu'on allât dîner, ailleurs, s'il disposait d'une voiture. Le trajet fut très court. Elle l'illustra en confiant à Kenneth qu'elle s'appelait Alice. Il répondit que c'était un joli prénom.

Elle parlait anglais avec lenteur, comprenant très bien ce qu'il lui disait. Sa réserve aurait dû éveiller la curiosité de Kenneth, mais puisqu'elle s'appelait Alice, cette confidence n'était-elle pas suffisante ? Alice peu voyante, élégante, serait peut-être la compagne de la nuit. Elle le méritait — jugeait Kenneth — alors que le dîner estompait de son esprit les brumes du crépuscule.

Pour l'instant, cette présence flattait Kenneth. Non qu'Alice fût de ces patriciennes de la société, comme en révèle l'illustré *Life* dont les numéros traînent dans les bureaux. Mais elle apportait à cette rencontre dans un bar le détachement qui devait être de rigueur. Kenneth percevait qu'il avait été jugé digne. Bien que son statut fît de lui une proie désignée, il s'attendrissait à le croire. Sous l'effet de la nourriture, il songeait à être presque galant et n'aurait pas voulu gâcher la conversation de propos équivoques.

Le dîner fut donc charmant, l'esprit de Kenneth retrouvant quelque précision. Kenneth prit la main d'Alice, sur la table, et la caressa. Alice s'intéressa à la bague qui ornait la main, couverte de poils roux ou blonds. Il raconta qu'il l'avait achetée, un soir en transit, dans un aérodrome du Middle West, à Louisville peut-être, à la boutique des souvenirs et des cartes postales.

Quiconque les eût vus ainsi, rapprochant leurs têtes au-dessus de leurs mains liées, se serait attendri de ce spectacle qui faisait la femme si attentive et, de cet homme grand et presque lourd, encore un collégien. Quand ils sortirent, la caissière, le gérant, le garçon, d'autres encore firent monter en eux ce qu'ils avaient de meilleur vers ce couple qui sollicitait l'indulgence des fureurs du temps. La suivant vers la sortie, Kenneth pensait : « C'est peut-être une putain, mais une putain de première classe ! »

Sur les trottoirs, les patrouilles menaient leurs rondes. Kenneth n'en comprenait pas la raison. Ici, du moins, ce n'était pas aux Américains qu'on en voulait. Sa voiture lui sembla propice pour témoigner à Alice non pas son désir, mais un élan de tendresse dont il se surprenait. Ainsi commencent les grands amours !

Il s'enchantait du combat retardateur que menait Alice dans cette voiture du Nouveau Monde. En le frôlant de ses lèvres, derrière l'oreille, où les cheveux de Kenneth s'apaisaient en une frange plus souple, elle obtint qu'il conduisît lentement, à sa commande presque, le dirigeant de son souffle. Ils étaient sortis de la ville, perdant une à une les allées de faux poivriers, les grands eucalyptus des camps militaires, les jardins maraîchers, nets alvéoles sous la lune, et les orangeraies renfermées dans le silence des haies de cyprès. La lune traversa le seul bandeau de nuages laissé par le soir : elle s'installa au-dessus du plateau nu et ne voila plus son regard. La voiture de Kenneth émergea lentement des derniers tournants où l'ombre s'accrochait, puis roula dans l'immensité des terres à blé, plates et monotones, petite lueur inconsciente dans la clarté froide. Elle atteignit, dans un élan presque amorti, la localité de Boufekrane, minuscule et muette, où brillait la lampe à pétrole dans la baraque de l'épicier Soussi, et, tout au centre, les faibles ampoules d'un café station-service, à la terrasse déserte.

Devant eux, puis à côté d'eux, surgies de l'obscurité, des lumières s'agitèrent; une ombre se pencha vers Kenneth et éclaira un instant leur couple. La voiture allait au pas. Ils entendirent une voix qu'Alice seule comprit : « Un Amerlo avec sa poule, laisse passer. » Elle étreignit Kenneth et s'abandonna sur son épaule comme dans un repos. Cette femme au corps incrusté à son côté n'était qu'un prénom et n'avait d'autre certitude, pour lui, que cette nuit. Une voiture les suivit, éclairant leur navigation solidaire, et Kenneth voyait le visage contre son épaule et les mains fermées sur lui. Puis la voiture les dépassa, sans hâte. Alice se dressa un peu et la regarda disparaître. A leur passage, les peupliers géants qui escaladent la falaise au long de la route, imiteront l'eau, le cristal et le papier argenté, mais ils ne les entendront pas. A peine découpées sur le ciel, émergeant des tumultes de leurs jardins, les maisons d'El-Hajeb dormaient. Alice dit à Kenneth d'arrêter un instant, et descendit en lâchant doucement ses doigts comme gage de l'attente. L'eau coulait à pleins bords dans les rigoles cimentées, contre la route, chute innombrable et allègre de toute la colline, depuis son front percé de cavernes : la vérité glissait allégrement autour de Kenneth, répétée, sautante et sonore, autour de la route, sombre sous la voûte des arbres.

Alice sortit de l'obscurité, sur le côté de l'hôtel des Rochers, fermé pendant l'hiver; elle reprit sa place, frissonna contre lui et murmura : « Merci! rentrons maintenant. » Docile, il prit le chemin du retour, puisqu'elle donnait ainsi un sens à leur lente promenade. Ils rentraient!

Cette nuit était la surprise que Kenneth se faisait à lui-même. Voici que le temps, un moment suspendu quand ils allaient sous le regard froid et cruel des astres, s'emparait de son esprit. Et Alice disait : « Il faut rentrer vite maintenant. » Pourquoi maintenant? Kenneth crut qu'elle partageait sa hâte, qu'elle aussi voulait toucher le but.

La course s'amorça dans la grande descente. Meknès brillait dans le lointain, étirée comme un train dans la nuit, et aperçue à chaque tournant; les peupliers, au passage, sifflaient un son strident. Kenneth allait trop vite, et la femme contre lui avait peur. Mais cette peur était moins forte que l'autre, qui la tenait.

La voiture quitta la route, rebondit à l'extérieur du fossé et se renversa dans le champ. Kenneth était mort, le thorax défoncé par le volant. Alice émergea de la voiture, tenant son sac à la main. Pendant quelques secondes, elle erra sur la route, petit somnambule que la lune habillait d'ombres et de plates blancheurs. Puis, à chaque pas mieux assurée, elle revint vers l'auto retournée.

La lune en frappait toute une face d'une implacable clarté. Le visage renversé de Kenneth souffrait à peine et Alice le regardait, rendu à son adolescence, par la surprise et la mort. Elle essaya, en se penchant, de le revoir ainsi qu'elle l'avait connu, n'y parvint pas, et la dernière image qu'elle en garda fut peut-être comme celle de l'amour : cette image inconnue et renversée, vers laquelle Kenneth allait si vite.

Une voiture s'arrêta. Au conducteur qui courait vers elle, Alice dit : « Vite, vite, une ambulance pour Kenneth, moi je n'ai presque rien, je reste. » Puis la nuit fut calme à nouveau. Autour d'elle, deux silhouettes sautèrent vivement. Elle parla à mi-voix, en arabe.

Alors, sous le regard immobile de Kenneth, une autre nuit l'absorba lentement, tandis qu'elle partait à travers champs, guidée par l'un de ses compatriotes. Elle ne pouvait attendre, elle ne pouvait s'arrêter : dans la lutte cruelle à laquelle elle s'était vouée, il fallait durer, il fallait gagner. Kenneth, ce soir, avait servi de ruse et d'assistant bénévole. La cellule, demain, vivrait encore et l'on avancerait malgré la police, les rafles, les barrages. Jusqu'à la libération.

C'était la seule phrase solide qui lui restait en tête ; elle, l'étudiante qui avait pleuré naguère, à Paris, dans un monde si lointain du sien, en lisant *Les Aventures de Jérôme Bardini.* Elle en avait conseillé la lecture à son frère Akim. « C'est bien artificiel », avait-il dit. Elle marchait maintenant dans la terre molle, dans sa terre qu'elle avait pourtant si rarement foulée, guidée vers les siens, obéie sans murmure, dès qu'elle avait dit qu'elle était « dans la lutte ».

Accroupi près de la voiture, un Arabe attendait. L'essence coulait encore du réservoir, seul bruit dans la nuit refermée. L'Arabe veillait Kenneth, ainsi que Leïla l'avait demandé. Elle remerciait le sergent de ce garde inutile, qui tout à l'heure n'aurait rien vu, au nom de la parole donnée.

Loin de chez eux et loin d'eux-mêmes, la mort frappe sans avertir les jeunes hommes, sous le seul regard du ciel.

Peut-être celui-là n'avait-il pas su comprendre le message d'une nuit de février, étendue sur les terres fortes et froides ? Peut-être n'y avait-il pas de place pour ce message entre les cristaux de la nuit, celui du ciel, celui de la terre, si lisses, si parfaits ?

Kenneth semblait regarder vers cette ligne plus lumineuse, au-dessus de la falaise, où l'aube se lèverait au-dessus d'Ifrane et d'Azrou. Mais la même ligne était aussi dans ce regard à demi révulsé, où l'iris paraissait à peine. C'était comme un espoir innocent et puéril.

Plus tard, Leïla se jeta aux premiers rangs des meetings. Elle était à Tanger, en 1947, dans la foule en délire qui rompait les barrages autour du Sultan Mohammed V. La longue attente recevait enfin son paiement : après l'échec de 1944, consommé par le désaveu public du Sultan aux conjurés qu'il avait pourtant réunis, consultés et munis d'instructions, ici, à Tanger, trois ans après, c'était l'affirmation que rien ne serait plus comme avant : le Maroc pouvait signifier sa maturité politique et sa solidarité avec l'Orient arabe. Cette fois-ci, Sidi Mohammed avait été jusqu'au bout et ne les avait pas laissés au milieu du gué, ses militants nationalistes de l'Istiqlal. Oh ! il allait ruser, nuancer, voire démentir, mais, de Fès à Marrakech, l'eau souterraine coulait. Chacun en était sûr. Chacun nourrissait des rêves violents. La « fête du trône », soigneusement préparée, était un exutoire pour l'espoir trop contenu, et l'occasion d'excès calculés. On fanatisait, on tuait d'un côté. On réagissait de l'autre, on tuait, on emprisonnait. Parfois, Leïla pensait qu'elle n'était plus qu'une ancienne combattante. A l'épais secret d'autrefois avait succédé, autour d'elle, un bruissement désordonné de dévouements et d'ambitions. Kenneth, mort dans la descente d'El-Hajeb, était un souvenir enfoui en elle-même. Avait-elle vraiment compté, cette mission nocturne où elle s'était bornée à transmettre des messages qu'elle ignorait ? A cette époque, il n'y avait que les prostituées pour utiliser ainsi des garçons crédules. Elle avait été de celles-ci, promenant dans la nuit le trop confiant Kenneth. Une autre aurait aussi bien fait l'affaire. Pourtant, dans l'immobilité du palais de Fès, refermé sur elle comme une tombe, le sergent américain rôdait. Ni ses parents, ni ses frères, ni surtout Akim, n'avaient jamais su comment elle s'était mise en avant, si tôt. Les petites cellules du début s'étaient dissoutes, sous les coups, sinon vers une renaissance. Les chefs, pour elle, n'avaient pas eu de visage. Femme et agent de liaison, elle avait combiné deux états d'insignifiance. Le passé s'était ainsi clos sur elle-même, la liant à Kenneth plus qu'elle ne le voulait. A toute heure, revenait la candeur pataude du sergent, et ce regard fixe qui, dans la mort, exprimait pourtant l'espoir.

Qu'ils avaient été fous, ces Français, de ne pas comprendre qu'ils n'étaient qu'en transit... Voilà trente ans qu'ils guerroyaient, pacifiaient, administraient. Ils se glorifiaient béatement des résultats obtenus. Ils savaient ce qu'il fallait faire. Ils s'étaient même pris d'une passion si vive pour le Maroc qu'ils se croyaient chez eux. Leïla pensait à cet étudiant de Paris qui jugeait gravement que l'empire chérifien devait être découpé en départements français, pour assurer la pérennité de cette réussite. C'était en 1938, se rappelait-elle. « Heureusement, la guerre est arrivée ! » lançait-elle en elle-même, avec rage et mauvaise conscience. Les plus dangereux, tous ces petits copains français d'Akim au lycée et en faculté, avaient tellement trinqué qu'ils ne s'en relèveraient pas. Leur destin s'était scellé dans les combats de Tunisie, d'Italie, de Provence et d'Alsace, d'Allemagne. Leur mort, pour une France qui attendait, dans une humiliante modestie, qu'on la libérât, avait asséché la plante africaine qui commençait à pousser : ils étaient la nouvelle génération qui arrivait à l'âge adulte, nombreuse, solide, brillante. Ils n'avaient ni le romantisme des gens de Lyautey, ni l'inconscience égoïste des fonctionnaires qui avaient occupé, dans le confort, l'omniprésente administration. Ici, c'était leur pays, dont ils connaissaient l'odeur et le ciel, la mer agressive, les neiges. Ils auraient devant eux toute leur vie, puis leurs fils, pour s'y épanouir. Mais voilà ! Leïla et Akim les avaient vus partir, mois après mois, absorbés par l'hécatombe où ils entraînaient tous les rustauds des bleds, comme la dîme ultime qu'ils percevaient.

Le Maroc se passerait bien d'eux. Leïla en était sûre. Il était temps de se retrouver entre soi, de commencer à connaître son propre sol, à réapprendre l'histoire, à recomposer l'art, dans son immobilité, pour qu'il s'anime de frissons. Elle pensait à son frère Akim qui, au moment où cette main immense s'ouvrait pour qu'il y picorât l'honneur, la considération, l'aventure, s'était toqué de cette Aliette au sourire bien composé. Quelle dérision ! C'était une cervelle d'oiseau. Un oiseau gracieux, qu'il avait introduit dans son palais officiel de Beni-Mellal. Il s'en lasserait bien un jour de cette enveloppe qui promenait sa joliesse, au milieu des tapis et des domestiques. Elle, Leïla, était une femme marocaine, ployant et resurgissant. Tout était à elle alentour, même ces hommes, abusifs et vains, qui préféraient épouser des Européennes écervelées plutôt que de placer à côté d'eux des filles de leur race, comme des égales.

Elle s'impatientait, dans sa chambre bleu turquoise, où son lit, installé dans l'alcôve enluminée de frises, de rosaces et de lanternes stylisées, s'encombrait d'une vingtaine de coussins de soie, en deux tons de jaune et de bleu, sur une assise de cuirs blonds et rebondis. La vieille Zohra poussait inlassablement la porte au plein cintre outrepassé, et travaillée de couleurs avec une époustouflante minutie. Tout allait-il bien ? N'avait-elle pas besoin d'être peignée, fardée ? Respirerait-elle le jasmin, l'oranger, ou la rose thé dont elle renouvellerait les pétales, dans la boîte de cèdre aux compartiments ajourés ? Ces attentions d'un autre âge ne tiraient d'elle que des monosyllabes, mais elle ne pouvait s'en passer. Comme elle aimait errer pieds nus sur la natte de jonc et de laine tressés qui disparaissait sous la couverture mauve et violette de son lit. Les cheveux dénoués, le caftan léger mais trop ample élargissant ses hanches, agitant à ses bras les multiples bracelets dont elle se dépouillait hors du palais, elle s'exaltait dans une fureur impuissante : les orangers et les daturas du patio, aperçus par les étroites fenêtres jumelées, ne lui renvoyaient qu'une immobilité hostile, que le vent ne troublerait jamais. Le *guembri* berbère au long manche, taillé dans une loupe de tuya ou de caroubier, si elle en avait pincé les deux cordes, n'aurait rendu qu'un son aigre, et tous ses livres occidentaux, en français et en anglais, empilés sur les tables basses aux chevalets articulés, la provoquaient de tous les souvenirs qu'elle y avait enfouis, pour elle seule. Comment pouvait-elle être si consciente et si prisonnière ? Elle était la fille du très riche et toujours plus puissant El-Hadj El-Thami Guernoussi, évadée très tôt du fatras où l'Islam perverti mure l'humanité mineure de la femme ; avant toute autre, elle s'était battue pour son pays et pour trouver, au bout du chemin, un compagnon dont elle serait le plein jour.

Mais cette vanité des êtres, à laquelle elle ne s'était guère arrêtée dans l'enfance, l'agressait aujourd'hui. Elle en était sûre : les meilleurs allaient se dissoudre dans le profit ou le discours. Ils se retrouveraient zélateurs d'une société médiévale qui leur tolérait tout, contre des marques extérieures de leur déférence. Elle les voyait déjà combiner et agir. Allait-elle finir sa vie de femme, en la commençant dans le luxe et la dépendance, avec un mari de convenance ?

La douceur naïve de Kenneth, si vive au souvenir, lui parut aspirée par l'espace, comme une étoile qui s'obstine pourtant à y briller. Il n'était pas, comme elle, du monde des roués, mais de l'armée des braves types. Elle en avait tenu un dans ses bras, un moment de nuit. Avec toutes les absolutions. Mais, de celles-ci, aujourd'hui, elle n'avait cure. Elle retrouvait seulement, dans le cou du soldat, sur ses joues, autour des lèvres, l'odeur de la crème à raser Williams. Et ce grand corps qui respirait avec confiance, dans la chemise d'uniforme au col fraîchement empesé. Un brave type s'était évadé de ses bras, une nuit de février. Ou du moins, la nuit, insensible, le lui avait pris et il avait rejoint le monde des simples, qu'elle n'apercevrait plus.

Elle souleva le couvercle de la *jebbana,* installée contre la fenêtre, sur le mur épais. Elle jetait dans cette soupière en terre cuite, décorée de palmettes jaunes, vertes et brunes, les objets familiers, les fils et les agrafes. Elle y prit les clefs de sa voiture : elle allait rouler seule, loin de cette ville obsédante qui enfermait si bien le silence entre des venelles où le mouvement ne s'apaisait jamais. Un instant, elle songea à gagner le plateau des Berbères, au-delà de Sefrou, jusqu'à Annoceur. On lui avait dit qu'on avait trouvé, dans une solitude entourée de collines dénudées, à plus de mille mètres d'altitude, les vestiges d'un camp romain. Les occupants d'autrefois s'étaient-ils installés si loin ? Mais elle n'en eut pas le courage, quand elle s'aperçut qu'elle allait suivre un chemin à peu près parallèle à sa randonnée nocturne vers El-Hajeb, tout contre le corps de Kenneth. Alors elle traversa la plaine du Saïs, vers Moulay-Idriss et Volubilis. Naguère, la présence de ces ruines romaines agaçaient son âme, peut-être. Maintenant, elle était au-delà des tumultes.

« Comment s'appelle l'oued ? » demanda-t-elle au

guide, qui était du village de Fertassa. Elle avait jeté sa main en avant, la paume ouverte, vers la vallée bleue qui se resserrait d'ombres et de pentes, vers Moulay-Idriss.

« C'est l'Oued Kroumane, madame », lui répondit-il cérémonieusement, toute sa curiosité éveillée par une fille de sa race, si semblable aux Européennes. « D'autres l'appellent encore l'Oued Oualili ! »

Alors qu'elle franchissait le portique, dressé en guise d'entrée, avec les antiques pierres de taille, elle vit monter vers elle, du vallon aux cyprès, une vingtaine de soldats américains qui terminaient de visiter les ruines. Elle osa les dévisager un à un, cherchant inconsidérément si un regard, une boucle aux cheveux, une démarche, ne ramèneraient pas vers elle, même une seule seconde de Kenneth !

VIII

La belette
(1948)

Sur la vallée ont passé les saisons. Sur l'immobilité, le temps a changé les couleurs. L'ombre et le soleil se sont fondus dans les matins et les soirs. Depuis toujours, ils l'ont fait ; mais, des aubes et des anciens couchants, nul ne témoigne ici, sauf les ruines et les oliviers centenaires. Ils gardent la porte de l'imaginaire ; leur confidence est rare. La guerre terminée, l'immuable décor retrouvait ses habitudes de surface. Les tracteurs brillaient dans la plaine ; comme les voitures, à chaque tournant échappé aux haies d'aloès. Ceux qui n'étaient pas revenus n'avaient de place que dans les souvenirs, qui s'effacent. Mathilde pouvait soupirer, en ouvrant ses volets au matin que le grand frêne parfumait. Le feuillage tamisait la lumière et la multipliait. D'autres ne la verraient plus. Il lui arrivait trop souvent d'y penser.

Hier, les Habert étaient allés, d'une traite, jusqu'à l'aéroport de Rabat-Salé, chercher leur plus jeune fils qui arrivait de Paris, en ce décembre 1948. Ils ne s'étaient pas attardés. Mathilde ne voulait pas rentrer dans la nuit. Loin de chez elle, elle épiait toute hostilité. La vallée de l'Oued Beth, entre Rabat et Meknès, venait d'être propice à quelque meurtre, qualifié par la presse de crapuleux. Mais chacun savait bien que, dans cette zone où le Sultan ne se hasardait pas avant l'arrivée des Français, la mort signifiait rébellion. Mathilde ne s'y trompait guère : recrue de calme, qui ensevelissait sa vie quotidienne, elle sentait d'autant mieux frémir les gens, comme la terre.

Elle n'avait pas insisté pour que son mari la conduisît jusqu'à Rabat :

« On trouve les mêmes articles à Meknès, avec un peu moins de choix », avait-elle décidé.

Quand ils rentrèrent, Moulay-Idriss, sur ses pitons, avait allumé quelques lampes qui tremblaient. L'électricité n'était pas encore arrivée jusque-là. La direction des Beaux-Arts exigeait que la ligne d'alimentation fût souterraine : des pylônes auraient défiguré le site. C'était une trop considérable dépense. Les loupiotes à huile ou à pétrole brillaient faiblement, dans la nuit qui envahissait la montagne.

Au matin, Mathilde, qui voulait pourtant le réveiller, trouva son fils dans la cour, entre les myoporums et le palmier. Le nez en l'air, il demanda :

« Elle est là depuis longtemps ? »

Elle pendait à un chevron du hangar, brûlé il y a bien des années, au cours d'une nuit où ils s'étaient sauvés, pieds nus, sur la colline. Le hangar avait été refait, mais quelques vestiges calcinés pointaient encore de la nouvelle charpente.

Une corde prenait le cou près des oreilles, comme ces poissons de l'oued qu'on porte à la main avec un brin de palmier nain passé au travers des ouïes. Il y avait un grand vent et de brusques remous naissaient entre les bâtisses qui se font face. Elle tournait d'un bref quart de cercle qui ne révélait ni tout son dos ni tout son ventre. La corde, de palmier tressé durci par l'eau et le soleil, se prêtait mal au jeu. Restait une oscillation latérale. Le long corps y consentait sans raideur, mais avec la vraie dignité d'un balancier.

Elle était là depuis la fin de l'été. On l'apercevait de très loin, mais on la côtoyait aussi, en s'assurant seulement qu'elle était rousse et intacte. On dit ici qu'un badigeon d'huile appliqué avec la queue de la belette redonne de la force aux jarrets des vieux bœufs. Le fils Habert n'eut qu'à lever la tête pour découvrir le ravage que les vers avaient fait dans la fourrure. Le petit cadavre lui parut un instant tout croulant. Le bourrelet de la corde, autour du cou, cachait le museau. On apercevait les deux trous des oreilles. Mais à dix pas de là, la bête faisait un remarquable pendu et le corps ne paraissait souffrir ni du temps ni de la pendaison. Il eût fallu grimper sur un banc ou un tonneau pour connaître le rictus de cette morte.

Enigmatique, au bout de son collet, elle n'effrayait pas les volailles. Leurs plumes, au soleil, avaient des reflets. Les coqs soulevaient les grains de blé pour attirer les poules grattant étourdiment la dalle de ciment. Le vieux rhode island tournait parfois son œil rond vers l'ombre qui se balançait.

« Elle est pendue là pour écarter les autres, dit Mathilde. Ça n'a pas l'air très efficace. Mais le gardien dit qu'on peut en avoir besoin pour soigner un animal. Il ne faut pas le contrarier ! »

Les poules picoraient sous le gibet. Les moineaux tombaient du toit comme des balles de plomb, puis couraient en brusques zigzags, à la façon des souris, entre les coqs, les poussins, les mères encombrées. C'était dans l'ordre des choses : il fallait que la belette fût pendue. Il fallait qu'on exposât ainsi le vice et son châtiment. Que la tueuse voisinât avec les poulets inconscients, et qu'elle gardât pourtant, dans le châtiment expiatoire, son allure souple, sa silhouette traître, malgré le soleil et la pluie. Elle n'était point sortie des choses. Elle demeurait dans cette campagne, parmi l'odeur fraîche des jardins et la poussière acide des granges. Les mains paysannes qui l'avaient pendue n'avaient rien obtenu de décisif. La belette dans le vent est toujours la belette, maligne et tueuse. Les poulets viendront picorer sous l'ombre obstinée à danser. Les chariots, les chevaux passeront, les hommes avec leurs mots d'habitude. Et les nuits humides glisseront sur la fourrure rase. Il faut bien qu'il y ait des belettes ; les pendre n'en change pas l'âme ; on le fait sans y attacher d'importance.

« Faut que tu t'en ailles, maintenant. » C'est ce qu'avait dit Marcel, pas longtemps après, à l'autre bout de la plaine. C'était rustre et brutal.

Elle avait vaguement reniflé, bien qu'elle n'ait nulle envie de pleurer. Elle avait tiré sa jupe, et passé sa main à la fois sur son front et sur ses cheveux.

Il regardait par la fenêtre, sans s'approcher, la rude descente d'argile beige et la croupe pelée qui remontait, mouchetée des tiges blanches des chardons.

Quand il s'était retourné, il n'y avait qu'elle ; alors il lui avait dit :

« Tu reviens demain, hein, mais un peu plus tôt. »

Comme elle avait eu un éclat dans les yeux, cela lui avait plu, et il lui prit le coude un moment, tandis qu'elle sortait.

Lucienne poussa le battant grillagé de la porte. Le cadre de bois était gondolé ; on aurait dit la page d'un livre trop feuilleté. Le treillage était rouillé, partout où il avait reçu des coups, surtout vers le bas.

Elle glissa, furtive, sous la véranda, puis entre les orangers, assez opulents cet hiver ; deux rangs d'abricotiers l'accompagnèrent jusqu'à la bordure des cyprès.

Sur la route, elle longea la haie d'éburnéas aux longues épines, et ses pieds accrochaient mal dans la poussière. Il n'y eut plus autour d'elle que les chaumes d'hiver sur la terre sèche. La maison qu'elle quittait avait un toit de tuiles rouges, dont le *windcharger*, tourné vers la vallée, moulinait son électricité avec de brefs emballements.

Les chaumes cessèrent sur la droite. La terre était finement préparée, mais on la devinait neuve encore, parsemée de plaques de tuf, point encore dissociées par les tracteurs lourds. C'était le champ où l'on avait récolté la graine d'épinards. Plus loin, après un bois pâle de faux poivriers, la ferme de la Société offrait un dos sans ouvertures, des toits de tuile et des toits de tôle.

Quelque chose lui dit qu'elle était à la moitié du chemin. Elle n'avait plus à se presser, et elle n'avait pas hâte d'arriver. Elle était seule sur la route. Les ânes avaient tracé deux sentiers de fine poussière dans les ornières des voitures. Les nécrophores n'arrivaient point à rouler les boules de crottin qu'ils y avaient laissées tomber. Le soleil était chaud, mais le vent, toujours du vent, sifflait autour de ses oreilles et l'étourdissait.

Est-ce que Marcel la regardait partir ? Il ne pouvait plus voir si elle allait vite ou lentement, mais elle n'osait pas se retourner. Elle regardait ses jambes aller dans la poussière. Ses espadrilles lui semblèrent misérables, puis elle pensa à l'été qui lui avait fait les jambes brunes. Elle pensa que Marcel était brutal. Le vent et le soleil tournèrent naturellement son visage vers la ville enchâssée très haut, au creux du massif. Tout semblait converger vers celle-ci. Les vols blancs des pique-bœufs glissaient, comme attirés par cet aimant lointain. Mais Lucienne coupait cette route. Elle seule dérivait un peu. Peut-être était-ce la faute de Marcel ?

Marcel était retourné à son travail. Il sifflait et avait remis son béret bleu marine, terni par l'huile et la poussière. Il donnait des coups de marteau sur un boulon du semoir, et remarquait qu'il avait la main drôlement sûre aujourd'hui. Alors il souriait en sifflant. Cette petite, tout de même ! Il avait bien fait, mais ça n'avait pas été difficile. La prochaine fois, il la garderait plus longtemps.

Il trempa dans l'huile le boulon qu'il venait d'enlever, réfléchit un moment, puis essaya l'écrou. La clef devait être sur le tonneau de mazout. Il y alla, remontant par habitude son pantalon avec ses avant-bras. Comme il n'était pas mécontent de lui, il lui parut agréable de marcher en roulant des épaules.

La clef était bien sous le hangar. Il s'aperçut qu'en frôlant le tonneau il s'était mis de la graisse sur le bras. C'était la graisse blonde de la touque de vingt kilos. Qu'est-ce qu'elle faisait là ? Au soleil, hors du hangar, il regarda son bras, racla soigneusement la graisse, et finalement piqua son biceps du doigt. Il fut heureux de le trouver ferme.

Son oncle irait demain chercher de l'engrais à la gare, jusqu'à remplir le camion. Il pourrait recommencer avec la petite. Elle n'avait rien dit, mais elle reviendrait.

Il s'aperçut qu'il travaillait bien : le semoir était à peu près réglé. Par habitude, il regarda vers l'ouest. La montagne isocèle partageait l'horizon d'un bleu éteint, très loin, de l'autre côté de la vallée. La pluie semblait imprévisible. On ne pouvait imaginer qu'elle naisse un jour d'un ciel aussi immuable. On était déjà à la fin de décembre. Drôle d'hiver, avec des couleurs fatiguées de l'été plaquées un peu partout.

Le vent lui donna soif. Il alla boire à la gargoulette posée sur la fenêtre de la cuisine. En revenant, il fit voler en poussière une motte d'un coup de pied. Il pensa à toute cette terre, à la moisson dernière, aux types de la ville.

Au fond, ce n'était pas plus mal. Il ne se débrouillait pas plus mal. Et puis l'air, courant sur les terres dures, l'emplissait d'allégresse. Il respira profondément, en s'étirant, et étendit ses bras, gardant les muscles contractés le plus longtemps qu'il put.

Le camion fit plusieurs voyages pour monter l'engrais de la gare à la ferme. On le voyait peiner chaque jour loin en bas dans la vallée, dès qu'il abordait la côte.

L'oncle dit :

« Ne fais pas de bêtises. »

Sa barbe, blonde et mêlée de poils blancs, n'était pas nette. Il avait vraiment du ventre. « D'ailleurs l'oncle, on ne lui demande rien, pensait Marcel, depuis qu'ils sont ensemble, avec ma mère. »

Il a plu. On a labouré le jour et parfois la nuit. Le phare du tracteur tanguait dans l'obscurité, comme celui d'une vedette. La petite n'est plus venue, et ça n'avait pas d'importance : Marcel avait sommeil le soir, et il pensait seulement à ce qu'ils avaient fait ensemble.

Le père est venu, un matin, de bonne heure. Il savait depuis la veille, et avait eu besoin de la nuit, mais d'elle seule, pour réfléchir. Marcel était déjà sur le tracteur. Mais l'oncle se tenait là, avec sa pipe, son gros ventre et son feutre auréolé d'huile et de sueur. Le père a dit :

« C'est du propre, votre salaud de Marcel, avec ma gosse... »

Il eut un geste des mains pour dire : voilà. L'oncle plissait les paupières, comme si la fumée de sa pipe lui piquait les yeux. Il dit enfin :

« Vous êtes sûr de ça ? »

Alors le père éclata :

« Comment si je suis sûr de ça ! C'est du propre. Alors vous n'avez pas compris ! Elle l'a dit à sa mère hier, et ça se voit bien, maintenant qu'on le sait. Faut qu'il répare, votre salaud de Marcel, vous entendez ! Elle a seize ans, ma gosse ; ah ! c'est du propre. »

L'oncle restait attentif, derrière ses yeux mi-clos. Il lança un peu de fumée entre la pipe et le coin des lèvres :

« On peut pas dire que c'est la faute qu'à Marcel », dit-il d'un ton conciliant.

Il y eut silence, le temps que le sang monte au visage du père :

« Ah ! ça ne m'étonne pas. C'est ça que vous trouvez à répondre. Eh bien ! votre petit salaud faudra qu'il répare, vous m'entendez, faudra qu'il répare. J'ai six enfants, et faut pas qu'avec la première ça commence comme ça. Où est-ce qu'il se planque, votre Marcel, que je lui dise ? Hein, où est-ce qu'il se planque ? »

L'oncle restait campé sur ses jambes, le ventre en avant, et regardait, sans bouger, l'autre gesticuler devant lui. Puis, sa pipe au poing, il étendit le bras en direction de la vallée. Le tracteur avançait au flanc d'une pente et les pique-bœufs voletaient ou suivaient derrière lui dans le sillon. On aurait dit des mouettes en remorque d'un navire. Le vent était à l'ouest, et l'on n'entendait pas le bruit du moteur. Les silos métalliques de la gare, à six kilomètres en amont, dans la vallée, brillaient un peu. Les montagnes, à l'est, fermaient l'horizon.

L'oncle dit :

« Il est là-bas avec le tracteur. »

Il remit sa pipe à la bouche et sembla regarder le trait de labour qui s'épaississait derrière la charrue. Puis son visage s'anima, et comme s'il allait faire une proposition alléchante après avoir beaucoup réfléchi :

« Tenez, dit-il, je lui parlerai, moi, à Marcel. »

Le père vacilla imperceptiblement, puis se reprit :

« Vous ferez comme vous voudrez, mais je reviens cet après-midi à six heures, et faudra qu'il me dise s'il est décidé à réparer. Vous comprenez, faudra qu'il réponde oui ou non. Mais vaut mieux que ce soit oui. »

L'oncle regarda partir cet homme massif, père de six enfants. Il eut le temps de lancer deux ou trois bouffées de fumée. Puis il gratta sous son feutre sale ses cheveux qui bouclaient un peu, sur la nuque. L'homme marchait d'un pas égal. Un chien se mit à aboyer quand il passa devant l'écurie. Le coq arabe, un instant dérangé, lança un cri grêle. L'oncle regarda machinalement vers l'ouest. Malgré le vent, rien n'annonçait la pluie pour aujourd'hui.

L'oncle avait dit au cuisinier indigène :

« Tu me préviendras quand tu verras arriver celui de Sidi Taïbi. »

Et on s'était réuni dans la salle à manger, la première pièce par laquelle on pénétrait dans la maison. Marcel était à côté de sa mère, près du buffet, l'oncle près de la porte, avec le visiteur qui venait d'entrer.

« Asseyez-vous donc », dit la mère en tirant une chaise d'un geste sec. Mais elle ne s'assit pas et le père de Lucienne ne semblait point l'avoir entendue. Il regardait Marcel qui jouait, l'air sournois, les yeux baissés, avec les pompons du dessus de table ; il y avait aussi, près de la porte, le calendrier des machines agricoles John Deere sur lequel il levait parfois les yeux, et la longue fissure qui avait craqué la peinture du mur, et dont les bords s'étaient salis de mouches et de moisissure.

La mère regardait le visiteur et attendait qu'il parlât, avec un intérêt concentré, comme s'il se fût agi de risquer un prix en premier.

Il parla en effet, après avoir respiré un peu fort, et ses bras étaient venus tout naturellement se croiser sur sa poitrine.

« Alors, tu es au courant, je pense ; tu n'as pas besoin qu'on te fasse de discours », dit-il, le menton dressé vers Marcel.

La main n'abandonna pas le pompon qu'elle tripotait et les yeux de Marcel allèrent du calendrier des machines agricoles John Deere au visage du père, puis retournèrent au calendrier.

« Bien sûr qu'il sait, dit la mère de Marcel en avançant imperceptiblement vers la table. Mais, dites-moi, où ça c'est passé, hein, vous voulez me le dire ? Elle venait ici, vous ne l' savez peut-être pas ? »

Elle avait piqué un index sur la table et l'argument la rendait plus volumineuse encore.

« C'est à votre fils que je parle, et faudra bien qu'il réponde.

— Et qu'est-ce que vous voulez qu'il vous réponde, c'est pas de sa faute après tout. Si elle n'était pas venue le chercher ici ! »

Le père sembla vouloir parler, fit un pas et décroisa ses bras, d'un geste de colère, puis son pied revint en arrière.

« J'en ai assez de ces histoires-là, dit-il. J'ai demandé une réponse. Faudra bien que tu me la donnes, hein, tu entends, petit salaud ? » Marcel rougit un peu, mais ne répondit pas. Alors sa mère le poussa du coude :

« Eh bien ! t'as tout de même quelque chose à dire, hein, puisqu'il veut une réponse.

— Bon, ça va, dit Marcel ; j'en veux pas, moi, de votre fille, et il regarda le père d'un air boudeur et obstiné. On n'a jamais été d'accord, et puis vous savez, je ne veux pas être le pigeon, parce qu'après tout, vous le savez peut-être pas, mais je suis pas le premier ! » Puis, la voix mieux assurée, il répéta : « Je suis pas le premier ! »

Le père envoya un premier coup de poing qui atteignit Marcel à la poitrine, puis sa main sembla couvrir la figure de Marcel, avec un bruit mat. Alors Marcel cogna lui aussi, bousculant l'oncle, les chaises, sa mère. Mais le vieux ne lâchait pas comme ça et il ceintura Marcel, tenta de le renverser.

Maintenant, la table était entre eux. « Petit salaud, tu vas voir » dit le père, et il tira.

Marcel avait le visage en sang, et ses mains aussi dont il l'avait couvert, se sentant touché. Le revolver était sur la table.

« Assassin », cria la mère en se précipitant avec l'oncle vers Marcel.

L'homme un peu éberlué les regarda, deux visages durs encadrant Marcel qui saignait sur sa combinaison de travail.

Comme fou, il sortit.

Il faisait nuit quand on frappa à la porte du gérant dans la grande ferme de la Société. Il était déjà couché.

« C'est moi, monsieur Vourier, lui dit le père de Lucienne, au travers de la porte. Excusez-moi de vous déranger. J'ai l'impression qu'on m'a volé des poulets et j'ai envie de faire un tour du côté des zéribas et derrière le marabout. Vous ne voulez pas me prêter votre fusil ? »

Le gérant s'était levé et avait ouvert. L'homme paraissait soucieux.

« Il fait bien noir, vous croyez que vous avez une chance de surprendre quelqu'un ? Tenez, je vais vous accompagner.

— Mais non, mais non, ne vous dérangez pas, je ferai bien ça tout seul, lui dit son chef de culture. Donnez-moi le fusil, c'est tout. »

Mais le gérant voulut sortir avec lui. Ils descendirent les

trois marches de ciment sur lesquelles glissaient les clous des souliers. Après, le sol était élastique et mou de poussière et de paille. Les chevaux tapaient sourdement du sabot dans les écuries, et une chaîne tintait, à l'autre extrémité, dans le grand bâtiment. Vers le bois de faux poivriers, il y avait la maison de Lucienne, avec de la lumière dans une chambre. On entendit le dernier des six enfants qui commençait une colère.

« C'est votre Jeannot », dit le gérant. Le père ferma la culasse du fusil avec un bruit sec. Le gérant buta sur une pierre, et reprit son équilibre.

Le fusil fit un bruit terrible derrière lui. Il eut peur et se tassa un peu sur lui-même, dans l'obscurité :

« Eh bien ! vous êtes fou ! »

Il y eut deux secondes de silence. Puis les chiens, autour des tentes et des zéribas, se mirent à aboyer furieusement.

« Eh bien ! Demion, qu'est-ce qui arrive ? » dit encore le gérant sans bouger.

Les cris de l'enfant se mêlèrent à ceux des chiens. Dans la cour, il n'y avait plus que la paix sur la cervelle éclatée d'un pauvre homme.

Il a plu le lendemain, il a plu sur ce pauvre sang. Il a plu sur la belette, sur les cadavres humiliés.

Puis le vent a soufflé sur les terres neuves, le vent qui brasse les feuilles des faux poivriers comme des rubans. Marcel avait tout juste une balafre qui allait de la joue à la tempe. Le tracteur tournait rond. On allait pouvoir tout labourer à temps. Lucienne était partie à la ville, avec sa mère, ses frères, ses sœurs. L'air était vif, et les bourrasques le plaquaient aux visages.

La belette se balançait comme une démente sous le hangar des Habert, et les tourbillons, s'accélérant, faisaient s'étonner les coqs. Il n'y avait point de châtiment. Le vent était trop fort, les terres trop vastes et les corps jeunes s'étaient aimés. Que fallait-il penser, que fallait-il dire ? Tourne la belette, à l'entrée de la ferme isolée.

C'était si peu, une belette expiatoire ; si peu aussi, cette histoire-là, tous ces gestes-là. On l'avait pendue par habitude, bien sûr, mais ce n'était pas efficace. Le père de Lucienne s'était tué ; pauvre histoire, quand la vie sourd partout de la terre que l'été fendillera. Gestes inutiles dans le vent... Sur la vallée, ont passé les saisons.

IX

L'aube éclatante sur le Recueil Véridique
(1926-1932-1955)

Cet été-là de 1932, la chaleur fut excessive. Mathilde partit avec les enfants pour s'installer au bord de l'Atlantique, cinq jours plus tôt qu'elle ne l'avait décidé. Fallait-il que l'attaque soit rude ! Deux semaines de chergui, sans discontinuer, avaient mis bas ces décisions inutiles qu'elle prenait en elle-même. Il lui eût été aisé de les transgresser, mais elle ne le faisait pas. Cette fois, elle capitula.

Ce n'était pourtant pas l'une de ces sécheresses tragiques qui gagnent depuis le Sud, année après année, poussant devant elles la misère et les sauterelles. Lors de la dernière, Demion, le chef de culture à la Société, n'était pas encore arrivé. La Société — où les capitaux sont suisses, disait le père Habert — arrondissait allégrement son périmètre, autour de quelques hangars. Bientôt, elle aurait deux mille hectares où pousseraient, en doubles lignes vertigineuses, les pois de semence. Demion ne savait pas qu'il finirait là sa vie, la tête éclatée, pour l'honneur de sa fille aînée, Lucienne, qui n'était pas née. Un autre homme, au chapeau de feutre ou de paille imbibé d'huile et de sueur, aurait tôt fait de le remplacer. La seule majesté s'inscrivait tout entière dans les courbes concentriques que les pois en fleur dessinaient sur la pente, après le marabout de Sidi Ali, comme si elle était devenue la robe gonflée d'une infante. Leur merveilleux parfum, cueilli au ras du sol par l'air, redonnait vie à toutes les âmes défuntes des rongeurs, des carnassiers ou des humains.

Depuis le « Jeudi noir » de Wall Street, la crise répandait ses poisons et la paralysie. Mais ici, dans l'immobile indifférence, il n'y avait que les soupirs de Mathilde pour en être l'écho. Sur l'esplanade où les visiteurs de Volubilis garaient leurs voitures, les limousines américaines, débarquées avec leurs touristes à Rabat ou Tanger, avaient disparu. Les guides, privés des gros pourboires, s'étaient fait une raison : « Les Américains se sont sauvés, peut-être reviendront-ils un jour ! » disait Djilali, sous le cyprès qui lui faisait une niche contre le soleil. « Si la sécheresse dure, les sauterelles les remplaceront, plaisantait-il. Tu te souviens du bruit qu'elles faisaient quand elles mangeaient, il y a quatre ans ? c'était comme le sifflement de l'eau, quand tu arroses en été et qu'elle s'engouffre dans les crevasses, presque sans mouiller. Cela venait de partout, comme si l'on avait inondé tous les *baïras* (maraîchages) à la fois. » Il prenait à témoin l'un des fils Habert, dans ses douze ans. Si celui-ci s'en souvenait !

« On ne voyait plus le soleil », disait Djilali. Il exagérait à peine. Mais d'abord, toute la campagne s'était emplie de cris, depuis le col de Mali, au-dessus d'Aïn-Kerma. Les cultivateurs en courte chemise s'agitaient dans les champs, contre un invisible ennemi, tapant comme des déments sur les bidons. Les fumées montèrent de broussailles enflammées à la hâte. Une ombre rouge apparut comme une frange, sur la ligne nette des collines. Poussé par le vent ascendant, le premier nuage de sauterelles franchissait le col. Hier, elles s'étaient abattues sur la région de Meknès. Mathilde avait prié pour qu'elles y restent. Mais le sirocco, soufflant du sud, les poussait inexorablement vers le Rif et la Méditerranée. Maintenant, elles tournoyaient sur toute la région en vols épais. Quand ceux-ci passaient devant le soleil, une ombre funèbre glissait sur les blés, les maïs et les oliviers. L'air chaud les maintenait en hauteur, où les rafales les déportaient de quelques kilomètres, comme s'ils obéissaient à une subite décision. Dans les accalmies, ils se vidaient d'insectes, sur le sol, telle une pluie. Une à une, les vagues d'assaut passaient le col. Les premières avaient déjà fondu, dans la brume de chaleur devenue rougeâtre, vers le Zeggota et le Djebel Tselfat. Mais, la journée avançant, les vols perdaient de l'altitude et, trouvant l'abri du relief, semblaient hésiter longtemps, avant de s'abattre, pour le soir. Le ciel redevenait blanc, et le vent s'y apaisait. Toute la campagne frémissait de cris, de feux, de bruits métalliques. Quand ces parades dérisoires s'essoufflaient, on entendait monter, du sol et des plantes, le frottement huilé des millions de manducations. Il s'emparerait bientôt de la nuit, comme une respiration puissante. Demain, vers les dix heures, sous le plein soleil, la pâte brune et jaune libérerait le sol, explosant en parcelles tourbillonnantes. Il ne resterait qu'une vallée grise, des arbres en squelettes et des animaux errant hébétés, dans des champs vides.

« Ce n'est pas le pire, disait Habert, elles ont pondu durant la nuit et, dans quelques semaines, les criquets camperont sur place, en attendant que les ailes leur poussent. Alors, il ne restera plus rien. » Du spectacle des mères, l'abdomen fiché dans le sol pour y enfouir les œufs en chapelets, à l'invasion des fils, noirs, investissant le sol comme une marée et submergeant tout obstacle, il n'y eut que l'attente. Que faire ? L'année serait stérile de fruits, de feuilles, de branches. Même l'écorce lisse comme un mastic gris des jeunes oliviers allait céder à cette faim dévorante. On retrouvait les criquets partout, dans l'eau de la source, dans l'oued où ils ressuscitaient de toute noyade. Ils s'attaquaient même aux cuirs humides des colliers de trait de chevaux. Dévalant les collines, par les chemins de glaise durcie, ils se répandaient sur les terres plus fraîches de la vallée. La menthe amère, si tenace, n'embaumait plus les seguias. Sur la route, qui surplombait la maison des Habert, commençaient à passer les loques faméliques de la misère. Elles s'arrêtaient pour boire à la source et en repartaient sans parler, démunies de tout comme un désespoir.

Ce furent les mauvaises années où la famine, quand elle avait la force de se mettre en marche et de contourner les barrages qui l'endiguaient, montait du Sud, succédant aux sauterelles. On mourait sur place ou en route, malgré les secours. Au village de Fortassa, tassé autour des sources, dans son ravin de montagne, les caches à blé devenaient le secret et l'espoir collectifs.

« Bientôt, nous n'aurons plus que les figues de Barbarie, et encore ! Ceux qui ont mangé trop de sauterelles grillées en sont tombés malades ! » disait même le vieux Moha, qui avait quelques réserves.

Demion n'avait pas connu cette période. Il était alors militaire à Casablanca, dans un régiment d'artillerie. Les famines du Sud et les sauterelles ravageuses paraissaient si lointaines derrière les murs blancs et rouges du quartier ! Les boules de pain et les sardines du casse-croûte, la cuistance de l'ordinaire relevée d'un vin rouge, le café, les biscuits, les salades, surgissaient à l'appel des trompettes. Les fourgons cahotaient vers les magasins. Les cuisiniers souffraient de la chaleur à mesure qu'ils engraissaient. Une éternité tranquille clignait de l'œil à ces humains, déambulant de cour en cour, entre les massifs de verdure aux murets passés à la chaux vive. Assis sur son lit, fait au carré et qu'il s'efforçait de ne pas défigurer, ou installé à une table du foyer, au coin le moins poisseux, Demion écrivait une carte postale par jour et la numérotait soigneusement. Le vaguemestre, toutes les douze heures, emportait à la poste centrale de Casablanca les banalités qu'il adressait à sa « petite Yvonne bien-aimée », appelée parfois « ma petite chérie », car il s'efforçait de varier un peu. Un historien parisien retrouvera quelques cartes, cinquante ans plus tard, portant des numéros épars, le plus élevé étant le 226e, comme si Demion devait resurgir dans une mémoire, sa vie faite et détruite. Quand le savant comprit l'intérêt de sa découverte et revint acheter tout le stock, dans un magasin modeste du 13e arrondissement, la collection avait été dispersée. On ne saura donc, de tant d'application pendant cinq cent dix jours, que des instants disparates. Le 29 mai, le canonnier Demion tirait à Fédala, en l'honneur du Pacha de la ville, et avait les oreilles écorchées de tout ce boucan. Un match de boxe, gagné par knock-out au troisième round, par son camarade et entraîneur Sahon; une journée d'airs parisiens entendus au phonographe dans la chambrée; des préparatifs gastronomiques pour la Saint-Sylvestre, voilà tous les repères de ce temps dont nul des siens n'a voulu la responsabilité ou la mémoire, et qui échoua dans la boîte aux cartes postales d'un marchand. Plus durablement que les sauterelles avaient dévoré les vergers de l'Oued Kroumane, l'indifférence avait détruit Demion jusque dans son insignifiance.

Pourtant, il était resté lui aussi, son service fait, dans ce pays qu'il ne connaissait pas. La « petite Yvonne bien-aimée » vint-elle l'y rejoindre ou se marièrent-ils en France? Les Habert les apercevaient à l'autre bout de la plaine, mais si peu que, le drame venu, la belette, au bout de sa corde, substitua aisément le symbole aux réalités.

Pour l'heure, les Demion n'avaient pas encore fait irruption dans le paysage pour y prendre une si modeste place. Mathilde s'énervait autant de la chaleur que de devoir précipiter son voyage vers la côte. Entre la cuisine, le garage et le jardin, elle accablait le jeune Aguili de marches et de contremarches, d'injonctions et d'admonestations, qui donnaient à celui-ci l'apparence d'un lapin affolé. Sans doute avait-il dix-huit ans, mais il n'en avait pas la certitude, et c'était là sa première journée de recrutement. Il s'était pointé le matin, après recommandation d'un de ses voisins de Fortassa, qui était bouvier. Mathilde n'emmenait pas le cuisinier à la mer. Elle le laissait auprès de son mari, par nécessité car celui-ci n'entendait pas s'occuper le moins du monde de sa propre nourriture. Et le cuisinier préférait la paix pendant deux mois à la mélancolie des dunes ou des vagues brisantes de l'océan.

Pour Aguili, l'idée du départ prochain était une fête. Il allait voyager et raconter sans fin, au retour, des histoires. Mathilde n'avait eu que la curiosité de s'assurer qu'il était connu de toutes les familles des ouvriers de la ferme. — « Tu habites donc bien à Fortassa ? » avait été sa première phrase d'accueil. Elle n'en aurait pas davantage deviné l'avenir, dont les carrefours sont imprévus. S'était-elle jamais inquiétée des raisons qui avaient groupé en villages toutes ces petites gens installées sur le pourtour du massif de Zerhoun ? Elle les avait classés, une fois pour toutes, parmi les Berbères arabisés, et n'avait pas tort. Tour à tour, la misère ou la recherche d'une sécurité les poussèrent vers ces pentes couvertes de vignes et d'oliviers. Au Nord, ils s'étaient insinués, depuis le Rif tout proche. Fortassa, face au Sud-Ouest, en voyait descendre quelques-uns qui cheminaient sur les crêtes, traversant l'intérieur du massif quasi désert et découvrant au plus loin les plaines de Fès, de Meknès, du Gharb, sur des sentiers qu'aucun Européen ne gravissait jamais.

La maison en pisé, couverte d'une terrasse en terre battue, le père d'Aguili l'avait construite presque au-dessus du village, au-delà de l'enceinte de figuiers de Barbarie, en 1926. Quand l'émir d'Ajdir, le vainqueur de la grande bataille d'Anoual, où, en 1921, périrent dix-huit mille Espagnols en déroute, quand le Président, pour un temps, d'une république rifaine, le fils de la rude tribu des Béni Ouriaghel, l'homme qui avait encerclé l'imprudent général espagnol Silvestre, quand le chef rifain qui poussait, en 1925, sur Ouezzane, Meknès, Fès et Taza, l'offensive contre Lyautey, se retrouva seul, en mai 1926, les troupes françaises passèrent d'un bond de Taza à Targuist au cœur du dispositif de Sidi Mohammed El-Khettabi ben Abd El-Krim. Tout s'écroula en un instant. De tant de vaillance, de sacrifices, d'espoir, de l'amalgame miraculeux des tribus, tout avait disparu sans laisser de traces. Deux jours avaient suffi ; une soixantaine d'hommes, de femmes et d'enfants — les familiers et les parents du village d'Ajdir — étaient les témoins dérisoires d'un rêve évanoui. Vaincu par les Français et se rendant à eux, l'émir abandonnait ses tribus aux Espagnols abhorrés. De Melilla, d'Alhucemas, de Tétouan, ceux-ci allaient donc revenir depuis la mer et contrôler, désinvoltes et cruels, la misère des hommes et l'infinie grandeur des montagnes bleues d'où ils regarderaient briller, par-delà la Méditerranée, les neiges de leur Sierra Nevada. Leur vengeance serait implacable.

Dans l'été aux nuits si courtes, ils étaient partis, Aguili s'en souvenait bien, car il était l'aîné. Les trois petites étaient sur les ânes, et le dernier fils attaché dans un chiffon sale au dos de la mère. Le père marchait l'air farouche et triste, en tête de l'exode familial. Il avait caché son fusil dans les rochers, au-dessus de la maison, sans l'espoir de revenir le chercher jamais. Mais ce geste inutile était la seule fierté qui lui restait : ainsi, nul ne rendrait l'arme à sa place. En dix jours, ne circulant que la nuit pour éviter, par d'invraisemblables chemins, les troupes qui les auraient refoulés, ils traversèrent les monts Ketama où les forêts de cèdres resserraient autour d'eux la solitude. Puis, ils dérivèrent vers l'Ouest. Les gens de l'Oued el-Amezas les renvoyèrent vers l'Oued Aoulaï. Les ânes ne souffraient pas, ayant tout le jour pour errer dans les herbes sèches autour de leurs maîtres qui se cachaient. Les petites ouvraient des yeux immenses sur la nuit, devenue leur habitation. Le père avait interdit de pleurer : elles ne pleuraient pas, les pieds à peine pris dans les *chouaris* — les paniers de doum — installés sur l'échine des ânes. Il leur arrivait de tomber, légères comme des souris. Ils contournèrent Rafsaï, bourré de militaires français, et durent remonter l'Ouerrha, malgré le maigre de l'été, pour passer à gué. Déjà, le jour se levait. Maintenant, ils étaient de l'autre côté. On les regardait avec indifférence transporter leur misère hébétée et craintive. Parfois, le père les arrêtait et partait en avant se renseigner ou parlementer. Ils étaient dans la plaine, étouffante sous le soleil. Les champs d'orge semblaient mûrs. Le père s'y glissait et ramenait les épis qu'ils décortiquaient grain à grain pour s'en nourrir. A Mkannsa, ils franchirent de jour le Sebou, sur un pont. C'était jour de marché. Dans la foule, ils se sentirent moins vulnérables, mais on ne leur donnait rien. Ils suivirent un temps le cours boueux de l'Oued Mikkès, pour chaparder quelques légumes dans les jardins irrigués. Hélas ! les gardiens veillaient. Alors ils virent, point trop loin, le Zerhoun, lumineux et sculpté d'ombres comme leurs propres montagnes. Ils se réfugièrent dans les solitudes intérieures. Les chiens les décelaient depuis l'autre versant des vallées, et ils ne s'arrêtaient pas. Au matin, ils découvrirent qu'ils étaient au bout d'un autre paysage. Ils hésitèrent à descendre et à s'y risquer. Le père mit longtemps à rapporter de l'eau de la source de Fortassa. La nuit suivante, sous les oliviers à l'odeur sèche, ils surent qu'ils étaient probablement arrivés et qu'ils ne repartiraient pas de cet endroit : un homme avait partagé pour eux son pain, sans rien dire. Puis une femme avait apporté dans la coupe *hallâb* de terre cuite, à deux anses, le *leben,* le lait caillé, pour les enfants, disait-elle. Bientôt, Amar, le père, pousserait les wagonnets chargés de la terre des fouilles qui reprenaient sur le site de Volubilis. Ils pourraient manger, et s'abriter avant que ne vienne l'hiver.

De tout cela, Aguili se souvenait, mais il ne pouvait qu'en parler en lui-même.

« Nous sommes d'ici, et tout le reste n'a jamais existé ! » avait commandé le père, avec cet air de farouche détresse qui le faisait craindre si fort.

Alors, ils s'étaient humblement enfouis dans le village. On appelait le père Amar-le-Rifain. Puis on oublia de le qualifier ainsi. Il était devenu un voisin qui, après les lourdes pluies, allait, comme tout autre, colmater la terrasse de sa pauvre maison. Maintenant, son aîné se plaçait chez les Roumis, avec l'espoir de pouvoir s'y accrocher. Lui-même, au bout de la colline aux déblais, faisait basculer nonchalamment la terre transportée. Pour qui travaillait-il ? Pour un gouvernement, un *maghzen* contrôlé par les Français. De père en fils, ils n'étaient qu'une même capitulation, avec la misère pour apanage.

Le matin de son départ pour la mer, Mathilde avait fait charger le camion d'un transporteur de Moulay-Idriss qui connaissait le chemin vers Mehedya. On jucha le jeune Aguili sur les matelas, les chaises longues, le garde-manger et d'innombrables couffins de bouteilles et de légumes. Le bouvier et le gardien de nuit qui regagnait son village lui crièrent joyeusement, tandis que l'équipage s'éloignait de la cour, dans la poussière tourbillonnante : « Méfie-toi d'Aïcha Kendicha. Elle voudra te prendre par les pieds et t'emporter jusqu'au fond de l'Océan ! » Aplati sur le ventre, il n'entendait rien, mais découvrait, plus haut de deux mètres que d'habitude, le paysage. Il était roi !

Quand la voiture des Habert, surchargée elle aussi, rattrapa le camion dans les étendues sablonneuses et étouffantes du Gharb, il ne la reconnut qu'à l'instant du croisement. Assommé par le soleil et le vent, allongé maintenant sur le dos, il regardait vers l'arrière la route disparaître et les bois d'eucalyptus bleus succéder aux landes où quelques tentes misérables signifiaient la vie. Les enfants Habert lui firent de grands signes, par la fenêtre, en bousculant les couffins de fruits dont Mathilde avait garni tout espace libre. L'automobile était comme un verger.

Sur l'Atlantique, l'eau était pleine, avec des vagues superbes qui claquaient, après une seconde de silence. Déjà, le Sebou, gonflé par la marée montante, avait effacé ses berges de boue, au pied des remparts et des magasins espagnols écroulés, dont la route traverse le squelette, sans vergogne. Qu'il était loin le temps des pirates et des conquistadores portugais et espagnols, et, au bout de l'histoire, l'amiral carthaginois Hannon ! Mais pour les voyageurs, il y avait surtout l'odeur puissante de la madrague, mélangeant le goudron et la sardine, qui les saisissait dès qu'ils dévalaient la falaise. Les remorqueurs avaient gagné la haute mer pour donner un pilote aux cargos qui devaient franchir la barre. Les jetées, commencées voici dix ans, ne l'avaient pas encore dépassée. Un ressac féroce semblait aspirer l'eau jusqu'au fond de sable et la rejeter en une muraille blanche qui ne cessait de se dresser. Au dernier tournant qui se lovait au flanc de la dernière dune, le souffle de la mer était là, humide, puissant, attentatoire aux mondes de l'intérieur que les voyageurs portaient en eux, avec le souvenir de la touffeur immobile.

La plage était infinie ; quelques baraques de bois ou de rares maisons maçonnées, aux prises avec le sable de la dune, la rendaient plus immense encore. Les enfants s'y jetèrent jusqu'au flot, brûlant à en pleurer leurs pieds nus, avant d'y parvenir. Mathilde s'affairait à ouvrir le chalet de bois dont les serrures avaient rouillé pendant l'hiver. Le sable s'était infiltré sous les portes et le vent avait creusé sous la maison, comme s'il avait voulu déchausser les piliers qui la portaient. Le camion arriva et, déchargé, repartit aussitôt.

« Tu coucheras au garage », dit Mathilde à Aguili qui ne se souciait, en charriant les colis, que d'apercevoir cet univers inconnu.

Habert regagna seul la ferme, deux jours plus tard. Il reviendrait la semaine suivante, pour se sentir revivre à l'air frais et salé, où les moustiques ne se risquaient pas. Le soleil avait déjà brûlé la peau des enfants. Mathilde ne dormait guère, la nuit, guettant la marée montante dont les vagues lui paraissaient battre les cloisons mêmes de son bungalow sur pilotis. Elle s'y résignait pendant deux mois. Elle se résignait aussi, pour ses enfants, à ne pas surveiller leurs bains, à condition qu'ils voisinent les pensionnaires de la colonie de vacances, qu'encadraient les monitrices et les maîtres nageurs. Aguili mourait d'envie de les suivre, mais il n'avait pas de maillot. Mathilde, la matinée durant, le tenait occupé par des tâches ménagères. La plus lointaine était de chercher un litre de lait, à midi pile, chez l'épicier installé à l'autre bout du lotissement.

« Tu voudrais bien aller te baigner, mon garçon, lui disait-elle. Mais la mer est dangereuse et tu ne sais pas nager ! Je ne me baigne pas, moi, et je n'en meurs pas. » Elle usait ainsi de logiques agaçantes qu'elle plaquait à des situations qui eussent mérité plus de simplicité. Au bout de quelques jours, elle finit par acheter à Aguili un maillot de bain.

A tout instant libre, celui-ci courait se jeter dans les vagues. Il s'accrochait aux cordes tendues entre des pieux que les tempêtes d'hiver emportaient et qu'on remplaçait l'été revenu. La mer était traître, vigoureuse. Parfois, on hissait le drapeau rouge et les trois maîtres nageurs, Mercader, Bouchaïb et Ali, depuis leur paillote, prévenaient toute désobéissance. Mais il y avait aussi les jours bénis de la bonace : la mer, pleine et lisse, investissait la côte. Elle gonflait jusqu'aux abris de jonc de la colonie de vacances. De lentes ondulations berçaient au large les meilleurs nageurs. Bouchaïb et Ali, immenses et noirs, faisaient mine d'aller les morigéner. C'était surtout l'instant rare où ils se glissaient tous les deux dans l'eau, tels des dauphins luisants, pratiquant une natation qui n'empruntait ni à la brasse ni au crawl : ils se mouvaient à coups de reins entre deux eaux et émergeaient toujours plus loin qu'ils n'étaient attendus. Que de spectateurs pour ces duettistes ! Mercader, l'Espagnol, préférait l'exhibition individuelle, sans doute pour avoir été boxeur, dont il avait la carrure puissante et les poings. Il travaillait avec son père, établi maçon à Kénitra, et il l'abandonnait pendant trois mois d'été. Les collégiennes et leurs aînées rêvaient à lui, la joue contre le sable, apercevant d'un œil assez de ciel pour y voir l'univers de ses muscles.

Ainsi passaient les jours, étourdis de soleil et de sel. Entre la dune et la mer, quelques centaines de mètres tenaient ensemble les chagrins, les peurs, comme l'imagination qui, n'ayant pas de limites, après avoir buté au Nord sur la jetée et le fleuve, pouvait suivre au Sud la côte jusqu'à la lointaine Mauritanie, espérant survoler en route quelques cités. La dune, la forêt, le lac contre sa falaise rejetaient au loin la vie habituelle. Ici, c'était l'île des artifices, devant laquelle croisaient les vapeurs en attente de la marée haute. On déchiffrait leurs pavillons et leurs noms à la jumelle, puis leurs cheminées disparaissaient dans les tamaris ou derrière les blocs des jetées.

Le boulanger livrait à domicile, dès le matin, même des croissants encore tièdes. Il n'y avait pas d'électricité, mais, à leur retour, les pêcheurs offraient des poissons qui frissonnaient encore. La nuit, les automobiles se taisaient. On les connaissait toutes, aussi bien que la camionnette du boulanger ou le car bleu et crème qui transportait les externes de la colonie de vacances, entre Kénitra et Mehedya. Avec sa carrosserie décalée vers l'arrière, il ressemblait à un coléoptère embarrassé d'un abdomen trop lourd.

Le soir tombant, Aguili sifflotait devant la porte entrouverte du garage. Il ne s'éloignait pas : l'humidité tombait vite avec la nuit livrée au fracas des vagues. Loin de ses montagnes, il était heureux. Pour une fois dans sa vie, il mangeait bien. Il avait pris du poids, et sa maigreur était devenue souplesse. Son père taciturne n'était pas là pour le houspiller. Voilà qu'il nageait quelques mètres et s'était même risqué à plonger de la plate-forme de planches, à marée haute, émergeant à peine. Il aurait quelques économies au retour. Il souhaitait que les jours acceptent de se mettre en retard.

Ce matin, la mer était grise, agitée, et l'eau, en se retirant, entraînait les baigneurs, les drossant contre les cordes et les faisant basculer. Mercader, le maître nageur, qui surveillait le bain des « grands » de la colonie, en rattrapa quelques-uns de justesse. Il chassa son monde vers la plage, malgré les protestations : c'était trop de souci pour lui. Aguili et d'autres non-endivisionnés tenaient ferme les cordages et se laissaient doucher et malmener à plaisir. Mercader, du bord, sifflait et agitait les bras. Mais qui, à ce jeu, avec des vagues qui veulent faire lâcher prise, se souciait de lui ? Il gesticulait maintenant avec fureur. Il se persuadait qu'Aguili, le plus éloigné de tous, l'avait vu mais se souciait de son autorité comme d'une guigne. Le sale Arabe, ce n'était pas la première fois qu'il n'en faisait qu'à sa tête. Puisqu'il le forçait à retourner à l'eau, il allait, lui, Mercader, lui ôter l'envie d'y revenir. Il fendait l'eau maintenant comme pour une tâche urgente et agrippa par-derrière l'innocent, le jetant avec brutalité vers la grève. Quand l'eau ne lui vint qu'aux genoux, l'Espagnol commença à lui marteler le visage de ses poings, redressant sa victime effondrée pour recommencer, jusqu'à ce qu'elle ne soit plus qu'un adolescent, étendu la face contre le sable et qui sanglotait.

« N'y reviens pas ! ou je recommence et je te mets en bouillie », disait l'ancien boxeur qui lavait dans l'eau de mer ses poings qui saignaient. Plus tard, on ramena Aguili vers le chalet de Mme Habert. Deux jours durant, il se tint enfermé dans le garage, le visage tuméfié, mangeant avec peine.

« L'Espagnol, je le tuerai, il faut que je le tue maintenant. » Comment pourrait-il sans cela oser revoir la lumière du jour !

« O Dieu, toi qui sais, et toi, l'envoyé d'Allah, regarde l'indignité de ma vie et la marque de ces mains impures sur mon visage. Ce chien nous a chassés de notre pays et maintenant il me chasse de mon honneur. O Dieu ! tu me pardonneras d'avoir déjà tant attendu. Avant que le jour ne se lève, il faut que ta juste main me guide. »

Mathilde soigna cette détresse, qui accumulait sa haine, avec des bouillons et des applications de baume des Pyrénées. Son indignation, si visible, faisait aussi merveille.

« O Dieu ! le sort de l'homme n'est que souffrance et agonie ! Heureux qui n'a vécu que le temps d'une respiration et plus heureux qui n'est pas né ! »

Elle apaisait cette fureur qui se muait en amertume.

« Il voulait me tuer, comme ils ont tué tous les nôtres ! »

Elle établissait que Mercader avait la tête bien trop étroite pour se souvenir de la guerre du Rif et avoir découvert qu'Aguili était rifain. Elle le remit sur pied et tant que son visage demeura marqué lui épargna les courses hors du voisinage immédiat. Aguili était devenu taciturne. Il n'allait plus sur la plage, sauf à la nuit tombée, sans doute pour y pleurer. Mathilde lui conseilla d'aller se baigner en direction de Bouknadel, vers le champs de tir. Là, l'espace était désert à l'infini. Aguili revenait, portant des kilos de balles recueillies dans la dune où s'étaient accotées les cibles. Sa joie s'était envolée. A la mi-septembre, on ferma le chalet. Les classes reprendraient dans deux semaines. Les enfants partis, le silence reviendrait assaillir Mathilde dans le jardin jauni par l'été. Elle avait proposé à Aguili de rester travailler à la ferme. Il répondit oui, mais ne vint pas, ni le lendemain ni les autres jours. Elle demanda de ses nouvelles ; il était dans la maison de son père, là-haut, au bout du village, après la haie de figuiers de Barbarie. « Il se tient là », lui disait-on. Des jours passèrent, qui se nomment si aisément oubli.

« *O bū mira* (l'émouchet), *voleur de levain !* »

Plus tard, Mathilde voulut savoir s'il habitait toujours Fortassa. « Bien sûr, lui dit-on, mais il travaille dans la montagne ! » Il priait parfois à la mosquée principale de Moulay-Idriss, près du tombeau du saint. Le prédicateur lui montra l'ouvrage de son père, Sidi el Fdil, qui commentait les traditions des prophètes : « *L'Aube Eclatante sur le Recueil Véridique.* » — « Mon fils, lui dit l'homme qui était aussi imam et dirigeait la prière, cette aube se lèvera en ton cœur avec de grandes flammes ! »

Il attendit longtemps cette flamme et cette aube, avec un cœur dur comme les poings de Mercader. Vingt ans plus tard, peut-être l'aube commençait-elle à se lever ? Son père, qui avait fui la vengeance espagnole en 1926 et qui, depuis l'instant de ce départ de Targuist, s'était transformé en silhouette taciturne, était mort. Lui, l'aîné, marié à une fille du village, avait déjà des fils en âge de recevoir la raclée d'un Mercader. Hier vif et violent, il était devenu amer, au fil des ans, à courir le massif pour gagner les galettes d'orge, le petit-lait et la farine qu'on roulait en couscous sur le seuil de sa pauvre maison. Les riches commerçants de Moulay-Idriss, les Fassis au ton précieux, les Français qui se croyaient chez eux, ne remarquaient pas les regards farouches qu'il leur lançait. Il était l'homme d'une révolte qui ne venait pas, comme si l'éternité, dans ces replis montagneux, avait décidé de s'installer et de s'emparer de toute conscience. La déposition du Sultan Mohammed ben Youssef, en août 1953, puis sa déportation vers la Corse, l'intronisation de Moulay ben Arafa, proclamé Sultan à Marrakech, faisaient passer pourtant un grand frisson sur les têtes argentées des oliviers, et les hampes des aloès, pointées vers le ciel, paraissaient le prendre à témoin d'une grande agitation des cœurs. La nuit tombée, avec le vent qui rafraîchissait les collines calcinées, on parlait interminablement, accroupis contre les murs des maisons. Ceux qui revenaient de Moulay-Idriss ou de Meknès ranimaient de fausses nouvelles les commentaires. Les Français avaient emporté très loin Sidna, notre seigneur le Sultan, mais on pouvait le voir apparaître, les soirs où elle se montrait, sur la lune qui renvoyait l'image fraternelle et auguste du Souverain à cheval, entouré de sa fille et de son fils aînés. Deux ans passèrent ainsi, traversés de rumeurs d'attentats, d'exécutions, d'incendies, d'émeutes et de ratissages. Mais le front ocre de la falaise restait pensif, malgré les vols de pigeons claquant ferme dans le courant chaud du vent.

Aguili n'avait que mépris pour tous ces murmures qui ne faisaient qu'un grand silence. Il crachait devant lui : « Pays de poules qui viennent picorer jusqu'à ce qu'on les mange ! » Et voilà que, dans l'automne tiède, en deux mois de 1955, le cavalier descendit de la lune, parcourut à la plus grande vitesse l'immense distance qui sépare la mythique Madagascar de la France inconnue. Il revenait chez lui, parmi les arcs de triomphe dressés partout, même sans espérer qu'il vienne les franchir ! D'Al Hoceima à Goulimine, le royaume ne serait qu'un, hors du contrôle ou du partage des Espagnols et des Français ! Peut-être était-ce l'annonce de cette aube éclatante, tant attendue. La prière, à Moulay-Idriss, était dite à nouveau au nom du Sultan bien-aimé, intercesseur auprès d'Ali, fils de Mahomet. Aguili y courait le vendredi avec ferveur, mais aucune flamme ne montait dans le paysage virgilien qui guidait son retour au village. Depuis le Rif de son père, les nouvelles maintenant arrivaient nombreuses, par les camions ou les marcheurs des chemins de terre. Dès octobre, une « armée de Libération » avait attaqué les postes français autour de Tizi Ouzli, au-dessus de Taza. Ah ! Targuist n'en était pas loin, au travers de pathétiques montagnes : « Au nom de Dieu le Tout-Puissant, le haut commandement au Maroc publie son premier communiqué sur la lutte sacrée. »

« Je vais les rejoindre, annonça Aguili à sa femme. Il me faudra trois ou quatre jours. »

Elle pleura, se jeta à ses pieds. Rien n'opérant, elle l'insulta avec une ironie cruelle.

« Mais regarde-toi, tu n'es rien ! Tu arrives à peine à nous nourrir et tu veux aller voir ton pays ! Tu ne sais même plus comment il est fait. Même ses vaches, tu ne les reconnaîtras plus ! Tu reviendras ici encore plus misérable et si, moi, je ne suis pas morte de faim, je ne t'ouvrirai même pas la porte et je dirai à tout le village que le Rif t'a rejeté parce que tu ne valais rien. Et le village te rejettera à son tour ! Par Sidi bel Abbas es-Sebti, délivreur des parturientes, et parce que je me souviens, moi, de tous les enfants que tu m'as faits, je n'ai qu'une parole ! »

Il capitula. L'insurrection rifaine continua, contre le vœu même du Sultan, pendant tout l'hiver. « Tu vois, lui disait Hamria, vous les Rifains, vous êtes de mauvaises gens, jamais contents. Vous n'aimez que le sang et le kif. » De cette agitation endémique dans les solitudes bleues des montagnes rifaines, glissait vers les terres désormais ouvertes du Sud, le goût de l'attentat contre les personnes, les maisons forestières, les fermes isolées, les voyageurs des routes désertes.

Comment le village de Fortassa trouva-t-il assez de courage pour déléguer dix gaillards qui descendirent de nuit, dans la plaine, pour incendier la ferme Habert ? Il fallut qu'un Rifain vînt au village et, conduit par Aguili qui l'annonçait de porte à porte, qu'il affirmât que le salut et la miséricorde divine ne distingueraient, dans la nuit de l'oppression, que ceux par qui les flammes auront troué l'obscurité.

« C'est toi, dit-il, après sa vingtième péroraison, à Aguili, qui feras jaillir toute cette lumière ! »

L'aube éclatante allait se lever sur le Recueil Véridique. « Elle se lèvera en ton cœur avec de grandes flammes. » L'instant approchait de la revanche sur les coups donnés à un corps de jeune homme, sur la mémoire de la fuite de Targuist, sur la lente dégradation des jours miséreux que la fumée du kif rendait presque indolore. Mercader allait brûler au milieu de la plaine, humiliant démon enfin cerné. Toute l'eau de l'Atlantique n'avait pas suffi à laver l'affront de ses poings. Et la lueur rouge signifierait, à tous ces Européens arrogants, que leur temps était fini.

A proximité de la ferme, ils hésitèrent. Tous y avaient travaillé et l'avaient même construite. Seul, le visiteur rifain eut assez de détermination pour leur dire, à voix basse et avec une furieuse âpreté, qu'ils étaient des femmes et que leur propre sexe s'était caché dans leur corps et n'en resurgirait plus, s'ils renonçaient.

Le gardien de nuit, alerté par son chien, s'avança vers ceux qui se taisaient derrière la double rangée d'oliviers. Il les interpella et, comme ils se jetaient sur lui en vociférant, il reconnut des voix familières.

« Comment, vous n'avez pas honte ! C'est vous qui faites cela ! Demain, je vous dénoncerai tous ! »

Alors, ils voulurent le battre à mort. Mais c'était aussi leur voisin. Comme il criait à pleins poumons, au-delà des coups, sanglant et étendu sur la terre labourée, les flammes sifflantes s'emparaient de la meule où Aguili avait jeté le pétrole et l'allumette. Dans l'énorme fumée qui montait, les lueurs éclataient en jets brusques, et ils se regardaient tragiques et dépenaillés, tels qu'ils ne s'étaient jamais vus :

« Que Dieu vous maudisse, longtemps, dans vos femmes et vos enfants ! hurlait le blessé. Je vous vois plus rouges que la honte, et c'est ainsi qu'il vous voit ! »

Déjà, des appels montaient dans la nuit. Le Rifain les exhortait à poursuivre, à brûler hangar, maison et magasin. Mais leur peur d'être dénoncés les tassait vers l'ombre, où ils voulaient s'engloutir. Il n'y eut plus qu'un brasier qui dispersait dans l'obscurité des cendres chaudes qu'on retrouverait demain au creux des labours.

« Aïcha Kendicha te prendra quand tu passeras le pont et elle te noiera parmi les couleuvres et les crapauds. Tu m'entends, Aguili ! Tu ne retourneras jamais chez toi ! Tu ne retourneras jamais chez toi ! » sanglotait le blessé, tandis que des voisins accouraient.

Quand Mathilde, installée à la ville depuis plusieurs mois, apprit les nouvelles de la nuit et le nom de l'incendiaire, elle chercha dans ses souvenirs : « Tu sais bien ! il a travaillé, il y a longtemps, avec toi quand il était jeune ! », lui dit sa *fatma*, qui était la sœur du veilleur de nuit.

Alors elle entendit tout d'un coup les vagues qui claquaient sur la côte sauvage et, comme hier, ne vit qu'un homme à peine sorti de l'adolescence.

X

L'enfant de Sarah
(1932-1911-1942-1960)

Tous les deux jours, à la fin de l'hiver, le camion du Juif venait emporter l'huile de grignons. Barrajod appréciait cette courte période qui l'arrachait aux sifflements de la vapeur, dans la petite usine qui fonctionnait en continu, avec deux équipes. On le réveillait en pleine nuit, quand un joint claquait ou quand un manomètre passait sur le rouge. Le trichloréthylène, dissolvant l'huile encore prisonnière des tourteaux d'olive, montait à la tête, malgré les portes ouvertes sur le vent de mars. Dès que le véhicule amorçait la marche arrière pour s'ajuster au quai de déchargement, Barrajod surgissait, savates traînantes, pour aller « blaguer », comme il disait, avec le chauffeur. Quand il y avait deux rotations vers Meknès, dans la journée, il lui demandait de lui rapporter des sardines fraîches. Qu'importait l'heure de la livraison ! Il les grillait aussitôt sur les braises de la forge. Les chats des Habert et le sien, qui ne se supportaient guère, surgissaient aussitôt et griffaient son pantalon raide de cambouis, avec une hardiesse désespérée. Il jetait vers eux les têtes des sardines et ils se battaient.

« Je travaille pour ce Juif, disait le conducteur musulman vêtu d'une djellaba pour éviter toute méprise, il paie très peu, juste assez pour que je fasse vivre ma famille, mais il paie régulièrement. Dieu nous impose cette épreuve ! ajoutait-il avec un soupir triste. L'an dernier, quand le pont arrière du camion, il a été foutu, il m'a avancé l'argent pour la réparation. Je n'ai pas encore fini de rembourser. Alors tu comprends... »

Barrajod, pris à témoin, hochait sa tête où la casquette était installée à demeure.

« Tu veux boire un coup ? » proposait-il, compatissant, à demi-voix.

L'autre hésitait.

« Non, il y a trop de monde. Ils vont voir ! »

Deux ouvriers roulaient les fûts métalliques, du quai au plateau du camion où un troisième s'assurait de leur direction et de leur rangement.

« Et alors, enchaînait Barrajod, à haute voix, quand tu auras fini de transporter l'huile de savon, qu'est-ce que tu feras ?

— Oh ! je travaille presque toute l'année pour lui. Il m'envoie dans tous les coins du Maroc, n'importe quel jour. Il achète partout, du blé, de l'orge, des peaux, même de l'huile d'argan, de la gomme. Il entre des tonnes dans son *fondouk*. La manœuvre, c'est calé, mon vieux, pour y entrer. Ce *mellah*, il est dégoûtant ! (Il crachait à terre.) Il achète, il revend, avec plein de billets cachés sous sa lévite. Pourtant, on lui donnerait à peine un *mouzouna* (un sou), comme à un mendiant. Et si tu voyais sa famille ! A côté, la mienne est celle d'un riche ! »

Ils jacassaient ainsi, pendant la demi-heure nécessaire au chargement. Comme la route était défoncée et couverte d'eau par les pluies de mars, on se contentait d'empiler deux rangées de fûts. Les deux derniers, au sommet, servaient surtout à l'arrimage des câbles, que tendaient deux hommes pesant sur un levier et manœuvrant, cran après cran, le rouleau arrière.

« N'oublie pas : le savon à barbe, une cervelle de veau, deux serviettes et aussi ce que je t'ai dit », recommandait Barrajod. Sans doute quelques minces bracelets d'argent pour rétribuer quelques exercices derrière la haie de roseaux, en bordure de l'oued. « Et ne casse pas ta boîte de vitesse dans la montée, sinon tu appartiendras à ton Juif jusque dans le paradis d'Allah ! »

En témoignage de bonne entente, ils échangeaient des bras d'honneur, jusqu'au moment où le camion disparaissait sous la voûte des myoporums.

« Ah ! il n'est pas content, celui-là, de travailler pour un Juif ! » confiait Barrajod, en guise d'excuse, à Mathilde, qu'il croisait dans la cour où l'on butait sur les têtes rondes des cailloux dont on la rechargeait.

« Il l'amènera quand même la semaine prochaine pour

régler les comptes avec nous ! » lançait-elle au passage. Car elle retenait, dans ces circonstances, Mardochée, leur courtier pour l'huile de bouche et l'huile de savon, à déjeuner. Celui-ci était volubile, mais se contentait de deux œufs durs et de quelques légumes. « Chez nous, au mellah, disait-il, nous menons une vie très stricte, religieuse évidemment, mais c'est aussi une discipline pour tous. » Alors, même au-dehors, il n'acceptait pas de nourriture qui ne fût « casher ».

« Mardochée, l'interpellait Habert, tu dois être le plus riche du mellah de Meknès. Tu ne circules déjà plus sur une mule !

— La mule, la mule ! bégayait Mardochée. Mais ce sont les Arabes qui nous l'imposent ! Vous savez, madame Habert, jamais au Maroc nous n'avons eu le droit de circuler à cheval, seulement sur une mule ! Et s'il n'y avait que cela ! Enfin, on fait les affaires aussi bien avec une mule qu'avec un cheval ; mieux, même ! Maintenant, c'est l'automobile ! Alors ils ne peuvent nous empêcher d'aller en automobile, après nous avoir enfermés, chaque nuit, dans les mellahs, depuis des siècles. C'est le progrès ! proclamait-il, en se dandinant sur sa chaise.

— Bientôt, tu viendras me voir en Buick, avec un chauffeur, taquinait Habert. Tu l'as peut-être déjà, mais tu te dis qu'il vaut mieux arriver en camion pour que je ne croie pas que tu m'as roulé quand je t'ai vendu mon huile ! »

Il accrochait l'avant-bras d'Habert, et baissait le ton :

« Des Juifs riches, à Meknès, il y en a, et riches comme vous ne pouvez l'imaginer, monsieur Habert. Vous et moi, nous sommes des " mesquines ", et moi plus que vous !

— Il dit ça, mais dans dix ans, ses enfants habiteront les plus belles maisons en Ville Nouvelle. » Habert prenait sa femme à témoin.

« Eux, peut-être, soupirait Mardochée. Mais pour moi, c'est trop tard. Je leur laisserai tout et j'irai près de Jérusalem. La vie a été très dure, pour nous tous, depuis si longtemps, et moi, je n'espère que cela ! »

Habert buvait son vin blanc. Mathilde s'attendrissait en souriant.

« Vous verrez, dit Mardochée, rompant le silence, la prochaine fois, j'amènerai avec moi le fils de ma sœur Sarah.

C'est un jeune homme très bien. Très au courant déjà des affaires ! Les jeunes, ils ont grandi avec le protectorat. Alors, ils ne connaissent la vie d'hier que par la parole des vieux. Pourquoi les attrister, puisque je suis sûr qu'ils vivront mieux que nous ? »

Mais il retournait quand même en arrière.

« Vous n'étiez pas arrivé au Maroc, monsieur Habert. Vous êtes arrivé trois ans après, vous me l'avez dit. Mais, en 1911, quand les soldats français sont intervenus à Fès, vous savez ce qui s'est passé pour nous ? »

Mardochée était intarissable sur le pillage du mellah de Fès. Il n'y assista que par cousins interposés. Mais les récits d'épouvante avaient vite couru jusqu'au mellah de Meknès. En ces temps de Moyen Age, le Juif sortant du quartier des Juifs devait marcher pieds nus, par tous les temps. Du moins s'évadait-il d'une enceinte étroite où une population grouillante piétinait dans les rues ses propres immondices qu'il lui était interdit d'évacuer. Le sol des rues dépassait le seuil des maisons, dans l'odeur indéfinissable de la vie campant sur la mort. Coiffés de calottes ou d'un mouchoir en cotonnade bleue noué sous le menton, chaussés de babouches noires et vêtus de burnous noirs, des hommes pâles, aux cheveux frisottés s'échappant en boucles au-dessus des oreilles, des femmes à la peau claire et ne portant pas le voile, des enfants par myriades, c'étaient là peut-être les plus vieux habitants du Maghreb. Berbères acquis au mosaïsme venu de Tripolitaine, organisés en tribus, ils firent longtemps front à la vague islamique, les armes à la main. Puis vint le temps du mépris et de la réclusion, des métiers impurs ou infamants, du silence accepté. « Béni soit Dieu qui a séparé les saints des profanes, et Israël de toutes les autres nations ! »

C'était tellement vrai, le 17 avril 1912 ! Le traité de protectorat avait été signé, le 30 mars, par le Sultan Moulay Hafid et le ministre de France M. Regnault, et celui-ci devait repartir pour Tanger le 17 avril. Mais l'orage qui submergea Fès, la veille, dans l'après-midi, lui fit différer son retour. L'émeute éclata le 17, à midi, faisant la chasse aux Européens, les décapitant, les dépeçant.

« C'est à midi et demi que l'alarme a été donnée au mellah, précisait Mardochée. Ils ont tout de suite fermé les portes des murailles. Mais, à deux heures, elles ont été enfoncées, et le torrent des pillards s'est engouffré dans toutes les rues, toutes les maisons. Tout a été brûlé, abattu, pillé. Pendant trois jours, trois jours entiers, le feu, la mort, la destruction. La moitié de la ville était ensevelie sous elle-même. Les cadavres à demi brûlés, on en trouvait partout. Pas une arme, pas une cartouche pour se défendre. Il ne restait qu'à attendre la mort ! »

Mais Mardochée enchaînait déjà : « Mon cousin Menahem, avec sa famille, il a eu de la chance. Ils ont fui par la nouvelle porte qu'on venait d'ouvrir dans le mur d'enceinte, vers la route de Dar Debibagh. Tous ceux qui ont pu fuir sont passés par là. Il y avait près de douze mille habitants au mellah. C'est le Sultan qui leur a donné asile, en faisant ouvrir une des portes du palais, près du mellah. Mais là, ils ont failli mourir de faim. Ils n'avaient plus rien. Les femmes et les enfants s'étaient même réfugiés dans les cages de fer de la ménagerie du Sultan, quand elles étaient vides, entre les lions, les ours, les panthères et les singes. Ils sont restés là quinze jours, sans rien du tout, complètement ruinés. Il leur restait à peine la vie. Ceux de Tanger, de Meknès, de Marrakech ont fait un gros effort pour eux, juste assez pourtant pour les empêcher de mourir de faim ! Ah ! soupirait Mardochée, si le général Dalbiez avait été là, il aurait vite réagi, lui !

— Qui c'est, Dalbiez ? interrogeait Mathilde.

— Comment ! Comment ! C'est pas possible, madame Habert, c'est pas possible que vous ne sachiez pas ! s'étranglait faussement Mardochée, avide de faire partager son savoir. Tout le monde se souvient que le général Mangin, entrant à Marrakech en 1912, a été accueilli par les écoliers juifs chantant *La Marseillaise !* Eh bien, nous, les Juifs du mellah de Meknès, nous l'avions fait un an plus tôt, en 1911, pour le général Dalbiez. Je m'en souviens très bien : c'était le 8 juin 1911. J'étais encore un jeune homme. Les gens des tribus de la Montagne, dix à quinze mille, étaient venus assiéger Fès et le Sultan, et ce sont les tabors du colonel Mangin et du commandant Brémont qui ont, seuls, soutenu le siège pendant trois mois. Il a fallu qu'une colonne française de secours arrive de Casablanca pour les délivrer. Qui la commandait ? Dalbiez [1] ! » Mardochée disait « Dal-

1. Mardochée se trompe. C'était le général Moinier. Le général Dalbiez commandait les troupes françaises basées à Meknès.

biez » comme le physicien grec « Euréka ! ». Maintenant, il était lancé.

« Vous savez, le Sultan Abd el-Aziz avait été chassé, en 1908, par son frère Moulay Hafid, qui le représentait à Marrakech. Mais celui-ci avait bien des difficultés, et si Dalbiez n'était pas arrivé en 1911, il aurait dû faire sa valise tout de suite, s'il en avait eu le temps. Les gens de Meknès, eux aussi, ils s'étaient révoltés contre le Sultan. Ils en avaient même proclamé un ! Moulay Zine, qui avait nommé des ministres et des fonctionnaires. Alors, le 8 juin, ça n'a pas traîné : après un combat sous les murs de la ville, les Français ont fait sauter à la mélinite la porte de l'Aguedal. Et tout est rentré dans l'ordre, et la population n'a pas boudé, n'a pas fait la grimace. Tenez, monsieur Habert, ici, au Zerhoun, au douar de Sidi Ali, vous ne savez pas ce qu'un vieux fellah a dit à Dalbiez : “ Il y a cinquante ans que nous vous attendions pour avoir la justice ! ” Je me souviens qu'on racontait ça à Meknès, et tout le monde en était d'accord. Tout le monde ! affirmait-il d'un geste décisif des deux mains. Ah ! Dalbiez, il en a fait des choses à Meknès : l'hôpital, la pépinière, les routes, on a même goudronné quelques rues ; la Makina — la manufacture — a recommencé à travailler. On a construit partout. Ah ! c'était le début d'une belle époque !

— Dis donc, Mardochée, vous, les Juifs, vous avez dû en faire de belles affaires avec les militaires ? » Habert le provoquait.

« Des affaires ? Avec tous, militaires, pas militaires, Arabes ou Européens, Français, Grecs ou Espagnols, avec tous. C'était très bien. Nous avions raison, le 9 juin, d'accueillir Dalbiez par des youyous, quand il est venu, pour sa première visite, jusqu'au mellah ! Jusque chez nous ! Nous avons été plus malins que les Juifs de Séfrou, au moment de l'attaque sur Fès. Ils étaient au courant, vous pensez bien. Mais ils n'ont rien dit : ils sont en affaires avec les Berbères de la montagne et ils en ont peur. Alors... »

Il profitait de cette excuse voilée pour reprendre souffle, puis revenait à son sujet favori :

« Dalbiez, vous savez, ce n'était pas qu'un militaire pour le sang et la poudre. A Massaoua, dans le massif du Zerhoun, vers Fès, il était en opérations. Tous les hommes du village avaient fui. Il ne restait que les femmes et les enfants, la misère et les larmes. Il les a fait sortir avant de canonner, mais quand il a entendu toutes ces lamentations : " Allez, rentrez chez vous et soyez sages maintenant ! " Voilà ce qu'il leur a dit. Et pourtant, au Zerhoun, pas un Nazaréen ou un Juif ne pouvait aller jusque-là ! Dalbiez, c'était un lettré, un érudit. Tenez, Volubilis, les ruines romaines, c'était sa passion. Il avait cru trouver un camp romain, de l'autre côté de Meknès, à Agouraï ! »

Mardochée coupa soigneusement en quatre une orange, quand il estima en avoir terminé avec l'éloge du général Dalbiez. C'était un homme vif, remuant. De Casablanca, on lui avait téléphoné que le cours de l'huile pour savon faiblissait. Il n'était pas sûr de pouvoir écouler le chargement qu'il allait emporter, au prix qu'il avait annoncé la veille. Bien sûr, si la tendance était plus ferme dans la semaine, il n'aurait qu'une parole. Il étourdissait ses hôtes de son débit rapide, sautant sans prévenir d'un sujet à un autre.

« Raphaël, mon neveu, le fils de ma sœur Sarah, vous savez bien, madame Habert, ce sera un grand homme d'affaires, je le sens. Comme promis, je vous l'amènerai la prochaine fois !

— C'est ça, c'est ça, disait Mathilde conciliante, on verra cette perle du commerce. Où a-t-il été à l'école ?

— Chez nous, au mellah, d'abord, à l'école rabbinique. Après, j'ai réussi à le mettre en ville nouvelle, à l'école Marolleau. J'avais rendu quelques services à M. Marolleau quand il a commencé à s'installer. Alors il a accepté Raphaël, et le petit a très bien marché.

— Et votre beau-frère, je veux dire le père de Raphaël, qu'est-ce qu'il fait ?

— Oh, c'est compliqué. Le mari de ma sœur, c'est son second mari. Ce n'est pas le père de Raphaël. Mais on vit tous ensemble, vous savez ; au mellah, toujours les uns chez les autres ; il n'y a pas beaucoup de place. »

Vingt ans après la naissance de Raphaël et le règne du général Dalbiez, le mellah était toujours aussi encombré, quoique débarrassé de ses immondices. Entre Bab el-Khémis et la ville impériale, s'édifiait le nouveau mellah. Les lampadaires brillaient dans de larges avenues aux terrains à peine occupés. Raphaël n'y ferait point sa vie. Il surgirait directement des ruelles obscures, aux odeurs fétides suintant de partout, à la pleine lumière des villas blanches bercées de palmiers et festonnées de bougainvillées.

« Tu es né l'année qui a suivi l'arrivée des Français », lui répétait son importante mère, qui se perdait aisément dans le compte des années chrétiennes. Chez elle, on s'était habitué, dès longtemps, au calendrier musulman, à l'année lunaire. Sarah s'était épanouie confortablement. Elle avait une jovialité qui s'accommodait bien du poids gagnant avec l'âge. Ses grosses jambes installées dans des *belleras* infectes, un caftan souillé, serré à la taille par une large ceinture tressée, les cheveux enveloppés, du milieu du crâne à la nuque, dans un mouchoir brodé de soies multicolores, elle ressemblait aux innombrables Juives, criardes, disertes et traînassantes qui, à toute heure, peuplaient les ruelles du mellah. Mais les jours de fête, ceux où l'on se donnait du bon temps en buvant la *mahia* — l'eau-de-vie du pays qui, autrefois, entrait clandestinement dans les mellahs — elle se parait comme une reine.

« Béni soit Dieu qui a créé les différentes espèces de parfum, les multiples lueurs du feu ! » A ces heures, l'invocation d'Isaïe lui trottait joyeusement en tête, alors que ce texte n'était que gravité sacrée. Mais, toute fière de la sombre religion qui la resserrait dans la puanteur des mellahs, elle s'imaginait un instant légère et libérée. A elle, tous les parfums et ceux qui les portaient. A elle, le plaisir de jouer avec le feu, qu'on ne peut approcher jusqu'à la fin du sabbat. Elle se revoyait en petite mariée, quelques années avant l'arrivée des Français. Quel âge avait-elle alors ? Dix ou douze ans, et une lourde jupe de velours vert bouteille, brochée d'or comme l'était son corsage ouvert de velours moutarde, encore plus surchargé. Ses bracelets de noce, naguère trop vastes pour ses poignets et ses chevilles, encerclaient maintenant ses membres alourdis. Elle avait gardé, jusqu'au moment de l'abandonner à sa plus jeune fille, le bonnet en gaze de soie jonquille rehaussée d'or, qu'elle portait en ces jours de jeunesse. Elle en avait plusieurs, qu'elle tirait du coffre, selon les circonstances. Le plus chatoyant, pourpre et violet, chantait pour elle un souvenir toujours neuf dans l'enfermement de sa vie. Alors, elle n'avait pas vingt ans, et déjà deux filles de son premier mari et cousin David, si laid et son aîné de cinq ans. Les troupes françaises arrivées, ce fut la fête, commencée par un accueil délirant et prolongée par l'essor des affaires et des trafics. Heureuse la famille juive qui pouvait durablement recueillir quelque charge ou sollicitation de ces hommes neufs, pourvus d'argent et qui souhaitaient, la victoire aisément obtenue, s'incruster. De leurs cantonnements, à toute heure, les militaires suintaient comme une eau qui venait battre les remparts de la ville et s'y infiltrer. Les vins rosés qui se fabriquaient au mellah, la *mahïa,* l'absinthe furent, pour les tirailleurs, les légionnaires et les marsouins, les premières tentations. David, avec beaucoup d'autres, allait les offrir jusqu'aux abords des camps, la calotte noire sur la tête. Puis, dans les jardins intermédiaires, ou dans des guinguettes que les patrouilles écrasaient, mais dont les cloisons de roseaux étaient vite relevées. Quand la ville ne fut plus consignée, en quinze jours, les cabarets pullulèrent. Dalbiez, le général si grand dans le souvenir de l'oncle Mardochée, distribuait les ordres de fermeture et les amendes. Alors, on consommait dans l'arrière-salle, passés l'étal du boucher et les couffins d'épices de l'épicier. Les coiffeurs, eux aussi, étaient forcément complices, et Zélopoulos, le photographe grec de la rue Rouamzine, était sans doute tenté, malgré une abondante clientèle militaire qui venait se faire « tirer le portrait », dès qu'il y avait quartier libre. Ah ! comme il était difficile au général Dalbiez d'interdire la ville aux troupes ! Il crut s'en tirer en ouvrant, à son camp des Oliviers même, un marché à partir de quelques baraques de planches qui se multiplièrent. Dans des planches neuves, également, il installa, sur l'autre rive de l'Oued Boufekrane, au milieu d'une pente verte, l'hospitalier « boxon ».

Mais tout cela était tellement réglementaire ! Les invitations aux soldats, pour un déjeuner en famille, débordaient du mellah sur le camp des Oliviers. David fit comme ses coreligionnaires les plus avisés : il convia chez lui un caporal d'ordinaire, dont il attendait beaucoup, afin de devenir le fournisseur privilégié de l'hôpital Louis, logé provisoirement dans une maison de l'ancien grand vizir. Il n'eut pas grand-peine à témoigner sa sympathie débordante et à faire accepter sa proposition. On fit ainsi connaissance. Le militaire revint pour un deuxième déjeuner, prolongé tard dans l'après-midi. David laissa son caporal avec Sarah, pour s'affairer au-dehors. Sa femme était maligne et ne posait pas de questions oiseuses. D'ailleurs, l'uniforme de rude drap bleu horizon lui plaisait. Celui qui le portait, le jeune caporal, avait de l'ardeur. Elle l'apprécia et on le vit souvent au logis de David, qui savait si bien disparaître. Le bonnet pourpre et violet, rehaussé de fil d'or, c'était, pour Sarah, celui du temps de cet amour vénal, auquel elle se consacrait avec une passion de bête. C'était un torrent qui ouvrait les ruelles fétides de son mellah, un ouragan qui enfonçait la porte rapetassée de sa maison, une vengeance sublime, en alliance avec le dehors, qui la libérait de siècles de réclusion, de l'humiliation d'être impure. David, le minable, vendait sa femme, mais, elle, aimait avec frénésie les caresses violentes de l'étranger.

Quand elle sut qu'elle serait mère, le caporal était déjà reparti, affecté à Casablanca ou à Oued Zem. Elle était certaine qu'elle tenait là son vrai fils. David lui ferait beaucoup d'autres enfants encore. Mais celui-là, ce serait l'enfant de Sarah, le sien, tant elle s'était donnée à la liberté. Ce serait le fils de son âme découverte, et du corps d'un passager qui lui avait plu.

Ce serait le meilleur et le plus fort, Sarah le voulait. Comme un petit aigle, il s'envolerait très tôt du lacis des rues puantes. Elle le regarderait monter dans le ciel. Puis il reviendrait planer au-dessus d'elle, pour qu'elle puisse le voir, dans sa force et sa gloire. Pour ce jour, elle garderait le bonnet pointu, pourpre et violet, celui des quelques jours enfuis et sans cesse ressuscités, plus vigoureux encore.

La figure redoutée de Moïse — de Sidna Moussa — les fureurs du Dieu-Roi annonçant les châtiments, les signes cabalistiques dont elle nourrissait ses superstitions, tout cela ne comptait plus, alors que venait vers la lumière, son fils. Peu importait qu'il eût remué en elle après le passage de l'Idumi, du fils d'Edom, l'Européen. Celui-là n'avait pas, comme Esaü, le frère aîné de Jacob, le teint et les cheveux roux. David avait détruit le royaume de ses descendants, et ils étaient devenus les vassaux des rois de Juda : « *Sima Israël ! Adonaï ilihino Adonaï ihad* — Ecoute Israël ! Adonaï, ton Dieu, est un Dieu Unique. » Son Idumi à elle n'avait pas le teint rouge, mais il était fort, droit, avec une voix naïve. Elle apporterait toute la ruse et l'espérance. Yahvé, le Dieu jaloux, pouvait avoir confiance en elle. Elle était le chemin d'une réussite : « *Ahilaha Braham ! Ahilaha Ishaq ! Ahilaha Yacoub !* » Elle les invoqua tous, Abraham, Isaac, Jacob, car ils ne pouvaient que reconnaître combien Isaïe s'était enfoncé dans l'erreur bien davantage qu'elle !

L'enfant de Sarah fut donc un fils, pour porter la vengeance de sa mère contre ces villes momifiées, murées du temps par la religion et la haine. Sa vengeance contre ce qu'elle resterait, au fond d'un mellah, malgré l'argent et la lumière électrique, venus si fort avec les Français. Parfois, elle s'habillerait à l'européenne, pour monter dans la voiture d'Ephraïm, son second mari, car David avait préféré une femme plus jeune, ayant un père plus riche. Mais ses pieds n'étaient plus faits pour ces chaussures étroites et les robes ajustées étaient cruelles à son corps déformé et alourdi. Sa vie quotidienne, c'était plutôt de basculer les seaux dans l'étroit escalier de leur maison neuve : l'eau glissait sur les zelliges jusqu'à la rue, et par la porte ouverte, alors qu'elle essuyait les marches, accroupie et besognant, elle surveillait, en se retournant sans cesse, tout passage dans le rectangle lumineux découpé sur le dehors. Mais elle avait gagné : à Raphaël, le fils de l'Idumi, du caporal français, elle lui avait donné aussi un prénom chrétien, Marcel. C'était son passeport pour demain, quand il irait partout, à l'âge où elle n'avait connu que les murailles, fermées chaque nuit sur les rages et le mépris.

Ah ! elle s'était bien battue ! Contre les rabbins bigots et véhéments, contre sa famille qui voulait cacher ce qui faisait son orgueil, contre les Juifs si haineux aux Juifs, contre ses maris qui n'aimaient que l'argent et leurs enfants, mais pas le sien, le seul qui l'accomplissait. Quand Marcel eut dix ans, elle l'arracha aux litanies talmudiques, à toutes les sottises dont on paralysait chaque heure, chaque jour de leur vie, à l'école hébraïque où s'entassaient des centaines de gamins pâles, au visage rusé. O prodige ! Elle réussit, toute seule — mais quand même avec l'aide d'un cousin qui était propriétaire d'une partie du local ! — à inscrire Marcel à l'école primaire des Européens. Elle vit le petit revenir avec les livres d'une écriture étrangère, sur lesquels, tassé dans un coin du logis, fermé à l'agitation et au vacarme, il restait penché comme si une fascination l'attirait vers un miroir. Parfois, il se blottissait silencieusement contre elle :

« Tu es content ? » disait-elle. Il répondait seulement de la tête, dans un élan. L'aigle sentait déjà que ses ailes l'emporteraient vite, elle le savait, elle en était sûre.

« Oh, mon fils ! tu es le seul enfant de Sarah et tu vas tout gagner ! »

Il l'écoutait, accoté à sa puissante respiration, regardant comme au-delà des rues croupissantes et des remparts en ruine qui donnent à chaque maison, édifiée contre eux, un serpent familier devenu le maître — *Moul ed-Dar.* Elle continuait :

« *Moul ed-Dar* me le dit. Quand je veille, le *hanech* se glisse dans le patio et vient jusquà mon matelas, si Madame la Lune n'est pas là. Il craint sa lumière. Mais, les soirs de pluie, je sais qu'il vient boire dans le bol de lait qui l'attend, et après, sur les zelliges, son corps siffle doucement comme il avance. Marcel sera souple, comme moi dans nos nuits, mais il ira jusqu'à la lumière. *Moul ed-Dar* me le dit souvent ! »

Elle caressait les cheveux de l'enfant, et ses bracelets tintaient régulièrement.

« Quand l'école déménagera en ville nouvelle, tu iras là-bas, encore et encore, chez les *N'srani,* chez les Nazaréens. C'est avec eux que tu feras toute ta vie. Comme tu l'as commencée », ajoutait-elle en rêvant.

Marcel était le meilleur, comme si, en lui, une jachère avait longtemps attendu l'eau pour que la moisson lève, superbe. Un béret sur la tête, habillé d'un long tablier noir, clos au ras du cou, on ne voyait que son visage et les jambes maigres d'un garçonnet plantées, sans chaussettes, dans de mauvaises chaussures. Il était Marcel Bensimon. Ainsi avait-on transcrit son nom d'après les explications de sa mère : Ben Chimol eût été probablement plus exact. Au fond de la classe, prudent et alerté, il connaissait l'orthographe dès qu'il apprenait la langue des étrangers, et l'arithmétique lui paraissait évidente du début à la fin du problème. Il raflait les prix comme s'il n'avait pu faire autrement et s'en retournait, étroite silhouette, jusqu'à son mellah puant, audelà de la rue Rouamzine, de la place el-Hédime, au-delà du quartier Berrima.

Sarah était fière. L'oncle Mardochée aussi, étant entendu, proclamait-il, qu'une telle réussite ne pouvait culminer que dans le commerce, où l'exercice intellectuel trouvait sa justification.

« Toutes ces études, ces cahiers ne servent à rien, s'ils n'apportent pas beaucoup d'argent ! »

Cependant, Raphaël-Marcel aimait à s'éloigner, une fois

franchie l'enceinte du mellah, dans les terrains vagues, creusés de chemins et d'excavations. L'odeur des ordures, abandonnées au plus vite, restait forte, et quelques animaux pâturaient au milieu d'elles, heurtant du pied ou du mufle les boîtes et bidons. L'adolescent lisait à voix haute des anthologies poétiques dont les rythmes et les mots se perdaient dans le vent vif qui les arrachait à la bouche du rêveur. Il se lavait ainsi du Moyen Age, qui avait déposé en toute âme juive un enduit tenace, fait de peurs, du remugle de la réclusion, de fanatisme religieux et de mépris. Il était une plante, arrachée à la broussaille, et se prenant à croître en toutes directions. Jahvé pouvait planer, brandissant sa loi terrible et frappant impitoyablement, voilà que venait l'heure de la douceur et de l'enchantement : il était seul, échappé à cet emmurement si familier qu'ils s'y tassaient tous encore. Au bout du promontoire qui dominait quelques jardins clos de roseaux, lui allait prendre son vol. Mais auparavant il aurait entendu, reprises par sa propre voix, toutes les musiques de ce monde en offrande.

J'ai rêvé la nuit verte aux neiges éblouies,
Baiser montant aux yeux des mers avec lenteurs,
La circulation des sèves inouïes,
Et l'éveil jaune et bleu des phosphores chanteurs !

Il n'avait pas vingt ans quand Mardochée l'amena, un lundi d'automne, chez les Habert. Tassés dans la cabine du camion, ils n'avaient pas fait un voyage confortable. Mardochée ne cessait de répéter : « Tu verras, ce sont de bonnes personnes, très régulières. Il n'y a pas de surprise. Cela ne veut pas dire qu'il ne faut pas être vigilant ! » Tournant après tournant, qui les bousculaient dans l'habitacle, Mardochée profitait de cette heure de trajet pour conter à son neveu les affaires qu'évoquaient pour lui chaque masure et village rencontrés. Raphaël écoutait à peine, le regard sur la route. « Mardochée veut m'instruire par la méthode des cas ! pensait-il. C'est Monsieur Jourdain qui fait de la prose sans le savoir. » Brave oncle ! tout crasseux et crachotant qu'il était, lui aussi, à sa façon, avait déplié ses ailes. Elles ne le portaient guère plus loin qu'aux limites de cet horizon de montagnes, mais c'était une reconnaissance menée par des forces neuves. Elles ne cesseraient d'avancer.

La volubilité de Mardochée ne laissa aucune place à

Raphaël, dans cette halte chez les Habert. Ils n'entrèrent point dans la maison : comme il faisait beau, ils cheminèrent un instant dans la cour. Puis Habert et Mardochée s'éloignèrent, en discutant, vers l'usine. Mathilde essaya de faire parler le jeune homme brun, à la poitrine creuse, dont les yeux passaient de la vivacité au rêve.

« Qu'allez-vous faire maintenant ?

— J'aurais voulu préparer Normale supérieure !

— Pourquoi ne le faites-vous pas ? Je suis sûre que Mardochée serait si fier qu'il paierait vos études.

— C'est que... ce n'est pas possible. Je ne suis pas Français, mais sujet marocain et, en tant que tel, je ne peux me présenter au concours d'entrée à l'Ecole.

— Tiens ! vraiment ! » faisait Mathilde. Quand elle l'aurait sous la main, elle vérifierait cela auprès du stagiaire du service des Antiquités, qui était normalien. Elle n'insista donc pas et Raphaël suggéra qu'il pourrait aller se promener au bord de l'oued, tandis qu'on chargeait le camion. Il suivit la rigole, encombrée de cresson sous lequel brillait l'eau de la source, gagnant la rivière. La menthe sauvage, écrasée sous ses pas, bourdonnait d'abeilles. Quelques orangers, mal irrigués pendant l'été et broutés très haut par les ânes, reprenaient vie après les pluies d'automne. C'était leur belle saison. Les ronces et les roseaux laissaient à peine entrevoir la rivière. Raphaël tourna deux ou trois fois sur lui-même, comme pour mesurer les distances de cet univers. Quoi ! lui qui rêvait de se désamarrer d'une prison séculaire et d'aller jusqu'au bout de cette joie, voilà qu'on le confrontait à cet air sec et presque froid, à la réverbération des collines, à l'ensevelissement campagnard succédant à la promiscuité ! Pauvres Habert, si loin venus de la nation libre et puissante, pour ainsi rétrécir tout avenir à un spectacle bucolique et figé ! Ah ! lui, tournerait un instant, en s'élevant, pour mieux voir. Puis il prendrait son cap, orgueilleusement, et sûr de son calcul.

Le sombre sphinx Nature, accroupi sur la cime,
Rêve, pétrifiant de son regard d'abîme
Le mage aux essors inouïs.

En sa voix intérieure, il récitait *Les Ténèbres* de Hugo, dont il avait happé comme un glouton la manne inépuisable, comme au temps de l'Exode.

De l'autre côté des collines, ce jour-là ou peut-être un autre, au-delà du col du Zeggota, Esther, sa cousine de Casablanca, respirait l'insolite vacuité des terres abandonnées au vent. Elle était la maîtresse d'un Français, ingénieur, qui sondait, pour du pétrole, les pentes du Djebel Tselfat. Raphaël savait tout juste qu'elle existait : ne l'ayant pas rencontrée, il se décourageait vite de donner la moindre importance aux ramifications innombrables des Benchimol, Berdugo, Toledano, Benoualid, Boumendil, Lévy ou Ben Smala qui s'étaient mélangés à l'infini dans l'entassement des ghettos. Or Esther était vendeuse chez Lanoma, le magasin à succursales multiples. L'ingénieur n'avait eu aucun mal, la jugeant fraîche et potelée, à la convaincre de hâter la transition entre son quartier juif et la vie européenne. Elle y était toute prête. Elle ne le voyait pas de toute la semaine. Mais il roulait dans la nuit du vendredi au samedi, depuis son chantier dominant les molles ondulations de la vallée dans l'Ouerzgha. A Casablanca, elle l'attendait au Café de France, là où s'élevait, en 1912, le Café Glacier, mutation dont seuls les retraités gardaient le souvenir. La ville galopait autour de ses trop grandes places et des terrains vagues. Esther avait du mal à écarter les suggestions empressées que sa solitude attirait. Quand l'ingénieur arrivait, ils buvaient, et le couple ne s'attardait guère. Il avait hâte de s'enfermer dans un hôtel, tenu par un Grec, dans le quartier de Mers-Sultan, rue de Reims.

« Je suis de par là », rigolait l'ingénieur, entraînant Esther, et évoquant les fastes champenois. Ils allaient s'enfermer pour la nuit et le jour : le garçon était vigoureux et Esther sensuelle. Sa famille ne faisait pas un drame de cette liaison, au contraire. Après la responsabilité d'un rayon au magasin à succursales multiples, l'amant européen signifiait promotion. On enviait Esther, en quelque sorte, de respirer l'air du dehors. On se félicitait même du dédain qu'elle marquait pour leur logis de la rue des Synagogues, au mellah. Bientôt, elle vivrait en ville nouvelle. Elle aurait franchi le pas. Tant mieux si son Roger provisoire facilitait ce passage. Esther en connaissait la vraie nature : pour lui, elle n'était qu'une Juive qui baisait bien, avec qui il s'enfermait des heures durant, en fin de semaine. C'était un raciste : ce qu'il disait des « bicots », il le pensait aussi des Juifs. Elle faisait semblant de ne pas remarquer les phrases malsonnantes qui lui échappaient. Après tout, c'était elle la plus forte : elle préférait ce Roger égoïste et limpide à quelque Joseph ou Isaac invoquant la sagesse du Livre, avec des soupirs tirés de sa poitrine creuse.

Une fois, Roger l'emmena jusqu'au site pétrolier de Tselfat. Il n'y avait rien à voir, sinon les tressautements de la sonde dans un échafaudage de poutrelles métalliques. Roger, d'ailleurs, ne tenait pas à ce qu'elle descendît de voiture. Les ouvriers auraient eu tôt fait de découvrir d'où elle venait. Le couple gagna vite Volubilis, tout proche ; Roger fit semblant de comprendre le sens de quelques inscriptions latines sur les vieilles pierres. Ils déjeunèrent à Meknès, au Gambrinus.

« Ici, à Meknès, j'ai des cousins, hasarda Esther.

— Oh ! Je suis sûr que tu as des cousins partout, à Lisbonne, à Prague, ou en Patagonie ! » répliqua Roger, avec cet aplomb grossier sur lequel elle prendrait une revanche. Ainsi Esther ne rencontra pas le plus brillant des siens, Raphaël, l'enfant de Sarah, à laquelle le souffle manquait quand elle imaginait son ascension.

Dix ans plus tard, les troupes américaines débarquèrent à Fédala, aux portes de Casablanca. Roger était reparti depuis longtemps. Esther se spécialisa dans cette nouvelle vague d'étrangers, plus riches et plus fugaces. Elle parlait très bien leur langue.

« Seriez-vous américaine ? demandaient les plus naïfs.

— Bientôt ! » plaisantait-elle.

Elle épousa finalement un médecin juif américain qui exerçait à la base aérienne de Nouaceur, et qui s'était attardé plus que d'autres, avant d'avoir le mal du pays. Ils y repartirent donc ensemble, quand il se résolut à abandonner l'uniforme et à ouvrir un cabinet médical dans son Chicago d'adoption. A la première rencontre, dans un dimanche casablancais d'une morne oisiveté, il venait d'arriver, photographiant n'importe quoi. Il voulait « visiter le harem du Sultan » et prendre quelques instantanés des favorites. Etait-il sot ! Esther en riait encore, quand elle regardait, de son immeuble-tour, les files de voitures qui ceinturaient le lac. De si loin, Esther n'avait plus que mépris pour le souvenir même des boutiques de bouchers de la rue Dar el-Toubib, s'enfonçant dans le mellah de son enfance. Devenue vieille, écoutant les nouvelles du monde, elle ne souhaitait que le départ des Juifs de ces terres d'enfermement, auxquelles toute richesse serait retirée par cet exode vengeur. Elle abandonnait tout à un feu punitif : le tombeau de Rebbi ben Amrane Diourane, au pied du Djebel Azjene, près d'Ouezzane où se rendait sa famille, en pèlerinage, dans les semaines qui suivent la pâque juive ; et aussi le feu au ravin de l'Oued Sefrou où les laveuses juives rappelaient qu'aux portes de Fès, les Ahel Sefrou judaïsés étaient installés déjà au début de l'ère musulmane ; elle abandonnait le Kef el-Ihoud et sa grotte où le prophète Daniel avait son tombeau, son père en était sûr, au-dessus des cascades de l'oued ; pour faire bonne mesure, elle privait de toute présence juive les villes côtières d'Azemmour, Mazagan ou Mogador, si familières à ses coreligionnaires depuis plusieurs siècles ; elle sacrifiait jusqu'au tabernacle de la judaïté antique, enchâssé dans l'Atlas berbère, franchissait les djebels impressionnants et courait jusqu'à l'oasis de Figuig, adossé à l'Algérie : oui, elle leur abandonnait même le col de la Juive, aride et pierreux, qui ne valait plus rien, pas même un souvenir !

Ah ! Raphaël n'avait jamais nourri ces vengeances de terre brûlée dont on se consume soi-même ! S'il lui arrivait encore de passer quelques heures sur les bords de l'Oued Kroumane, il n'y retournait, à peine une fois l'an, que pour l'émotion esthétique du paysage : ici, la couleur se recueillait dans le silence, puis le vent la dispersait au gré des nuages. Il n'abritait nul souvenir parmi ces arbres, ces ruines et ces hameaux. La maison des Habert, veillée par ses deux palmiers, pointait à peine hors des roseaux et des frênes. Un temps avait passé, qui n'était que secondes dans la dérive des siècles. Ces secondes avaient fait Raphaël riche et puissant. Son avion l'amenait au plus près. Il repartirait, à son heure, pour l'Europe, l'Orient ou l'Amérique. Il pouvait acheter la vallée, ses frustes consciences, et tout transformer, du sol aux âmes. Mais seule l'émouvait l'odeur sèche des oliviers, et il venait la respirer comme un caprice coûteux. Mathilde Habert, eût-elle duré bien longtemps, n'était plus de ce monde. Il lui reprenait ce silence qui l'oppressait si fort et dans lequel elle s'était cependant enfouie. Avait-elle eu, par compensation, l'imagination assez vive pour deviner le périple majestueux du jeune homme qui accompagnait le courtier juif pour les huiles d'olive de son mari ? Raphaël ne s'irritait pas qu'aucune réponse ne monte en lui. Il revoyait les rayures de la robe de toile de Mathilde, bleu passé sur un fond grège. Non ! Il n'était pas allé à Normale supérieure : il était l'enfant de Sarah et d'un militaire inconnu, dont elle lui avait dit, une fois, le prénom. « Voilà la clef de la cage où tu ne seras pas enfermé, mon fils. Vole très loin ! »

Il installa d'abord Sarah et quelques cousines dans une villa surchargée de marbres et de balcons, qu'il fit construire en ville nouvelle, juste avant la guerre. Déjà, il était riche et, puisqu'il était sujet marocain, il laissa les Européens s'occuper de se battre. Plus tard, quand les Habert, âgés, vinrent habiter la ville, Sarah lui annonça tout de suite que ceux-ci s'étaient établis de l'autre côté de la rue, presque en face de chez elle. Mais c'était encore si loin ! L'oncle Mardochée n'aspirait qu'à finir sa vie sur les pentes de Jérusalem et bientôt emporta là-bas le passé des personnes. Il ne serait plus l'intermédiaire épisodique qui relie des inconnus, en prenant, à l'occasion, un bénéfice. Sarah apercevait Mathilde Habert de son balcon, revenant du marché ou guettant à sa fenêtre, mais elles ne se rencontreront pas. Mathilde s'enferme dans la mélancolie des souvenirs, avec la mémoire des morts et des départs. Sarah n'a que le culte idolâtre de son enfant devenu si grand. Elles sont là, de part et d'autre de la rue, dans leurs maisons aux mosaïques de sol, si froides ; elles sont uniques comme des mondes sans échos.

Raphaël court le vrai monde, dont il s'est libéré.

XI

Comme un amour
(1905-1973)

Voilà tant d'années qu'Helena encombre sans raison, de sa frêle silhouette, la rue de la Marne, où elle habite à Rabat, que nul ne remarque combien ses jambes se sont arquées. Elle ne trotte plus comme avant : son bassin est un compas fixe, pesant sur l'une puis l'autre de ses branches. Mais elle sort sans canne, et se rassure d'être plus valide que d'autres vieillards. Son sac en chevreau blanc date de son installation à Rabat, vers 1950. Depuis, elle en a acheté un. Deux autres lui ont été offerts. Mais elle ne peut se séparer de celui-là ; elle y a ses habitudes : elle retrouve clefs et monnaie, au toucher, puisque sa vue n'est plus bonne.

Aujourd'hui, et depuis plus de vingt ans, sa rue s'appelle rue Patrice-Lumumba : un révolutionnaire noir ; elle ne sait pas quel pays il a pu agiter. Ici, du moins, il repose en paix : nul ne lui chicane sa rue. Pour Helena, comme pour l'épicier Soussi qu'elle a vu vieillir, comme pour l'autobus qui la dépose à l'angle de la rue du Capitaine-Petitjean, on sait bien que c'est la rue de la Marne, telle qu'elle s'est construite à partir de 1916. Les gouvernements veulent affoler les vieilles gens en changeant inopinément le nom des rues. Alors, on leur oppose l'inertie et les bonnes manières du souvenir. Helena n'habitera pas une autre rue que celle-ci ; elle sera sa dernière étape. On changera peut-être les plaques, gravées en relief : Lumumba disparaîtra pour qu'on puisse honorer le Grand Sud, avec Tan Tan, Laayoune ou Tarfaya. Helena en rira un instant, comme d'une inconséquence à la périphérie de ses jours. Tout est immuable désormais dans le rez-de-chaussée de la villa, partagée avec deux locataires. L'hibiscus et l'ampélopsis se tassent, dans le court jardin, entre le mur de clôture et sa chambre. Le lentana y distille, les soirs d'été, une odeur sucrée, mais sèche. Tous les objets autour d'elle sont familiers ; pour le visiteur, ils paraissent sans valeur et sans grâce. Les tapis, qui n'ont jamais été beaux, se sont usés, mais leurs couleurs désaccordées ne feront jamais la paix. Cuirs, poteries, coffres et cuivres, glanés par le hasard, ne vivent qu'en sa présence et par ses souvenirs. L'écuelle de métal jaune, percée pour le passage de la chaîne qui la reliait à l'outre de chèvre du porteur d'eau, est son plus ancien témoin. Helena avait neuf ans quand son père, sa mère et sa sœur ont quitté Tlemcen pour la poste de Safi. Quel voyage ! On était en 1905. Il fallut d'abord gagner le port de Nemours, sur la côte du massif des Traras. Un méchant vapeur remonta contre le vent jusqu'à Tanger. La famille y avait des cousins, les Benchimol, qui s'étaient déjà débrouillés pour obtenir l'enviable statut de « protégés » anglais. Helena joua éperdument pendant quinze jours dans les rues en gradins, pavées de cailloux ronds. Ici, c'était encore une ville vaine, avec une agitation sans mystère dans l'immense courant d'air engouffré depuis l'Atlantique. Les cafés attiraient les uniformes et des villas imposantes, au bout de rues inachevées, s'ornaient des pavillons de toutes les nations. Cette année, Guillaume II, qui avait beaucoup souffert de la mer, avait débarqué du yacht impérial *Hohenzollern,* le 31 mars. Un cheval fougueux avait failli compromettre son entrée fracassante par la Bab el-Bahar. Après les pentes boisées de la montagne, après le Grand Socco, commençaient de mornes collines, presque noires d'être desséchées, l'été venu. La route cessait parmi les palmiers nains et les affleurements calcaires.

Quand la caravane de mules, d'ânes et de quelques chevaux — quinze animaux chargés de bagages et de personnes — fut formée, la famille d'Helena s'enfonça vers le Sud jusqu'à Safi, par petites étapes. On ne perdait guère de vue la mer, sauf quand il fallait, pour franchir le Loukkos, le Sebou ou l'Oued Mellah, remonter la rive des fleuves jusqu'à un gué propice. Sans arbres, cette fin de printemps n'était que solitude.

Les plaines du Gharb, de la Chaouia, des Doukkala, étiraient de lugubres étendues, investies par le soleil. A quatre-vingt-cinq ans, Helena se demandait pourquoi elle avait gardé un souvenir si vif, depuis l'enfance, de la première ou la seconde étape, faite à Larache. Etait-ce la ville entrevue sur l'autre rive du Loukkos, douce et bariolée, dans le grondement du fleuve et de la mer, s'affrontant en une barre furieuse ? Etait-ce la traversée du Loukkos en barcasse où les mules refusaient de monter ? Etaient-ce les tours du guet et les remparts des forts espagnols, ou le marabout de Lalla Mnana ? Etaient-ce toutes les rues grouillantes où glissait à l'horizontale la lumière atlantique ?

La caravane avait foulé, indifférente, le sol à peine inégal qui avait recouvert l'antique Lixus, sur la rive droite du Loukkos. L'histoire s'était enfouie depuis des siècles, et les muletiers, tout autant que cette famille venue de Tlemcen, l'ignoraient. A leurs pieds s'étendait pourtant le jardin des Hespérides, ces filles d'Atlas et Hespéris, déesse de l'Occident. Les pommes d'or, dont Hercule s'était emparé en tuant leur gardien, un dragon épouvantable, n'étaient plus. Dans le feuillage presque noir et luisant des vergers, les oranges mettaient des points éclatants. La barre, au loin, rugissait ou frappait sourdement, en mémoire du monstre légendaire.

Les quelques heures de campement à Larache, la ville des treilles, au pied des flanquements aigus du château de la Cigogne, Helena les revivait sans cesse. C'était son début et ce serait sa fin : la vie l'avait emmenée par là et maintenant, dans son soir tombant, l'y ramenait. Ils s'étaient rencontrés voici cinq ans, à Rabat, deux vieux aux pas ralentis, gagnant le club du troisième âge de l'avenue de la Tour-Hassan, et Paul, encore et encore, lui parlait de Larache.

« Tu sais, Paul, nous nous sommes peut-être vus. J'avais dix ans, tu en avais six. La mer encore démontée, après deux jours de tempête, assaillait la côte. Mais le soleil était doux et les vieux remparts luisaient comme des ouvrages neufs. Le Grand Socco, alors, se couvrait d'herbes bien sales, et des gamins criaient et gesticulaient dans les tours de guet à coupoles de la forteresse Kebibat. Il a fallu que se déroule tout ce temps pour nous revoir... Mais c'est bien ainsi », soupirait-elle, en tapotant l'un des bras de son fauteuil, comme si elle arrêtait un marché, fait avec le temps.

« Toi, tu y as vécu ; moi, j'y suis passée et j'y reviens toute neuve, en écoutant tes histoires. Veux-tu que nous y retournions ? Nous prendrions un matin le car de la C.T.M.

Nous pourrions descendre à l'hôtel Riad ou à l'hôtel España qui est moins cher, un ou deux jours. Et puis on rentrerait, pour ne plus bouger ? »

Mais Paul s'effrayait d'avance des souvenirs remués, des aléas d'un cœur de vieillard, de l'agitation du voyage. Auprès d'Helena, qu'il avait fini par rejoindre dans son rez-de-chaussée de villa, ouvrant sur un oranger atteint de fumagine, il ne lui restait plus que l'attente de cette mort qui l'emporterait aussi loin qu'elle voudrait, puisqu'il ne désirait rien. Comme le banc de sable, à marée montante, autour de lui, l'espace intact se resserrait. Quelques tournants de rues marquaient les limites du quadrilatère où il se traînait, à heures à peu près fixes. Au club du troisième âge, où il avait rencontré Helena, tous deux n'allaient presque plus, sauf une fois l'an, en taxi, parce que l'animatrice les relançait au point de les forcer.

« Tout cela est trop loin, maintenant », disait-il. Mais il pensait surtout à ce qui était passé près de ses mains, en deux tiers de siècle. Il ne retournerait plus à « El Araïche », Larache, les « treilles des Beni-Arous ». Peut-être deux cents kilomètres à parcourir sans encombre : mais cela ne signifiait plus rien. La ville avait grandi et plus elle grandissait, plus elle faisait dégringoler ses souvenirs, diminuait les distances, donnait une effrayante familiarité à toute chose, poignardant ainsi la farouche mémoire. Il y était né, avant le début du siècle, dans l'une de ces vingt familles françaises, fixées là pour une durée imprévisible, autour de comptoirs maritimes et commerciaux. Son père travaillait pour la Compagnie de navigation Paquet, dont les cargos attendaient parfois, en rade, durant des semaines, que la furieuse barre s'apaise. La laine était drainée depuis Fès, par la route sablonneuse des caravanes. Les crues des fleuves, la mer montant à l'assaut, isolaient la ville mieux que la justice et l'administration approximative du royaume chérifien. Les Européens s'arrangeaient assez bien de cette réclusion sous la lumineuse ou pathétique lumière de l'Océan. Ils prêtaient sur hypothèques, achetaient des terrains à la propriété toujours douteuse, travaillaient à la commission, pratiquaient l'élevage en association avec quelque feudataire, tant qu'il était bien en cour. Le vapeur *La Gaule* apparaissait et disparaissait derrière le mur d'eau bouillante de la barre, pour le compte de la Compagnie Paquet. Mais il y avait aussi la Compagnie marocaine, la Compagnie Gharb et Khlot, la Compagnie agricole marocaine. Paul revoit les visages de tous les gestionnaires, déchargés en barcasse aux abords de la Marine ou arrivés par le chemin de terre, en modeste équipage d'ânes et de mulets. Certains s'étaient vite mis à défricher les boucles de l'Oued Loukkos jusqu'à sa jonction avec l'Oued Maghzen. Là où, en 1578, eut lieu la bataille des Trois Rois qui tous trois y moururent, le Portugais, l'Espagnol et le Marocain, si âpres à se disputer les rivages de la Méditerranée et de l'Atlantique. Sur le sol nu, aux rares étoiles des chardons pétrifiés par la sécheresse, il eût fallu être visionnaire et érudit pour retrouver ces fureurs et ces fracas. Autour de Paul, nul ne l'était assez. Quand Jean d'Orléans, duc de Guise, vint s'installer à Larache, c'était une autre histoire qui venait se lover dans les boucles de l'Oued Loukkos. Associé à un comte de Bernis, le futur prétendant au trône de France, sous le nom d'Orliac, occupait son exil à monter une exploitation agricole et commerciale. Paul revoit leurs visages et cette façon qu'ils avaient d'être différents jusque dans l'affabilité du propos. Il aperçut de loin en loin le Prince, jusqu'à sa mort en 1940, à Larache. Son garçon et les trois filles, depuis ces temps anciens, ils les a croisés, tandis que deux guerres mondiales ne parvenaient guère à secouer l'immobilité de Lixus, endormie dans le passé profond. Des visiteurs, aux étranges façons européennes, arrivaient régulièrement à la villa Orliac. Le père de Paul disait, mi-grave mi-sérieux : « Monseigneur s'informe et consulte ! » La duchesse de Guise eut ensuite sa rue, depuis la place d'Espagne, le long de sa résidence.

Quand les Espagnols sont revenus, en 1911 et pour cinquante ans, dans ce Larache qui les avait si fort tentés depuis des siècles, Paul était encore enfant. Il se souvient de la prophétie modeste du père : « Ces Espagnols, ils n'en feront rien, sinon un casernement assoupi ! » La guerre passée, la famille en tira pour elle-même la meilleure leçon : elle se laissa glisser vers Casablanca, gardant pourtant sa petite maison de la rue Canalejas. Ils y revinrent, généralement aux vacances de Pâques. Passée la douane à Arbaoua, où, à quelque distance, les préposés franco-marocains rivalisaient de zèle avec les préposés hispano-marocains, on entrait dans un monde engourdi. La route étroite et incertaine, des étendues de sable et de buissons d'où surgissait quelque chèvre interrogeant l'intrus du regard avec insolence, imposaient le sentiment de l'abandon. Ah ! qu'ils avaient eu raison de ne pas s'accrocher à Larache et de gagner la zone française qui n'était que mouvement, construction, affaires... Paul entendait son père s'en féliciter chaque jour. La Compagnie Paquet, en le transférant sur sa demande à Casablanca, lui avait rendu un fier service. Là au moins, on vivait autrement que dans l'immobilité à peine troublée par l'heure de la manzanilla et les clairons des casernes sur le promontoire du Nador. Paul et ses frères firent la connaissance du lycée et remportèrent aisément le prix d'espagnol. Les affaires du père prospéraient : il avait lancé un cabinet de courtage et d'assurance et plus les jetées du port de Casablanca s'étendaient entre Sour Djedid et les Roches Noires, plus elles lui paraissaient garantes de sa propre réussite. Paul et son plus jeune frère, qui fut tué en 1944 dans les Abbruzzes aux combats du Belvédère, s'y étaient insérés sans peine. C'était alors le bon temps — entre deux guerres. L'été venu, on prenait le paquebot, le *Chellah* ou le *Koutoubia,* vers Marseille, pour de longues vacances dans la France, moins morne que la zone espagnole, mais qui leur donnait la même impression d'un univers arrêté et clos. L'un des frères s'était établi « colon » dans le Gharb, non loin de la zone espagnole, et aimait aller chasser entre Lalla Mimouna et Barga, dans cette zone boisée dont on fit bientôt une réserve. Le quatrième frère était devenu professeur de français et n'envisageait pas d'exercer ailleurs qu'au Maroc. Les uns et les autres, sauf le mort du corps expéditionnaire français en Italie, ne surent pas partir à temps et s'habituer à d'autres paysages. Le professeur avait pris sa retraite dans la villa d'Anfa qu'il avait fait construire : ses enfants couraient la France et le monde ; ils ne reviendraient pas. Et lui se lassa de cet abandon, jusqu'à en mourir plus tôt. Le « colon », exproprié en 1964, réfugia son cœur blessé auprès de sa fille qui avait épousé un garagiste de l'Indre. Revenir au Maroc le révulsait tellement que l'idée même de l'interdit qu'il s'imposait lui était insupportable. Quant à Paul, le courtage et l'assurance s'étiolèrent, au fil des ans, dès que les Français, le temps de l'indépendance venu, partirent en vacances en France et n'en revinrent point. Mais Paul voulut rester : sa vie et quelques tombes étaient là. Il ne les retrouverait pas ailleurs. Alors il commença cette longue attente de la vieillesse dont les drames sont encore plus violents que les chagrins de l'enfance.

Son fils, fonctionnaire des Finances, n'avait jamais le temps de quitter sa Direction du Budget pour venir le voir. Mais il lui écrivait souvent qu'il était accablé de travail et « qu'il l'enviait d'être bien, au bon soleil ». Sa femme reposait au cimetière d'El-Hank, non loin du monument à la mémoire des ouvriers du port, tués en 1907. Le feu tournant du phare, au bout de la presqu'île rocheuse, balise l'horizon, très haut au-dessus des tombes, rendant leur obscurité plus dense encore. Sa villa d'Aïn-Diab, trop grande pour lui, il l'avait vendue très maladroitement, au moment où il cédait ses bureaux étiolés pour presque rien. Casablanca bruyante, grouillante, ajoutant, de part et d'autre de l'autoroute, des quartiers où s'entassaient enracinés ou déracinés de la misère, lui devenait insupportable. Il se laissa glisser vers Rabat, à la dignité assoupie. Sans doute calculait-il qu'il allait ainsi remonter vers le Nord, vers Larache, vers son enfance. Mais il était à l'heure où l'on ne désire plus que la moitié des désirs et où celle-ci se perd dans la buée de la fatigue. Et finalement, Helena, son aînée, l'avait accueilli, pour qu'ils attendent, ensemble, que tout finisse.

Mais Helena n'était guère mélancolique. Quand elle affirmait : « C'est ici que nous mourrons. J'y suis arrivée en 1905 et Paul y est né en 1898 ! » elle ajoutait, en riant : « Reste à savoir qui est le plus pressé ! » Sa vieille tête n'était pas pressée d'abolir toute ressouvenance. Elle cheminait interminablement sur la route de terre qui menait à Safi, à l'aube du siècle. Elle défripait sa longue jupe et heurtait ses bottines pour les débarrasser de la poussière. A Azzemour, elle les avait même baignées dans l'eau rouge de l'Oum er-Rebia qui voyage depuis Khenifra et le haut pays d'Atlas des Béni M'Guild, dont elle avait, chez elle, un méchant tapis. « Les canons des remparts étaient prêts à tirer, pas sur nous, répétait-elle à Paul ; le Sultan Abd el-Aziz se méfiait beaucoup de son frère Moulay Hafid, qui était à Marrakech. Celui-ci lui a d'ailleurs pris sa place, deux ans après. Et puis, il y avait la révolte partout : Raïssouli, au nord, à Azilah, près de " ton " Larache. A Mogador, c'était le caïd Anflous qui renâclait. Et dans le Sous, derrière l'Atlas, c'était le mahdi Ma el-Aïnine. Les gens avaient très peur partout et ils nous disaient : “ Vous êtes fous de voyager, en ce moment ! ” Mais mon père répondait : “ Je dois aller tenir la poste à Safi ! ” Alors, ça impressionnait beaucoup. La poste, à cette époque ! Il y avait le télégraphe. Mais pas de téléphone, sauf quelques-uns dans la ville. Mais aucune liaison entre les villes. Les courriers à cheval passaient, quand ils n'étaient pas tués ou rançonnés. A Azzemour aussi, nous sommes restés huit jours. Nous y avions des cousins, installés derrière la kasbah portugaise.

« Il y a toujours eu des Juifs à Azzemour et la ville n'a pas beaucoup changé, enchaînait-elle. Les maisons blanches et les remparts ocre se reflètent dans l'eau rouge. Que c'est beau ! A Mazagan aussi, nous avions des cousins. C'était juste à côté. Les muletiers disaient qu'ils préféraient nous convoyer parce que nous étions Juifs. Tu sais pourquoi : parce que les Marocains ont moins d'ennuis quand ils tuent l'un des leurs que quand ils tuent un Juif. Car alors le *maghzen* enquête et il faut un coupable. On raconte cette histoire d'un village, dans le Gharb, où un Juif avait été assassiné par des bandits de passage. Alors les gens du village, en cachette, sont allés l'enterrer auprès du village voisin. Mais les habitants ont exhumé le cadavre pour s'en débarrasser plus loin, eux aussi. Le pauvre mort a fait ainsi vingt kilomètres et quatre tombes. Après, il n'était plus transportable ! »

Elle continuait : « Nous avons toujours suivi la côte. On a même vu passer des vapeurs qui allaient vers le Sud. Pendant des années, le Protectorat, qui a fait des routes partout, n'a laissé qu'une piste entre Casablanca et Azzemour. Et nous, nous avons passé l'Oued Haouara sur des bateaux en jonc ! en *diss* des marais. Ah ! Ce que j'étais contente ! Et comme il faisait bon à Mazagan... Nous sommes arrivés le long de la plage : la mer était calme comme un lac, et voilà qu'on marchait sous les remparts d'une vraie ville, avec quatre bastions et une darse protégée par la muraille. Mon père avait hâte d'arriver à Safi. On a changé de muletiers : ceux du Nord ne voulaient pas aller plus loin. Ils se méfiaient des gens des Abda. Mais je crois qu'ils les confondaient avec les Haha, au sud de Mogador, puisqu'ils parlaient de ceux d'Asoughaghène, cruels et sanguinaires. Bref, on est reparti pour la dernière étape ; combien ? Cent cinquante kilomètres avec nos ballots et nos coffres, menés par une nouvelle équipe. On a même campé au pied du cap Cantin, à Lalla Tessaout, chez les Ouled Bouzit, les pêcheurs. Ils ont été presque accueillants et nous avons fait griller du poisson sur le *canoun* au charbon de bois. C'était notre dernier bivouac. Après, on s'est enfermés dans Safi, au pied de la falaise, et j'ai grandi... », concluait-elle en soupirant.

La maison, aux murs épais, entre le château de la Mer et la mosquée du R'bat, elle s'en souvenait, comme de l'enduit de chaux, boursouflé de grosses cloques, et des barres de bois d'arganier qui bordaient chaque marche de l'escalier; et encore de son père, derrière la grille de son guichet, ajourée artistiquement comme un moucharabieh, lui, si respectueux des horaires, dans ce bout du monde où tout était approximatif et où la réverbération des falaises tombait sur la ville, impitoyablement. De là, on ne sortait guère. Les Français s'installaient, en 1907, à Casablanca et menaient des opérations dans la Chaouïa. Après l'assassinat du docteur Mauchamp, en 1911, à Marrakech, ils resserraient leur emprise; Safi tomberait comme un fruit mûr. Leur consul au Maroc n'y résidait-il pas depuis des siècles? Même le père d'André Chénier y fit des dépêches diplomatiques. Mais dans le port, mal abrité des tempêtes du Sud-Ouest, on chargeait à dos d'hommes, au-delà des vagues, les premières barcasses qui remplissaient des canots plus robustes, pour rejoindre les navires dans la rade. Tout ici arrivait cahoté et divisé, les marchandises et les nouvelles. Helena ne se souvenait pas d'être sortie de la ville pendant les sept premières années passées là-bas. Quand elle revit Casablanca, en 1913, ce fut pour y rester : elle avait dix-sept ans et son père avait trouvé un bon emploi chez un coreligionnaire, marchand de grains. Alors, tout changea si vite que, de la Ford Modèle T à l'Oldsmobile de l'année 1935, le temps lui parut galoper au point de ne lui laisser que ces dérisoires repères.

Maintenant, elle était une vieille femme, tellement inutile que cela lui était égal. Enfermée dans le quadrilatère de quelques rues de Rabat, elle laissait doucement se rétrécir l'horizon. Ce qu'elle apercevait du ciel, ce qu'elle ressentait des saisons lui suffisait. Elle n'était pas à charge; de quiconque. Elle aurait pu partir comme tant d'autres, à Paris, Nice ou Jérusalem. Mais pourquoi? Il lui importait si peu de mourir sur une terre plus sainte qu'une autre. Elle avait foulé celle-ci, si tôt dans sa vie qu'elle en savait l'odeur, en boue comme en poussière. Sa vue baissait sur des feuillages familiers, et de la rue, les voix, les bruits l'éveillaient et la rassuraient. Jusqu'aux dalles de ciment quadrillé des trottoirs qui lui étaient, au pied comme au regard, l'indispensable transition vers un abolissement qui ne concernait qu'elle. Elle s'intéressait maintenant aux chiens du voisinage, parce qu'ils se rejoignaient avec elle dans la même espérance de quelques années de vie. Chaque jour, ils la rattrapaient dans la vieillesse, et elle freinait la course du temps pour les attendre.

« J'ai partout mes repères », disait-elle mystérieusement à Paul, comme pour le réconforter, au travers d'elle-même, de l'abandon qui l'avait submergé. Que serait-il devenu sans elle ? Eh bien ! jugeait-elle, il serait déjà mort, par déshérence ; les jours, les mois se ressemblent tous et sont incapables d'éveiller une vibration dans cette vieille âme. Il vivait par la procuration qu'elle lui donnait. Ce qui lui restait d'agitation, de curiosité, d'obstination, elle en faisait toujours une part pour lui, puisqu'il n'avait plus rien.

« Viens, disait-elle, nous allons sortir ! » Les préparatifs étaient interminables. Il se tenait, dans l'entrée, docile et douloureux, attendant qu'elle se fût assurée de ses gants, de la fermeture des fenêtres, de l'ordonnance de la table pour le repas du soir. Et quand tout était réglé, elle se regardait dans la glace : « Ça va ! » constatait-elle.

Ils partaient la main dans la main. C'était comme un amour. Leurs dos courbés, leurs pas hésitants et heurtés, leur progression sans issue, ils les offraient aux haies luxuriantes qui débordaient les murs des jardins. Pour leurs semblables, ils étaient devenus invisibles à s'être attardés dans la vie et ici même. Ainsi, ils allaient mourir deux fois, avant même d'y être résolus. Helena serrait la main de Paul pour lui donner la force de repousser cette double indifférence que le ciel trop bleu tendait sur leurs corps qui s'éteignaient.

« Paul, lui disait-elle, comme cela aurait été beau si nous avions pu jouer à Larache, quand j'y suis passée, en 1905 ! Je ferais moins d'efforts maintenant pour te faire une place dans chacune des heures de mes souvenirs.

— Tu es bonne, Helena, de faire cela, qui ne sert à

rien, répondait le vieillard. Il n'y a plus rien. Juste ta main.

— Oui, Paul, mais c'est comme un amour. »

Le dernier fils Habert, qui était venu de Paris, à la va-vite, faire deux conférences à Rabat, s'était laissé faire par l'un des animateurs du club pour le troisième âge : le bonhomme, qui avait battu chaque pli du terrain de l'Atlas à l'Anti-Atlas, de 1912 à 1950, avait connu son père. Comment refuser ?

Ils étaient une vingtaine. « Et ceux-là, je suis allé les chercher moi-même, disait l'animateur en désignant les deux vieux dans un coin. Ils ne voulaient pas venir ! » Helena fit un signe de tête. Paul regardait au-delà des vitres, les formes des arbres, estompées comme sa vie. Ce fut une bonne réunion ; on servit du vin gris de Boulaouane. La plupart en burent, sauf les plus fragiles. Les souvenirs, comme des tourterelles échappées d'une cage, volaient éperdus dans la grande pièce. Paul lui-même vint vers le conférencier et osa :

« Votre famille était établie du côté de l'Oued Kroumane ? J'ai connu votre père, l'année où il a commencé à construire sa petite usine. Mon père et moi, nous avons fait toutes les opérations pour le transport et l'importation de son matériel, depuis Marseille. C'est une belle région là-bas. J'y suis allé souvent, et même pour chasser. Il y a si longtemps... Et toutes ces ruines romaines, jetées à terre. Ah ! il n'est pas facile de durer. Nous-mêmes ici, peut-être laisserons-nous... »

Dans le brouhaha, il n'acheva pas sa phrase. Un instant après, Habert les vit partir, Helena et lui. Elle lui avait pris la main, comme de coutume. Mais pour le visiteur d'un jour, devinant qu'ils ne se reverraient jamais et qu'ils avaient pourtant empli tous trois leurs yeux et leurs mémoires de la même lumière et du même désarroi, ce geste familier devenait le plus fort.

Deux heures plus tard, dans l'avion du retour, il regardait la côte beige, blanche puis verte étirer vers le Nord la rencontre de l'Océan et de l'Afrique. On survolait Larache et la bouche de son fleuve crachant comme le monstre antique la boue dans la mer. Oui, ce qui allait durer, il le savait, le voyageur hâtif. Ces deux présences entrevues, alors qu'elles allaient bientôt se dissoudre au-delà de l'indifférence qui les recouvrait déjà de bâches épaisses, elles laisseraient plus que toutes les autres, plus que les monuments, les villes, les routes, l'argent. Sur cette terre de l'oubli, les mains réunies des deux vieillards y déposaient comme un amour.

XII

Le chiffre cinq
(1946)

Frédéric Tiercelin venait d'arriver à l'école de chasse aérienne de Meknès. Entre deux vols d'entraînement, désœuvré, il arrêta son regard sur l'armoire-bibliothèque de la salle des officiers. Aurait-il la curiosité de l'ouvrir ? Les reliures étaient usées et des illustrés en piles calaient les livres aux extrémités des étagères. Il fit glisser la vitre coulissante. Quel esprit de méthode avait imposé l'ordre chronologique des éditions, comme si la durée était plus importante que l'objet ou le talent ? Frédéric vérifia qu'il ne se trompait pas et, dès lors, en haut et à gauche, la mémoire du temps n'attendait que sa visite ordonnée. Il prit donc le premier livre, l'ouvrit, s'y attarda. Edmondo De Amicis, romancier italien, y relatait son voyage au Maroc entre avril et juin 1875, sous le règne du Sultan Moulay Hassan, intronisé deux ans auparavant. Les gravures faites sur bois renvoyaient à l'aviateur des images d'un monde à peine changé. Debout contre le meuble, dans sa combinaison de vol, il n'était jamais demeuré aussi longtemps dans cette pièce qui résonnait au moindre mouvement de ses bottes. Le passé, surgi des pages, se révélait un meilleur guide que les conférences subies à l'arrivée ou l'agitation quotidienne de cette ville de garnison déversant à heures fixes ses soldats depuis les casernes sur de trop vastes avenues.

« Dans les rues, on ne voit que la blancheur des murailles et l'azur du ciel ; çà et là, quelque arcade mauresque, quelque fenêtre ornée d'arabesques, quelque bande rouge au pied des murs, quelque main peinte sur une porte et destinée à conjurer les influences malfaisantes. » Avec l'Italien, Frédéric venait de débarquer à Tanger et découvrait la superstitieuse méfiance des hommes. Il songea à ses camarades qui encombraient leur poste de pilotage de poupées fétiches, parfois leur cou et leurs poignets de médailles, bénites ou non. Dimitri Taremkine, lui, prononçait avant l'envol quelques phrases, les seules qu'il pût dire dans cette langue russe que sa famille, exilée désormais, oubliait. La vitalité de Frédéric Tiercelin le privait de ces inquiétudes mineures. Chez les autres, elles le faisaient sourire. Ne s'amusait-il pas à se dire « tiercelet », oiseau de proie mâle, régnant dans les airs et sur les femelles ? N'était-ce pas cela sa vie ?

A peine son instruction faite, dans l'hiver 1944-1945, sur une base aérienne du Texas où défilaient des fournées d'aviateurs étrangers, la paix était tombée sur le monde, pendant le printemps. Avec quelle joie s'était-il jeté hors de son pays vaincu, loin de ses ponts provisoires, de ses rationnements et de ses règlements de compte ! Qu'il avait été heureux d'être pris dans une mécanique puissante dont chaque objet entre ses mains lui paraissait d'un luxe inouï ! Ayant abordé ces rivages enchantés, encore incertain d'une telle chance, il en revenait armé d'assurance. Là, le ciel lui avait appartenu, avec les plus modernes machines : il ne le quitterait plus. Francfort, Evreux, Cognac, Istres, dans chaque base, il passait avec une joyeuse fébrilité. Quand il fut affecté comme lieutenant instructeur à Meknès, au début de 1946, ce fut l'allégresse. Rien ne le retenait dans cette frileuse et souffrante Europe. Ici, les orangers des jardins de l'Aguedal, découverts en fiacre, portaient ensemble fleurs et fruits. L'air était vif et le soleil le traversait sans pudeur. En vol, l'aviateur laissait l'appareil glisser sur une aile ; il voyait défiler de superbes couleurs et l'horizon se perdre au-delà de sa propre vue. La neige sur l'Atlas était colorée de reflets fauves. On tournait autour du massif du Zerhoun, qui semblait une province familière. Des ruines de Volubilis, montait le premier repère dès le départ, plein nord. L'Oued Kroumane se révélait minuscule, mais brillait dans la plaine d'éclats si vifs qu'ils atteignaient l'avion de plein fouet. On se cachait, vers l'Ouerrgha, derrière le col du Zeggota, avant d'aller virer au-dessus de Petitjean, à la porte du Gharb, sur le territoire des Cherarda. Parfois, l'instructeur emmenait les élèves se faire secouer, plein sud-est, au-dessus de l'Atlas, en direction de Midelt. Le vent, qui ricochait sur la barrière de montagnes, élevait brusquement, entre El-Hajeb et Aïn-Leuh, les appareils dans les airs, avant de les malmener au-dessus des cols et des vallées aux narquoises solitudes. Parfois, les fumées signalaient un village berbère, camouflé de ses toits plats et de murs couleur de terre : la piste qui le rattachait à la route d'Ifrane ou de Midelt se reconstituait par fragments sous les yeux des stagiaires, échappant tour à tour aux versants d'ombre, aux forêts de cèdres, aux pentes où elle se confondait avec les ravines. Le Centre d'instruction de chasse disposait d'un matériel hétéroclite, mais de bonne tenue. Les *Spitfires* y terminaient une carrière plus illustre que celle des *Dassault A-24.* L'essence était abondante et, de huit heures à quatorze heures, les équipes se relayaient aux commandes. Parfois, le *Bell-Aira Cobra* du lieutenant Tiercelin servait de poisson pilote à un semblant d'escadrille qui virait derrière lui avec un zèle précautionneux. Quand Tiercelin, la tournée de repères soigneusement accomplie aux quatre points cardinaux, posait le train tricycle de son *Cobra* sur la longue piste de Meknès, au creux majestueux, il accomplissait un acte important de sa vie. Le ciel le rendait à la terre, et il avait le pouvoir d'en ramener avec lui quelques anges maladroits et dociles. Sautant de l'avion, ses premiers pas sur l'aire de garage ressemblaient à une effronterie faite au destin. Il serait le meilleur, pour qu'on lui confie bientôt un *Mustang D,* à moteur Allison et au cockpit en goutte d'eau, ou l'un de ces *Thunderbolt* que le général Weiss, commandant l'Air, affectionnait pour ses déplacements. Mais pour l'heure, il sautait sans retard dans sa 302 décapotable et filait jusqu'à l'avenue Mézergues. Il y avait loué un studio dans l'immeuble des « Voyages Alla ». Il s'y changeait, y dormait, y aimait. Aussi, la banalité du mobilier, que ses achats dans les souks commençaient à surcharger, ne l'éprouvait guère. Non plus que cette indifférence au passager que l'emplacement des choses manifeste et qui est plus sensible dans les meublés que dans les hôtels. Frédéric Tiercelin menait une vie trop active et déterminée pour s'en apercevoir.

Odile, qui l'y rejoignait de moins en moins furtivement (Mme Jouannot ne les avait-elle pas distingués, entre les colonnades des arcades, enlacés dans la nuit), pensait que cette médiocrité servait leur amour, dans lequel ils s'enfermaient avec sauvagerie. Tête folle, elle transformait ainsi pour elle l'immobile réalité ! Elle avait rencontré Frédéric au tennis — où présentement il courait la rejoindre en tenue de sport — au creux de l'Oued Boufekrane, entre ville ancienne et ville nouvelle : le mois dernier, à peine arrivé de trois jours, le soleil lui ayant rougi le front, il s'était logé, inscrit au club, pointé chez le tailleur de l'escadre, assuré de la présence intermittente d'une *fatma* pour le ménage du studio. Frédéric avait le sens pratique. Dès qu'il parut, en un milieu d'après-midi tiède, dans l'enceinte préservée du club de tennis, il avait jaugé les sols de terre battue et l'application désœuvrée de quelques femmes en short blanc ou en jupe à plis. Meknès allait être une bonne garnison, il en était sûr : supérieure à toutes les autres, inscrites dans son expérience comme une course d'obstacles. Ici, il verrait peut-être passer une fois chacune des saisons : c'était l'espoir à l'infini, comme chaque journée enfantine qui perdure. Sa vie dans le ciel et sa vie sur terre se renverraient l'une l'autre, en rebonds de plus en plus forts. Il serait le meilleur pilote, le meilleur amant, et prendrait le temps d'écouter le tumulte de son âme, parce que c'était dangereux : ce risque-là, mal apprivoisé, le tentait aussi.

Parfois, dans le studio de l'avenue Mézergues, quand le vent portait les voix jusque-là, il entendait les muezzins lancer au matin leurs appels depuis les innombrables minarets de la vieille ville. Il se retournait dans son lit, pour quelques heures de sommeil. Les catholiques tenaient leur église dans un sous-sol qu'ils ne parvenaient pas à surélever, ayant vu trop grand ; leurs cloches étaient moins ponctuelles et ostentatoires. Le temple protestant ruminait son exil, au-delà du centre, dont le séparait un jardin public à peine aménagé. Derrière ses haies de lentanas taillés, il recevait le soleil depuis l'Orient, et la journée passait sans que frémissent ses portes. Y avait-il une synagogue dans cette ville neuve ? Tiercelin pensa qu'il le demanderait à Odile. Cela la ferait rire : pourquoi posait-il cette question ?

Mais elle ne savait pas. Il n'en existait point. Sa mère saurait mieux, peut-être...

« Fais-tu l'inventaire de la ville ou es-tu inquiet ? » La bonne réponse était l'inventaire, elle n'en doutait pas. Mais ce qui intriguait Tiercelin devenait, depuis quelques jours, plus compliqué. Il hantait les villes sans les connaître. Il leur appartenait le moins possible. Elles n'étaient que des nécessités dont il ne se souciait guère de déchiffrer les mécanismes, la mémoire, l'âme peut-être. Mélancolique, il eût été capable de cet acharnement. L'incertitude et l'inquiétude ne l'habitant pas, il se servait des apparences, qui lui suffisaient. Meknès-Ville Nouvelle, comme inscrit sur sa gare, le comblait par son assurance sans prétention de lotissement neuf où, année par année, les constructions garnissaient un plan d'urbanisme, peut-être affiché dans le hall des services municipaux. La circulation était facile, la météo souvent excellente, le tennis sans encombrement, la piscine agréablement située, et toute une population ne faisait, comme lui, que passer, les militaires s'attardant moins longtemps que les fonctionnaires civils. Les vestiges de la grande oliveraie d'El-Hamria, créée à la fin du XVIIIe siècle par Sidi Mohammed ben Abd Allah, au bénéfice de Médine, en Arabie heureuse, s'enfouissaient parmi les jardinets exubérants des villas. Restait la cité de l'histoire, étirée sur le bord du plateau dominant l'oued. Tiercelin la connaissait par cœur, vue du ciel. Ses pudeurs, ses secrets, ses replis, ses grouillements domptés par les venelles, dès le premier jour il les avait repérés. Les nobles remparts, qui ceinturaient les misères et dont l'écroulement sur eux-mêmes dispersait une magie triste, n'étaient pour lui qu'une géométrie erratique, épousant avec peine les accidents du terrain. Si vaste était le ciel et le paysage tout autant, que l'humanité démontrait son ridicule à s'être resserrée ainsi, et là plutôt qu'ailleurs.

Depuis son *Bell-Aira Cobra,* où il passait plusieurs heures par jour, l'Oued aux Grenades n'était qu'un fil brillant dévidé depuis un creux de montagnes, Moulay-Idriss, la ville la plus sainte, un cailloutis couleur de perle qui s'était retenu, à quelque rocher, de rouler dans la plaine; les chemins faisaient faire aux voitures d'incompréhensibles détours et, de la capitale, le trafic coulait comme une eau se perdant, au bout des seguias, dans les champs assoiffés. Odile était devenue minuscule, s'il y pensait encore; un point quelque part sur le carton qui défilait sous l'appareil, un signe inconsistant qu'il ne pouvait apercevoir et qui, d'un coup, se fixait dans la carlingue comme s'il surgissait de Tiercelin lui-même. C'étaient des périmètres lilliputiens qui le sollicitaient, alors qu'il virait de l'Atlas vers le Gharb et l'Océan : un ou deux centimètres carrés de la peau d'Odile nue, sa voix trébuchant sur la dernière syllabe de son prénom, l'iris un instant voilé, la vibration de son corps avant que bouche, seins et ventre ne le rejoignent. Là-haut, il n'emportait presque rien qui pût encombrer son premier royaume.

Zahra avait été la seule à s'apercevoir de l'imperceptible oscillation du destin, parmi les tonnelles d'ampélopsis et de bougainvillées. Comme le chœur de la tragédie antique, il lui revenait d'avertir des signes qu'un public grossier ne pouvait pressentir. Voilà huit ans qu'Odile avait quitté la maison aux volets verts, dont quelque pignon blanc et l'angle des tuiles faîtières étaient visibles de la rue, en contrebas. Sur le côté, tout le long du jardin épaulé d'un mur épais, une succession de plates-formes et d'escaliers assurait le passage entre la place Poeymirau, le marché, tout proches, et la route de Moulay-Idriss. Mais on ne l'empruntait guère, puisqu'il était impraticable aux automobiles et aux ânes. Odile s'était installée, en se mariant, au bout de l'esplanade orientée vers le nord et les bleuités du Zerhoun et du Djebel Kef. Zahra avait été la moins surprise, de toute la maisonnée Chavassus, que l'adolescente épousât un homme qui avait deux fois son âge : les riches Marocains, comme les moins riches, ne se souciaient guère de s'encombrer d'une femme qui vieillirait toujours trop vite. Dans les années où la ville commençait à se bâtir, vers 1920 sans doute, Zahra avait été mariée à un homme qui avait déjà du poil gris dans la barbe, contre quelques étoffes, douze bracelets d'argent, une vache et un mouton arrivés ensemble et dépareillés contre le mur de *toub* du logis. Qui s'en serait surpris ? Un jour durant, on s'était étourdi de flûtes et de tambourins. Lavée, peinte et teinte, éclatante de sequins, de verres et de pièces, épaissie de soies brochées, de damas et de ceintures tissées d'or, Zahra était apparue, hors de la maison paternelle, accroupie et brancardée, à hauteur de leurs épaules, par quatre gaillards, sur un plateau de bois qui servait aussi à mener en terre jusqu'à une tombe où pousseraient les iris violets, les enfants, qui connaîtraient ainsi leur premier et dernier tissu de laine fine. Le mari de Zahra ressemblait à son père. C'est comme si elle épousait celui-ci et continuait à lui obéir. Il resta vigoureux jusqu'à ce qu'il mourût, quelques années plus tard. Elle revint dans sa famille pour les plus durs travaux, veuve assignée au bout de toute la chaîne de misère. Elle eut encore deux maris : c'étaient des arrangements pris avec d'implacables nécessités où elle ne valait qu'une force à peine marchande. Depuis qu'elle avait eu la chance de durer au service des Chavassus, elle avait lavé chaque jour, accroupie, la terrasse aux losanges de couleur ; elle s'était émerveillée que la fatalité l'eût ainsi distinguée. Les enfants Chavassus en avaient fait à la fois leur souffre-douleur et leur confidente. A n'être qu'une ombre, elle était devenue, frottant, récurant, lessivant, l'âme de la maison. Maintenant, elle répondait même au téléphone, ne retenant des appels que des bribes de sons et de mots, dont elle recomposait le sens élémentaire.

Odile était l'aînée ; elle lui préférait le dernier garçon, pour l'avoir bercé, changé, embrassé, ramassé tant et tant de fois. S'en souviendrait-il jamais assez ? Ou ne finirait-elle pas, emburnoussée et voilée, par disparaître dans la vision anonyme qu'il garderait des foules de la place El-Hedim, où se dissout la reconnaissance ? Elle invoquait, comme le faisait son père, Sidi Mohammed Bel Kheir El-Kettani. Serait-il de quelque secours ? Du moins, quand son jugement devenait incertain, après avoir buté aux quelques repères de son expérience, elle se rassurait de l'invocation, usée comme un seuil de pierre. Elle vieillirait peut-être près de cette famille si, l'âge venant, on ne la jetait pas à la rue, inutile ou incommode. Odile, dans sa riche maison de l'esplanade où l'ingénieur l'avait emmenée, lui laisserait peut-être la chambre au bout du jardin ? Il n'y avait pas de méchanceté dans la main d'Odile, même maintenant qu'elle était devenue la main d'une femme.

« Pourquoi es-tu tout le temps à reluquer mes mains ? s'impatientait Odile.

— Parce que j'y aperçois ton cœur et je voudrais y deviner qu'Allah l'accompagne comme tu le mérites ! »

Odile virevoltait dans une robe légère. Elle se penchait un instant vers la vieille servante :

« Tu es toujours aussi folle, ma pauvre ! Je suis heureuse ! Je suis heureuse ! »

Elle repartait déjà dans sa voiture, après ces incursions quotidiennes qu'elle faisait dans la maison de son enfance. Quand elle avait eu treize ans, Zahra lui avait dit : « Tu vas te marier bientôt ; déjà, les hommes te regardent. » L'ingénieur l'avait enlevée à la classe de seconde, l'année de ses dix-sept ans. Maintenant, Zahra se demandait pourquoi Odile retrouvait ce visage hardi qu'elle avait quand, deux fois par jour, hélée de la rue par ses camarades de classe, elle saisissait ses cahiers, serrés d'une sangle, et rejoignait le lycée, au-delà du pavillon des Eaux et Forêts orné, à son portail, des deux coupes circulaires d'un cèdre géant.

La réponse lui vint le vendredi suivant. Généralement, de la semaine, on lui laissait cet après-midi-là. Elle partait à pied vers la médina « visiter des parents » disait-elle, et nul ne lui avait jusqu'ici témoigné le moindre souci pour cette parentèle. Elle se contentait, faute de famille, étant des Ait Addine, de remonter la rue Rouamzine aux mille boutiques, jusqu'à la place El-Hedim où elle s'attardait à regarder les cars se remplir ou se vider des campagnards que la ville affolait. Puis elle revenait par la *kissaria* des étoffes et la *kissaria* des tapis, la *medersa* Bou Inania, la place du mûrier — *et Touta* — s'arrêtait près de la fontaine, marchandait mais n'achetait jamais au *souk es sebbat,* « des chaussures » ; elle ne manquait pas de passer au pied de la mosquée Ez Zitouna et allait invoquer Moulay Ahmed El-Ouazzani, qui avait prédit l'arrivée des Français, en les maudissant. Elle l'avait vu autrefois adossé contre un mur, car c'est ainsi qu'il vivait avant qu'on ne l'enterrât sous la Koubba. Elle terminait par le jardin El-Haboul, allongé entre les remparts et l'oued. Les cris des enfants, à la piscine, le claquement sec des balles échangées au tennis montaient jusqu'aux promeneurs. « Ils jouent », constatait Zahra. Il y avait si longtemps qu'elle n'avait pas joué que ce spectacle lui paraissait insolite, ou incongru dès qu'il s'agissait d'adultes. Odile et ses frères y passaient une partie de leurs journées. Zahra n'avait jamais poussé jusque-là, où n'allaient que les Européens ou quelques *yaouleds* enhardis.

Alors qu'elle peinait dans la montée de l'avenue Moulay-Ismaël, entre le terrain du parc des Expositions et la résidence du général commandant la région, la voiture décapotable croisa, à la frôler, sa silhouette voilée. Cet homme et cette femme étaient possédés l'un de l'autre. Voilà où Odile forgeait cette joie neuve !

Zahra se retourna. La voiture allait lentement en descente, laissant apparaître deux têtes alignées qui glissaient comme des repères sur le mur blanc du général. Le bras sorti de ses voiles, Zahra leva la main droite vers le ciel, les doigts écartés : « *Khamsa !* dit-elle comme une invocation. *Khamsa* sur eux, quel qu'il soit ! continuait la servante. Que

Dieu les garde, *khamsa !* Que le chiffre cinq, que cette main et ses cinq doigts chassent d'eux le mauvais œil ! *khamsa !* C'est ma prière. Je te touche, ô ciel, ô Dieu, de ces cinq doigts, tels que je les ai et que tu me les as donnés ! »

Les jours suivants, Zahra sut que tout était changé, que seule sa main, dressée vers le ciel, pouvait conjurer le sort qui voudrait débusquer les insolents au cœur même de leur provocation. Zahra les vit et les revit. Mais n'était-elle pas de ces êtres que jamais les Européens n'aperçoivent ? Les *N'Srani,* les Nazaréens, sont tellement occupés de leur propre image qu'un peuple entier vit et meurt autour d'eux sans qu'ils l'aient une fois saisi de leur regard : « Mais pour ceux-là du moins, cet homme, cette femme, *khamsa* sur eux ! Que Dieu me pardonne le souci que je me fais d'écarter d'eux le souffle du malheur ! »

Tiercelin emplissait le ciel de ses rondes fantasques ; s'y seraient-elles inscrites, qu'une résille de lignes gracieuses aurait emprisonné tout le paysage qui, de l'Atlas au Gharb, et les nuits surtout, ne cessait d'évaporer son souffle odorant. L'ardeur mécanicienne de l'aviateur faisait merveille entre la Méditerranée et l'Atlantique, devinés aux lointains délayant leurs teintes de brumes. Ses élèves bâtissaient une chronique de ses exploits et lui, conduisant leurs hésitations domptées, prenait possession d'un royaume qui n'était que lui-même. A terre, la passion d'Odile l'affirmait davantage. Ici et là c'était un homme comblé, n'ayant d'autre inquiétude que de s'attacher à ce sol, à ce ciel ; à cette femme, à cet avion.

Quand Odile fit entrer Tiercelin dans la maison de ses parents, Zahra, seule, y était de garde. Ainsi, elle revit le bel homme, dont aucun doute n'avait chiffonné le visage, presque devant elle, tandis qu'Odile le poussait de pièce en pièce, en disant : « C'est ici vraiment chez moi, pas là où j'habite maintenant. » Depuis leur première rencontre au bal de la Croix-Rouge, elle ne lui avait pas ouvert sa propre demeure. Ils n'en avaient pas eu le temps ! Dès le lendemain du bal, le studio de l'avenue Mézergues était devenu pour eux le lieu sans prétexte où ils se renfermaient. Zahra s'enveloppa de désespoir, au point que Mme Chavassus s'était persuadée qu'elle « faisait la tête » continûment. Odile allait souffrir ; elle l'avait senti dès que cet homme était entré dans le salon et qu'il avait posé sa main forte et soignée, ses doigts carrés, là, sur le piano dont les enfants avaient tiré tant de bruit. « Que le chiffre cinq soit sur lui », avait-elle soufflé à Odile dans son dos, tandis qu'il resurgissait à l'air libre, entre les citronniers. Mais il lui paraissait certain que le chiffre serait impuissant et qu'il lui faudrait tenter beaucoup plus pour préserver la joie sauvage de cette femme qui se perdait. Elle invoquerait Sidi el Ouafi ou Lalla Fadida et même, bien que cela lui répugnât, elle demanderait l'intercession du Sidi Mohammed ben Aïssa, le mangeur de scorpions.

Elle vécut ainsi des semaines d'angoisse, tandis que le plus éclatant bonheur entrait dans la maison dès qu'Odile s'avançait dans le vestibule tendu de nattes de Salé. Etait-elle assez possédée pour ne pas sentir, derrière elle, le désespoir harassé de la servante ! Elle jetait au passage :

« Aujourd'hui, je vais jusqu'à Moulay-Idriss, vers quatre heures. Tu diras à ma mère que je suis passée plus tôt que je ne pensais. Tant pis, on ne se verra pas aujourd'hui ; mais elle peut me téléphoner ce soir ! »

Quatre heures. L'heure où les militaires, libérés des casernes et pomponnés pour le poste de garde, se répandent dans l'avenue de la République, où ils errent jusqu'au soir. L'heure où *moul'tiara,* le « maître en avions » s'échappe pour la rejoindre et lui fait oublier mari, enfants, pudeur.

« Tiens, dira Tiercelin au volant du cabriolet décapoté sur le pont portugais, le voilà le fameux Oued Kroumane ! A force de le voir d'en haut, je lui avais donné plus d'importance. Un enfant n'y ferait pas même tourner un moulin ! »

On était à la fin de mai et depuis les crues de février, il n'avait guère plu. La rivière bornait ses ambitions, jusqu'à l'automne, à quelques accélérations dans les pentes encombrées de rochers arrondis. Plus loin, elle stagnait parmi les roseaux, les ronces et les sauges. A Volubilis, les amants s'attardèrent après l'heure de la visite ; vers le soir, les résédas qui fanaient les enveloppaient d'une paralysante douceur, comme de miel et de clémentine.

« Ici, disait Odile, le doigt pointé vers les marches qui montaient à la basilique écroulée, nous avons joué, en 1937 avec ma classe, deux scènes d'*Andromaque.*

Puisqu'une fois le jour vous souffrez que je voie
Le seul bien qui me reste et d'Hector et de Troie...

— Tu jouais quoi ? demandait Tiercelin, la tenant enlacée.

— Rien, je n'avais pas assez de mémoire. Je n'étais pas une pièce assez sûre !

— Est-ce que tu te souviendras au moins de moi ? » Mais Frédéric n'attendait pas de réponse.

En dessous d'eux, la lumière oblique du soir épaississait la profondeur des jardins et ricochait sur des toits de tuiles déjà vieillis.

« Ceux-là, on les connaît. J'étais en classe avec l'un des fils. Mais les parents se rencontraient mieux que nous. Moi, je me suis mariée si tôt, que j'ai fui dans l'âge adulte, par procuration, en quelque sorte. Si j'étais restée au lycée, si j'avais poursuivi des études, c'eût été une autre vie. Peut-être aurais-je épousé l'un des fils Habert ; peut-être serais-je là — elle pointait le doigt vers la maison cernée de frênes et de palmiers — ou aurais-je fui loin d'ici, sans ce Frédéric, descendu du ciel pour asservir une pauvre mortelle. »

Le vent du soir, encore incertain, jetait sur eux l'odeur sèche des palmiers nains, ou celle des asperges sauvages dont les buissons mélangeaient leurs essences aux hampes d'asphodèles qui laissaient échapper des graines.

« Ce matin, en allant à l'hôpital Louis — tu sais, les pavillons avec les coupoles, le long de la route d'El-Hajeb — j'ai vu l'aîné des frères Habert. Il y vient encore en traitement. Il a été très touché. Avec cette guerre, toutes les familles, ici, ont beaucoup trinqué. Tiens, dans mon ancienne classe du lycée, par exemple... »

Tiercelin préférait lui embrasser doucement les paupières, et qu'elle se tût. Bien qu'ils eussent le même âge, c'est ainsi qu'elle se vieillissait en mêlant le temps passé à leurs présences si sûres, accotées contre l'immémoriale pierre taillée. Gravée dans la stèle, la vestale aux drapés majestueux versait l'oubli, en penchant le vase sacré.

Sur la colline des superstitions antiques, Odile lui murmura : « Que le chiffre cinq soit sur toi autant que je t'aime », reprenant en écho, dans ce paysage où chaque souffle s'exalte, l'invocation de la servante Zahra : « *khamsa* sur lui ! »

Demain matin, si immobile et clair, le lieutenant Tiercelin fera deux ou trois boucles au-dessus de Volubilis, pour descendre plus bas et repérer la pierre, devant la basilique où, hier, une femme lui disait qu'elle l'aimait. Derrière lui, comme des canetons dans l'étang, les appareils des élèves pilotes se suivront en respectant mal les distances, quand Tiercelin resserrera les virages. Il amorcera une chandelle, annonçant de sa voix indifférente : « Maintenant, plein sud, direction Agouraï. Virage sur la cave des Ait Souala. Altitude trois mille pieds. » Un à un, les *T-6* d'entraînement à double commande prendront le cap et rattraperont l'altitude. La maison des Habert, la ferme d'Ange Moretti, et celle de Hamel au bord extrême de la plaine, dominant le R'Dom, ne seront plus que des points sans importance. Le sourire énigmatique qui naît du silence et de la lumière reviendra sur la vallée, dès que les avions auront franchi le col de Mali, où les Romains avaient édifié leur dernier poste, Tocolosida.

Zahra battait les nattes de sisal sur la terrasse quand l'escadrille passa à l'ouest de Meknès, assourdissant jusqu'aux rumeurs confuses des marchés.

« Ces diables d'étrangers », grommela-t-elle, en frappant furieusement de l'osier, tressé en festons, qui armait son bras. Elle pensa à Odile, à l'impuissance qu'elle avait à conjurer d'elle le mauvais sort d'un amour fou, et chercha si, dans sa pauvre vie, quelque égarement avait eu autant de force. Là-haut, Tiercelin, toutes amarres terrestres abolies, s'ennuyait de cette première classe où des débutants dérapaient, sans surprise, aux mêmes instants.

« Continuez, je décroche ! »

Il monta, virevolta, glissa, plongea, hésita en haut d'une courbe, avant de se laisser tomber avec l'incertitude de la feuille morte. Puis il les rejoignit au-dessus d'Hadj-Kaddour et les ramena au bercail. Il les vit tourner un à un pour prendre la piste, puis rebondir sur les dalles de ciment et dégager vers les garages.

Maintenant, le *Bell-Aira Cobra,* sous sa main, arrivait au terrain en virant très court. A quelque endroit de la piste, peint dans l'axe ou affiché sur un panneau latéral, il devait y avoir le chiffre 5. C'est là que le train s'écrasa. Depuis l'arrière, le moteur rompit ses attaches et vint fracasser Tiercelin dans l'habitacle. A peine eut-il encore ces derniers souffles qui rendent la mort plus tragique aux spectateurs.

Odile crut que la douleur la tuerait. Mais elle a vieilli avec distinction, sans jamais quitter cette ville où les avions continuent à fuser dans le ciel, depuis une piste encore allongée. Zahra, presque aveugle et ne souffrant pas d'être un rebut, comme sa vie l'avait faite, radote parfois pour elle-même :

« C'était un très bel homme. Mais le signe était sur lui. J'ai tout tenté pour qu'il n'apporte pas le malheur dans cette maison. Dieu n'a pas voulu que je puisse faire une seule chose ; même celle-là ! *khamsa !* Lui seul sait si le chiffre cinq doit être impuissant ! »

XIII

Fortune faite
(1921)

François Alonso ne cachait guère qu'il était Espagnol. A quoi bon ! Des Perez, Jimenez, Lopez et Calatayud, le Maroc en était plein. Le boucher si aimable, dont l'étal de belle viande attirait à Meknès Mathilde Habert, s'appelait lui aussi Alonso. Avec un autre prénom, Jorge, Manuel ou Ernesto. Mais celui-là avait préféré transformer Francisco en François : il était depuis 1921 dans la zone française du Maroc, et n'avait que des raisons d'y rester. Et d'y prospérer. Il fut un temps où on le voyait, chez les Habert, cinq ou six fois l'an. Il avait une façon bien à lui de tourner en camion, dans la cour, autour du palmier : il virait toujours avant l'arbre, contre l'écurie, ébranlant le ponceau sous lequel stagnait le purin. Les autres chauffeurs, à l'inverse, décrivaient une boucle ample, en gagnant d'abord le fond de la cour.

« Rien qu'en entendant votre manœuvre, je sais que c'est vous, disait Mathilde qui surgissait peu après, pour vérifier quand même qu'elle ne s'était pas trompée. Alors, ça marche le transport ? Pas d'ennuis avec les camions ?

— Oh ! ça va ; ça irait mieux si la maison Habert me faisait charger plus souvent ! »

C'était une provocation convenue. Alonso étant à peu près de parole, il savait qu'Habert lui réservait généralement ses transports : le vin, avant l'été, dès qu'il s'était stabilisé et décanté dans les cuves de ciment ; l'huile, que l'on chargeait en fûts métalliques au bout du remblai accumulé contre le bâtiment des cuves ; le blé, qu'il fallait aller chercher dans la plaine ; les phosphates et le matériel à ramener de la gare de Sidi-Embareck, dans l'autre vallée.

Les années passant, Alonso se fit plus rare à Moulay-Idriss. Mais ses camions étaient toujours ponctuels.

« Ah ! disait Habert, le dénommé Francisco Alonso, il n'a pas perdu son temps ! Il a déjà dix camions et un garage ! »

Retour de Meknès, Julien et Mathilde échangeaient en voiture les nouvelles :

« Tiens ! j'ai aperçu Alonso, très homme d'affaires maintenant ; on ne l'imaginerait plus au volant d'un camion.

— Tu penses, disait Julien ; je ne sais plus qui m'a dit, à la Chambre d'agriculture, qu'il était maintenant propriétaire de la moitié de l'hôtel Majestic ou du Continental ! Je ne suis pas inquiet pour lui, il finira *kébir* ! »

Les années glissaient, Alonso faisait son chemin.

« Je suis quand même arrivé après vous au Maroc, avait-il dit à Habert. Vous, c'était quand ? » C'était en 1915. Habert, qui s'était fait descendre dès 1914 en Champagne, à peu près comme Péguy avec plus de chance, n'était plus bon pour les combats. C'est alors qu'avec Mathilde il s'était éloigné de la France pour cinquante ans.

« Moi, je suis venu de l'Est », avait dit Alonso, donnant à croire à son interlocuteur que, depuis l'Oranie déjà si peuplée d'Espagnols, il s'était glissé par Oujda et la trouée de Taza vers le Maghreb el-Aqsa, l'Extrême-Occident. De telles explications suffisaient entre Européens : on était arrivé par Casablanca ou par Oujda ; avec l'armée, le service militaire ou l'administration ; ou par inspiration subite : « Je suis venu pour voir et je suis resté ! » Il était convenu de ne pas approfondir. Dans un pays si vaste, cela avait-il de l'importance ? Certains se fixaient dans des lieux désolés ou, comme les Habert, en marge de l'agitation. « Vous pensez rester là longtemps ? » avait une fois interrogé Alonso, avec une incrédulité étonnée dans le ton. D'autres, comme lui, couraient le pays : pas une piste ne s'ouvrait qu'il ne la parcourût en reconnaissance, en y traînant si possible quelque matériel et en en ramenant bétail et villageois ; ou, selon les saisons, le grain et les toisons de moutons.

« Il a une famille, ce garçon ? » enquêtait Mathilde. Elle aurait bien dû alors le lui demander. Sans doute maintenant en avait-il une ? La vie allait par bonds, les enfants, à l'école ou au lycée, accrochés, çà et là, comme des repères. A la veille de la deuxième guerre mondiale, dans la lisse prospérité de quelques belles années, deux hommes auraient pu revenir près de vingt ans en arrière et témoigner de l'arrivée par le Maroc oriental, entre l'Oued Moulouya et l'Oued Msoum, de Francisco Alonso ; deux hommes : l'ex-capitaine Poitevin et lui-même. Mais Poitevin devait déjà être à la retraite dans quelque province française où il avait baptisé sa villa neuve : « *Chemch* » — le soleil — ou peut-être « *Djebel Masgout* », se souvenant du temps où il tenait le poste de Saka, sur le flanc de la montagne aux thuyas.

De Malaga à Melilla, une nuit de mer suffit pour ce voyage. En 1921, Alphonse XIII règne sur l'Espagne depuis vingt ans et se lasse de former des ministères éphémères. Avec la France, en 1912, par traité, il a réparti l'influence au Maroc. Mais les tribus rifaines, des Djebalas aux Beni Ouriaghel, sont coriaces. Dès 1909, pour tenir Melilla, sur la Méditerranée, il faut une armée de vingt mille hommes. En 1921, dans cette zone espagnole, le haut commissaire est le général Berenguer : depuis Tétouan, il entend réduire le rebelle djebala Raïssouli. A Melilla, commande le général Silvestre. De l'Ouest et de l'Est, les deux généraux rêvent d'une opération en tenaille, sur la baie d'Al Hoceima. Mais Silvestre veut tout le succès pour lui et son but est Ajdir, la « capitale » de la tribu Beni Ouriaghel, sur la baie. Il se hâte et se découvre, installe des postes fragiles, tandis que Mohammed Abd el-Krim, échappé de Melilla, prépare sa tribu à la résistance. En trois jours, à partir du 18 juillet 1921, la révolte prenant comme un feu, les postes espagnols sont submergés. Quand le général Silvestre atteint le poste fortifié d'Anoual, il est trop tard : il ordonne l'évacuation, et s'y suicide. Pris de panique, les Espagnols fuient vers Melilla qu'ils ne parviennent pas à gagner et attendront la mort en se retranchant, en vue de la ville, à Monte Aroui, Sélouane et Nador. Une armée en campagne de vingt mille hommes avait été balayée par deux à trois mille Rifains, qui maintenant bombardaient Melilla avec les canons conquis. Plus de seize mille hommes avaient été massacrés ; les pistes étaient jonchées de cadavres.

On sut après la vérité sur ce désastre : elle s'appelait incompétence et corruption. Francisco Alonso, lui, la connaissait déjà depuis un an : il n'y avait pas d'homme plus misérable et plus patient que lui, soldat espagnol avec beaucoup d'autres, dans cette occupation africaine. Quand il lut, dans l'octobre qui suivit, le discours du premier ministre, le señor Maura, aux Cortès, il fut stupéfait. Cet homme avait enfin découvert, comme quelques députés, après une inspection à Melilla, tout ce que Francisco Alonso avait expérimenté : « Les capitaines s'enrichissent, mais les soldats meurent de faim. Il n'y a rien d'autre que la fraude et l'immoralité. Les hôpitaux sont pires que des prisons et le traitement des malades et des blessés déplorable. » Des officiers s'étaient terrés à Melilla, puis, réapparaissant, avaient fait croire qu'ils étaient réchappés du massacre. Les cent trente postes, et surtout celui d'Anoual, avec ses cinq mille hommes, avaient été construits en dépit du bon sens. Ils furent, pour la plupart, abandonnés dès que la rumeur du désastre atteignit leurs garnisons. D'autres s'étaient rendus, pour un massacre plus cruel, sans qu'un coup fût tiré. Plusieurs mois après l'épreuve Francisco Alonso découvrait en lisant, au café de l'hôtel Simon, à Oujda, un journal espagnol déjà ancien, l'égorgement de masse auquel il avait échappé.

Pourquoi, du 28 juillet au 5 août, alors que, dès le 22, le Rif était perdu pour l'Espagne, lui et cinq autres misérables soldats, aux ordres d'un caporal sans inspiration, avaient-ils tenu les puits de Tiztoutine ? Dans l'été chauffé à blanc de la plaine de Gareb, l'angoisse les avait tant étreints qu'il ne leur restait que les gestes simples qu'ils ne commandaient plus : glisser avec l'ombre des arbres autour des puits, ne pas parler, ne pas apparaître, ne tirer qu'une fois, au bon et dernier moment. Les hordes tribales coupaient au plus court vers Segangane et Melilla, par le Rio Iga, et ne s'attardaient pas à leur disputer l'eau de quelques puits. Neuf jours après, il ne restait d'espoir à Francisco et à ses compagnons que la montagne, dans leur dos ; les assaillants en étaient sortis par groupes farouches qui se hâtaient vers Monte Aroui et Selouane d'où montaient continûment les fumées. Maintenant, l'invasion semblait tarie. Le caporal, qui était de la Rabita, entre Almeria et Motril, croyait se souvenir que la zone française était derrière eux, plein sud, à cinquante kilomètres. Il l'avait entendu dire autrefois par ce bâtard de capitaine Balaguer. Le salaud, ils ne l'avaient pas vu, de toute la déroute !

« Si l'on fait le chemin dans la nuit, on vivra, peut-être... », avait dit José Gazùl.

L'obscurité fut lente à peser sur la chaleur vibrante qu'irradiaient les rochers. Ils abandonnèrent leurs armes, sauf les coutelas et un fusil qui avait encore dix cartouches. Ils marchèrent.

Au petit jour, vers cinq heures, ils étaient encore sur la montagne. A gauche, en contrebas, l'oued paraissait presque à sec, et à droite, de l'autre côté du sommet, courait une piste. « On attendra, dit le caporal, même deux jours, si ces sauvages nous en laissent le temps. » Ils se dispersèrent sur quelques centaines de mètres, en dessous de la crête. Ils imaginaient qu'ils n'étaient que des pierres sans éclat parmi des pierres sans éclat, et le soleil seul pouvait les désigner aux cris et aux couteaux. Le matin suivant, obstinés à cheminer de nuit entre rivière et montagne, ils se risquèrent au-dessus de la crête. Ils virent au loin la fauve vallée de la Moulouya, et à leurs pieds le poste de Saka, où les Français se préparaient à lever les couleurs, dans la poussière de l'été épuisé.

A deux kilomètres du poste, ils tinrent conseil, après s'être camouflés jusqu'au bout. Tout d'un coup, ils n'étaient plus les morts en sursis, promis à l'égorgement. Mais des vivants qui devaient décider de leur médiocre avenir.

« Et si les Français nous rendent aux Espagnols, ces putains d'officiers diront que nous avons déserté, eux qui se sont planqués à Melilla ! On nous fusillera bien pour l'exemple, après toute cette boucherie ! Tu nous vois, reconduits par les Français, dans un ou deux mois : la prison d'abord, le peloton ensuite. »

José Higuerra était le plus véhément. Le caporal paraissait ébranlé. Plus la débandade avait été subite et la boucherie affreuse, plus il faudrait encore et encore des responsables. Eux seraient les derniers boucs émissaires !

« Il faut se décider, dit José Gazùl. Tu te vois, avec cette température, dans ce désert de cailloux, pour aller où ? Aujourd'hui ou demain tu tomberas sur des Français, ou sur des Marocains qui te signaleront aux Français. Et tu seras bien content qu'ils te donnent à boire !

— Si on pouvait gagner Aïn-Temouchent ou Oran, on a des cousins là-bas ! Ils nous cacheraient !

— Et tu passeras encore une fois la frontière à pied ? pauvre con ! »

Ils n'eurent pas à décider. Du fort de Saka, on les avait

repérés, dévalant la montagne en se dissimulant. Le capitaine Poitevin envoya une escouade les cueillir. On les réconforta. Ils dormirent. Le lendemain matin, il faisait encore quarante degrés à l'ombre, mais le camion de ravitaillement emmena le caporal José Gazùl à Camp-Berteaux, au confluent de la Moulouya et de l'Oued Za, après avoir traversé le territoire des Beni Bou Yahi. On le transféra dare-dare, dans la chaleur crayeuse, à Taourirt, sur la route de Taza à Oujda : les officiers français étaient impatients qu'il leur racontât la déroute espagnole.

Le capitaine Poitevin garda ses pensionnaires pendant quinze jours. Le caporal ne revint pas. Les cinq autres dormaillaient, hébétés de souvenirs et d'été. Poitevin les visitait deux fois par jour, dans la baraque devenue celle des « Espagnols ». Francisco Alonso lui parut le plus ouvert, avec un reste de qui-vive dans le regard et la voix qui plaisait au capitaine. Il lui fit raconter la débandade d'Anoual à Driouch et leur combat d'isolés, aux puits de Tiztoutine, écartant, de quelques coups de fusil et de grenades, les cohortes de la mort qui se jetaient sur Selouane. Puis ils parlèrent de la vie militaire, de la misérable vie d'Alonso sous l'uniforme espagnol, de la Castille familiale, si loin maintenant qu'Alonso ne savait plus comment elle lui reviendrait, depuis une immobile douleur.

A marcher durant les heures fraîches dans la cour du poste avec le soldat d'Espagne, Poitevin accepta de considérer qu'un retour à Melilla ou ailleurs ne lui serait pas sans danger. C'était un homme rare, que le métier militaire avait éveillé à la curiosité des êtres, plutôt que de l'en préserver. Alonso ne servirait à rien aux Espagnols, sauf pour quelque vengeance hiérarchique bien méprisable. Poitevin résolut donc d'en faire un citoyen français, dès qu'il aurait rendu quelques services. Quand vint l'ordre de transférer à Taourirt les cinq Espagnols, Poitevin ne put en livrer que quatre, car, dans la nuit précédente, Alonso s'était évadé du fort. C'est ce qu'il annonça aux voyageurs éberlués, au moment où il les embarquait sur le camion : Poitevin s'était contenté, la veille, d'enfermer Alonso dans un magasin, en lui disant de ne pas s'inquiéter, et le Castillan parut lui faire confiance.

Poitevin garda les papiers de l'Espagnol et sans doute les retrouverait-il s'il avait encore l'énergie de fouiller les archives de son passé. Avec son camarade Kendu'ch, du

Deuxième Bureau d'Oujda, ils donnèrent à François Alonso une bonne identité de pied-noir oranais. Kendu'ch, s'il vit, n'a certainement plus en mémoire l'intérêt de service qui poussa Poitevin à utiliser l'Espagnol pour de modestes renseignements, glanés dans la vallée de la Moulouya.

L'occupation française investissait déjà celle-ci jusqu'à Missour ; elle atteignait les sources du fleuve à Alemsid, en 1923.

Pendant cinq ans, Alonso devint l'une des multiples oreilles de Poitevin, qui quitta, au bout de quelques mois, le poste de Saka pour Camp-Berteaux, sur la Moulouya « la sinueuse » aux rives ourlées de tamaris. Déjà, le 12 juillet 1910, les Français avaient enterré leurs soldats tués à Moul El-Bacha, où il y eut un fortin. Promu, Poitevin alla régner sur Guercif, dont le poste avait été bâti en 1912 par le général Alix. La plaine de Tafrata, livrée à l'armoise et aux gazelles, cernait de son désert les cultures irriguées dont la tache verte n'était qu'une protestation futile contre la farouche étendue de la steppe aux scorpions.

« Alors, mon garçon, disait Poitevin, qu'est-ce que tu me racontes aujourd'hui ? Tu as un vrai don d'observation. » Il accueillait ainsi Francisco à toute occasion jugée par celui-ci utile. Sans doute l'Espagnol connaissait-il la couleur des saisons sur les jujubiers et l'alfa en touffes, à perte de vue ; sur la gara de l'orge et la gara de la pastèque, sentinelles rocheuses et rongées dressées le long de la rivière. Mais il connaissait aussi, jusqu'aux chaînes sombres du Moyen Atlas, les Beni Bou Yahi et les Ouled el Haj, les Haouara, les Aït Youssi et les Aït Ouafella, tous ceux qui stagnent dans les fonds humides ou tournent en transhumance, dans le vent et les solitudes. Au volant du camion *Saurer,* dont la transmission à chaînes propulsait à trente à l'heure les bandages de caoutchouc plein, il était devenu l'intermédiaire entre Poitevin, chef de poste puis de cercle, et des tribus misérables. Les militaires, eux, bougeaient sans cesse et n'avaient jamais le même visage : mais il ne se passait pas une semaine sans qu'apparussent la vieille mécanique et son chauffeur. Parfois, ils restaient plusieurs jours en panne ; Francisco passait les heures chaudes couché sous le camion, dans la féroce canicule. Mahjoub, le graisseur, qui était un Haouara, de Msoun, sur la route de Taza où l'on était traditionnellement fidèle au *maghzen* et maintenant aux Français, rebroussait chemin pour chercher du secours. Le jarret sec et la besace de doum en bandoulière, il quittait Francisco, en lui disant : « Que Dieu te garde ! Je reviendrai bientôt et je préviendrai tous ceux que je rencontrerai que tu es là : personne n'osera alors t'attaquer. Au revoir, chef ! Dieu décide ! » Il poussait un long et sonore soupir, plaçait ses *belleras* sur l'épaule et ses pieds nus soulevaient si régulièrement la poussière que, la distance augmentant, on aurait cru, dans la chaleur tremblante, qu'une étrange machine le propulsait.

Les inquiétudes, les avertissements voilés, les rumeurs, les haines de tribus, Francisco en avait la confidence, que le *Saurer* vînt pour livrer du grain, des barbelés ou du ciment, les tôles ondulées ou le pétrole. Il couchait dans son camion, sauf à quelques haltes privilégiées. Entre le haut plateau — que l'on appelle ici Tafrata, où pointent dans la steppe d'alfa les Beni Guil et leurs troupeaux transhumant depuis Figuig — et la muraille de l'Atlas où la neige tenait jusqu'en mai, Francisco affectionnait la forêt clairsemée des Térébinthes. Ces pistachiers — les *btoums* — à l'écorce odorante et au bois sombre parcouru de veines profondes, donnaient, vers Ouininet et Mahirija, à la course éperdue des gazelles un air de fête. Déjà les militaires, pour leurs fortins ou pour se chauffer, avaient taillé dans ce peuplement sporadique. De ses haltes villageoises, Francisco avait ramené des colliers de grosses boules en bois poli, et des coffres bruns à la senteur pénétrante. Le poste d'Aïn el-Guettara l'hébergeait : de là, partait la piste, sur la gauche, à l'assaut du Djebel bou Iblane, jusqu'au poste de Bou Ichourdane, à 1 600 mètres d'altitude. La piste du Sud l'emmenait jusqu'aux *ksours* d'Ouled Djerrar et de Tissaf où les Français s'étaient implantés depuis deux ans. Les figuiers, les oliviers et les palmiers protégeaient les orges et les légumes. Là, il avait ses habitudes chez les habitants. Le caïd de Tissaf le logeait chez une veuve dont la réputation ne pouvait plus souffrir et qui l'accueillait avec une joie spontanée. Elle bavardait interminablement dans l'obscurité de la maison de terre, d'où l'on apercevait, par la porte ouverte, un ciel que paraissait gonfler déjà la lumière de l'Orient. Elle tirait et lissait interminablement les poils sur la poitrine du chauffeur, en lui disant qu'il était le plus beau, bien qu'il fût Roumi ; mais à elle, qu'est-ce que cela pouvait faire, ce que disent les gens, car tous portent avec eux autant de méchanceté. Ah ! elle ne cessait de pleurer quand il était long à revenir. Et un jour, il ne reviendrait pas. Et il ne lui aurait rien dit. Pourtant, elle était ses yeux et aussi son cœur, à Tissaf et tout autour. Les militaires empêchaient les tribus de se battre. C'était plus agréable, mais cela manquait aussi. Le caïd s'était beaucoup enrichi, mais elle n'en dirait pas de mal. Il avait été juste avec elle, et la protégeait. Les Français auront du mal, avec la montagne : les gens de la vallée, ils ont l'habitude du passage. Mais les *chleuhs* de l'Atlas, vers Ameraid et Midelt, ils disent que jamais les Français n'entreront chez eux et qu'ils passeront l'hiver enfouis sous la neige, s'il le faut ! « Francisco, tu iras la prochaine fois à Outat el Hadj ? Il y a un *mellah.* Les Juifs font des bracelets d'argent. Tu m'en rapporteras un, n'est-ce pas ? Ou deux ? Et Missour, plus au Sud, les Français y sont arrivés depuis deux étés. Mon premier mari était de là-bas. Il y a une forêt, oui, oui, une forêt d'oliviers, des arbres partout, la meilleure huile, des grenades et des pommes ! des pommes ! Ici, à Tissaf, on n'a que de l'eau chaude et sulfureuse pour soulager les galeux ! Tu crois que les Français vont monter sur le Djebel Taiouant et redescendre de l'autre côté, jusqu'à la mer ? »

Francisco lui rapportait de Guercif quelque cafetière émaillée et des pains de sucre avec du thé vert, des mètres d'un voile rebrodé d'or. Elle l'appelait l'oiseau-rollier aux cinq couleurs qui niche partout — le *tir-el-arsa* — et lui confiait que, dans la vallée, de Missour à Mahiridja, on ne parlait que du *rogui* Abd el-Krim, l'homme qui avait battu les Espagnols et qui irait bientôt, par la Moulouya et le Ziz, jusqu'à Midelt et Sijilmassa, où les ruines de la ville-reine seraient redressées en une nuit pour le reconnaître sultan du Maroc, les Français dussent-ils en périr.

« Tu repartiras jusqu'à Oran, d'où tu viens, et ils prendront ton camion ! »

Francisco riait tant qu'elle assurait :

« Je te jure ! ici, tous pensent ainsi et ils attendent ce jour ! »

Elle ajoutait... « qui me fait peur pour toi ! »

Mais depuis le désastre d'Anoual, en juillet 1921, l'oiseau-rollier n'avait plus peur, sauf de cette armée espagnole dont il s'était échappé pour le mépris qu'il en avait. Les pitoyables tentatives qu'elle avait faites jusqu'en 1924 pour reprendre le terrain abandonné autour de Melilla et de

Chechaouen, Poitevin ne les lui cachait guère. Elles lui faisaient mieux supporter sa décision et son destin qu'il avait remis entre les mains d'un capitaine français. Quand l'Espagne renonça à cette lutte, en 1924, Abd el-Krim pesa directement sur les postes français, dans la haute vallée de l'Ouerrha. Poitevin sembla préoccupé, non pour son secteur de la Moulouya, mais Taza et Fès paraissaient tour à tour menacées. Alonso participa à des transports urgents de matériel et de munitions aux postes qui, vers Boured et Rafsaï, couvraient Fès. Il ravitailla Beni Berkhoul, avant l'héroïque résistance du sous-lieutenant Pol Lapeyre, en avril 1925. Les troupes et les convois étaient partout. On entendait le canon vers le nord, et le bombardement des escadrilles sur Rafsaï. Les visages étaient graves, mais Alonso restait serein : avec ses cent trente-cinq canons, ses deux cent quarante mitrailleuses, et ses quarante mille fusils, Abd el-Krim n'avait pourtant, cette fois, aucune chance. Ce qu'Alonso avait vu, cette déroute aux égorgements, il ne le reverrait pas. La résistance du fort de Bibane, au-dessus de Tanfrannt, menée par le sous-officier Barnès-Cambot, lui rappelait sa propre opiniâtreté aux puits de Tiztoutine. Mais il était seul, ici, à pouvoir s'en souvenir. Poitevin comprenait peut-être ce qu'il ressentait et le cœur qu'il mettait à livrer ses chargements jusqu'aux montagnes à l'énigmatique visage.

« Mon cher enfant », lui disait-il dans ses instants d'intense émotion, sans oublier de grappiller le moindre renseignement : c'était devenu une manie. La pression rifaine pesait jusqu'à l'Oued Lebène aux portes de Taza et de Fès. Cette année 1925, la fête de l'Aïd el-Kebir — la grande fête qui commémore le sacrifice d'Abraham — devait être célébrée le 2 juillet. Le rebelle rifain avait annoncé qu'il entrerait à Fès, et que lui, et nul autre, sacrifierait le mouton dans la *zaouïa* de Moulay-Idriss. La stupeur, qui saisit les foules à l'approche d'un miracle, avait plongé la population dans une extase mystique extrême : Fès priait secrètement pour le succès d'Abd el-Krim. Les tribus Tsoul et Branès, victimes des représailles rifaines, vacillaient. Les émissaires d'Abd el-Krim battaient le pays, semant le trouble et l'espoir. Ses détachements menaçaient la route et le chemin de fer à Oujda, coupaient la route de Tanger à Rabat. Le sultan Moulay Youssef vint sacrifier le mouton à Fès et fit monter les cavaliers du Sud. Les vieux chars Renault des offensives de 1917 prirent le chemin de l'Ouerrha pour de nouvelles attaques. On évacua les femmes européennes et leurs enfants de Taza. Le 29 juillet, la voie de chemin de fer fut détruite par une bande rifaine, à Sidi Abdallah, entre Fès et Taza. Près de quarante postes frontières avaient été pris ou évacués. Derrière Taza, les tribus berbères insoumises attendaient l'heure de descendre sur la ville, comme tant de fois dans l'histoire. Poitevin disait à Alonso : « Sur la route, entre Msoun et Guercif, tu ouvres quand même l'œil : on ne sait jamais. » C'était la manifestation la plus extrême de son trouble, que d'admettre le danger dans son propre secteur.

En septembre 1925, il annonça : « Tes copains, les militaires espagnols, ils ont enfin débarqué dans la baie d'Alhucemas et pris Ajdir ! Après quatre ans de réflexion ! »

Et, en avril 1926, comme Alonso revenait de Tissaf où l'agitation souterraine des esprits s'était calmée — Poitevin voulant en avoir le cœur net — celui-ci lui dit :

« Demain matin, tu seras mon chauffeur pour Taourirt et peut-être Oujda ; j'ai une surprise pour toi ! » Cette maigre confidence empêcha Francisco de dormir. A Taourirt, au sortir de la résidence du contrôleur Gabrielli, Poitevin dit à son chauffeur :

« Tu vois ces trois-là ? Ce sont les délégués d'Abd el-Krim : celui-là c'est Si Mohammed Azerkan, leur ministre des Affaires étrangères. Ils viennent demander la paix. »

Trois Rifains, en djellabas de laine brune, la tête ceinte d'un turban blanc laissant apparaître le sommet de leur crâne rasé, se tinrent un instant sur la terrasse de la résidence, avec une indifférence ennuyée sur le visage.

Le lendemain, on poussa jusqu'à Camp-Berteaux, pour négocier au calme. Un général revint vers la voiture avec Poitevin :

« Mon général, dit ce dernier, pointant un doigt vers son chauffeur, celui-ci, vous le connaissez bien : c'est Alonso, qui nous est venu depuis Anoual !

— Pourquoi ce général me connaît ? demanda plus tard Francisco à Poitevin.

— C'est le général Simon, qui dirige la délégation française. Il commande maintenant la 11ᵉ division. Mais il a, pendant plusieurs années, été responsable du renseignement au Maroc. Je lui ai dit plusieurs fois que tu faisais du bon travail. »

Poitevin ajouta : « La semaine prochaine, à Oujda, je te montrerai les délégués espagnols ; mais tu ne leur parleras pas ! Lopez Olivan, qui arrive de Madrid, le commandant Aguilar et le capitaine Miguel, qui viennent d'Ajdir. Tu connais, n'est-ce pas ? »

Le 27 mai 1926, Abd el-Krim se rendait au colonel Corap. L'échange des prisonniers n'eut pas lieu. Les Rifains n'en avaient pas gardé.

Quand Poitevin quitta Guercif pour la France, il embrassa Alonso et lui laissa un camion. « Il est à toi, les papiers sont à ton nom et tous tes papiers sont en ordre, François Alonso, né à Hammam-bou-Hadjar, près d'Oran, le 18 septembre 1898. Tu es un homme libre et tu ne dois rien à personne, même à moi ! »

Ils s'éloignèrent avec ces larmes qui roulent à l'intérieur du cœur. Alonso abandonna la vallée de la Moulouya où rien ne le retenait, Poitevin n'étant plus la halte à mi-course entre le désert et la mer. Il suivit les troupes françaises qui maintenant grignotaient le Sud, à partir de Midelt, et investissaient les massifs berbères. Il transportait pour elles toutes denrées et tous matériels ; peu importaient les saisons, la neige, le vent glacé, la chaleur étourdissante que renvoyaient les parois de pierre dans les vallées du Ziz et du Todra. Erfoud et Tineghir, Boulmane, le Djebel Bani, Zagora, Agdz, le Djebel Sargho dernier refuge des Aït Atta, furent pour lui aussi les étapes d'une vie. Il connut ce temps ouvert et précaire, à la mesure de l'inépuisable paysage. Il accumulait les *douros,* d'abord sous le siège du camion, dans un court sac de jute. Puis il eut un compte en banque à Midelt, signa des traites pour acheter des camions et les remplacer. Il n'y avait guère de sourire entre les cafés-essence où les Grecs servaient des anisettes à quelques épaves en souffrance à 1 500 mètres d'altitude, et la chambre qui abritait son sommeil dans le *ksour* populeux. Dans un hangar, au départ de la route vers la mine de plomb d'Aouli, il rangeait ses trois camions, plongeait dans les moteurs, martelait les jantes rebelles et les pneumatiques. Les militaires, les officiers des Affaires indigènes s'arrêtaient au passage. Aucun horaire, aucun transport ne le rebutait. Il était sobre et jeune et connaissait aussi toute couleur changeante des montagnes et des plateaux, jusqu'à deviner les étrangetés âpres qui secouaient les âmes des pasteurs de chèvres et de moutons, aspirés par le vent immense. Quelques centaines d'Européens et de Juifs semblaient tout attendre des convois militaires, des trafics vers le Sud et déjà des touristes. Francisco allait rabattre des transports jusqu'à Meknès : les militaires se passaient le mot ; on pouvait lui faire confiance et, d'une phrase, il en disait plus long qu'un rapport. Il n'avertissait jamais en vain. Bientôt il achèterait un atelier d'électricité automobile sur la route d'El-Hajeb, assez loin de son compatriote Cintas, établi rue d'Alger, pour ne pas être concurrents. Comme si, lentement, il remontait vers le Nord.

Une fois seulement, sans avoir eu le temps de débattre en lui-même de cette imprudence, il s'était arrêté au bord de la route, à Timhadit, entre Midelt et Azrou. Deux Européens s'agitaient sur le bas-côté dans la lumière des phares qui faiblissait avec le jour montant. Quelle urgence nécessitait leur présence, en ce lieu au-dessus de l'Oued Guigou, roulant parmi les laves ? Alonso s'arrêta, mais il avait déjà deviné avant qu'ils ne tendissent le cou vers la haute portière du camion : ces hommes étaient des déserteurs, et l'un d'eux, blond, les étiquetait légionnaires, évidemment. Le chauffeur écouta sans insister les fables que les passagers articulèrent dans un français maladroit. Il avait trop rencontré de militaires sur ces pistes, ces montagnes et dans ces camps, pour qu'il pût douter du dessein de ceux-ci. Ils se firent débarquer bien avant Meknès et attendirent que le camion fût loin pour quitter la route et s'engager en pleins champs. Plus tard, Alonso apprit que les légionnaires avaient fait la caisse du camp, vers Ksar es-Souk, sur le Ziz, et tentaient de gagner la zone espagnole. Il les avait laissés faire. Il n'avait rien dit, cette fois, de ce qu'il avait vu. Peut-être pensa-t-il qu'avec le capitaine Poitevin il avait eu sa vraie chance, et qu'il ne pouvait, lui, retirer celle que les deux hommes croyaient saisir. Quelques semaines après, Mathilde Habert lui raconta que deux étrangers s'étaient avancés un soir, dans la cour, et avaient demandé quelque nourriture et un abri pour dormir. Méfiant, Habert leur désigna le hangar au maïs, en recommandant au gardien de leur interdire tout feu. Au petit matin, ils avaient disparu. Mathilde était sûre qu'ils étaient les déserteurs de Ksar es-Souk. Elle les voyait encore s'éloigner vers le Nord, coupant au travers des champs de pois chiches, lestés d'une caissette.

« Quand le cafard les prend, la malice vient vite », concluait évasivement Alonso. Il se demandait si lui-même éprouvait quelque regret de s'être, par nécessité, amputé de toutes les années d'autrefois, pour qu'elles ne lui reviennent pas à l'esprit, qu'elles mineraient. Ici, son progrès — la chrysalide faite — lui servait d'équilibre. Il allait réussir, parmi ces paysages grandioses ou désolés, et ces immigrants d'Europe qui avaient une si grande hâte à se fixer, alors qu'ils étaient promis au départ. De Volubilis, qu'il prenait enfin le temps de visiter, il regardait les quelques fermes qui étendaient en taches leur ordre rigoureux imposé à l'océan frémissant des doums et des asphodèles. Les dalles du forum délimitaient un espace presque intime, où il se sentit bien. Le temps s'arrêtait. Il se revit, plus jeune de dix ans, à Melilla, qu'il avait chassée de sa mémoire. Il traînait en uniforme sur la *plaza de España* et dans le parc Hernandez, sous les araucarias et les palmiers. Puis, par les escaliers dans la muraille, il gagnait la *puerta de la Marina,* la place de la Maestranza, longeait les fortifications, stagnait sans argent dans des estaminets où l'on servait du vin et de l'anis, courait à son tour retrouver l'Andalouse tarifiée qui lui donnait à peine l'illusion d'exister. De la terrasse du musée, on regardait la ville, le port, le cap des Trois-Fourches. Comme ici, du forum, on voyait les blocs émergeant des fouilles, la plaine comme une mer et, au loin, les montagnes comme des îles. Il pensa à sa famille, à tous ses frères et sœurs qu'il avait, et d'autres étaient sans doute venus. Le croyait-on mort depuis longtemps ? Il se souvint de l'odeur du tablier de sa mère, quand elle le serrait fougueusement contre elle, l'appelant *mio pequeño.* Il eut envie de pleurer, ici, encore plus seul.

Il retournait à ses camions, à l'atelier, à ses trajets, à ses affaires. Il était en retard. Vingt années et un pays avaient disparu de sa vie. Que de temps, que de mots, que d'images, il lui fallait maintenant rassembler fébrilement, ayant perdu tous les autres ! Le toit des Habert, sous ses yeux, était cerné de verdure. Les fous ! Ils s'étaient installés là, en 1921, l'année où il faillit mourir aux puits de Tiztoutine ! Ils prenaient racine alors que tout l'abandonnait, lui, Francisco Alonso. Ils seraient eux-mêmes dépouillés à leur tour. Ni halte ni repos ; il n'y en avait pas là plus qu'ailleurs ; la certitude était éphémère. Trois langues et trois pays, c'était beaucoup pour lui. Quand il serait riche, il se libérerait d'eux. Fortune faite, il leur donnerait juste ce qu'ils méritent. Fortune faite, il deviendrait un vrai déserteur. Fortune faite, il s'envolerait au-dessus des djebels et des oueds, des souks et des camps, des tournées et des bureaux de renseignement. L'adjoint du général Goudot, qui commandait la région de Meknès, ne lui demanderait plus si l'obstination des Atta fléchissait et si, à Kérando, l'on pouvait toujours se fier au caïd Addi.

Fortune faite, c'est lui qui accueillerait bientôt les Habert, chassés et ruinés. Il les hébergerait en Sologne, dans leur propre pays.

XIV

Son jardin sur l'Oued
(1922-1932)

Son prénom, c'était François. Né en 1859, dans le petit peuple, il avait fait, disait-il, sept ans d'un service militaire confiné entre Orléans, Montargis et Bourges. Du Limousin, il ne savait rien, sinon que ses parents l'avaient quitté, quand il était très jeune, pour que la famille se puisse nourrir dans les pays de plaine. Son passé, il ne l'évoquait guère, le considérant sans doute insignifiant pour les autres ; pour lui, il l'avait enfoui à la bêche, sous ces mottes luisantes qu'il émiettait en les frappant de biais, du plat de l'outil. Ses petits-enfants, les fils Habert, ne se souvenaient pas que le vieil homme eût, pendant les douze années où ils vécurent ensemble, un instant quitté la vallée et son jardin sur l'Oued. Aucune saison ne pouvait désormais l'en chasser : l'été le plus torride, qui appauvrissait la rivière jusqu'à ne lui laisser que des mares croupissantes où proliféraient des vases vertes à peine agitées par l'émoi des grenouilles, imposait à l'ancêtre plus de vigilance encore : l'arrosage de son jardin luxuriant et des planches de légumes le tenait en alerte, transportant des seaux depuis l'Oued, dès l'aube fatiguée et dès la chute du soleil, dans cette chaleur moite que renvoyait le sol surchauffé. Il usait les chemises sans col, de grosse toile rayée, qu'il avait dû apporter d'Orléans, vers 1922, et les pantalons de velours que Mathilde, sa fille, commandait, de loin en loin, à la Manufacture des Armes et Cycles de Saint-Etienne.

Jamais il ne s'était plaint, sinon de l'inondation, du chergui qui faisait éclater les cosses des pois, des grives qui perçaient et vidaient les oranges sur l'arbre, et constamment, des courtilières, superbes et grasses, qui cisaillaient, en sous-sol, tous ses repiquages de tomates, d'aubergines, ou ruinaient les concombres et les melons surgissant par paquets de trois ou quatre. Sales bêtes ! De la binette ou de la bêche, il les coupait en deux et on l'entendait appeler les chats de la maison, dont quelques-uns se risquaient à traverser le pont sur l'Oued, pour faire un festin. Son jardin s'étendait entre la rivière et le premier rebord que faisait la plaine sur la vallée, d'où suintaient quelques sources. Cette bande pentue courait le long de l'eau et présentait tous les sols à la sagace obstination du vieil homme. Il avait repoussé les halliers de ronces et de roseaux, au plus loin, jusqu'à empiéter sur les voisins. Quand son gendre réussissait à acheter l'un des lopins périphériques, il se lançait à l'assaut des friches et dégageait les orangers et les grenadiers pour leur apporter les bienfaits jardiniers du Val de Loire.

« Père, il faut t'arrêter, lui disait Mathilde, tu as les yeux plus grands que le ventre. Tu vas te tuer à la tâche. Et après ?... »

Habert lui avait donné un aide, puis deux : des miséreux de Fertassa qui emportaient le soir, vers leurs familles, quelques légumes dans leur besace de palmier nain tressé. Le vieux n'était pas méchant, travaillait plus qu'eux et pinçait à bon escient tomates, concombres et melons. Il y avait du « *mââlem* » en cet homme ! Un maître ès jardins, en quelque sorte. Ils l'appelaient « Msié Babil », parfois à tue-tête, au travers des écrans de saules, de néfliers, de noyers et de grenadiers. Tout poussait si vite ! A l'automne, les chrysanthèmes, en bordure des allées, s'élançaient en touffes exubérantes. Les abricotiers et les pruniers mettaient dans leurs branches tant de force, qu'elles se gonflaient de couleurs violentes. Dégringolant les pentes, le long des seguias, les grenadiers pompaient l'eau du sol, jusqu'aux extrémités de leurs tiges comme teintées de miel et de caramel.

Dans son gilet, vestige d'un défunt costume, et dont il ne se séparait pas même l'été, le jardinier enfouissait sa montre accrochée au bout d'une chaîne. Il la remontait avec une petite clef creuse, dont les ailes évoquaient ces papillons, inconscients de leur temps si court, qui mêlaient gracieusement, sur fond de fleurs et de verdure, leurs parures à ses cheveux blancs. Le dîner pris en famille, où il se glissait avec une humble reconnaissance, le vieux François gagnait sa chambre, dans la nuit d'encre de l'hiver, dans le jour inépuisable de l'été. Dans cette pièce, où l'air et la lumière n'entraient que par la porte, il s'étendait, écartant l'édredon de satinette rouge, sur le lit de châtaignier. Il l'avait apporté de France, avec une malle au couvercle bombé et une garniture de cheminée dont l'essentiel était la pendule de marbre noir, surmontée d'un journalier poussant une brouette. De sa vie, il ne lui restait que cela, au plus fort de l'hiver, quand le vent hurlait dans la courte cheminée stérile de tout feu. Il reposait sur le lit de sa vie, étape si vite gaspillée entre son mariage et la mort de sa femme, dans la petite rue d'Orléans, derrière la cathédrale. Amour, peines, enfants, dernier souffle, tout était enclos entre les cylindres sommant la barrière de bois poli qui fermait l'horizon du repos et de la souffrance. Il y mourrait un jour, dans le bruit des fureurs de l'Oued en crue, l'eau sifflante et grondante contre le mur de la chambre, ou dans cette respiration profonde des nuits d'été qui émeut les berges enfouies d'herbes jusqu'aux tanières des loutres.

C'était la dernière étape, où il n'était plus à charge de lui-même, mais de tant de vies et de projets qu'il se demandait si, demain, son dos serait assez robuste pour creuser, piocher, brouetter, fourcher et tirer le cordeau de ficelle lieuse pour aligner les scaroles. Les noyers, qu'il avait plantés dans un banc d'alluvions épaisses, montaient avec cette ardeur de ne pas le décevoir avant que la vue, la force, les pas ne l'abandonnent. Deux fois par jour, les enfants venaient lui faire visite, le cherchant souvent à l'opposé de ses préoccupations. Ils le regardaient, en croquant leur goûter, enfouir dans le sable de rivière, mélangé de fumier, les griffes d'asperges, tailler le muscat d'Alexandrie ou les vieux ceps locaux donnant des grains qui restaient diaphanes malgré les emportements de l'été.

Il consultait sa montre, leur redisant pour la centième fois qu'elle lui venait de son grand-père et qu'elle ne s'était jamais arrêtée.

« Je travaille encore une heure », déclarait-il en donnant un coup de pioche, signifiant aux enfants que la récréation était terminée. Ses journées étaient réglées comme celles de l'employé municipal qu'il avait probablement été. Il devait au jardin un nombre loyal d'heures et autant de jours qu'il pourrait en ajouter. Les enfants demandaient :

« Qu'est-ce que tu faisais, grand-père, avant le jardin ? » Ils insistaient :

« Tu habitais une ville, avec ta femme et tes enfants ? Alors, ton travail, c'était quoi ? »

Invariablement, il répondait :

« Mais je ne faisais rien, j'étais rentier à cervelas ! »

Ils n'osaient insister, mais repartaient furieux, car Mathilde leur disait qu'il se moquait. Pourtant, il les menait vers les premières fraises ou les nèfles encore acides. Quand ils piétinaient ses semis, dans l'excitation de leurs jeux, il grondait : « Bande de sacripants ! » et d'un coup de rateau effaçait les sacrilèges. Le soir, dans le temps tiède, il s'installait, sa journée faite, sur le banc contre le mur du hangar. Son univers, c'était la rive gauche de l'Oued. Ici, rive droite, il n'était que spectateur et pensionnaire. Les bœufs regagnaient les étables dans des tourbillons de poussière, se bousculant à grands meuglements dans la descente, jusqu'à la cour. Puis le calme revenait, et l'ombre du palmier s'étirait jusqu'au garage. Aïcha, la guenon rapportée par Barrajod du Moyen Atlas, secouait la grille de sa cage pour attirer l'attention. Les poules échappées de leur enclos, inquiètes de l'approche de la nuit, se perchaient maladroitement dans les myoporums, et souvent retombaient lourdement au sol avec des cris indignés qui émouvaient tout le poulailler. Le vieil homme, assis, la canne installée entre les jambes, regardait le jour glisser et s'éteindre sur la colline de glaise pâle qui dépassait au-dessus de la ceinture des roseaux. On ne se souvenait pas qu'il eût franchi l'allée des myoporums qui menait à la route ; les ruines de Volubilis, à un petit kilomètre de là, lui semblaient étrangères. Mais, venus du jardin du conservateur, les plants et les boutures, les greffons de prunes et d'abricots, les pieds d'artichauts bretons, apportés par Kaddour qui cherchait à la source un seau d'une eau moins calcaire, le reliaient à l'extérieur. Parfois, Habert faisait livrer quelques fruitiers d'un pépiniériste installé à Meknès-Plaisance, vers Dar Oum Soltane, à moins que le directeur du jardin d'essais, dans l'ancien Djenane ben Halima, ne lui offrît une variété intéressante parmi les dix mille arbres plantés en 1916, en provenance de l'Orléanais. Le vieux François faisait creuser ses aides, après avoir consulté chacun sur l'emplacement qu'il retenait. Puis il guetterait les premières pousses qui diraient bien franchement que l'arbuste acceptait de vivre. Alors, il rêvait d'ouvrir d'autres allées, de drainer les bas de pente où l'eau suintait, de tenir les bords des fossés avec les rhizomes serrés des iris.

Avec sa serpette-greffoir, qu'il pliait dans la poche de son pantalon, il s'affairait, en fin de journée. C'était sa récréation. Il faisait sauter les rejets, dégageait une branche maîtresse parmi un bouquet de jeunes pousses, coupait net au pied les romaines qu'il rapportait pour la salade du soir. Il s'attardait encore à déterrer de l'index les asperges qui perçaient leur levée de sable, et qu'il cueillerait le lendemain. Autrefois, il avait sculpté au couteau les scènes naïves pour les tiroirs et les panneaux nobles de quelques meubles. On y voyait Adam et Eve entourant l'arbre où le serpent glissait parmi d'énormes fruits, ou encore une piétaille guerrière qui devait évoquer pour lui Jeanne d'Arc et ses batailles d'Orléans et de Patay. Cette vie antérieure, il ne l'évoquait plus, sauf peut-être quand il se parlait à haute voix, à l'étonnement des enfants qui le découvraient en conversation avec lui-même, désherbant le champ de carottes.

« Qu'est-ce que tu racontais donc ? On t'entendait du pont. C'est comme ça qu'on a pu te trouver ! »

Mais il semblait ne se souvenir de rien et disait :

« C'est quand je m'applique ! Alors je parle machinalement. Il ne faut pas faire attention. »

Il avait mis pour eux, au bout du champ, sa trouvaille de la journée : une grenade éclatée dont les grains ressemblaient à des rubis sang de pigeon, le plus gros escargot du jardin, une racine de roseau qui semblait un fantastique insecte, des œufs de mésange — minuscules prunelles délavées qu'il tendait au creux de sa vieille main où la peau des doigts éclatait.

De son fils Ernest, mort à Oujda quand celui-ci tenta de s'établir après son service militaire, avant qu'il n'arrivât lui-même au Maroc, il évoquait parfois un détail de comportement, commençant toujours par : « Mon pauvre Ernest, il n'était déjà plus un enfant, mais il croyait qu'on fait ce qu'on veut, dans la vie. » Quant à sa fille, Suzanne, il attendait, sans rompre le silence, que Mathilde lui en donnât des nouvelles, quand elle en recevait, une ou deux fois l'an, avec, parfois, quelques photos de la petite fille et du nouveau mari.

Au début de l'été, les jours et la chaleur étant lents à s'éteindre, il demandait à Mathilde : « Tu peux me donner à lire ? Peu importe ce que c'est. » Il partait avec un journal de France vieux de quelques semaines, ou quelques numéros de *L'Illustration,* et gagnait le banc, dans la cour, après un détour par sa chambre, à la recherche de ses lunettes cerclées de fer qui n'étaient plus adaptées à sa vue. Pour lui, tout était loin désormais. Même la guerre du Rif, qui piétinait à soixante kilomètres de là ! Guider les pois-rames à l'assaut d'un bâti tripode en roseau lui paraissait plus important : il montait ainsi ses camps provisoires. Les enfants croyaient voir des bivouacs surgir dans le jardin.

Retranché rive gauche où les saules pleureurs élevaient, au-delà des noyers, une barrière de verdure qui paraissait couler dans le lit du vent, il ignorait le tohu-bohu industriel de la rive droite. Les mouvements des camions, les chocs des fûts déchargés, les convois d'ânes apportant le raisin ou les olives, le halètement de la locomobile et son sifflet de six heures, les rares visiteurs européens ne le concernaient pas. Une ou deux fois l'an, peut-être, les Habert recevaient à déjeuner, et Mathilde veillait à ce qu'il parût avec du linge propre, les cheveux raccourcis et son chapeau de laine chinée non marqué de sueur. Il arrivait aussi tard et repartait aussi tôt que possible. Seul Bou Ayed, le forgeron-mécanicien du « poste » — puisque l'antenne du service des Antiquités n'avait pu se débarrasser du vocabulaire des territoriaux dont un détachement s'était installé à Volubilis pendant la guerre de 1914 — lui faisait un vif plaisir quand il rapportait lui-même un outil rafistolé à sa forge. Le mécanicien s'intéressait aussi aux plantations. Il avait un lopin de terre, sur la hauteur, à Fortassa, et le vieil homme l'approvisionnait en plants, boutures et graines. C'étaient des spécialistes qui hochaient la tête devant les concombres atteints du mildiou.

Il n'alla jamais jusqu'à la mer. Quand Mathilde et les enfants s'installaient pour deux mois sur l'Atlantique, à Mehedya, où les Habert disposaient d'un chalet de bois face aux vagues féroces, il gardait la maison, l'usine, le jardin. Chaque fin de semaine, il remplissait la voiture de son gendre de couffins énormes où les légumes, les fruits de l'été faisaient l'offrande du jardin aux exilés des vacances. Habert voyageait jusqu'à la côte dans les senteurs des melons et des prunes, exaltées sous les tôles surchauffées de son véhicule. Ainsi, ils ne manqueraient de rien, là-bas, même si une partie de la trop abondante cargaison ne pouvait être consommée. Et tous les autres jours ordinaires de l'année, l'honneur du jardin était de fournir la cuisine, dans la demi-heure. On courait, jusqu'aux contreforts enracinés de roseaux, chercher l'estragon ou le persil oubliés, et les oignons pour les pois nouveaux. Les fèves en fleurs embaumaient si loin qu'il apparaissait que leur destin n'était pas de fournir deux ou trois soupes aux croûtons frits, mais de répandre sur les soirs cette senteur, si légère qu'elle gagnait jusqu'à la lointaine maison où elle triomphait des rancités sirupeuses de l'huilerie.

Quand vint l'assaut du temps, le jardin resplendissait. Il n'avait jamais été aussi beau, aussi vaste, aussi riche. On en parlait dans toute la vallée, de ce jardin et de cet Européen qui travaillait lui-même la terre. Les petits-enfants, tour à tour sur l'unique bicyclette, y faisaient des circuits de vitesse dans les allées où ils dérapaient sur le mâchefer de l'usine qu'on répandait pour lutter contre la boue. Les arbres, qui avaient déjà plus de dix ans, s'étaient étendus dans la profusion de leurs bourgeons, de leurs fleurs, et puisaient dans la terre jamais privée d'eau un élan insensé. Pour le vieux François, l'hiver de sa vie, pourtant, s'était avancé. Les matins de gelée blanche, les cherguis brûlants de juin et juillet, les pluies d'automne, les assauts des étourneaux, il s'en était accommodé avec la joyeuse certitude d'aboutir. Mais il avait cessé de bêcher ; le dos lui faisait mal. Les brouettes étaient lourdes pour ses bras amaigris. Autrefois, il s'appuyait sur l'outil dont il sarclait ou creusait. Maintenant, sa canne de bois passé à la flamme rassurait chaque hésitation de son pas. « Je me fais vieux, disait-il, ce jardin, c'est trop grand pour moi ! »

C'était là toute sa plainte, au moment de partir, tout son regret et son orgueil. Ce grand jardin, qu'il n'avait cessé d'étendre, il l'avait ainsi voulu. Et il s'y était enfermé pour le dernier acte de sa vie, qu'il rêvait, chaque soir, opiniâtrement bien fait. En février, quand toute plante là-bas songe déjà à s'élancer du bourgeon à la fleur, dans cette saison de matins frileux et de limpides midis, il partit comme les humbles qui ne font pas d'histoires, l'heure venue. Il mourut en semaine, quand les enfants étaient au lycée, en pension. Quand ils revinrent, le samedi suivant, on l'avait déjà mis en terre au cimetière de Meknès. Plus tard, il irait rejoindre sa femme au cimetière des Aubrais, et Mathilde, de loin en loin, quand elle viendrait en France, veillerait à l'entretien de leur tombe.

Deux kilomètres avant la maison, quand la route file en pente douce le long de la colline, Habert dit aux enfants qu'il ramenait : « Vous serez sages. Votre grand-père est mort mardi, et votre mère a beaucoup de chagrin. » Les allées étaient vides, l'odeur des noyers et des saules était âpre, amère ; les touffes de chrysanthèmes japonais avaient été couchées par la pluie. La boue collait aux souliers, sauf vers le carré sablonneux des asperges et des pommes de terre. La raclette du vieux avait été oubliée contre un échalas de la vigne, et les enfants voyaient le grand-père, en gilet, au bout de l'allée, faisant sauter les premières tiges des liserons et les petits chardons, le geste inépuisable. Puis il tournait vers eux ses vieilles moustaches, pour les embrasser après une semaine d'absence. Et il disparaissait dans le jardin trop grand où les arbres soignés referment leur verdure sur les souvenirs.

Là-bas, dans la lointaine Ecosse, Eric, l'étudiant en médecine, se prend à rêver à ce temps si court dont il ne sait plus rien. Les siens, jadis, entendirent, les nuits de tempête, les roseaux siffler sur les rives de l'Oued Kroumane. Un temps encore plus court lui reviendra peut-être : les dix ans d'un jardin merveilleux, dix ans d'un abricotier en fleur, dix ans pour des saules devenus géants, dix ans de paix pour les noyers maintenant abattus, dix ans d'un vieil homme, donnés jour à jour et saison à saison, dix ans d'absurde espérance, reprise par chaque plante perçant le sol.

Eric débarquera d'un avion de l'Europe. Il louera une voiture. Deux jours après, il trouvera la vallée et la maison. S'il se risque jusqu'à elle, comment saura-t-il qu'une crue de l'Oued a fait effondrer la chambre du grand-père — son arrière-grand-père — au bout du bâtiment ? Depuis trente ans, il n'y a plus de pont entre les deux rives. Le gué a changé de place chaque hiver. Les sables des asperges et des pommes de terre ont été emportés. La rivière a creusé le verger aux pommiers, dont les deux tiers se sont effondrés. Les orangers sont morts. Les herbes folles et les ronces ont repris l'offensive. Les branches rompues des saules trempent dans la rivière qui les côtoie maintenant, avant de les miner ou de les submerger. Les allées ont disparu depuis si longtemps que leur géométrie compliquée ne se retrouve qu'en une seule mémoire. Qui prendrait le moindre intérêt à la connaître ? Elle compose, avec tant d'autres froissements d'eaux, d'herbes et d'ailes, une alchimie qui ne s'empare que d'un cœur.

Eric pensera qu'ils étaient robustes, ses parents, à résister parmi ces eaux croupissantes, d'où s'envolent les moustiques.

XV

La Porte du Vent
(1955)

De l'Ouest à l'Est, depuis Bab Siba — la Porte de l'Insoumission — jusqu'à Bab er-Rih — la porte du Vent — on frôle la médina odorante et humide, enclose de remparts. C'est le chemin des cimetières, pour lesquels, à mi-parcours, l'agitation marchande de la place El-Hedim fait refluer toute la méditation des âmes. Vers le soleil couchant, les tombes en semis entourent le mausolée de Sidi Mohammed ben Aïssa, le vénérable qui transformait les feuilles d'arbres en pièces d'argent et dont la confrérie aïssaoua pratique une ascèse sauvage. Vers le soleil levant, dans le cimetière Amar el-Hassaïni, le petit peuple retrouve, avec l'oubli, une ambition sans limites, et enterre ses prostituées du quartier réservé.

Durant la guerre, Henri Meillotte était devenu adulte, par la succession des saisons. Trop jeune pour participer à la libération de la France, l'armistice du 8 mai 1945 avait rendu inutile l'entraînement militaire qu'il subissait dans la région d'Alger. Il s'était engagé ; maintenant, on le « rendait à ses foyers » : le train le ramènerait jusqu'à la petite gare de Meknès-Lafayette, plus proche du centre, où les express, venus de Casablanca ou d'Alger, consentaient encore à s'arrêter, avec les derniers trains de blessés que l'on dirigeait, pour un ultime triage, vers l'hôpital Louis. Les courbes blanches de ses coupoles, entrevues entre les verdures des oliviers et des faux poivriers, étaient les bornes ultimes du périple. Comme bien d'autres, Henri Meillotte allait troquer son uniforme américain, agrafé d'écussons régimentaires français, contre l'indécision. Que ferait-il d'une vie que la guerre ne prenait plus en charge ? Dans ce quartier de quelques rues, entre le stade des oliviers, où le goal fut si célèbre parmi les lycéens, et le temple protestant, il retrouvait, côte à côte, les villas de ses parents et de ses grands-parents. La déclivité du terrain, les bosquets d'hibiscus et d'ampélopsis d'où elles émergeaient à peine, les faisaient paraître plus basses encore. Ses nombreuses sœurs s'étaient dispersées et n'étaient pas encore revenues. Le grand-père déclinait, presque invalide, malgré la fière allure de la moustache dont l'éclat, dans le vieux visage, rivalisait avec les souliers de toile, impeccablement passés au blanc d'Espagne. Neigeuse aussi, la chevelure raide de la grand-mère qu'on reconnaissait de loin, quand celle-ci tanguait d'une jambe sur l'autre, jusqu'au marché où elle faisait surtout provision de nouvelles. Malgré la chute du temps que — des aubes couleur de crayon hachurées sur les flancs du Djebel Zerhoun, aux pourpres provocations des soirs — l'épuisement des aïeuls mesurait si bien, l'heure des projets revenait.

Henri Meillotte, en quelques tours de bicyclette, agitant les sonnettes tintant au-delà des portails et des tonnelles, avait retrouvé presque tous ses amis d'hier. Leur esprit s'était libéré du monde conventionnel du lycée qui les tenait ensemble, naguère. Louis, que la longue captivité de son père, officier, n'avait pas découragé, transformait son engagement en vocation : il rejoindrait Saint-Maixent. Hélène, infirmière pendant deux ans, s'était déjà inscrite à la faculté de médecine d'Alger, en espérant être reçue docteur à Paris, un jour. Les Chevassant regagnaient tous la France « parce que, maintenant, il faut repartir d'un bon pied » : ils avaient, dans l'Oise, quelques terres dont la guerre avait accéléré l'héritage. Chaintreau, lui, le débrouillard, s'était assuré un emploi modeste à la Résidence : « A Rabat, je ne serai pas loin, dis, mon vieux ! » Le fils du cafetier espagnol ne rêvait que du Conservatoire de musique de Paris : celui de Meknès, dont on percevait tous les sons mêlés s'échappant de sa maçonnerie moderne, entre avenue de la République et boulevard de Paris, ne pouvait plus rien pour lui : « Vous valez Paris, il faut y aller », avait dit le professeur d'harmonie. Et lui, Henri Meillotte, qu'allait-il faire ?

« Moi, je crois que je vais rester et aider mon père à mettre la ferme en valeur. J'habiterai peut-être sur le bled. » Habiter sur le bled, comme on disait, c'était, à vingt ans, le suprême accomplissement. La génération qui avait bataillé si dur contre les dettes, le doum et les étés précoces, sous ses cabanes de tôle et de planches, avait maintenant des fils qui rêvaient de tenir la terre, quand les parents, usés de tant de soleil, s'installaient en ville. A son tour, Henri Meillotte connaîtrait les soirées solitaires, avec les réparations du tracteur comme seule obsession et, au bout des champs nus montant en pente indécise vers l'horizon, le vent froid du plateau ou la touffeur immobile des mois d'août sur les chaumes. « J'irai habiter sur le bled ! » : il devenait un chevalier des temps modernes. L'école d'agriculture de Mjat, toute neuve sur la route d'El-Hajeb, n'était pas loin. Il y passerait quelques mois. Le père, épaissi et sanguin, s'essoufflait, tandis que l'homme jeune s'enveloppait de forces. Ensemble, ils ne pouvaient dire s'ils allaient réussir à tirer un vrai profit d'un sol encore farouche. Déjà, les clochettes du destin carillonnaient dans d'autres montagnes. Le soulèvement de la Kabylie, en mai 1945, avait été le contrepoint de la victoire des Alliés. Le silence était revenu après les tueries et leur répression. Henri Meillotte épuiserait en onze années tout le crédit d'indulgence ou d'oubli que l'âpre violence lui laissait encore.

Le fils Habert le reconnut à peine, alors qu'ils attendaient, côte à côte, au comptoir du quincaillier. Ce n'était pas surprenant : cinq années les séparaient, et quand ils jouaient, entre l'enfance et l'adolescence, sur la plage de Mehedya, ils ne savaient rien de leurs visages d'adultes. Mais Henri avait hérité ce ton bref et saccadé, en usage dans la famille Meillotte — le père excepté, qui était surtout taciturne. Habert ne s'y trompa point : hier revint donner à ce visage tous ses souvenirs : les après-midi du bel été, ils étaient bien une vingtaine, allongés, rassemblant leurs têtes en un cercle, poursuivant de futiles conversations où se mêlaient la vantardise et la perspicacité : ils parlaient d'eux-mêmes et des adultes ; leurs jambes repliées jetaient du sable sur les dos, presque machinalement. L'air fraîchissait : ils s'enfouissaient peu à peu dans le sable, recherchant sa tiédeur contre leurs ventres et leurs poitrines. Ainsi, ils se sentaient libres et protégés, entre l'eau, où les vagues claquaient sec, et les dunes qui bordaient, un instant de leur vie, le monde du réel. Henri était le dernier de sa famille, après cinq sœurs décidées. Chacune d'elles, à son tour, le dorlotait, par affection et pour taquiner les autres. Il écoutait, blotti contre la préférée du moment, et l'on voyait poindre — des peaux, des cheveux et du sable mêlés — son nez fin, sa bouche trop ourlée, ses yeux clairs un peu vides.

Chez le quincaillier, ils ne surent que dire : « Ah! Mehedya, c'était le bon temps! » Il n'y avait eu que ces instants pour les rassembler. Maintenant, leur obstination, les repliant sur eux-mêmes, serait le visage quotidien de la fatalité. Mais ils seraient lents à déchiffrer sur celui-ci leur propre mystère.

De labours en semailles, de semailles en moissons, le rituel des saisons n'était troublé, pour Henri Meillotte, que par l'excès des pluies de printemps, les grêles de mars ou l'été survenant dès l'avril et séchant les épis du blé qui venait à peine de fleurir. Il plantait des arbres d'apparat et des arbres fruitiers. Et chaque année, par entraînement irraisonné, il se prenait à tracer, sur la nudité des champs, de nouvelles lignes de verdure. Au plus fort des chaleurs, monté sur le tracteur remorquant une tonne d'eau, il leur donnait à boire. Quand les arbres seraient grands, ils se débrouilleraient seuls, dans ce sol si profond. Il ouvrirait d'autres puits, les équiperait de pompes, sèmerait des graines potagères dans la proximité : l'été, contre toute attente, serait ainsi vert, sur le plateau brûlé par le vent et la chaleur. Son père, qui vivait sur le bled cinq jours par semaine, laissant sa nombreuse famille dans la ville de Meknès, s'était contenté d'une minuscule bâtisse, abritant une chambre et un bureau, qui ressemblait davantage à une resserre. Les échantillons d'engrais, les engrenages brisés des tracteurs, une sulfateuse à la réforme, les clefs de mécanicien, des boîtes de bougies pour l'un ou l'autre des véhicules, quatre rouleaux de ficelle lieuse, empilés dans un angle, étaient un décor habituel. Henri entreprit d'agrandir, à petits frais et sans plaindre sa peine.

Il devint ainsi familier de la « route des cimetières », comme disait sa sœur aînée, qui voyait d'abord l'utilité des situations. Il avait, en effet, sur le parcours, à hauteur de Bab Berrima, sa halte favorite au souk des menuisiers, dominé par l'odeur sèche et puissante du cèdre. Parmi les échoppes des scieurs de long, des fabricants de tamis et de bâts, qui s'étaient substitués aux armuriers de la rue des Seraïrias, Bel Hadj, le *mââlem* menuisier, le fournissait en poutres, portes, fenêtres et chevrons, et même était venu lui donner conseil sur place. Il aurait pu recourir à quelque entrepreneur portugais ou espagnol de la ville nouvelle, mieux outillé et possédant camions et ouvriers spécialisés. Mais il lui plaisait, outre l'économie, d'aller lui-même choisir ses bois et ses fers, dans le grouillement des badauds, des ânes et des mulets. « Tu y passes des heures et tu en reviens avec des poux, j'en suis sûre. Un jour, tu attraperas le typhus », prédisait sa sœur.

Ayant chargé sur son « pick-up » quelques bâtardeaux taillés sur mesure, il franchissait, après la place El-Hedim, la Bab el-Mansour, imposante et verte, édifiée par un renégat chrétien au XVIIe siècle, et rejoignait la Porte du Vent, étroite et voûtée sur ses épaisses colonnes cylindriques, qui ouvrait sur un long couloir de murailles enfermant le cimetière El-Amar et la cité impériale. Après, par le jardin d'essais, le champ de courses et l'élégante Dar el-Beïda, il atteignait la route d'El-Hadjeb d'où il bifurquait pour gagner « son bled » : là, le vent sifflait sur les solitudes d'asphodèles.

Ses absences n'étaient pas longues, car alors les tâches distribuées aux ouvriers n'avançaient guère ; les animaux qui pacageaient le long des chemins allaient se nourrir, à même les champs, des blés, des orges ou des pois, et leurs gardiens complices laissaient faire. Le dimanche, il rejoignait toute la famille pour la messe à Notre-Dame-des-Oliviers. Dans sa courte vie, il n'avait connu que cette paroisse, les cours d'instruction religieuse donnés par le frère franciscain aux pieds nus sur ses spartiates, l'église en sous-sol qui dispensait la fraîcheur. Avec ses sœurs, il dansait chez les uns ou les autres : ils se connaissaient à peu près tous, ayant grandi ensemble dans ces dix années que traverse et consomme la jeunesse. Aucune de ses sœurs n'était encore mariée, mais toutes savaient qui il devrait, lui, épouser, un jour. Leurs idées étaient différentes et variaient souvent. En alternant avec son père, Henri parvenait encore à passer deux fois huit jours à Mehedya. La famille y disposait d'une énorme baraque militaire, vendue jadis à l'encan, et qu'elle avait fait remonter, panneau après panneau, sur des pilotis de ciment, d'où l'édifice dominait les autres maisons et disposait d'une vue ininterrompue sur les rouleaux de l'Atlantique, depuis la jetée où ils se brisaient avec encore plus de fracas, jusqu'à Bouknadel où ils se perdaient dans la brume et la chaleur palpitante. Cette demeure, couverte de tôle et mal peinturlurée de vert-gris, empruntait toute sa grâce au paysage qu'elle découvrait. Les grands-parents s'y installaient pour l'été, avec une vieille tante qui, sa vie durant, avait enseigné le français et ses classiques. Sous son chapeau de paille qu'une longue épingle arrimait dans ses cheveux, un ruban noir cernait son cou, à l'ancienne, parfois agrémenté d'une gaze qui montait du buste et des épaules. Quelques ombrelles de toile bise accompagnaient la vieille dame dans ses promenades.

Au Casino, autre assemblage de vieilles planches qui bénéficia dans ses débuts, vers 1927, d'un groupe électrogène, on servait des repas et l'on jouait au billard japonais. Le samedi et le dimanche, le 14 juillet et le 15 août, on y dansait avec un tout petit orchestre arraché à quelque brasserie de Casablanca. Une piste de ciment, quelques lampions, des chaises pliantes dont les pieds s'enfonçaient inégalement dans le sable sous des tonnelles en nattes que l'humidité salée de la mer pourrissait, faisaient toute la fête pour les couples qui dansaient, parfois s'aimant. Au même niveau que la piste, pointait la tête des gamins, installés contre le mur de soutènement qui empêchait le sable de glisser sur la route. Henri avait été de ceux-là. Maintenant, il évoluait sur la piste tandis que l'orchestre jouait « Only you » ou encore « Ramona » et les rengaines exhumées du charleston. L'agriculture lui avait fait de bonnes épaules et il était infatigable : ses sœurs trouvaient toujours un danseur.

Dans les jardinets clos de maçonnerie qui entouraient, sur la dune, les maisons du troisième au sixième rang, les tamaris, les lauriers-roses, les chênes verts avaient pris le dessus. Leurs cimes débordaient du rempart contre le vent salé et le sable. Quelle tranquille assurance ! Ni les tempêtes, ni le débarquement américain n'avaient interrompu leur essor. Il ne dépendait que de la solidité du mur : tant qu'il durerait, se multiplieraient les pousses neuves.

Quand son père mourut, quelques années après la fin de la guerre, sa mère vint rejoindre Henri sur le bled. C'était son dernier enfant, le plus différent, le seul garçon. A passer cent fois par la Porte du Vent, avec ses menuiseries, ses ferrures et ses briques, Henri avait agrandi la maison. D'une année à l'autre, les plantes et les arbres du jardin avaient attiré autant d'oiseaux qu'ils pouvaient en abriter. Trois chiens tournaient nonchalamment dans ce périmètre d'ombres et de fleurs, s'arrêtant à l'invisible barrière des champs découverts. Les récoltes furent bonnes, meilleures que du temps du père. Henri pensait qu'il avait été plus avisé dans les engrais, les labours, l'époque des semailles. Sa mère notait pour elle-même que la pluie avait été abondante et mieux répartie. Alors qu'ils s'engageaient dans l'achat d'un tracteur lourd D. 6 et d'une moissonneuse-batteuse automotrice, l'agitation commença. Chaque matin, au regard accompagnant la distribution des tâches, se mesurait le progrès du trouble dans les âmes. Dans les campements installés sur les terrains de parcours, dans les douars de terre et de tôle rassemblés à l'intersection de chemins, la rumeur courait que le Sultan Mohammed ben Arafa n'était que le Sultan des Français, et que Sidi Mohammed ben Youssef, exilé à Madagascar, reviendrait sur son trône et chasserait les étrangers de son pays. Jusqu'au cri de l'alouette, accrochée haut dans les airs au-dessus d'un nid invisible, et ordinairement si familier, qui rendait pour Mme Meillotte un son prémonitoire. L'alerte sifflait sur leurs têtes, en plein midi, quand la plaine luisait d'herbes vivantes. A la ville aussi, les commentaires allaient bon train. Qui n'avait approché un fonctionnaire de la Résidence, des services municipaux, de la région ou de l'état-major sans que celui-ci n'eût distillé à l'oreille sa préoccupation ?

Henri, lui, savait que des voitures suspectes rôdaient la nuit dans cette zone isolée au pied du Moyen Atlas, pour y répandre les mots d'ordre. Le soleil s'ensevelissait d'un seul coup dans la lisse nudité du pays des Zemmours. Les fumées des campements s'élançaient toutes droites grâce à la trêve du vent avec le soir et, dans l'ombre montante, tendaient avec elle, au-dessus des têtes, un voile gris-noir, comme un marbre funèbre. Mais les chiens restaient calmes et l'éveil venait tôt le matin, des merles d'abord, récemment arrivés dans les couverts du jardin. Les filles disaient bien à la mère qu'il serait plus prudent de regagner la ville, et d'en convaincre leur frère. Mme Meillotte avait une façon pratique d'accueillir l'événement, qui la conduisait à ne pas accepter ce qui n'existait pas encore.

Pour Henri, la menace diffuse le poussait à resserrer sa garde sur sa terre et la récolte. Quand il revenait de Meknès, il ne passait plus par la Porte du Vent et par son long corridor de murailles qui dissimulaient à la fois la populeuse soumission et les ruines d'un empire déréglé qui n'en finissaient pas de s'effriter dans l'indifférence. De lui-même, il s'était convaincu que sa présence était, pour l'heure, insolite. « Le courant d'air y est malsain ! » plaisantait-il. Il rentrait désormais « au bled » en longeant l'aérodrome Mézergues.

Ce mardi, il vint tôt à la ville, et la poussière soulevée par sa camionnette dans l'allée d'oliviers cessa, dès qu'il eut atteint la route goudronnée. Juin était limpide et tiède. Il reviendrait dans l'après-midi ; peut-être déjeunerait-il avec ses sœurs. « Que Dieu te garde, jusqu'à ton retour ! » lui avait dit son « caporal », le contremaître de trois ouvriers, avec lui depuis bientôt cinq ans. Mme Meillotte courut jusqu'à la portière pour lui dire de rapporter du café et des clous de girofle. Il avait cette chemisette bleue qui lui allait au teint et aux yeux. Avec ce fils, après toutes ces filles, c'était pour elle comme une seconde vie. Alors elle s'affaira jusqu'à son retour, dans l'insignifiante complication des tâches quotidiennes.

Il rentra vers trois heures, distingua chacun entre les champs et les hangars, se mouvant avec l'allure économe de ceux qui travaillent. Une heure plus tard, au travers des vitres de la porte d'entrée, Mme Meillotte vit s'avancer les quatre ouvriers dans la cour.

« C'est bizarre, dit-elle à son fils, à côté d'elle. Pourquoi viennent-ils tous ensemble ? Tu devrais aller voir. »

Henri Meillotte sortit dans la cour, à quelques mètres des marches du porche. Les chiens, familiers du bruit de la porte, ne parurent pas.

« Qu'est-ce qui se passe avec vous ? » interrogea Meillotte. Ils se jetèrent aussitôt sur lui.

« On va te le dire, cracha le caporal. Tu as pris la terre. Tu es un étranger, un chien d'étranger. On va la reprendre pour la révolution. Elle sera à nous tous ! »

Il criait maintenant d'une voix aiguë.

« On va te tuer ; on a reçu l'ordre !

— Vous êtes complètement fous, quel mal vous ai-je fait ? » répondit Meillotte, s'efforçant au calme et maintenu par les trois autres.

Mais déjà sa mère survenait, petite et résolue, de cette allure vive qu'elle avait pour se jeter sur les balles, au tennis, quand elle jouait autrefois avec Habert.

« Lâchez mon fils, tout de suite ! »

Elle s'était armée du pistolet de feu son mari, mais le « caporal » était armé aussi. Il tira trois fois sur elle, et la troisième fois, elle voulut se protéger de son bras, alors qu'elle tombait. Meillotte se débattait, et une poussière dérisoire s'élevait dans la cour sous leurs piétinements. Le caporal parvint à appliquer le canon du revolver quelque part sur la tête et fit feu, au risque de blesser ses acolytes.

Ils laissèrent le fils et la mère où ils étaient tombés, comme si désormais ceux-ci devaient s'ignorer, se tournant presque le dos. Après avoir fouillé dans la maison, ils s'enfuirent au volant du « pick-up ».

Mme Meillotte survécut. On la retrouva, le lendemain, inconsciente dans sa maison, où elle s'était traînée pour se cacher derrière la baignoire. Ses filles avaient sonné l'alarme. Car, cette nuit-là, près de cent fermes connurent des fortunes diverses. Chez les Habert, à soixante kilomètres de là, Aguili agressait le veilleur de nuit et mettait le feu aux meules, pour se venger de l'humiliation qu'un maître nageur espagnol avait infligée au jeune homme qu'il était, vingt ans auparavant. Les lueurs des incendies montaient dans la plaine de Meknès.

« *Mon pain sous mon aisselle, nul n'entendra mon appel.* »

Ainsi chantent les jeunes épousées, dans les montagnes d'où sort l'Oued Kroumane. Leur destinée est sourde pour tout recours qu'elles voudraient attendre. En cette année 1955, de ces sols qui fixèrent tant de folles ferveurs, montait la même résignation désespérée. L'inéluctable cheminement commençait, à partir de ces bosquets d'arbres, surgis pour quelques années dans les plaines rases et y rassemblant les plus bruyants oiseaux. C'était un départ et une fin. L'herbe folle gagnerait les massifs de géraniums. Les rosiers tiendraient encore deux étés, plus odorants qu'ils ne furent jamais. Sous d'autres cieux, d'autres pluies, ces visages, que l'âge allait ruiner, se disperseraient, devenus anonymes, pour se joindre à d'autres inconnus.

Il y eut foule pour les obsèques d'Henri Meillotte. Il aurait pu être le fils ou le frère de chacun. Ce sol l'avait produit et nourri. On allait l'y rendre après l'absoute donnée en Notre-Dame du sous-sol, et l'officiant se souvenait combien il fut exact, sinon sensible, au cours de catéchisme, vers ses huit ans. On pleurait, en son cœur ou sur son visage.

La belle Odile s'attendrissait en même temps sur elle-même, et, au travers de ses larmes, apercevait le visage robuste de l'aviateur Tiercelin que l'air et la terre avaient fracassé. Mme Habert pensait à son fils, disparu en Indochine, dans une embuscade. Les coups qui avaient atteint Meillotte et sa mère, elle croyait les ressentir une seconde fois. Les camarades du lycée encore présents à Meknès, dont deux Marocains, les partenaires du tennis, la quasi-fiancée à la juvénile douleur, encombrée de se sentir officielle, les commerçants habituels « qui le connaissaient si bien et il était si gentil », le général chef de région et son directeur de cabinet, Alonso qui revécut un instant, dans la crypte fraîche, les angoisses du désastre d'Anoual, quand il avait l'âge de Meillotte ; le vieux Barrajod, s'il n'était pas mort, s'était extrait de quelque galetas, et, au fond de l'église, la casquette dans sa main tremblante, marmonnait : « C'est pitié quand même. Ah ! les sauvages ! » Le piquet des scouts de France ne manquait pas, et Papazian, qui vendait du café au Marché central, avait installé sa corpulente silhouette au deuxième rang. Leurs familles se connaissaient depuis toujours ; Henri et lui, c'était la deuxième génération. Il avait compris : il ne finirait pas ainsi ; il se préparerait, plus vite encore, à s'installer en Espagne, vers Motril ou Torremolinos. La mère de Michel Halou, qui avait attiré les regards des lycéens, était devenue grise et s'aidait d'une canne. La mort de son fils en Tunisie, en 1943, était un épisode si lointain qu'elle le portait en elle comme une discrète mélancolie. Presque tous avaient oublié qu'elle existait encore. La seconde femme d'Ange Moretti, le voisin des Habert, s'était glissée là, par décence ou curiosité. Depuis la mort de Moretti, le fier cavalier, elle habitait en ville.

Au premier rang, les sœurs d'Henri Meillotte étaient là pour accompagner le petit dernier. Ni raideur, ni ostentation : elles accueillaient la prière comme un geste familier qui les atteignait en même temps que tous les autres.

Il semblait au fils Habert que l'âme simple d'Henri Meillotte, aspirée dans le corridor de murailles qui prolonge la Porte du Vent, allait monter en particules dans l'air sec. Elles prendraient le chemin du Nord, vers la Méditerranée, l'Espagne et la France. Au passage, quelques-unes tomberaient sur les roseaux de l'Oued Kroumane, et s'enfouiraient là, dans les halliers où se tiennent les poules d'eau, les couleuvres et quelques loutres, pour que l'Oued aussi eût la légende de cette âme simple, au moins dans une mémoire.

XVI

Doux amours
(1932)

Car il s'était convaincu, depuis longtemps, que l'Oued ne pouvait vivre sans légende. Depuis l'enfance, dont la rivière fut le lit et l'horizon. Les paysannes qui ramassaient les pois ou triaient les olives peuplaient les creux d'arbres, les fourrés, les sources et les grottes de la maléfique Aïcha Kendicha, entrevue dans les aubes ou les soirs indistincts, et surtout dans les instants de désarroi. Au temple de Saturne, enfoui par le temps au sommet d'une butte, les pierres votives s'accumulaient par milliers, parlant de l'amour, du désir, de la récolte, de la terre nourricière, de l'eau femelle, du soleil étalon. Le robuste et charnel dieu païen oublié par les siècles sur la butte aux scorpions, les pulsions du sol et de l'homme battaient aux tempes des montagnes. Certains, à force de les regarder, croyaient qu'elles se dilataient. Parfois la terre tremblait, comme si des tonnes de feuillage s'étaient mises à vibrer sous un même vent. Trop de dieux s'étaient arrêtés là, flanqués de leurs génies mineurs, pour que le moindre arbuste fût de l'espèce commune. Et l'Oued, qui choquait furieusement les rochers de ses crues ou, l'été, laissait croupir ses mares aux vases phosphorescentes, ne pouvait être innocent, mêlant la source sulfureuse du bain romain aux fontaines de Moulay-Idriss, vouées aux femmes en gésine ou possédées d'un espoir de fécondité.

Chacun pourrait savoir que l'Oued Kroumane, après une vingtaine de kilomètres, s'est jeté près de Sidi Embareck, sans faire d'histoire, dans l'Oued R'Dom qui a aussi reçu des eaux du plateau de Meknès. Celui-ci, sans hésiter, trace dans la plaine du Gharb une voie parallèle et médiane entre l'Oued Beth et l'Oued Sebou. Ils ne se décident à se joindre qu'en vue de Kenitra où le vent de la mer amollit le climat. Chacun pourrait le savoir. Bien peu le savent. Habert, qui n'avait pas pris le temps de lire une carte, croyait, par exemple, que la jonction du R'Dom et du Beth était déjà faite, dès Sidi Slimane. Son fils, par conséquent, le croyait aussi.

Mais quelle importance ? L'enfant regardait l'eau couler ; il lui confiait de minuscules pirogues faites d'une moitié de gousse de laurier-rose, débarrassée de sa bourre duveteuse. Certaines parvenaient à disparaître de sa vue, et sans doute atteindraient-elles la mer, la bouche du fleuve qui aspire et qui souffle, la succion prométhéenne du Sebou attirant l'Océan jusqu'à Kenitra, le choc des flots contraires dans la barre que la jetée, allongeant, n'apaisait guère.

Ainsi partaient les messages pour la plage des vacances. Le sable qu'on y foulait était de ces grains arrachés aux rochers du Zerhoun. L'été poussait à les rejoindre, quand les pois chiches encore verts s'épanouissaient sur la terre crevassée. Une vie neuve commençait dès juillet, qui eût été étrangère si les pirogues n'étaient déjà arrivées à bon port. Mathilde, se faisant précéder la veille d'un déménagement d'ustensiles, de lits et de bagages, ne savait pas à quel point elle avait été devancée.

Sur la plage, si vaste qu'on se resserrait naturellement en son centre, mûrissaient déjà de doux amours. A peine les pieds brûlés pour la première fois par le sable de midi, on entrait dans le monde des inconnus, déjà installés sur la grève humide et débouchant des passages en chicane où des branchages contenaient la dune. Les maîtres nageurs veillaient sur eux comme des dieux lares. Le dimanche, l'affluence était à peine plus grande et les dieux s'avançaient vers les flots et usaient du sifflet à roulette qui pendait à leur cou. Le plus souvent, assis sur un étroit plancher, contre la cabine où ils abritaient cordes et bouées, et plus tard un appareil pour la respiration artificielle, ils regardaient, olympiens, l'agitation qui s'éparpillait autour d'eux. Les enfants tentaient d'engager la conversation, en rôdant autour de la cabine sacrée. Mais la conversation des enfants les ennuyait : Mercader, l'Espagnol, blond velu et poids lourd, jaugeait les corps des femmes. Les deux autres — Bouchaïb et Ali, athlétiques et noirs, se statufiaient dans la dignité de leur veille. Ils se parlaient peu ; les dieux fendaient la vague, y disparaissaient, franchissaient les trois lignes de rouleaux brutaux qui s'écrasaient sur la plage. La mer les restituait souverains et luisants d'eau à une poignée de spectateurs. Quelques cabines en planches pour les visiteurs du dimanche, dont quelques-uns périrent d'imprudence ou de congestion ; une trentaine de tentes installées en permanence par les familles, à l'aplomb des maisons, c'était bien toute l'installation qui disparaissait, l'automne venu.

Mme Olier avait dressé sa tente, non loin du poste de secours. Mercader l'installait cérémonieusement sous l'auvent de toile, quand elle arrivait, vers dix heures, flanquée de ses bambins. Elle était belle et merveilleusement brune, avec de longs cheveux. On apercevait parfois l'époux qui devait tenir une représentation de matériel agricole, à Kenitra. Il fallut du temps aux gamins, à l'innocence si scrutatrice entre la pêche aux crabes vers la jetée et le jeu du drapeau, pour se rendre compte des privilèges que s'accordaient réciproquement la belle dame et le maître nageur. Les débuts d'après-midi, la réverbération du sable blanc était trop forte et vidait la plage. Sous la toile rayée verte et blanche, dont l'entrée était refermée, Mercader se glissait le premier. Elle l'y rejoignait. Ils s'aimaient là avec passion, dans le désordre du sable et des sens. Leurs maillots arrachés restaient dessinés sur leurs corps, mais les seins de la femme à la belle peau mate s'étaient imbibés du noir soleil jusqu'à leur pointe. Quant à Mercader, son slip était si succinct et lui-même était si velu que ses fesses semblaient un peu moins roussies que le reste de son corps. A la hauteur des taches de rouille où la toile avait cédé, et du côté de l'ombre, des scrutateurs impénitents découvraient le corps des adultes et leurs luttes. Que de ferveurs étranges, d'affrontements et de fusions, de précipitations impérieuses et de morsures, que d'autorité et d'abandon ! Les jeunes témoins n'en croyaient pas leurs yeux. C'était Zeus tout-puissant saisissant la nymphe Clio qui se métamorphosait en ménade aux sens éperdus. Ils transpiraient tant que le sable se collait à leurs dos. Mais ils reprenaient leurs assauts et leurs soupirs. Dans ses bras de boxeur et de nageur, il l'enfermait si fort que le souffle paraissait manquer à l'un et à l'autre. Puis ils se laissaient aller, défaits, sur le sable, comme les lis des dunes dès qu'ils sont arrachés et que leurs tiges pleurent des sèves transparentes. Quand Mercader reprenait sa vigile, au poste de secours, assis en équilibre sur les deux pieds arrière d'une chaise pliante, adossé contre la cabine, il ouvrait une bouteille de soda et buvait la tête renversée, tout le soleil dans les yeux, et le ressac alangui de la mer rythmait l'après-midi, comme le sang à ses tempes.

Combien de temps dura cette passion ? Connut-elle plusieurs années et peut-être l'hiver s'aimaient-ils à l'hôtel de l'Europe ? Il n'est pas de point plus central à Kenitra, où le flux de la mer remonte aussi loin à l'intérieur des terres. Déjà, en 1927, il était là, au carrefour de toute la ville qui n'existait presque pas. C'était le plus moderne et confortable. Le petit déjeuner était accompagné de lait que le Grec venait tirer de ses chèvres, tout frais, sur le trottoir. La ville a changé deux fois de nom ; mais pas l'hôtel, dont les grosses lettres sont toujours écrites au fronton d'angle, au-dessus du deuxième étage. Il a vingt-quatre chambres et un bar, placés maintenant dans les guides modernes en dernière catégorie. Que de minuscules pirogues de laurier-rose de l'Oued Kroumane, remontant les fleuves jusqu'au souvenir, rapportent au moins la fausse image de ces amours des corps parfaits de l'été, attendant dans la même ferveur à l'hôtel de l'Europe que revienne la mer du mois d'août ! Qu'après tant de corps et d'âmes difformes, aperçus ou devinés dans le monde de toute une vie, qu'au moins ceux-là méritent de s'appeler doux amours !

En ces temps voués à la mémoire neuve, le boulanger avait une fourgonnette Citroën et klaxonnait cinq ou six fois par avenue. A condition de l'entendre et de se lever, les croissants et le pain chaud qu'il livrait depuis Kenitra accompagneraient le bol de café au lait. Le laitier marocain, deux bidons accrochés au guidon d'une bicyclette, passait plus tôt encore. Quand Eric, le médecin, recherchera dans la bibliothèque de son père une trace de cette époque si brève et si complètement coupée de ses liens, il retrouvera, par chance, un grand livre de la colonisation, orné du portrait du maréchal Lyautey et financé en 1950 par les principales firmes industrielles établies au Maroc. Quelques photos de Kenitra en 1912 montrent qu'il n'était alors qu'un wharf sur le Sebou : les vapeurs l'atteignaient après de longues attentes pour franchir la barre, sauf à se faire drosser à la côte et s'enfoncer lentement dans les sables, comme le malheureux *Saint-Pierre-et-Miquelon.* Une baraque de planches s'ouvre sur une rue défoncée d'ornières : c'est la boulangerie Baylette. Le patron a de fières moustaches ardéchoises. Il porte un long tablier blanc ; sa femme aussi. Deux voitures de livraison attelées, closes comme des fourgons cellulaires, affichent fièrement sur leurs flancs : « Boulangerie Baylette ». Deux pauvres hères s'affairent à l'entour du négoce. C'est sans doute à cette époque que naquit le jeune Baylette, fils du boulanger. Vers ses vingt ans, il entreprit de livrer le pain à Mehedya, durant l'été, deux fois par jour. A la hâte, il en profitait pour se baigner, avant de regagner la touffeur de Kenitra, qu'on appela en 1933 Port-Lyautey. Brun frisé, avec de beaux yeux, c'était un costaud d'une inépuisable gentillesse. Que de femmes, enfonçant leurs pieds dans le sable froid, se précipitaient en robe de chambre jusqu'à la voiture de livraison, pour son sourire autant que pour ses croissants ! Il le savait bien mais ne paraissait pas en tirer avantage. La semaine, dimanche compris, sa camionnette était la première à apparaître dans le défilé de dunes et de tamaris qui, passée la lagune, était le dernier verrou mis à la rumeur insistante de la mer. Parfois, il se substituait aux onze services de cars quotidiens — les cars Carasso — et acceptait de ramener à Kenitra — le « petit pont », où les Français établissaient en 1912 la base pour le ravitaillement de leurs troupes — une étourdie qui n'avait pas fait attention à l'heure. « Allez, montez, vous arriverez bien à temps. » S'il choisissait ses passagères, l'amabilité seule paraissait le guider. Il était de ceux qui conquièrent par la bonne humeur et la vertu d'une parole aisée. On rentrait à Kenitra avec le fils Baylette, qui était « si gentil ». C'était une perspective d'autant plus naturelle qu'il n'avait jamais laissé un voyageur en peine. Les vieilles dames faisaient son éloge. Avec les jeunes, il traînait un peu en route, sur les bords de la *merja* de Sidi Boughaba, quand la chaleur ne s'y réverbérait pas trop fort. Les genévriers retenaient encore sous leur ombre basse la respiration de la nuit. Ou bien la camionnette bifurquait vers la *kasba* qui dominait la passe, au bord de la colline et s'arrêtait à mi-route. Le tragique ou la complication n'étaient pas le registre du fils Baylette, et il avait les mots simples pour éviter d'y verser. Nul ne pouvait lui reprocher de laisser prendre de l'importance à ce qui n'en avait pas. Toutes ses conquêtes accomplies entre deux livraisons de croissants étaient, comme ceux-ci, des œuvres éphémères.

Sur les quatre ou cinq mille Européens installés entre les quais du fleuve boueux et la forêt de chênes-lièges, il était bien le plus alerte, le plus discret, le plus facile. « Je suis revenue avec le fils Baylette, Paul, tu sais comment il est ; il est gentil », chuchotait la nouvelle arrivée, qui se laissait tomber comme un oiseau gracieux, parmi d'autres jeunesses étendues sur le sable. Le vent emportait des rires et des confidences ; des gamins et des gamines essayaient de lui en dérober quelques-unes.

Baylette n'avait guère le temps, en saison, de flâner sur la plage, d'y pousser le ballon, avec lequel il excellait, son club ayant élu siège social au Lux-Bar, avenue Clemenceau. C'était le jeu de l'hiver. D'autres hardiesses se lançaient sur le chemin de la jetée. La promenade était longue, la plage déserte ; l'eau abritée par les rochers, arrachés à la carrière de pierre de Sidi Bouknadel et transportés par le chemin de fer à voie de 60, était calme, gonflée de houles lentes, transparentes. Des grottes s'ouvraient entre les blocs aux angles aigus que déjà les algues tapissaient. Elles étaient innombrables, jusqu'à la pleine mer dont les lames puissantes s'engouffraient dans la profondeur de l'ouvrage où elles résonnaient et s'égouttaient sans fin. A la racine de la jetée, les mimosas marins gagnaient sur le sable et dépassaient peu à peu la dernière superstructure visible du *Saint-Pierre-et-Miquelon.* Combien de groupes d'enfants, de couples adolescents ou adultes n'ont-ils pris là à témoin l'immensité céleste et marine de leurs éphémères découvertes et bonheurs ? Le pêcheur de dorades, de soles et de sars, qui revenait de la jetée vers les dix heures du matin, son burnous relevé au-dessus du genou et ses poissons dans un sac de jute accroché en bandoulière, abandonnait ce décor sublime à leurs vies artificieuses. Il allait vendre sa pêche aux gens des chalets de bois, montés sur des madriers passés au goudron. Elle lui procurerait quelques sous. La meilleure saison de l'année s'accomplissait trop vite, pour le pain quotidien comme pour la futilité.

On ne voyait pas Baylette danser le dimanche soir sur la terrasse du Casino, où quelques mètres carrés de ciment servaient de piste de danse. Il n'y avait jamais foule : les familles y venaient au complet, vieux et jeunes rassemblés par l'anis ou la menthe. Elles se connaissaient ou s'identifiaient. Parfois quelque inconnu paraissait et sa prestance, ses manières, jetaient l'émoi parmi les candidates au tango. Voici Karl, le merveilleux Autrichien, plus accompli que Pierre-Richard Wilm jouant les archiducs, valsant et tanguant dans cet univers de nattes pourries sentant la saumure et l'urine, son beau regard penché sur la chevelure qu'il surplombe. Transitaire pour le liège et le tanin, auprès des grands moulins et de la *kasba* des temps antérieurs, sur le port ? Agent d'assurances ou agent immobilier ? Qu'importe : la ville fait un bond et triple tous les dix ans. Karl vient d'arriver. Ses chemises ressemblent à l'Europe : subtiles et parfaites, pour tant de tôle ondulée et le crachotement du groupe électrogène qu'on étouffe derrière le casino sous un hangar de nattes. Karl danse comme un Tyrolien et un Viennois à la fois ; la résistance et la grâce. Il a choisi la plus jeune, la plus menue, la plus réservée. Il ne cesse de l'inviter et lui parle dans un français hésitant. Elle répond en agitant un peu la tête. Il reviendra plusieurs semaines, attendant que l'orchestre se décide, adossé au bar, près du billard japonais. Ils se retrouveront ainsi, tandis qu'au gré de la marée, on entend à peine la mer, retirée si loin sur la plage. Ou bien elle paraît battre juste derrière la cabine du maître nageur. L'année suivante, Karl l'Archiduc danse avec une femme aussi grande que lui. C'est une Suissesse, dit-on, et elle est mariée à un entrepreneur du port. Karl ne la quitte guère, mais elle a plus d'âge que lui. Il faudra bien qu'il brise son cœur ! Hitler va commencer à se manifester. A Mehedya on n'y fait guère attention, sinon chez le capitaine d'administration, voisin du chalet des Habert. L'officier aime la géopolitique. Il excelle à décrire le péril jaune et la menace bolchevique. Les adolescents, émergeant de l'enfance, l'écoutent bouche bée.

Dans le ciel des vacances, où nulle pluie ne vient jamais apaiser les soirs, le *Graf Zeppelin* surgit du Nord, au ronron de ses minuscules et multiples moteurs. Il suit la côte, depuis Tanger, et rejoint l'Amérique du Sud à dix mille kilomètres : un gros cigare, gonflé de gaz, glisse au-dessus des jetées, du minuscule lotissement de loisirs, de la lagune et de la coupole blanche du Saint Boughaba. A Kenitra comme à Mehedya, les grues portuaires, livrées par l'Allemagne au titre des réparations, ressemblent à des gibets lugubres avec leur peinture noire. 1932 : les fils Habert vont commencer l'apprentissage du lycée et des internats, après tant de liberté, close dans leur vallée d'oued ; la crise s'est abattue sur le monde occidental et elle n'en finira pas, jusqu'à la guerre, de multiplier ses déséquilibres. Les affaires se tarissent, comme les robinets ne trouvent plus assez d'eau dans le réservoir de tôle galvanisée qu'Habert avait monté sur la butte, au fond du jardin, de l'autre côté de la rivière.

A peine lancée, Mehedya-Plage piétine. On ne prolonge plus les murets de ciment. Les tempêtes de l'hiver grilleront à coup sûr les plantations de palmiers en les couvrant de sel. Cependant la colonie de vacances recueille les enfants de l'intérieur, paludéens et malingres, et les dortoirs aux couvre-lits rouges, imprimés d'ours et de girafes, s'allongent pour eux. Les plus fragiles font un double séjour ; sous les auvents orientables où ils se tassent sur la plage après la sieste obligatoire, ils jouent au couteau et aux petits paquets. Ils se ruent au soleil pour voir passer le *Zeppelin* et courent à perdre haleine sur le sable mouillé à la poursuite de l'ombre oblongue qu'il projette. Les enfants Habert, leurs camarades des chalets voisins, vont frayer à cette heure avec ces chats maigres de la colonie. Ils sont libres, sauf de sortir de l'ombre. Après leurs jeux et leurs bains, leurs déplacements sont organisés. « Tu crois que les Allemands sont plus forts que les Français ? » interroge Incarnacion, fille d'un mécanicien espagnol de Ksar es-Souk, tout là-bas dans la montagne, sur la route du Ziz et du Sahara. Les enfants de la « colo » ont parfois des poux : on les tond et on les passe à la *Marie-Rose.* Mathilde empêche alors les siens d'aller les voir. Les petites filles échangent de loin avec les garçons des baisers furtifs, lancés du bout des doigts. Elles montent, en rangs lâches, vers le réfectoire. Elles sont « incommunicado », mais leur cœur bat pour l'autre, qui le leur rend bien, depuis le parapet de ciment, à l'entrée du garage. Gilette est grande, maigre et pâle et bienveillante comme si les soins, l'affection lui avaient toujours manqué. Avec elle, on parle plus aisément qu'aux parents. Quand on se quitte, on s'écrit. Les années passent avec les cartes postales. La vie est faite de corridors qui ne communiquent jamais. L'enfance se disperse, les adultes répudient la leur ou l'oublient en chemin. Les doux amours du temps d'hier avaient tant de ciel qu'ils paraissent incongrus. Accrochés aux cordages du périmètre de sécurité, les enfants, côte à côte, se font battre par la vague jusqu'à suffoquer. C'est le bonheur d'être ensemble. Lapébie a endossé le maillot jaune à la treizième étape. Lucien, qui rêve de devenir chroniqueur sportif à *L'Echo du Maroc,* l'avait bien prévu. Les filles l'intéressent très tôt, mais il commence par les garçons. Sur le sable, les têtes voisinent pour les jeux et les confidences.

Le côté gauche de la plage — par rapport au Casino qui est le centre — ne communique guère avec le côté droit. Les groupes sont formés pour les mois d'été. Adrien, lui, circule partout ; il conduit une vieille Renault que ses parents, à l'aise, ont affectée au service de la plage. Il n'a pas de permis, mais il fait plus que son âge. Il charge ses nombreux frères et sœurs, jusqu'au petit dernier qui marche à peine. On dirait déjà un père de famille. Son seul costume est un maillot de bain blanc. Il flirte avec une gamine de treize ans dont la poitrine se forme et qui habite sur la hauteur, presque en vue de la forêt. Son père s'occupe de pétrole à Casablanca ; on ne le voit jamais. Adrien est un chef qui ne connaît pas ses fidèles : ils le regardent tous passer quand il remonte, imperturbable, toute sa petite famille pour le déjeuner. Le voilà déjà installé dans la vie et les autres sont malheureux de n'y avoir qu'une place indistincte. Ils se retrouveront plus tard tous au service militaire : Adrien sera déjà marié et il conduira si bien la voiture légère d'instruction que le capitaine le prendra d'abord pour un moniteur.

Les jeunes accrochés aux bras des plus grands, dans les nuits de ces saisons insouciantes d'un prochain déchirement, les groupes marchaient, une dizaine de front ; de la maison des Littas, un couple d'instituteurs chez les Berbères d'Aïn-Leuh, à la brasserie Boniface, l'avenue de la mer était arpentée dix fois jusqu'à ce que l'humidité de la nuit poissât les cheveux et les chemises. Les corps se serraient davantage pour se tenir chaud. La route empierrée était cruelle aux pieds nus, mais c'était la solidarité de la nuit avec ses douleurs, ses orteils écorchés.

Les Russes Witlovski n'étaient plus là, le soir. Avec leurs cousins, on en comptait bien une dizaine ; leurs cheveux étaient coupés en série par des mères qui semblaient épuisées. Ils vivaient dans une misère insouciante, vêtus de coutils donnés pour la plupart. Les pères exerçaient, dans leur exil, des métiers temporaires : les enfants disaient d'eux qu'ils avaient été officiers et proches de la cour impériale. Mais eux-mêmes, nés ici, ne savaient rien de la Russie, sauf la photo des parents en tenues d'apparat. Des cils blond-blanc sur des yeux bleus aux paupières diaphanes, une chevelure sans discipline et pâle provoquaient, sauf pour les filles qui étaient vives, une sensation de fadeur. Les coups de soleil entretenaient sur leurs épaules des croûtes purulentes que l'on soignait à l'eau *Dalibour.* La tribu était abonnée du dernier car rentrant à Kenitra, où elle habitait, sous des eucalyptus qui accentuaient l'impression de sécheresse d'un sol sableux, une construction de bois à véranda circulaire, dont l'armée s'était défaite. Elle y campait dans un désordre nonchalant, les dons ou les prêts étant accueillis sans surprise. Ce retour à l'approximatif bercail les privait des fastes d'une nuit poisseuse qui déroulait en ruban, dans un bruit sans cesse repris, ses vagues phosphorescentes. Pour n'y être point, ils étaient encore des étrangers, même s'ils accouraient, traînant d'hétéroclites couffins sur la plage, dès le bain du matin. Telle était la hâte de l'enfance, dans l'amitié précaire des châteaux de sable et des épuisantes excursions, par la dune et la forêt surchauffées, jusqu'à la *merja,* où l'eau brune semblait d'acier poli. Mieux préparés aux horizons incertains, ils émigreraient plus tard avec tous ces petits chevaliers des doux amours, qui croyaient enclore leur destin dans leurs mains et leurs sourires.

Alicia, déjà adulte, avait, étroitement serrées sur les lobes de ses oreilles, de minuscules verroteries, comme la plupart des filles espagnoles. Elle était bonne, dans le voisinage, chez le médecin peut-être qui s'était bâti une vraie maison en maçonnerie ; elle se mêlait le soir aux bandes qui arpentaient inlassablement la route, se trouvant à l'aise dans la spontanéité des enfants. Le mécanicien tchèque qu'elle fréquentait était surtout assidu le samedi et le dimanche. Etant frisé comme elle, leurs enfants ont dû l'être tout autant. La firme tchécoslovaque Bat'a faisait la révolution dans la chaussure et ouvrait un magasin dans chaque ville du Maroc, tandis que les Japonais inondaient le pays de babioles à un franc. La présence du mécanicien tchèque d'Alicia donnait une idée plus juste des migrations économiques. Karel avait pris le cœur d'Alicia et le brave garçon se laissait gouverner par la fougue espagnole. Ils s'embrassaient avec des mots français au bord des lèvres et exploraient, main dans la main, les percées du lotissement, en parlant sans arrêt.

Par groupes de quatre ou cinq, installés pour les premières heures de la nuit sur les murets de ciment bordant la route, d'autres exilés rapprochaient leurs solitudes. Ils avaient suivi leurs Européens jusqu'à la mer, depuis les terres isolées et sauvages, et se fréquentaient précautionneusement, avec une méfiance de tribu qui ne s'estompait pas. Ils habitaient les garages, sous les maisons et en laissaient la porte entrouverte ; ou bien ils s'enfermaient dans des cahutes de nattes, montées entre les piliers de bois supportant les chalets. Sur la dune, au petit matin, ils regarderaient la mer grise, la plage livrée à la seule agitation des vagues, comme une éternité familière. Silhouettes accroupies, ils étaient les spectateurs sans visage de leur propre pays, des ombres chuchotantes, notant les façons et les mouvements des autres, attendant parmi de longs silences qu'emplissait la rumeur de la mer, qu'une parole vînt aux lèvres proches de leur oreille. Elle leur dirait les troupeaux et l'été, l'inondation et les vents du plateau, les sangliers farouches des forêts de cèdres, les pivoines sauvages à perte de vue.

Parfois ils se rejoignaient dans leurs sous-sols pour boire ensemble le vin interdit ou le thé dont l'eau chauffait sur un réchaud à gaz de pétrole. Ils activaient la pompe quand la flamme faiblissait. Sur la natte posée à même le sable froid, se creusant à la pression des corps, ils terminaient la nuit côte à côte, se tenant la main, en soupirant et chuchotant à l'oreille.

XVII

La awada
(1946)

Il n'est pas de son qui installe autant de sérénité au-dessus des paysages et des existences que celui de la flûte de roseau. L'instrument est élémentaire et la mélodie ne progresse qu'insensiblement. Tout rustaud qu'il parût, avec sa corpulence, son poil noir, sa bouche aux mauvaises dents et ses chemises douteuses, Raymond Moinier ne se lassait jamais de s'arrêter pour écouter la *awada.* Il préférait ne pas situer le joueur de flûte et entendre la mélopée monter des asphodèles, visitées, malgré le vent, de mille abeilles. Quelque berger, allongé sur le ventre dans sa djellaba brune et grège, ou assis, les jambes étendues et les pieds garnis de peaux de chèvre lacées au palmier nain, était quelque part dans une zone de bonheur. Une à une, chaque note rebondissait sur la précédente, ourlée ou soufflée comme si elle était venue directement des lèvres. Entre le bourdonnement de l'abeille, tenace autour des longues hampes de fleurs, et l'obstination de la flûte à donner puis reprendre sans cesse l'ouvrage, il y avait la même volonté d'affirmation tranquille. Alors, immobile dans l'air vif et odorant mêlant l'asphodèle, le réséda et les lupins sauvages, Raymond Moinier se sentait vraiment chez lui. Il était d'ici et de nulle part ailleurs. S'il devait mourir, il était sûr qu'il entendrait cette mélopée précise et modeste, jusqu'au dernier moment. Lui qui avait taillé à vif les rectangles de ses champs dans le moutonnement bleu-vert des terrains de parcours des Guerrouane, qui avait labouré si profond en sous-sol pour préparer la plantation de ses vignes, qui régnait sur ses hectares et ses ouvriers et raillait le représentant de l'Administration pour ses tièdes hésitations, il ne trouvait cependant la sécurité qu'au-delà de chez lui, où l'étendue n'avait pas de repères, où le bétail se dissolvait parmi les fenouils géants, où la *awada* jouait pendant des heures, pour la seule sérénité du vent.

On lui annonçait qu'Hitler réoccupait la Rhénanie, puis qu'il envahissait la Tchécoslovaquie et qu'il pourrait donc bien, lui, Raymond Moinier, être mobilisé un de ces matins, avoir à se débrouiller pour sa ferme en quarante-huit heures : il était sûr de ne pas en bouger dès qu'il filait à la lisière de ses champs où pacagent les troupeaux maigres et où les sons de la *awada* montent des fleurs sauvages. Il avait encore des cousins au pays, en Auvergne, à moins qu'ils n'eussent fait comme lui et franchi quelque mer. Depuis bientôt vingt ans, il était parti et n'avait jamais souhaité revenir. Des parents s'étaient chargés d'ensevelir le père et la mère, au cimetière du village, où il gelait si dur, l'hiver. Il avait fait des petits métiers, travaillé pour les autres, camionné et arpenté ; il avait gagné de l'argent et en avait trouvé ; il s'était à peu près installé après bien des lits douteux, des fins d'été dans des bleds perdus où l'anisette, prise le torse ruisselant sur lequel on écrasait les mouches, paraissait sirupeuse ; les nuits de panne, les soirs d'ennui, les quartiers réservés des villes étapes et les brasseries de Casa où il s'approvisionnait pour la nuit ; les ennuis de terrain avec les administrations, les rancunes paysannes et pastorales rôdant autour de son fief tout frais taillé : il avait porté toutes ces garceries sur ses épaules.

Maintenant, il avait épousé une jeunesse, la moitié sinon moins de son âge. Pauvre mais jeune. Elle serait à l'aise avec leurs enfants qui arrivaient chaque année ou presque, tandis qu'Hitler organisait son pouvoir. Les professeurs disaient : « La guerre mondiale est inéluctable ! Vous ne voyez donc pas qu'elle peut arriver à tout moment ? » A Paris, on s'était arrangé du Front populaire. Il y avait même eu des meetings monstres à Alger ; pensez donc, ces *Francaouis,* si Hitler les prend par la peau des fesses, ils ne l'auront pas volé ! Tous des comptables, des notaires et des ânes d'employés ! Raymond Moinier avait des fureurs sincères et limitées, qu'il rodait préalablement au comptoir des machines agricoles ou dans le petit bureau qui ressemblait à une boîte d'allumettes au pied des docks-silos de Meknès, sur la zone industrielle. Alors que tout lui venait — argent, famille — après tant d'années de vache enragée, la conduite stupide des autres était insupportable. Les récoltes de blé étaient régulières dans ce sol profond ; la vigne produirait dans deux ans. Il serait alors plus qu'à l'aise pour rembourser, pour investir. Comme son voisin Bothorel, il avait loué un chalet à Mehedya, durant juillet et août. Pas une de ces constructions en planches : une vraie villa en dur, avec des murs autour et des arbres entre les murs et la maison. Il passerait quinze jours pleins avec sa famille, ses premières vacances. Il ne se souvenait pas d'en avoir eu d'autres, sinon les journées de chasse entre le Moyen Atlas et le Zerhoun et deux journées à Fédala, il y a bien longtemps, où il n'avait pas dessaoulé, tant il s'ennuyait. Maintenant, le bon temps commençait, il ferait même des pâtés avec les gamins sur cette plage à courants d'air, et il bridgerait avec Bothorel. Cela lui rappellerait une saison mortelle à Ksar es-Souk, sur la route du Tafilalet, et les parties avec les officiers d'un régiment de tirailleurs, qui accomplissait ses kilomètres annuels de travaux de piste. Il avait fallu attendre 1934 pour que disparussent les dernières taches de dissidence dans l'Anti-Atlas. L'Administration était solide et ouvrait l'œil, encore que ce général Noguès, le Résident général, avait une tendance à jouer au militaire ostentatoire et démagogue. Moinier était sûr de bâtir du solide, et plus il le répétait, plus il lui arrivait d'en douter, sauf les jours où, sans témoin, il imaginait les notes de la *awada* s'élevant des végétaux comme de petites fumées bleues et régulières, témoignant pour la calme respiration du sol.

Bothorel, lui, c'était autre chose : un bon type mais une soupe au lait. Moinier se méfiait des Parisiens : celui-ci n'avait pas réussi dans ses études ; alors il s'était mis à l'agriculture, avec l'argent de sa femme, qui était une snobinarde, parlant du nez avec deux tons, en fonction des circonstances. Mais les débuts agricoles avaient été durs, et comme ils habitaient Meknès, ils se repliaient sur des logements de plus en plus petits. « Nous n'aurons plus bientôt que nos yeux pour pleurer ! » disait la dame au ton distingué, en désignant les couvertures berbères recouvrant des caisses qui servaient aux rangements. Par la fenêtre, on apercevait les affleurements de craie blanche sur les pentes du promontoire où s'étendait le cimetière. Mais la terre des Bothorel, là-bas sur le plateau de Merchouch, était aussi profonde que celle de Moinier. Avant que n'éclate la guerre, ils avaient déjà entrepris d'édifier une vaste villa dans un quartier où les rues n'étaient pas encore faites. On apercevait en contrebas, sur un piton, la kasba el-Hartani, naguère lieu de réclusion des condamnés à perpétuité. Moinier, Bothorel, Habert, les Jacquemin — deux frères pourvus de familles nombreuses — Gaspard et toute la tribu Duffau-Perrin, les Meillotte espacés sur tous les âges, d'autres encore, une vingtaine de familles en tout, s'apercevaient l'année durant ; à Mehedya, pour respirer un air plus frais ; à Meknès, en corvée de ravitaillement ou de matériel, ou, épisodiquement, à la foire commerciale et à la représentation d'un cirque, qui se tenaient sur le même emplacement, entre les deux villes.

« Avec nous, la relève est assurée ! » rigolait Moinier en regardant les enfants s'agiter entre leurs jeux et leurs parents. « Ils sont plus abondants que les crabes, sur cette satanée plage où on se rôtit la plante des pieds ! »

Il inaugurait sa saison balnéaire avec un pantalon de flanelle blanche, trop épaisse pour ce climat. Mais il avait gardé son casque de liège et de toile réséda, où les sueurs des journées de travail avaient laissé un pourtour brun.

« Cet après-midi, les gamins, on va à la *merja,* et on essaiera d'en faire le tour ! »

Habitué à la sueur et refusant les bains de mer, il ne tenait pas en place. Avec sa camionnette Ford, dernier modèle, moteur V8 qui sifflait en sourdine, il prétendait passer partout. Les fils Habert étaient volontaires pour se tasser avec lui sur le siège avant, au plus fort de la chaleur. Il les lançait sur d'acrobatiques parcours où les genêts et les tamaris griffaient la carrosserie, le véhicule plongeant de bosse en bosse. On le dégageait de l'ensablement en accumulant les branchages devant et derrière les roues. Chacun allait à la glane, hors de la piste indécise, et les scorpions couleur de miel dérangés couraient, dressés pour l'attaque, à la recherche d'autres couverts. Raymond Moinier écrasait son gros pied nu sur la pédale de l'accélérateur. Plus la voiture penchait et plongeait, plus il était heureux.

« Accrochez-vous, criait-il, je prends de l'élan, on va planer. »

Ils parvenaient ainsi à faire les dix kilomètres de tour de la morne lagune où l'eau trouble et lisse avait généralement la teinte d'un métal. Aux extrémités du lac saumâtre, deux points blancs marquaient, dans la pâle indécision du paysage, la limite de l'eau : vers l'Est, le sémaphore badigeonné chaque année à la chaux que la madrague enveloppait des parfums puissants du goudron et du poisson mêlés. Vers l'ouest, la *kouba* maraboutique qui ne connaissait de ferveur qu'une fois l'an.

Le capitaine des détails qui, ses registres comptables repliés dans les casernes de Kenitra, regagnait la plage pour y chausser des souliers de toile, prévoyait obstinément, en mordillant les branches de ses lunettes, la guerre. Mais tout était doux alors : la mer profonde s'engouffrait avec la marée montante entre les jetées, et les bancs de sable du fleuve disparaissaient sous les mètres d'une eau salée et bleue qui dérivait impérieusement vers les méandres. Elle en battait les flancs boueux d'un clapotis insistant, qui sifflait comme une ébullition. Bothorel avait acheté un grand kayak, de la meilleure marque allemande, avec laquelle un capitaine de la Kriegsmarine avait traversé, seul, l'Atlantique. Bothorel franchissait les trois cents mètres de l'embouchure ou remontait vers les terres, ne se risquant pas à redescendre plus bas que l'estacade de la madrague, après laquelle commençaient les fureurs, les succions, les rappels et les lames déferlantes de la passe.

Au retour, les deux haut-parleurs du casino, qui avaient forme de corne de brume, mêlaient à l'air salin le miel de la voix de Tino Rossi ; le mélange ne montait pas jusqu'aux dernières maisons de la dune. Le vendeur de *La Vigie marocaine,* courant sur ses petites jambes de dix ans, faisait sa tournée du soir, à en perdre le souffle.

En ces temps d'inflation, les affaires avaient repris ; les dettes des colons s'allégeaient. Même les Duffau-Perrin, qui couraient toujours après trois sous, paraissaient s'en sortir et leur tribu d'enfants, pratiquant la brève révérence ou le baise-main, mettaient des gants blancs pour la messe, fût-elle servie dans une baraque Adrian. Les passés pourtant n'avaient pas grand sens, parce qu'ils ne communiquaient pas. Du sien, chacun conservait quelques lambeaux, ceux qui l'arrangeaient. Quelques photos avaient suivi le chemin des jeunes gens, hier. Ils les avaient égarées dans les courants d'air de l'été, sous les toitures de tôle. Aucun meuble, accompli par le temps, ne les avait suivis. Les maisons qu'ils édifiaient n'avaient que des terrasses et si, d'aventure, elles singeaient quelque Languedoc ou quelque Provence, leurs greniers étaient vides, sauf des caisses de pétrole dont on avait fait les commodes de la première installation. On évoquait sa province, pour se différencier, mais rarement les siens, oubliés et confinés dans la métropole, plus étrangère par son immobilisme grognon que par la distance. Une vie avait commencé ici, avec l'espace, les murs blancs, des routes neuves, la chance parfois au bout du paysage, et les jours intenses de la lutte avec soi-même. Les militaires des opérations de 1911, de 1925, de 1933 avaient tout juste peuplé quelques cimetières. De la mort, on s'occuperait plus tard, l'âge venu : les enfants étaient désormais là pour qu'on n'y attachât point trop d'importance. Les vieux objets, le passé, les villes d'Europe s'étaient souillés avec les années. Ceux qui venaient de là-bas étaient pâles, avec d'étranges accents dans la voix qui les faisaient juger voyous ou précieux : les « Francaouis », malsains et tortueux, empaquetés de leurs complications et de leurs idées bizarres, n'imaginant guère que l'air, la lumière, un peu d'ombre suffisent à mener au contentement de soi.

« Mon pays, c'est ici ! pensaient tout haut ces enfants nés en quinze années, entre 1920 et 1935, c'est là que je vivrai, car chaque année y est un progrès. » Ils couraient ensemble du lycée ou de l'école professionnelle au stade et à la piscine, les Alonso et les Duffau-Perrin, les Lopez, Garcia, Millet et Favereau, entraînant avec eux les enfants de fonctionnaires prolongeant leur séjour à l'extrême. Ils s'attendrissaient rarement sur eux-mêmes, le sentiment d'espace tuant en eux la mélancolie. La misère, aperçue à chaque instant, ne les portait guère à se plaindre. Ce qu'ils feraient serait différent de l'Europe compassée et de l'Islam immobile. Ils se rêvaient pionniers plus accomplis que leurs pères qui avaient fait des constructions, des routes et de la terre, l'objet de l'acharnement et de la réussite. Ils bâtiraient partout et encore mieux, du fond de ce vieux sol à ses cimes neuves.

L'ancien commis boucher, dont la barbiche en pointe et la ligne du chapeau de feutre, parallèle à la moustache effilée, étaient célèbres, donnait aux visiteurs des leçons de réussite. Arrivant par l'Oranie avec les troupes françaises, il s'était d'abord installé au Maroc oriental, dans la région de Berkane. Mais à Meknès, il fit beaucoup mieux, et il n'était pas d'agriculteur ou de Résident général qui n'eût à écouter avec patience ses leçons de bon sens. Il savait y faire, avec le sol, avec les vignes, avec le commerce, avec les audaces, avec la politique. On colportait les pataquès que cet homme sans instruction avait semés dans les bureaux officiels. On soupçonnait qu'il en fabriquait lui-même, juste pour faire plus vrai. Bothorel, qui le caricaturait aisément, lui faisait dire : « Je suis allé à Paris, pour voir le Président de la République, et j'ai reçu le ministre des Affaires étrangères à l'hôtel George-V, où je résidais ! ». Mais le bonhomme était matois et ne répugnait pas à montrer le bon chemin en ouvrant les fondations charitables à son nom.

Raymond Moinier aimait à le rencontrer ; ce n'était pas facile car l'homme était organisé et toujours sous pression. Quand il était à Meknès, il habitait une chambre de l'hôtel dont il était propriétaire, à l'intersection de la route de Rabat avec l'avenue de la République, et prenait son repas en famille, dans un coin du restaurant. Moinier y jetait un coup d'œil, par principe, et, s'il était là, allait le saluer avec une familiarité déférente. Ils se ressemblaient, pensait-il, mais l'autre, parti plus tôt, avait marché plus fort. Lui, il avait bien piétiné. Maintenant, il rattrapait le temps perdu. Et sa jovialité y gagnait encore.

Les belles années que c'était !

Mme Batidou avait vendu tout le stock de robes qu'elle était allée commander sur place à Paris et à Nice, en février 1939. Sa fille était la plus belle élève du lycée et celle-ci ne savait pas que, la guerre survenant, elle épouserait Akim, futur Pacha du Roi. La garnison de Meknès, du troufion au colonel, n'avait d'yeux que pour la jolie lycéenne passant sous les oléandres taillés de l'avenue de la République. Jamais les troupes n'avaient été aussi nombreuses. Le commerce marchait très fort. Le cours de l'huile d'olive avait repris de la hauteur, le prix du blé avait été revalorisé, les légumineuses et le vin se plaçaient bien. Les frères Fourneyron, qui représentaient Renault depuis les débuts de la ville nouvelle, avaient repris la Viva quatre d'Habert, si poussive dans les côtes du Zehroun, et l'avaient convaincu de s'offrir une Viva six grand sport, noire avec pneus blancs, pour aller passer juillet et août en France, pour la deuxième fois depuis 1915. Dès août, la guerre commence pour six ans. La voiture reviendra par Port-Vendres et Oran et s'interrompra vite de rouler. On peut en voir encore l'épave, contre le mur du hangar, et un collectionneur parisien est venu y prélever quelques assemblages, monnayés avec le nouvel occupant.

Raymond Moinier, non plus, n'était pas parti bien loin. On le mobilisa pour la forme, sur place. Son âge, ses enfants, sa corpulence même, lui valurent de rester à la ferme. Les belles années agricoles continuaient et la guerre dévorait allégrement toute semence et tout grain. La vigne était au plus haut de sa production. Moinier engrangeait sa réussite. Les petits devenaient des garçonnets au teint mat, comme les filles aux nattes de jais. La guerre terminée, il eut assez de biens, au soleil et à l'ombre, pour se souvenir des années enragées avec une sorte de tendresse. Il chassait, dans toute la région, la perdrix rouge, le lièvre, la caille, le vanneau et le *ganga,* le sanglier et la bécassine. Dans les solitudes, vers Sefrou, Azrou, Arbaoua, ou sur le territoire des Zemmours ou des Guerrouane du nord, il aimait s'épuiser, avec ses chiens, à chasser devant lui. A la fin de l'automne 1946, que des pluies précoces avaient reverdi, il se trouvait en dessous du Zerhoun, sur la rive droite de l'Oued Kroumane où les champs s'abaissent très lentement en direction de Fdila. Le lieutenant Molinier, quand il rejoignit Fès en 1877, avait été frappé par l'absence d'habitations sur cette immense plaque de terrains livrés à une végétation sauvage. La colonisation même n'y avait pas mordu. Raymond Moinier distinguait quelques labours, à peine commencés au lendemain des pluies. Les touffes de jujubiers griffaient ses guêtres, et les odeurs du gibier étaient si évidentes que les chiens en perdaient la tête. Il les calmait, tout en calculant combien d'hommes la région nourrirait si elle était mise en valeur. Ce sol ne valait pas le sien, mais avec une pluie assez régulière et des labours fréquents, on pouvait lui faire rendre une fortune. Etait-ce son affaire de rêver si loin ?

« Pauvre homme, ne vois-tu pas, s'admonestait-il, que tu n'as plus rien à faire là, sinon regarder et tuer quelques perdreaux ! Dans vingt ans, de toute façon, ce ne sera plus ton affaire, et estime-toi heureux si ça dure encore dix ans. Tout pouilleux qu'ils soient, ils nous foutrons dehors ; c'est bien leur droit. Nous leur apprendrons même comment il faut faire. Après tout, un homme vaut un homme. » Il s'attendrissait ainsi sur sa propre réussite.

Il ferait autant de récoltes qu'il le pourrait. Dès maintenant, les petits étaient à l'abri du besoin, et s'ils se débrouillaient mal, ce serait de leur faute. Il faudrait vraiment qu'ils n'aient rien dans le ventre. Il bougonnait en écrasant les colchiques sorties de terre, et l'odeur en était vénéneuse mais maternelle.

S'il en avait le temps, il reviendrait vers l'Auvergne ou quelque colline de l'Occitanie, plus assurément tiède. Les jours ne lui serviraient plus qu'à recenser le passé, pour des classifications dérisoires qu'il poursuivrait avec nonchalance. Les chiens, rompant la discipline, filaient loin devant, sans se soucier de lui. On voyait leurs oreilles fauves planer un instant au-dessus des herbes où ils quêtaient éperdument. Les montagnes, à l'ouest, prenaient la teinte de l'argile bleue.

Presque trente ans de sa vie s'étaient écoulés dans ce cadre changeant, qui passait de la parure du printemps à l'austérité de l'été avec tant de fougue. Moinier pensa aux Habert, dont il ne pouvait plus apercevoir la maison et les champs. Ils avaient reçu plus de soleil que lui sur leurs têtes, encore qu'ils aient eu un jardin profond et la proximité de l'oued. Eux aussi, il leur faudrait bien s'imaginer autrement, à moins que l'âge ne réduise à quelques futilités leurs journées rétrécies.

Moinier s'installa sur une plate-forme calcaire, creusée d'alvéoles où s'accumulaient des coquilles blanchies d'escargots. De là, les chiens hors d'haleine le verraient. Ils se décideraient à revenir... La guerre finie, la souterraine agitation des nationalistes impatients gagnait les villes. Le Palais y prêtait la main. Le bled, si vide, attendait que se manifestât l'inclinaison des jours, pour en épouser la pente. Chagrin ou rancœur, Moinier ne savait encore ce qui l'accaparerait le mieux. Mais ce choix fatal lui paraissait indigne.

Portée par le vent des levers de brume qui, vers dix heures, lance de molles bouffées, la mélopée de la flûte en roseau d'abord lui parut venir de sa mémoire. Comme un papillon qui contourne les buissons, elle avançait cependant vers lui, tantôt perçue, tantôt en attente. Le gros homme bénit ce temps, cette musique et cette solitude qui l'arrachaient à l'inquiétude remâchée. Il écouta longtemps. Le musicien ne paraissait pas : la sérénité montait de la terre elle-même.

Les chiens revenus commencèrent d'aboyer. Un gamin aux cheveux ras se dressa, dans le désordre des asphodèles qui étaient de sa taille.

« Fais taire tes chiens, cria-t-il à Moinier, car ils ont chassé la *casida* (la mélodie) de ma bouche et je ne la retrouverai plus ! »

Il distingua mieux la petite silhouette, gravement tendue pour dénoncer la profanation. Moinier aussi se révoltait du scandale de ces jappements interrompant le feston ourlé de la *awada* sur la grande nappe du silence.

« Veux-tu me montrer cette flûte ? » demanda-t-il sans approcher.

L'enfant la lui tendit avec dignité :

« Je l'ai faite moi-même avec les roseaux de l'oued. J'ai recommencé sept fois. Celle-ci est la meilleure. D'elle-même, elle m'entraîne, et j'oublie tout. Mais mon père n'est pas content parce que je surveille mal son bétail. »

La flûte entre ses mains ne pesait pas plus lourd que quelques épis de son blé. Le roseau avait pris une teinte blonde qui se renforçait aux anneaux des segments.

« Tu pourrais encore jouer ? » demanda Moinier en la lui rendant, de ses deux mains.

« Je vais essayer, mais je ne sais parler qu'à mon cœur. »

Le petit bonhomme s'installa sur ses talons, tourné vers le Djebel Tselfat qui, au nord, n'était qu'une transparence un peu plus appuyée sur le ciel. Il lança une note d'appel, comme le bref signal de l'alouette ou de la bécassine. Puis il y eut deux réponses espacées. Les trois notes maintenant se visitaient, sans se toucher, selon une arabesque compliquée, mêlant l'hésitation et l'audace ; elles se rassemblèrent enfin pour laisser flotter, autour de leur unité, la quatrième note qui s'inquiétait ou suppliait. De minuscules papillons bleus voletaient, à peine au-dessus du sol, sur les fleurs rases et d'un sombre vermillon du lupin « goutte de sang ».

Le soleil monta jusqu'à midi. Les chiens, reposés, battaient le terrain en cercles, alentour. Moinier et le joueur de flûte ne regardaient qu'au loin, là où ils s'apercevaient peut-être eux-mêmes.

« Si tu reviens, tu me trouveras par là ; j'y suis tous les

jours sans pluie, et même s'il ne pleut pas trop fort. C'est un terrain de notre *kebila* (tribu). Nous sommes six familles à pouvoir y mettre les troupeaux. »

Moinier, aidé par les chiens devenus familiers, et le son de la flûte, visitait parfois le prodige des asphodèles. Il lui fallait deux heures d'auto pour arriver jusque-là.

« Mais tu ne chasses plus ? Il y a pourtant des perdreaux partout ; jusque sous le pied fourchu des vaches ! Tu préfères la *awada :* tu es un homme sage. »

L'homme sage hésita longtemps avant de suggérer au gamin une autre vie. Que savait-il du destin pour se risquer à modifier celui des autres ? Il n'était qu'un être fruste, sensible à la musiquette d'une flûte en roseau. On ne l'ensevelirait même pas dans ce sol qu'il avait tant retourné et auquel il avait tant pris.

Mais l'enfant veillait, parmi ses notes aux obstinations d'abeille.

« Si tu m'aidais, je deviendrais quelqu'un. Ici, je resterai un mangeur de figues de Barbarie. On va ouvrir une école, à Fortassa, avec un vrai instituteur, pas un *motasseb* pour faire réciter le Coran. Toutes les familles veulent y envoyer leurs enfants pour qu'ils deviennent *toubibs* ou *adouls.* Mais ils n'auront que les petits emplois du maghzen, et vingt parents qui vivront sur leur salaire. »

Tant de sagacité incita Moinier à interroger :

« Tu crois que tu peux faire mieux que ça ?

— Bien sûr, et tu le sais déjà, répondit l'enfant. Sinon, comment aurais-je fabriqué la meilleure *awada* de tout ce versant du Zerhoun ? Pour toi, m'aider ce n'est rien ; si tu te trompes, tu n'y penseras plus. Si je réussis, tu sauras que tu m'as rendu heureux ! »

Cette logique toucha juste. Moinier accomplit ce que peu de ses compatriotes avaient tenté, dans cette première moitié du siècle. Les parents du berger allégèrent leur famille, sans perdre leur fils qui, dans les débuts, vint les visiter assez régulièrement. Il avait de l'ambition et, comme sur les sols retournés par Moinier, la récolte n'était pas ingrate. De sorties en vacances, le musicien entra vite dans la famille Moinier. Il avait l'âge des aînés. Quand la villa de Meknès fut construite, sur l'avenue Moinier (« où vouliez-vous que je bâtisse, sinon là ? ») qui prend à droite du lycée, Achour s'y installa comme les autres. Il semblait au colon qu'il avait ainsi tendu quelque ligne entre ses actes ; il quitterait ce pays, mais il y bâtissait quand même, et Achour, quel qu'il devienne, éviterait que le silence ne se referme et que nulle mémoire ne se souvienne ici d'un Nazaréen que le son de la awada apaisait.

Achour avait conservé la flûte de roseau, mais il n'en jouait plus car « il y faut du temps et la sauvage méditation qui monte des terres nues ».

« Je deviens un produit civilisé, disait-il en riant. Je me débrouille mieux au piano et en mathématiques ! »

Maintenant, les enfants gagnaient Paris, année après année, pour des études supérieures. Achour allait être bientôt ingénieur. Moinier — qu'il appelait « père » — avait acheté une gentilhommière avec « une bricole de terrain autour » dans la région d'Ambert. Il y venait quatre mois l'an, désamarré d'ici et de là-bas, n'ayant guère le courage d'y faire encore vivre des habitudes.

Quand les esprits s'échauffèrent, en 1953, après la déposition du Sultan, et que les drames éclatèrent, jusqu'à son retour en 1955, Moinier fut soulagé que ses enfants fussent en France, et Achour aussi. Celui-ci pouvait bien se sentir nationaliste, à Paris, à la Cité universitaire, s'il en avait envie. Là-bas, il n'en souffrirait pas, eu égard à eux. Et Moinier ne souhaitait pas que tant d'années communes fussent mises à l'épreuve. Ici, elles l'auraient été au plus profond de chacun.

« Bien sûr qu'ils vous prendront tout ! » lançait sarcastiquement Moinier au père Habert, maintenant bien vieilli et qui s'adaptait mal à la ville, après quarante années de bled. « Vous avez trimé pour rien et vous serez peut-être autorisé à finir vos jours dans votre petit appartement avec la photo de votre propriété. »

Le vieil homme disait, en montrant le ciel :

« *Allah i noub* — Dieu y veillera. Je n'ai plus d'impatience. Quand on ne voudra plus de moi, on me le dira. »

Moinier, cependant, mourut le premier. La lourde pluie atlantique, depuis huit jours, détrempait les champs. Tous labours arrêtés, on attendait l'accalmie d'où l'Atlas et le Zerhoun surgiraient bleus et brillants d'eaux suintantes. Dans sa maison des champs, le nez sur la vitre à chaque va-et-vient, Moinier s'ennuyait ferme, au point qu'on le trouva, dans la pénombre d'une fin d'après-midi, assuré de cette paix précaire qu'il avait désespéré d'obtenir.

Les trois plus grands vinrent de Paris et Mme Moinier les embrassa à l'aéroport et les ramena à la maison. Les plus jeunes attendaient chez des voisins. Une fois encore, on s'assembla à l'entrée de l'église, dont l'escalier plongeant à même le sol calcaire paraissait honorer la mémoire du pionnier. Adèle déclara qu'il serait enterré en Auvergne, comme il l'avait souhaité.

L'avait-il souhaité ? Fût-il resté par ici, Achour en eût été apaisé. Mais il ne dit rien. Le lendemain, il annonça qu'il irait au Zerhoun visiter sa famille, qu'il oubliait depuis si longtemps.

« Je crois qu'il faut que je le fasse, au moins de temps en temps », dit-il à Adèle Moinier, en empruntant la voiture. Par le chemin des oliviers et des vignes, des roseaux et des labours commencés, par le pont portugais, les haies de sabras, les chaumes devenus gris, l'ingénieur conduisit lentement. Pas un son, pas une odeur, pas un reflet dans cet automne détrempé qui ne vînt à lui sans une familière insistance. Il dépassa l'enclos où le muret de pierres échafaudées s'appuyait sur le hérisson des figuiers de Barbarie. Là se multipliaient les siens, dans la tradition immuable. Il gara la voiture, bien au-delà, quand la route commence à monter vers le col du Zeggota, puis il partit à travers champs, insoucieux de la boue mêlée de paille qui envahissait ses chaussures de ville. Sous l'herbe morte, l'herbe verte revenait. Dans la cage épineuse des asperges sauvages, des pousses neuves montaient. Achour était maintenant très loin de la route, et l'œil d'un berger, voyant tout mouvement, reconnaîtrait encore son trench-coat kaki s'enfonçant dans les teintes brouillées de solitudes incultes.

Il s'assit, et désormais nul n'aurait pu le voir. Du vêtement militaire, acheté aux surplus américains rue de Buci ou rue La Boétie, il tira la flûte de roseau qui avait voyagé avec lui. Dans le vent humide où la pluie s'appesantissait parfois, il laissa aller son souffle, ses doigts, les notes que l'air emportait à l'horizontale, sur l'humble végétation. Il jouait encore une fois pour l'homme qui, tout inconséquent et limité qu'il fût, avait su l'écouter et prendre avec lui cette part du temps où l'âge et le sang n'ont pas d'importance.

XVIII

Les Captifs
(1960)

Comme dans les autres villes du Maroc, les rues de Meknès ont changé de nom, quand le Sultan est revenu de l'exil malgache. Mais la ville, ici, étant *badia* (bédouine) a pris son temps avant de débaptiser la rue de Sète, la rue Denis-Papin et l'avenue de Bretagne. Qu'importait d'inscrire si vite la rumeur du temps, dans le décor des remparts effrités ?

Mathilde montait et descendait l'avenue Poeymirau, au soir de sa vie. Autant qu'aux remparts, durant cinquante ans, chaque heure sur elle avait pesé. Elle évoquait la fin de sa vie, mais sans y croire, au point de souhaiter en recommencer une autre. Les arbres du jardin public étaient son horizon, découpé par l'étroite fenêtre, d'où elle guettait les mouvements de la rue. Les allées et venues des lycéens lui montraient un monde nouveau. Hier, elle s'inquiétait de chaque visage des petits Européens dont elle connaissait à peu près les familles. Maintenant, c'était une autre jeunesse qui, à heures fixes, défilait devant chez elle, venue de la ville ancienne et même de la ville nouvelle où les Marocains commençaient à habiter.

« Ce sont des lycéens, comme tous les lycéens du monde », pensait-elle, les regardant, selon leur âge, se battre ou, filles et garçons, s'accompagner. Mais de ceux-là, elle ne savait plus rien.

L'avenue Poeymirau devint l'avenue El-Moukaouma (de la Résistance), la rue Millerand s'appela rue du Congo, et Joffre céda son nom à Mohammed Ed-Dehbi. Dépossédée de ces noms familiers qui formaient son périmètre, Mathilde ne se sentait pas dans une ville étrangère : les jardinets, les façades, les bruits et leurs heures n'avaient point changé.

Mais elle-même était devenue l'étrangère, que l'on oublierait à mesure que ses forces déclinantes en feraient une ombre lente, tâtonnant sur les murs blancs qui montent vers la place.

Souhaitait-elle rester ou partir ? Si longtemps volontaire, à son déclin, l'univers de quelques meubles, encombrés d'objets toujours vus, lui conseillait l'indécision. La rue avait changé de nom, mais la porte une fois close, une poterie qui n'ornait plus de cheminée, lui suffisait pour que revienne la mémoire d'hivers si égaux, si pareils, qu'elle en avait perdu le compte, mais ni l'odeur, ni l'ébranlement du vent contre la porte, ni les cendres du bois d'olivier. Dans la bibliothèque de chêne ciré, les livres de classe de ses enfants, il y a si longtemps, les classiques favoris, des dictionnaires dont ils faisaient leur lecture quotidienne, repoussaient en elle l'inquiétude : le passé seul comptait maintenant, et elle en récoltait toute poussière qui errait au travers de son souvenir.

On frappait à la porte, le matin. Mohammed, le fils de l'épicier qui tenait la seule boutique, à l'angle Joffre-Millerand, apportait un demi-litre de lait.

« Merci, mon petit. Tu es déjà au travail !

— Oui, madame, et puis, je vais à l'école. »

Le gamin repartait au trot, et à chaque livraison, avec l'aïeule, il recommençait ce dialogue. Ils s'aimaient bien : frimousse brune où brillait le regard, vieille Européenne d'un autre monde et d'un âge si lointain qu'il effrayait un peu l'enfant.

« Que feras-tu plus tard ?

— Je ne sais pas. J'aide mon père et je vais à l'école. »

Plus tard, pensait-elle, plus tard. Ce sera son « plus tard ». Il est gentil ce gamin, d'abord parce que c'est un enfant. Après, il sera comme les autres : ceux qui changent les noms des rues, comme s'ils apportaient la réussite et le bonheur. Il sera le même captif des mots et de la vieille misère qui, à tant la piétiner, avait rendu la terre inculte.

Dans sa rue, devenue étrangère, elle aussi était la captive de son propre destin. De l'autre côté de la montagne, il y avait ses arbres et sa maison, et toutes ces années où chaque plante s'était serrée comme dans un herbier. Tous ces jours de soleil, de lumière, tout ce fracas que fait, la nuit, le silence. Elle n'avait plus le goût d'y revenir, d'apercevoir de loin les contours de sa vie, comme une enveloppe abandonnée, d'entendre le clapotis dérisoire de l'Oued dans son étiage d'automne. Elle s'étonnait d'avoir pu vivre si longtemps dans cette bucolique insignifiance à laquelle elle avait donné tant de vie. La sienne se réduisait à un cercle exploré et banal, rogné chaque jour sans qu'elle songe à protester.

Aurait-elle aujourd'hui assez de fantaisie pour s'éloigner jusqu'au promontoire d'où elle regarderait la vieille ville, depuis la *kouba* de Sidi el-Ouafi ? Sur l'autre versant, contre les remparts de la Bab Tizimi, l'ouvroir des missionnaires franciscaines avait des allures de forteresse, malgré les rousseurs estompées de la brique. Le quartier des chrétiens captifs, tantôt rachetés, tantôt oubliés à jamais, avait été dans ce voisinage. Ils y mêlèrent leurs infortunes européennes derrière de hauts murs où ils étaient ensilés, promis mieux que jamais à l'esclavage, au travail, à la tombe. Ici, les siècles passés demeuraient à leur place, dans l'immobilité des âmes. Car les anneaux scellés aux remparts enchaînaient de liens invisibles la misère de toujours. Elle se rassemblait au pied des murailles dans l'effrayante résignation que seule la pluie battante de novembre pouvait vaincre. De l'existence abolie des captifs, il n'y avait plus de mémoire, sauf dans le récit de quelque capitaine anglais venu en ambassade ou d'un prêtre plus attentif à la rédemption des âmes qu'au dépérissement des corps.

Quelques-uns, pour s'être reniés — la belle affaire dans l'injuste dénuement, pensait Mathilde — s'étaient fondus dans la population, jusque dans sa misère. Ils s'y perpétuaient aujourd'hui sur des visages qui n'abritaient que des âmes oublieuses de l'accidentel ancêtre du XVIIe ou du XVIIIe siècle. Dans l'empire sans routes et sans issues, l'œuvre d'indifférence s'accomplissait d'elle-même. Une barbe blonde, un regard clair réintégraient l'immobile méditation et y devenaient poussière, recouverte par d'autres poussières.

La même indifférence recouvrirait sa propre vie. Mathilde déjà l'éprouvait en elle-même. Elle n'avait fait que passer ici. Ses enfants partis, dispersés, elle s'attardait. Elle se déprenait du pays en même temps que d'elle-même. L'éclat du soleil, la brusque froideur du soir, la violence des couleurs et des ombres hier l'enchantaient. Leur excès même en était venu à l'assaillir. Près d'elle, son mari déclinait plus vite encore, heurtant ses pas hésitants aux mêmes cailloux du voisinage. En quelques années, tout avait changé si vite, mais peut-être était-ce en eux-mêmes ?

Elle reclassait sans beaucoup d'ordre ces dernières années folles, où lui revenaient dans la dérision les vantardises d'une administration bavarde, qui prétendait d'autant mieux faire obstacle aux glissements de l'époque qu'elle les niait : familière de l'histoire du Maroc, elle y chercha les références de son action. Mathilde se souvenait de l'été 1953 durant lequel le Pacha de Marrakech, El Glaoui, rassemblant les dernières forces de sa vie, s'était dressé contre le Sultan. Ah ! ce fut une grandiose visite qu'il fit, en août, au cœur du pays zaïan, parmi les collines couvertes de cèdres. Tous les chefs berbères étaient là, massant la foule de leurs tribus sur le fond d'un lac desséché, à Ajdir. Flanqué du chérif idrisside Si Abdekhaï El-Kittani, puits de science islamique et adversaire de la dynastie alaouite depuis que le Sultan Moulay Hafid avait fait supplicier son frère à Fès, le Glaoui s'était fait rendre l'hommage de toute la cavalerie zaïane. Puis tous les chefs iraient à Fès, dans le *horm* de la mosquée égorger des taureaux sur le tombeau du fondateur de la première dynastie musulmane, Moulay Idriss. Ils jureraient de ne pas se séparer tant que le Sultan Sidi Mohammed ben Youssef ne se serait pas résolu à partir.

La tente des Zaïans, monumentale, reproduisait en grand toutes celles, brunes, que les tribus avaient plantées en cercle jusqu'au pied des collines. Avec l'altitude, la lumière, les sons, les cris, les coups de fusil paraissaient plus vifs encore. Des brasiers montait l'odeur de la viande rôtie. Les filles, s'accompagnant de leurs tambourins, chantaient et dansaient les *ahidous* zaïanes. On mimait l'amour, la guerre.

Bientôt, descendus de leurs montagnes qui les accompagnent jusqu'au col du Kaour, les cavaliers chevaucheraient vers Rabat, la capitale, pour en chasser le Sultan. C'était la revanche des Berbères sur les maîtres arabes, toujours prompts à contraindre ces « hommes libres » — *imazighen* — ainsi qu'ils se nomment. Toute l'administration française y prêta la main. Le Sultan prenait le chemin de l'exil. Trois ans plus tard, il était rétabli sur son trône et désormais indépendant.

Dans son univers de champs âpres et d'oliviers, Mathilde revivait ainsi les premiers jours de leur installation, quand le danger diffus n'était jamais loin et que, pour elle, l'obscurité de la nuit l'enveloppait aussi de peur. Les émeutes, les incendies et les meurtres dans les fermes, les pierres lancées, tout revenait, au galop du drame, lui affirmer qu'elle avait vécu un temps précaire, et qu'il était accompli. Elle revoyait le visage enfantin d'Henri Meillotte, ou plus justement le visage de l'enfant Meillotte qu'elle avait connu, aigu et flou à la fois, et l'assassinat du jeune homme tuait aussi les années heureuses de sa vie. Maintenant, elle se dépouillait de ce qui lui restait encore : le désir de durer ici jusqu'à y finir, le confort de sa vie, les hivers lumineux et secs, l'intimité si lente à venir avec le paysage, elle y renonçait. Elle ne garderait que les paquets ficelés des lettres de ses enfants, accumulées pendant trente années. Ces banalités-là, elle en avait l'exclusivité. Il n'y avait pas un mot, une pensée qui ne lui fussent destinés. Tout le reste était approximatif et s'éloignait d'elle après l'avoir côtoyée.

A quel visage souriant voudrait-elle encore souhaiter « Bonne chance » ? Un visage dont elle n'attendrait rien en retour ; un visage qui serait aussi près de son aurore qu'elle-même approchait du déclin. Quelqu'un qui pût porter l'espoir auquel elle renonçait, tant il était improbable. Quelqu'un qui ne l'atteigne ni de sa réussite ni de son échec, mais auquel la vieille dame voulait équitablement imaginer un avenir, pour ne pas tout clore sur tant de fureur et d'abandon.

Peut-être l'enfant du matin était-il celui-là, galopant dans ses mauvais souliers de caoutchouc et de toile ? Elle le regardait plus attentivement grimper le court escalier pour atteindre la sonnette, toujours furtif, toujours pressé, toujours discret.

« Je partirai bientôt, avec l'été, et peut-être ne reviendrai-je jamais.

— C'est bien triste ce que vous dites là, madame : j'avais l'habitude de vous saluer tous les matins. Vous étiez ma grand-mère de l'avenue Poeymirau.

— Oui, mon petit, l'avenue a changé de nom. Cela n'a pas d'importance. Mais je suis une bien vieille grand-mère, et les grand-mères ont envie de s'envoler pour ne pas être captives, comme les ballons qu'on tient au bout d'une ficelle. En veux-tu un ? Je te l'achèterai en allant au marché et tu le prendras demain matin.

— Oh ! non, madame, je ne veux pas que vous vous envoliez, j'en aurais du chagrin.

— Mais non, mais non. Tu viendras chercher ton ballon et tu le tiendras solidement. »

Peut-être l'enfant, plus tard, se souviendrait-il encore d'elle ? Peut-être reverrait-il la vieille dame à cheveux blancs, dont la porte s'ouvrait à son coup de sonnette, et emporterait-il, dans tout le passage de sa vie, cette image qui serait comme la mémoire de lui-même ?

L'été fini, la vieille dame n'est pas revenue. Mohammed ben Yaya, le fils de l'épicier a grandi, tant qu'il est devenu journaliste, à Paris.

Il y rencontrera Eric, l'apprenti médecin attaché à faire revivre ce passé, et lui dira :

« Quand j'étais enfant, j'ai bien connu votre grand-mère. Je lui apportais le lait, chaque matin, et elle m'a donné un ballon parce qu'elle était sûre que je ne le laisserais pas s'envoler. Alors je l'ai caché là. »

Il mettait la main sur son cœur.

XIX

Atteindre la mer
(1982)

Etait-ce un dimanche, jour du Seigneur, jour du soleil? Etait-ce un vendredi, jour de prière où le musulman, en route pour la mosquée, se lave d'eau et de saponaire, sur les pierres de l'Oued ? Ici, les jours sont si pareils que l'étranger ne sait pas les reconnaître. Les satellites, lancés par les hommes, épient la terre, depuis l'infini. Sur la vallée pourtant, seule la falaise penche un front ocre, où les grottes sont les yeux et les bouches des mystères.

Début mars peut-être. Depuis deux ans, la pluie a été si rare qu'il n'y a pas eu de crue cet hiver. La Rivière aux Grenades coule à bonne allure entre ses rives de roseaux et ses rives franches, taillées à vif dans la profondeur de la plaine. Eric Habert, le jeune médecin qui rêvait naguère, devant un feu de houille, depuis l'Ecosse pluvieuse, est arrivé hier à Meknès, venant de France. Ce voyage, il y avait mille fois pensé. N'était-il pas le quatrième maillon, voué seulement, il est vrai, à quelque culte nonchalant du souvenir? Parents, grands-parents, arrière-grand-père inconnu, il venait les retrouver là, visages et temps effacés ; aurait-il assez de discrétion et de vigueur pour qu'ils puissent resurgir de leurs arbres, leurs murs et leurs sillons abolis ? Maintenant, le voilà qui débarque, grand diable élégant, le cheveu romantique en boucles étudiées, tel que pour de courtes vacances au Yucatan, à Skanès, Ceylan ou Edimbourg. Ici, au sortir de la voiture de location, il hume l'air, si légèrement parfumé d'olivier, de ronce et de menthe sauvage que ce raffinement devrait l'inquiéter. Mais il n'appartient à personne, sinon à ses larges épaules, à son souffle de coureur, à son calme où l'indifférence apporte la meilleure part. A lui, il n'appartient qu'à lui. Le soleil du matin lui picote la nuque. Voilà donc cette vallée, comme un creux de main, où vécurent quelques Habert, par hasard ou défaut d'imagination. Rien n'y paraît changé, dans l'équilibre bucolique des fourrés, des eaux, des fleurs, du ciel. Quelle paix ! Le lieutenant d'artillerie en mission Molinier, en 1877, la découvrait déjà : c'est la même aujourd'hui, Eric le jurerait. Une voix, un appel occupent tout le silence. Chacun les écoute. On entendrait même le pas d'une mule, glissant sur les pavés ronds, dans la montée de Moulay-Idriss.

La maison de la famille, peut-être était-ce celle-là ? Dans le fouillis des arbres, Eric la distingue mal. Personne alentour pour le renseigner. Quand il était enfant, sa grand-mère en parlait trop, comme on radote, au point qu'il n'avait retenu ni un détail ni une vérité. Sur ses longues jambes, il s'impatiente : il ne va pas rester, planté là, toute la matinée, que passent quelques ânes aux oreilles découragées et qu'un vieillard houspille. En voiture, il pousse maintenant jusqu'aux ruines de Volubilis. Un car de touristes, quelques voitures l'y ont précédé. L'air, le soleil, le silence l'investissent de partout. Les soucis orangés festonnent la base des colonnes tronquées ou des pierres de taille.

« Tu es français ? interroge le guide. Je te fais visiter pendant un peu moins d'une heure. Je connais très bien les explications. Je suis ici depuis vingt ans. Tu me donneras vingt dirhams, si tu es content. »

Ils descendent dans le vallon reverdi, franchissent le pont de bois, gravissent l'autre colline. Eric écoute à peine l'histoire « de ces Romains qui pressaient les olives comme on le fait encore aujourd'hui, à Moulay-Idriss. Tu vois, l'huile coulait là, dans cette cuve de pierre ». L'immobilité du temps l'étreint, au cœur de la ville ensevelie. Est-il possible que les saisons aient été, pendant des siècles, le seul et fallacieux changement ? La plaine, aux pieds du médecin, luit de toutes ses herbes neuves. A droite, on distingue l'Oued et ses touffes de lauriers-roses, sur quelques centaines de mètres. Le guide s'est arrêté de jacasser. Il reprend souffle, assis sur une stèle gravée dont il ignorera toujours l'écriture. Il respecte le silence du visiteur, laisse l'impalpable désarroi des horizons trop vastes envahir celui-ci et le mettre mal à l'aise.

« Là-bas, dit-il enfin, le doigt tendu vers l'Ouest, il y

avait des Français qui ont habité très longtemps. Mon père avait travaillé pour eux. Moi, quand j'étais enfant, ils étaient encore là. La femme avait un grand chapeau. Une fois, elle m'avait soigné avec du *douâ,* de la poudre. Tu vois, ici, sur mon bras. » Il exhibe une large cicatrice. « Je m'étais brûlé et ça allait très mal. »

Eric se retient de lui dire : « Mais c'était sûrement ma grand-mère ! » Ainsi le temps s'inscrit-il dans la chair des autres et attend-il peut-être votre souvenir. Pour parler, il demande :

« Comment s'appelle la montagne là-bas ? »

Elle est bleue, pâle et nue, à l'horizon.

« Je crois que c'est le Djebel Kef, dit le guide, mais je ne suis pas sûr. Je n'y suis jamais allé. »

Eric s'assied lui aussi.

« Pourquoi tu me demandes ce nom ? dit le guide, tu as vécu par là ? »

Eric laisse l'alouette planer, très haut au-dessus du nid, en jetant son cri éperdu. Puis il dit :

« Mon nom, c'est Habert ; tu le connais ? »

Eric déjeuna au village de Fortassa, chez Khaddour, le guide, qui avait abandonné les touristes pour se consacrer exclusivement au dernier des Habert. Khaddour le promenait parmi les passants, interpellait chacun pour lui conter, à voix forte, la nouvelle. Au village, les voisins faisaient cercle autour de la porte. On produisait des témoins d'autrefois, devenus des vieillards sentencieux ou marmotteurs inlassables des mêmes détails. On mélangeait les années, la guerre, les sécheresses, l'incendie, les sauterelles. Le temps revenait par petites vagues brisées comme celles qui clapotent à l'embouchure du Sebou quand le flot de la mer remonte. De l'humble et grandiose paysage, Eric visita chaque détail, sans pourtant s'arrêter assez sur ceux que, seul, il percevait. Khaddour le mena dans le massif du Zerhoun, aux sources, au col du Zeggota où sifflait le vent. Les vignes dépliaient leurs feuilles. Ils allèrent à Mrassyine et Beni-Amar, parcoururent les ruelles de Moulay-Idriss où Sébastien Barrajod avait eu si peur des Aïssaouas. Le coucher du soleil fut splendide et l'arrivée de la nuit qui s'accumulait au fond des montagnes, poignante. Eric retourna coucher à Meknès, après avoir bu un dernier thé, chez Khaddour, au village.

On se reverrait demain. Pour l'heure, il avait hâte de se renfermer dans la chambre la plus anonyme, pour échapper au tumulte d'un passé qui montait de trous innombrables, comme l'eau dans une passoire. Cette nuit-là il ne dormit guère, épiant de son lit la rumeur de la ville qu'il devinait derrière le rideau de sa fenêtre, où se mouvaient les reflets d'une piscine sous la lune.

Demain, s'il faisait toujours beau, il irait s'asseoir seul, au bord de l'Oued, avant que ne surgisse l'encombrant Khaddour. Caché entre les touffes de lauriers-roses, étendu sur ces bancs de sables grossiers que l'eau accumule à l'intérieur de ses virages, il écouterait, respirerait, regarderait une vie minuscule, reproduite dans l'infini de la durée, et voudrait y prendre place, une fois en lui-même. N'y avait-il pas droit, plus qu'un autre ? Voilà ce qu'il tentera demain.

Les phrases de Khaddour inspiraient son insomnie et finirent par la vaincre.

« Tu sais, avait dit le guide, il y a deux ans, à peu près à la même époque, ton oncle est revenu. Deux personnes seulement l'ont aperçu, mais on est sûr que c'était lui, après tant d'années. Il a tout de suite renvoyé le taxi qui l'a amené de Meknès et il est parti le long de l'Oued. Il marchait vite. Il s'arrêtait. Il est descendu avec l'eau dans la plaine ; on l'a perdu de vue au bout de quelques kilomètres. Il n'est jamais revenu, ni le soir ni les jours suivants ! »

Que venait chercher l'oncle, que lui-même ne pût trouver ? Eric interrogea vainement la nuit.

Khaddour devinait juste. Ce fut la dernière visite du fils Habert. Rarement il était revenu, durant tant d'années écoulées. A quoi bon ? Ce qui était en place dans ses souvenirs s'y fortifiait sans cesse, sans aucun secours. Ce qui n'y était point entré, autrefois, ce qui survenait, aujourd'hui, étaient également superflus. Tout retour ici le laissait insatisfait, comme s'il juxtaposait des fragments de vie pour n'en rien tirer. Mais cette fois, le temps le pressait de chercher, dans l'humilité d'un geste qu'il n'avait pas su imaginer, sa propre paix au bout de son chemin. Il se fit déposer, par le taxi loué à Meknès, sur le pont portugais, au pied des pitons de Moulay-Idriss. Dans le petit matin, l'Oued qui cascadait vers le pont, puis fuyait en dérives étalées, s'empara de lui. Il le suivit, du mieux qu'il put, au travers des jardins, des bois d'oliviers, des haies d'épines. Jamais il n'avait fait tout ce chemin, et tandis que le soleil se levait, de bassins en rapides, de sables en vases, de rochers en roseaux, lui revenait toute son enfance. N'allait-il pas reconnaître les pierres mêmes où il installait les roues de minuscules moulins sur les étranglements de l'eau ? Les couleuvres, les bécassines, les loutres et les poules des marais étaient au rendez-vous. Elles fuyaient, toute captives qu'elles étaient depuis si longtemps. La maison apparaissait à peine sous ses arbres. Habert était passé sur l'autre rive, comme au loin, pour ne pas l'approcher. Le jardin du grand-père avait disparu, et il traversa la zone bouleversée comme un somnambule ; la rivière continuait, c'était l'essentiel. Il la suivrait jusqu'au bout, au-delà des jardins où poïntent de grands peupliers, au-delà des champs irrigués pour l'aubergine et le piment, au-delà du dernier bois d'oliviers où les Romains se reposaient après le bain, au-delà de leurs ruines, de leur guet, de leur basilique. Au-delà du pont de bois et d'un bouquet de palmiers qui marquent l'entrée en plaine, il marchait d'un bon pas, empruntant les chemins qui suivent le lit de l'Oued ou la crête de sa rive, pour la commodité des troupeaux. Allait-il se retourner sur le plus beau paysage du monde ? en garder la mémoire d'une lumière encore plus parfaite ? Il ne le fit pas ; la rivière l'emportait et, avec lui, ces cosses éclatées des gousses de laurier qu'il confiait au courant pour qu'elles arrivent peut-être à l'embouchure du fleuve, ainsi qu'il le faisait autrefois. Le plein soleil luisait sur le bétail mâchonnant les ajoncs dans les bassins élargis où l'Oued accumulait des eaux dormantes. La plaine en surplomb n'était pas visible : la petite vallée se suffisait à elle-même, tondue de près par les chèvres et les moutons, privée d'arbres, sauf quelques épineux groupés autour du tombeau d'un saint homme. Sur la rive gauche, deux routes se croisaient dans un tailladement de tuf blanchâtre ; au loin, sur un éperon, la ferme de la « Société » où Demion, le père de Lucienne, s'était donné la mort, brillait comme un monastère.

Jamais Habert, au temps de sa jeunesse, n'était allé si loin. Souvent, il avait traversé l'Oued, ici ou là, comme tant de visiteurs de sa vie que rien n'avait tenus ensemble, sinon la fugitive vision de la Rivière aux Grenades. Aujourd'hui, en suivant continûment l'eau qui s'accélérait à peine, glissant d'un bassin à l'autre, une grande joie lui venait. L'unité de sa vie lui était enfin restituée par ce modeste parcours. Surgi de la montagne, échappé aux jardins, il traversait la plaine ; le temps coulait, aussi obstiné que cette eau vers l'embouchure du fleuve pour atteindre la mer, l'immensité où ce concours est dérisoire mais totalement promis. Il était déjà midi : l'heure n'avait pas de sens, au moment où les heures d'avant et les heures d'après se soudaient enfin, et fortes au-delà de toute destruction. Après, il serait tranquille. Comme l'Oued, il avait accepté de disparaître dans l'accumulation des eaux chuchotantes, dans l'accumulation des vies dispersées. Il regarderait la Rivière aux Grenades mêler son flot médiocre et bourbeux à l'Oued R'Dom plus bourbeux encore, mais puissant. A Mehedya, au bout du voyage, sur l'Atlantique, ayant grossi à peine le fleuve Sebou, ils retrouveraient peut-être le souvenir d'un enfant d'autrefois.

Pour l'heure, Habert approchait du confluent des deux rivières. Les vallées creusées dans les collines d'argile étaient, en ce printemps, uniformément vertes. Bien avant de déboucher sur le R'Dom, il entendit monter vers Meknès le train, venu de Tanger ou de Casablanca. Combien de fois ne l'avait-il pris, à la petite gare de Sidi Embareck, toute proche maintenant ? C'est là qu'il attendrait patiemment, parmi les haies d'éburnéas pleines d'oiseaux, le prochain convoi qui, tout à l'heure, emmènerait un homme comblé de sa propre paix.

Tout près des routes, des rivières et de la voie ferrée, sur un à-plat du terrain dominant le dernier effort de l'Oued Kroumane avant de se dissoudre, une maison s'était installée. Autrefois, nul guetteur ne veillait ainsi sur la rencontre des eaux : elle était sans témoin, et sans mémoire, comme tout ce qui s'assure de l'éternité véritable.

Contre le cube, blanchi de chaux et percé d'une porte et d'une seule fenêtre, un homme, dans sa maturité, regardait Habert approcher. Ils se saluèrent. Habert s'excusa de traverser le champ.

« La rivière est à tous, dit l'autre, mais si peu le savent. Elle est pauvreté et violence, comme nous tous. »

Il avait un beau visage où le collier de barbe, taillé à l'ancienne, blanchissait déjà.

« Ma famille est de Sidi-Kacem, tout près d'ici. J'ai

acheté le petit terrain, voici quatre ans, pour être plus sûr d'appartenir à ce sol. Moi, je suis Hamda Ould Moulini, l'un des fils de l'interprète Mohammed Ould Moulini. Mon grand-père était un officier français. Tu le sais. Et moi, je savais qu'un jour tu descendrais toute cette rivière, avant de te perdre comme elle, au point qu'elle ne meurt jamais. »

Le courant du R'Dom prenait de biais les eaux plus claires de la Rivière aux Grenades, et les reflets du jour se renforçaient d'éclats diaprés, vite disparus.

Index des personnages dans la succession de ces jours mêlés, alors qu'ils ont regardé distraitement couler une médiocre rivière.

I. De tous ces étés (1980)

ERIC le dernier de la famille Habert, médecin, en vacances en Ecosse, fait revivre le passé.

II. Le nom différent du destin (1942)

ANGE MORETTI ancien sous-officier de cavalerie, devenu colon.
Moha, ouvrier de ferme, préféré d'Ange Moretti.

MATHIAS HAMEL capitaine de réserve, colon voisin, fils de Roannais.

FAMILLE HABERT Julien, Mathilde, trois enfants. Colons.
Suzanne, sœur de Mme Habert.
Ernest, frère de Mme Habert.
Eric, petit-fils de Mathilde Habert.

M. BENNAÏSSA Algérien, chef de la poste de Moulay-Idriss.

M. LEGUEULEUX pharmacien à Meknès.
Lucien, lycéen.
Charles Halou, lycéen, tué vers Tunis par une balle allemande, en 1943.
Matjé, camionneur-livreur de superphosphates et de blé.

III. Le chemin du Sultan (1877)

LOUIS-CHARLES MOLINIER lieutenant d'artillerie à la mission française auprès du Sultan à Fès.
Kaddour, chef de la harka, dit le « Moqqadem ».
Hamidou, éclaireur, fils de Moha.
Lahcen, chef muletier.
Marie de Ténès et d'Ensisheim, premier souvenir de garnison du lieutenant.
Amina Zina, de la tribu des Cherarda, compagne de Molinier à Fès et Marrakech.
Mohammed (Louis II), fils de Molinier, dit Ould Moulini.

IV. Car c'était notre vie (1931)

MOHAMMED OULD MOULINI fils de Molinier, interprète.
HÉLÈNE SEMPER professeur d'histoire.
José Lopez, lycéen, gouailleur.
Charles Halou.
Le fils Habert.
M. AUBERGER contrôleur civil de Petitjean.
SÉBASTIEN DELAHAYE une autorité en géographie ethnique d'Afrique du Nord.
Sauveur Boldini, goal incomparable de l'A.S.M. (Association sportive de Meknès).
Renée Millinaire, professeur au lycée.
Ali, l'épicier, père de Mohammed Ben Yaya.
Les Ignatieff, frère et sœur, ses compatriotes.
PIERRE REYNAUD transplanté de France, colon défricheur et pauvre. Père de plusieurs enfants des deux races, il meurt tôt du paludisme.

V. Chez Moulay-Idriss nous sommes venus,
O mon Dieu, pardonnez-nous (1933)

SÉBASTIEN BARRAJOD le « Nazaréen » forgeron-mécanicien, fils de charbonnier savoyard.
Moha, ouvrier de la ferme Moretti.
Miloud, ouvrier permanent chez les Habert.

VI. Rose rouge de Sijilmassa (1936-1942)

MME BATIDOU couturière de bon goût.
Aliette Batidou, sa fille, qui épousera Akim, Pacha de Beni-Mellal.
André, fils du contrôleur civil de Khouribga.
Jean-Jacques, fils d'un officier en retraite.
Monique, « la Résidence », fille de haut fonctionnaire.
Alain, fils d'un représentant de Shell au Maroc.
Odette, qui épousera Alain.
Lucien, mobilisé de 1942.
Marcelle, sœur de Lucien, comme lui férue de civilisation marocaine.
Akim, Pacha de Beni-Mellal, de la bourgeoisie de Fès, épousera Aliette Batidou.
Leïla, demi-sœur aînée d'Akim, a été étudiante à Paris.
Pierre Calvert, professeur d'histoire, insigne connaisseur de l'esprit humain.
Etudiants, formant le petit cercle des amis d'Aliette.

VII. La nuit était froide (1943)

KENNETH médiocre sergent d'une grande armée, mort sous les étoiles, une nuit de confiance.

ALICE, alias LEÏLA, étudiante/combattante de l'ombre, sœur d'Akim.

Miloudi, onze ans, crieur du *Courrier du Maroc.*

Zohra, vieille servante d'El-Hadj El-Thami Guernoussi, très riche et toujours plus puissant, père de Leïla et d'Akim.

VIII. La belette (1948)

M. DEMION chef de culture à la « Société » de Sidi Taïbi, père de Lucienne et de Jeannot.

Marcel, travaille à la ferme de son oncle, première épreuve de Lucienne.

Lucienne Demion, aide ménagère à la ferme.

Jeannot, frère de Lucienne.

M. Vourier, gérant de ferme de la « Société ».

IX. L'aube éclatante sur le Recueil Véridique
(1926-1932-1955)

FAMILLE HABERT.

M. DEMION.

YVONNE sa femme.

Djilali, guide.

Moha, vieil ouvrier de ferme.

Aguili, de Fortassa, jeune aide de ferme.

Hamria, épouse d'Aguili.

Amar, le Rifain, père d'Aguili, chassé de son pays par la guerre espagnole.

Mercader, Espagnol, ancien boxeur, maître nageur de Mehedya.

Bouchaïb, maître nageur de Mehedya.

Ali, maître nageur de Mehedya.

Sahon, camarade et entraîneur militaire de Demion, maître nageur de Mehedya.

X. L'enfant de Sarah
(1932-1911-1942-1960)

M. MARDOCHÉE Juif, courtier en huiles et savons noirs.

Barrajod.

Famille Habert.

Sarah, sœur de Mardochée.

Raphaël/Marcel Bensimon, fils de Sarah et d'un caporal français.

David, premier mari et cousin de Sarah.
Ephraïm, deuxième mari de Sarah.
Menahem, cousin de Mardochée.
Esther, cousine de Raphaël, vendeuse, maîtresse d'un ingénieur français, Roger.

XI. *Comme un amour* (1905-1973)

HÉLÉNA et
PAUL deux oubliés, compagnons de vieillesse.

Soussi, l'épicier.

XII. *Le chiffre cinq* (1946)

FRÉDÉRIC TIERCELIN lieutenant-pilote, instructeur, frais affecté à la base de Meknès, « Tiercelet », vainqueur du ciel et des femmes.
Dimitri Taremkine, un camarade pilote.
Odile, fille de Chavassus, marié à un ingénieur, maîtresse de Frédéric Tiercelin.
Famille Chavassus.
Zahra, « fatma » servante des Chavassus, conjuratrice inutile du sort.
Mme Jouannot, agent de la rumeur.

XIII. *Fortune faite* (1921)

FRANÇOIS ALONSO, alias Francisco Alonso, soldat espagnol déserteur recruté par le Deuxième Bureau, transporteur enrichi.
Poitevin, ex-capitaine, supérieur de François Alonso.
José Gazùl, caporal espagnol,
José Higuerra, soldat espagnol, déserteurs, gardiens du puits de Tizoutine, rescapés des massacres du Rif.
Capitaine Balaguer.
Mahjoub, graisseur.
La veuve de Tissaf, hôtesse épisodique d'Alonso.
Général Simon, chef de la délégation française.
Lopez Olivan,
Commandant Aguilar,
Capitaine Miguel, délégués espagnols.

XIV. *Son jardin sur l'oued* (1922-1932)

FRANÇOIS grand-père de la famille Habert, jardinier orléanais.
Mathilde,
Suzanne, ses filles.

Ernest, son fils, mort à Oujda.
Eric, son arrière-petit-fils qu'il n'a pas connu, étudiant en médecine.
Bou Ayed, forgeron-mécanicien du « poste » de Volubilis, ami de François.

XV. La porte du Vent (1955)

HENRI MEILLOTTE, colon sur la ferme de son père, 5 sœurs, victime de l'histoire et de ses déraisons.
Louis, militaire.
Hélène, infirmière, étudiante en médecine.
Chaintreau.
Les Chevassant.
Le fils Habert.
Bel Hadj, mâalem menuisier.
Papazian, ancien camarade de Henri Meillotte, vendeur de café au marché central,
ses amis.

XVI. Doux amours (1932)

MERCADER Espagnol, maître nageur.
Bouchaïb,
Ali, autres maîtres nageurs.
MME OLIER mariée, 5 enfants, maîtresse de Mercader.
Paul Baylette, fils du boulanger, et
Karl, Autrichien, danseur occasionnel ; séducteurs.
Incarnacion,
Gilette,
Lucien,
Adrien, gosses de la « colo » et d'ailleurs.
Les Witlovski, Russes blancs émigrés.
ALICIA, Espagnole, peut-être bonne chez un médecin, fiancé à
KAREL, mécanicien tchèque.

XVII. La awada (1946)

RAYMOND MOINIER de famille auvergnate, colon, aux nombreux enfants.
ADÈLE MOINIER sa femme.
ACHOUR berger, joueur de flûte de talent, recueilli et élevé par M. Moinier.
Bothorel, Parisien, agriculteur, son proche voisin,
Habert,
Gaspard,
Jacquemin — deux frères,

Duffau-Perrin,
Meillotte,
Mme Batidou,
Les frères Fourneyron, représentants chez Renault,
Les Alonso,
Les Lopez,
Les Garcia,
les Millet,
les Favereau,
familles connues.

XVIII. Les captifs (1960)

MATHILDE HABERT
Mohammed ben Yaya, fils de l'épicier Ali, deviendra journaliste à Paris, et restera gardien des ballons de l'enfance.

XIX. Atteindre la mer (1982)

ERIC pour son premier voyage au Maroc,
Khaddour, guide aux ruines de Volubilis.
Le fils Habert, pour son dernier voyage au Maroc.
Hamda, l'un des fils de feu Mohammed Ould Moulini, interprète et fils du lieutenant d'artillerie Louis Molinier.

Cartes

A T L A N T I Q U E
Kénitra
(Port-Lyautey)
Salé
RABAT
El Mohammedia
(Fédala)
DAR EL-BEIDA
(Casablanca)
Ben Slimane
El Jadida
(Mazagan)
Azemmour
El Jorf-Lasfar
(Cap Blanc)
Sidi Moussa
DOUKKALA
Berrechid
El Gara
(Boucheron)
Benahmed
Settat
Khouribga
Si Smail
Khemis Zemamra
Si Bennour
Meddouza
(Cap Cantin)
El Borouj
Fkih
ben-Salah
Safi
Tleta b. Guedra
Youssoufia
Chemaia
Dar Ould Zidouh
El Kelaa
O. el Abid
Haouz
Marrakech
Cap Hadid
Essaouira
(Mogador)
Cap Sim
Chichaoua
Aït Ourir
Asni
Amizmiz
Bouabout
Cap Tafelney
Tamanar
Skoura
Ouarzazate
Cap Ghir
Argana
Agadir
O. Sous
Taroudant
Inezgane
Aït-Melloul

C'est ici !

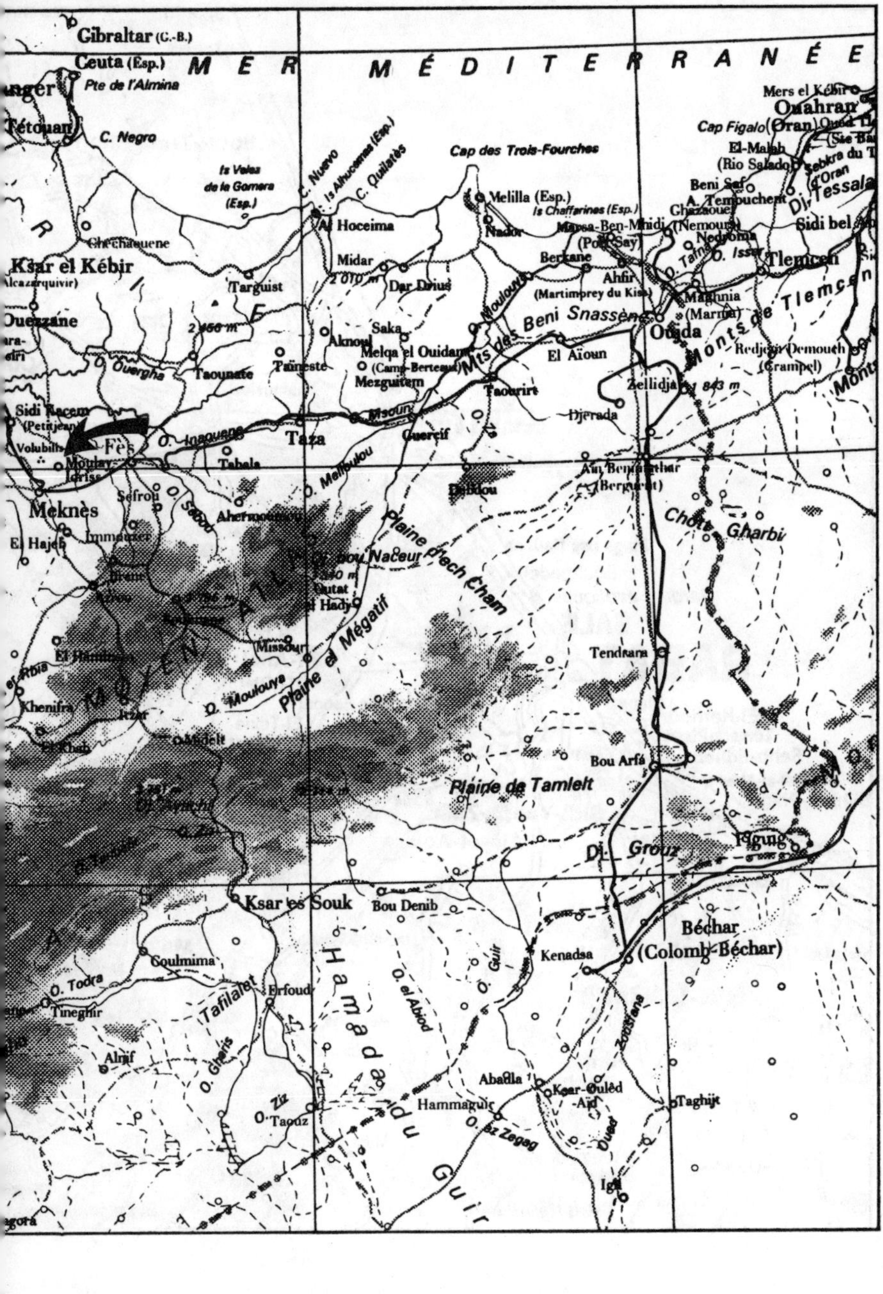

Gibraltar (G.-B.)
Ceuta (Esp.)
Pte de l'Almina
MER MÉDITERRANÉE
Tétouan
C. Negro
Is Velez de la Gomera (Esp.)
C. Nuevo
Is Alhucemas (Esp.)
C. Quilatès
Cap des Trois-Fourches
Melilla (Esp.)
Is Chaffarines (Esp.)
Mers el Kébir
Cap Figalo
El-Malah (Rio Salado)
Beni Saf
A. Temouchent
Al Hoceima
Nador
Marsa-Ben-Mhidi (Port-Say)
Nedroma
Chechaouene
Ksar el Kébir
Midar
Dar Drius
Berkane
Ahfir (Martimprey du Kiss)
Tlemcen
Sidi bel Abbès
Targuist
Ouezzane
Maghnia (Marnia)
Oujda
Mts des Beni Snassène
Monts de Tlemcen
Aknoul
Saka
Melqa el Ouidane (Camp-Berteaux)
Mezguitem
Taïneste
Taounate
O. Ouergha
El Aïoun
Taourirt
Redjem Demouch (Crampel)
Zellidja
1 843 m
Sidi Kacem (Petitjean)
Volubilis
Fès
Moulay-Idriss
O. Inaouene
Taza
Guercif
Djerada
Tahala
O. Melloulou
Debdou
Aïn Beni Mathar (Berguent)
Meknès
Sefrou
Ahermoumou
Chott Gharbi
El Hajeb
Immouzer
Plaine Tlech Cham
Azrou
Outat el Hady
Missour
Tendrara
El Hammam
Khenifra
Itzer
O. Moulouya
Plaine el Mégatif
Midelt
Bou Arfa
Plaine de Tamlelt
Figuig
Dj. Grouz
Ksar es Souk
Bou Denib
Béchar (Colomb-Béchar)
Kenadsa
Goulmima
O. Todra
Tafilalet
Erfoud
Tineghir
O. Guir
O. el Abiod
Hamada du Guir
Alnif
O. Gheris
Abadla
Ksar-Ouled-Aïd
Taghit
Hammaguir
O. Ziz
Taouz
O. ez Zegag
Igli

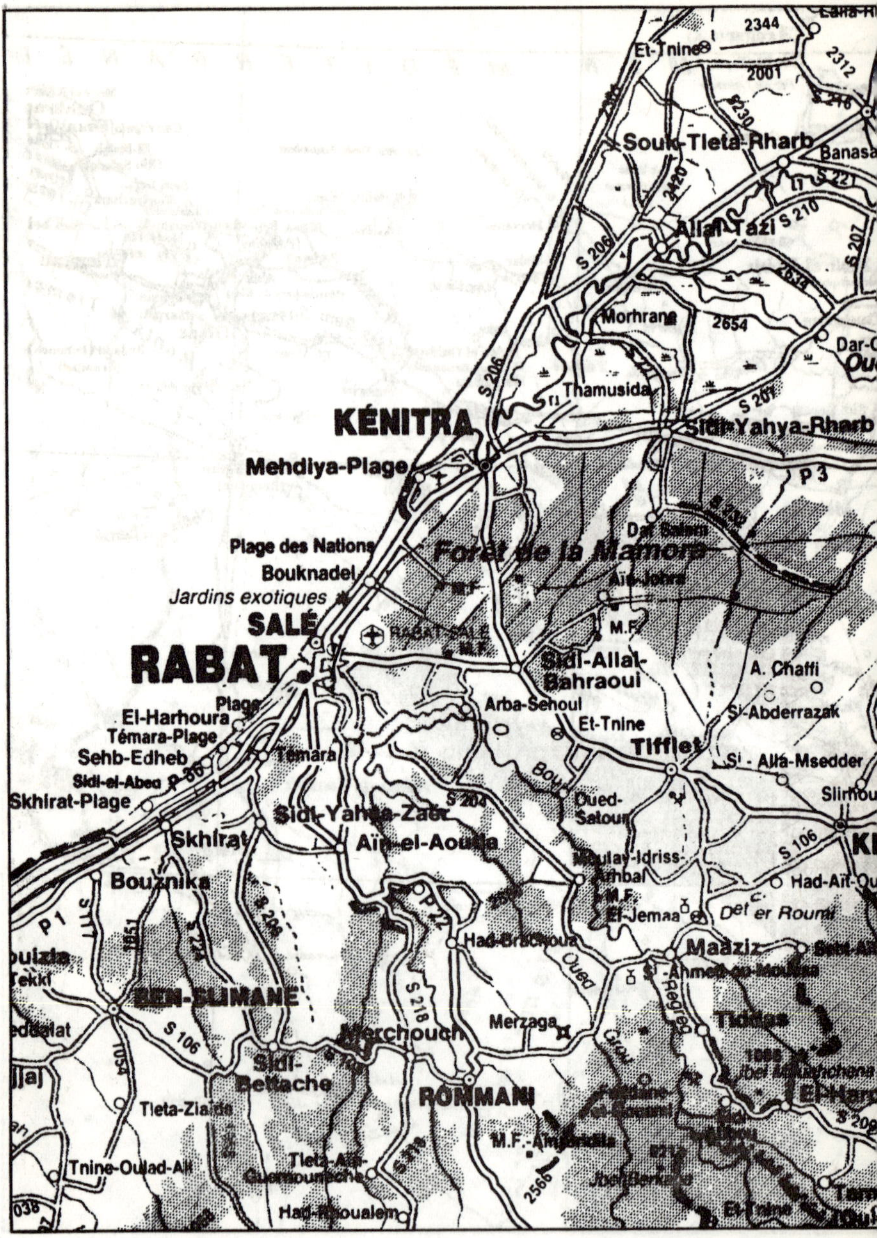

Et-Tnine
2344
2312
2001
S 216
Souk-Tleta-Rharb
Banasa
S 221
Allal-Tazi
S 210
S 206
S 207
Morhrane
2654
Dar-
Thamusida
S 201
KÉNITRA
Sidi-Yahya-Rharb
Mehdiya-Plage
P 3
Dar Salem
Plage des Nations
Forêt de la Mamora
Bouknadel
Jardins exotiques
M.F.
SALÉ
RABAT-SALÉ
RABAT
Sidi-Allal-Bahraoui
A. Chaffi
Plage
Arba-Sehoul
Si-Abderrazak
El-Harhoura
Et-Tnine
Témara-Plage
Tifflet
Sehb-Edheb
Témara
Si - Alla-Msedder
Sidi-el-Abed
Skhirat-Plage
S 204
Oued-Salour
Sidi-Yahya-Zaër
Skhirat
Aïn-el-Aouda
S 106
Bouznika
Moulay-Idriss-Arhbal
Had-Aït-Ou
P 1
El-Jemaa
er Roumi
Had-Brachoua
Maaziz
BEN-SLIMANE
Merzaga
Tiddas
Merchouch
S 218
S 106
Sidi-Bettache
ROMMANI
Tleta-Ziaïda
M.F.
2566
Tnine-Oulad-Ali
Tleta-Aïn-Guemouraïche
El-Tnine
Had-Khoualem

De plus près !

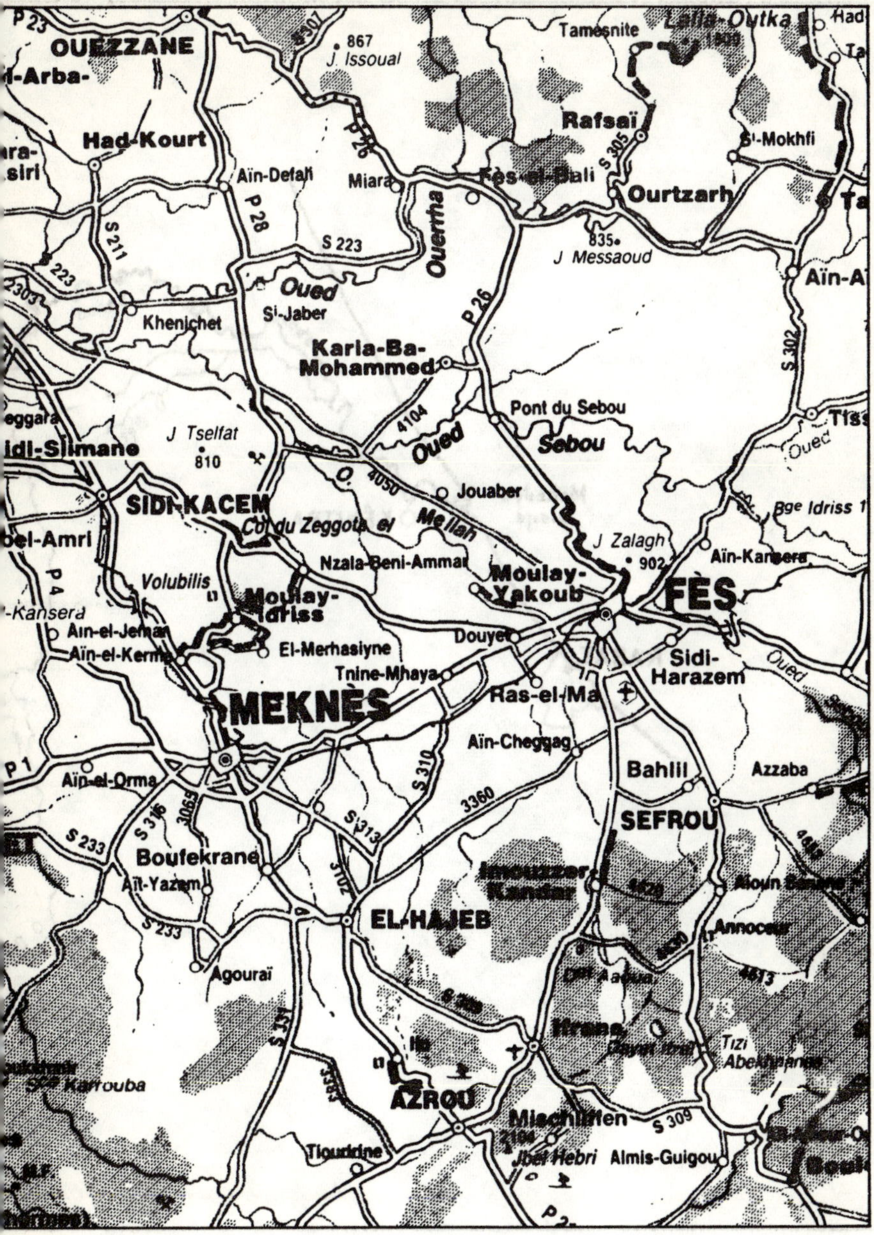

OUEZZANE
Had-Kourt
Aïn-Defali
Miara
867
J. Issoual
Tamesnite
Lalla-Outka
Rafsaï
S 305
S¹-Mokhfi
Fès-el-Bali
Ourtzarh
Ouergha
P 28
P 26
S 211
S 223
835
J Messaoud
Aïn-Aï
Oued
S¹-Jaber
Khenichet
Karia-Ba-Mohammed
S 302
Pont du Sebou
Sebou
4104
Oued
J Tselfat
810
Sidi-Slimane
SIDI-KACEM
O.
4050
Jouaber
Mellah
Col du Zeggota
Bge Idriss 1
J Zalagh
902
Aïn-Kansera
Nzala-Beni-Ammar
Moulay-Yakoub
FÈS
Volubilis
Moulay-Idriss
P 4
Aïn-el-Jemaa
Aïn-el-Kerma
El-Merhasiyne
Douyet
Tnine-Mhaya
Sidi-Harazem
Oued
MEKNÈS
Ras-el-Ma
Aïn-Cheggag
P 1
Aïn-el-Orma
Bahlil
Azzaba
S 310
3360
SEFROU
S 316
3065
S 233
S 313
Boufekrane
Aït-Yazem
EL-HAJEB
S 233
Agouraï
S 331
Ifrane
Tizi
Azrou
Mischliffen
S 309
Jbel Hebri
Almis-Guigou
Tioudrine
Karrouba

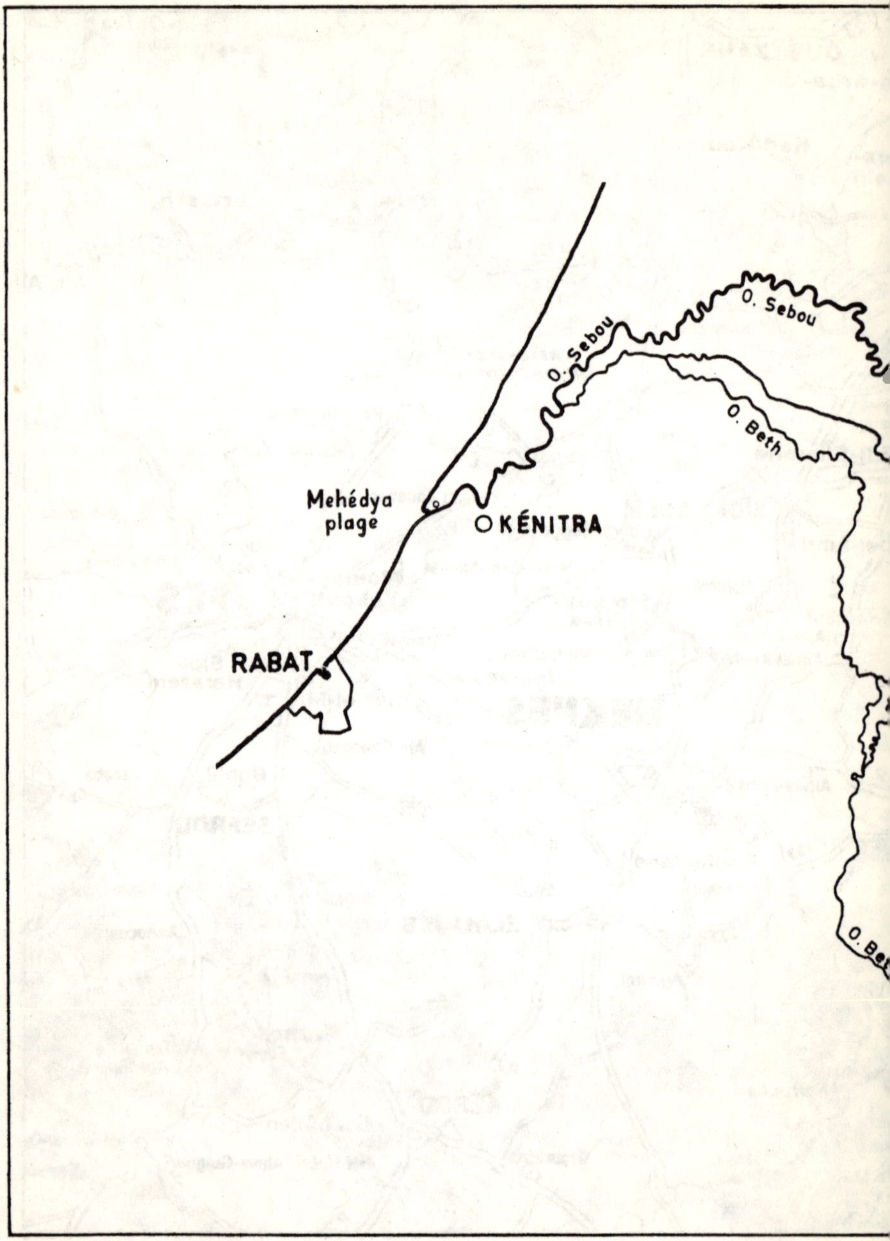

O. Sebou
O. Sebou
O. Beth
O. Beth
Mehédya
plage
KÉNITRA
RABAT